KB236863

비동일화의 시학

조두섭

국학자료원

| 머리말 |

이 책을 가로지르는 필자의 사유는 비동일화이다. 비동일화는 주체가 타자를 배제하고 세계를 자신에 귀속시키거나 자신만이 독점하는 근대성에 대한 하나의 대안으로서의 갈등이며 역동적인 관계를 모색하는 과정중에 있는 시적 사유이다. 이것은 역사로부터의 탈주가 아니다. 그렇다고 이데올로기에 대한 동일화도 아니다. 다만 상호 소통에 의하여 문제를 개편하는 것이다. 오늘날이 시적 전환기라는 위기감에서 이러한 모색을 하자는 것이 아니다. 시의 역사는 언제나 전환기였고 위기의 역사였다. 우리 역사에서 가장 위기였던 시대의 시는 가장 빼어났고 한층 새롭게 변화했다. 그 원인을 탐색하자는 것이 이 책의 출발점이다. 그래서 식민지시대 김소월부터 오늘날 김춘수까지 더듬어봤다. 일종의 사례연구라고 할 수 있다. 이 사례 연구를 통하여 우리 시학을 마련할 수 있는 가능성을 발견한 것이 비동일화의 시학이다. 이것은 완결된 필자의 논리가 아니라 계속하여 보완할 과제이다. 그러나 중요한 것은 비동일화의 시적 사유가 식민지시대를 넘어서 오늘날에도 유효하다는 것이다.

이 책은 필자가 오래 전부터 구상한 것을 북경 제 2외국어대학에 있는 동안 완성한 것이다. 북경을 희망한 것은 북경과 상해, 서안, 연길을 통하여 우리 시인들의 정신적 연관성을 살펴보려는 의도에서다. 이러한 의도를 이 책에서는 구체화하지 못하였다고 하더라도 주요한과 상해, 심훈과 소주, 이육사와 노신의 관계를 확인한 그 자체만으로도 수확이라고 할 수 있다.

이 책을 펴내는데 도움을 준 서림 시인, 이재춘 박사, 이상진군, 그리고 한 권의 책으로 온전하게 구성하여 준 국학자료원에 감사를 드린다. 북경에서 함께 고생하며 필자에게 용기를 준 아내 임현숙에게도 고마움을 전한다.

2002. 11. 25

조 두 섭

| 차 례 |

비동일화 시학의 모색

1.

오늘날 자본은 끝 가는 데를 알 수 없이 욕망을 전지구적으로 확대 재생산을 거듭하고 있다. 자본이 인간의 육신과 정신을 넘어서 신비스런 생명의 영역까지 재생산하는 마당에 지극히 순간적이고 파편적인 시에 대한 논의는 공룡 발 앞에 겨자씨 한 알을 싹틔우는 형국이다. 그러나 시에 대한 논의는 거대한 자본 앞에 다소 공허하고 설혹 가치 없는 작업이라 하더라도—비유적으로 말한다면—그것은 비 오는 날 흙탕물을 마구 튀기며 질주하는 차를 바라보며 갑자기 움찔하는 자신을 발견하는 인식론적 계기와 같은 의미를 가질 수 있을 것이다.

우리가 어느 한 순간 움찔하는 것은 우리의 굳어진 의식을 무의식이 일깨워주는 것이 아닐까 한다. 아무리 부정한다고 하더라도 오늘날 우리 의식의 한 부분은 자본의 물질적 욕망이 자리하고 있다는 사실은 부정할 수 없다. 우리가 진정한 가치라고 여기는 것 자체도 사실은 자본이 재생산한 물질적 욕망이며 그것을 가치가 있는 것으로 우리를 오인하게 하는 것도 물질적 욕망이다. 그러나 거대한 자본이 모든 것을 자신의 욕망으로 재생산한다고 하더라도 인간의 무의식까지 환원하지 못한다는데 우리의 미래는 낙관적이다. 자본의 가치로 환원되어 가는 의식을 전도할 수 있는 무의식의 잠재력은 무한하기 때문이다. 파편적이고 순간적인 시는 견고한 의식의 틈을 뚫고 나오는 무의식과 같은 것, 여기에 시적 사유가 분명하게 자리할 이유가 있게 된다. 시적 사유는 어느 한편이 다른 한 편을 전유하는 상극이 아니라 상호 관계적인 상생이다. 상생은 삼라만상의 생명이 우리 내부에 내재하는 구성적 요인으로서 무의식과 같이 자리하는 것이다. 이러한 시적 사유가 비동일화이다.

그래서 이 글은, 시는 비동일화다라는 명제로부터 시작한다. 명제는 타자의 담론을 허용치 않는 하나의 이데올로기다. 명제는 스스로 타자의 담론을 온몸으로 막아내며 자신의 담론을 굳건하게 세우려한다. 그러나 이 명제는 하나의 제언으로서 생각 밖에 있는 생각을 더 소중하게 받아들임으로써 온전한 명제로 성립할 것이다. 이것은 생각의 모자람을 채우고 바르지 못한 것을 바로잡는 결여의 명제이다.

2.

시적 사유는 대체로 세 가지로 집약되는데, 그 하나가 동일화이다. 동일화는 동서양을 막론하고 시의 태생과 함께 하는 시적 사유이다. 인간은 불완전한 만큼 불변하는 근원으로서 절대적 세계를 동경하며 그것에 하나되는 황홀한 순간을 갈망한다. 그 세계와 일치하고 소통할 수 있는 언어를 갈고 다듬으며 근원을 찾아 삼라만상의 숲을 헤맨다. 동일화는 이처럼 세계와 황홀한 만남을 위하여 그에 상응하는 땀을 요구한다. 그 땀방울에 의하여, 문득 어느 한 순간 삼라만상과 자신이 일치하는 근원적인 황홀한 세계를 발견한다. 이 세계는 삼라만상과 인간의 구별이 사라지는 유토피아적 세계이다. 이것이 서정시이다. 여기서 서정시가 갖는 의미가 있게 되는데, 그것은 물질이 구성한 이미지가 허상이라는 것을 깨닫게 하고 우리를 근원적 세계로 인도한다는 것이다. 그런데 우리와 마주하는 서정적 황홀한 세계가 과연 무엇인가 하는 물음을 던질 수 있다. 물론, 그것은 만물의 구극적 생명이며 우주의 근원적인 이데아의 세계이다. 또, 그것은 신비스러운 신화적 세계가 아니라 살아 있는 현실이다.

그런데 문제는 동일화가 정신과 감정, 실상과 형상이라는 형이상학적 사유의 위계질서를 상정하고 있다는 데서, 그 질서를 떠나 존재할 수 없다는 데 있다. 즉, 재현적 사유는 근원이라는 지평 속에서만 가능한 것이다. 다시 말한다면 시란 이데아 이미지의 맥락에서 구성되는 세계이다. 기표가 기의에 종속됨으로써 하나의 기호가 완성되는 것과 같은 이치이다. 이러한 동일화는 시가 이데아의 도구로 오해받을 수 있는 소지가 다분히 있다. 정신에 대한 형상이라는 헤겔식의 은유가 이미 정신의 아래에 시를 위치하게 하는 것도 그러한 오류를 범하고 있는 것이다.

이에 대하여 동일화는 자아의 세계화가 아니라 세계의 자아화라는 논리로서 앞의 생각을 뒤집을 수 있다. 즉 절대적 근원으로서 세계를 위에 놓은 재현적 사유에 대하여, 근원과 인간을 나란히 하는 휴머니즘적 사유를 제시한다. 동일화의 궁극적인 목표는 삼라만상의 질서와 인간의 질서를 서로 소통하며 일치시킨다는데 있다. 그런데 휴머니즘적인 사유에서는 인간을 한가운데 놓음으로써 삼라만상은 인간의 욕망에 의하여 상처받을 수 있다. 수사학적으로 이러한 예는 의인화와 은유가 대표적이다. 의인화와 은유는 세계를 인간의 관점에 의하여 분절하고 배제하여 은폐함으로써, 즉 인간의 욕망에 의하여 재구성함으로써 가능한 것이다. 의인화와 은유는 인간이 삼라만상에 가하는 일종의 폭력이다. 동일화가 아무리 인간적인 것일지라도 어디까지나 주체가 생명을 가진 객체를 전유하는 것을 말한다. "전유는 주체와 근본적으로 다른, 그야말로 나름의 고유한 권리를 가진 객체로서 존재하는 타자를 다치게 한다"[1]는 마르쿠제 말에서 동일화의 문제가 무엇인지 확실하게 된다.

이러한 세계의 자아화라는 논리에 대하여 동일화는 삼라만상과의 황홀한 만남이라는 상호 연관적인 소통 관계로 설명할 수 있다. 마땅히 시는 그러한 세계를 추구해야하고 삼라만상의 질서가 인간의 질서가 되어야 한다. 세계와 자아를 상호 소통하게 하는 것은 원초적인 언어다. 그런데 아무리 원초적인 언어라 할지라도 세계가 선명하게 이해될 수 있다는 논리는 세계와 자아의 상호소통이 아니라 세계의 재현일 뿐이다. 삼라만상과 인간이 조화롭게 상호 소통한다 하더라도 거기에는 근원적인 본질이라는 개념이 항상 위에 자리하고 있다. 이것은 기표와 기의의 관계로 본질을 재현하는 도구적 기능과 같은 것이다. 기표의 도구적 기능을 다르게 말한다면 기표는 기의가 새로운 담론으로 자리를 옮기면 헛것에 불과한 것으로 전락하는 운명이 있다. 이 극단적인 예가 화폐개혁 때 고액의 지폐가 한 장의 종이로 전락하는 운명과 같은 것이다. 우리의 의식 속에 있는 진리란 이렇게 때로는 허망한 것일 수도 있다. 따라서 일상적 진리를 초월한 형이상학적 진리와 소통한다는 것은 과연 무엇과의 소통인가 하는 근원적인 물음을 다시 던져야 할 것은 당연하다.

이러한 세계와 자아의 구성적 관계를 확대하면 오늘날 동일화의 시적 사유가 거대한 자본이 그의 논리로 환원한 세계까지도 근원적인 것이라고 믿는 오인의 문제가 있다는 것을 알게 된다. 즉 자본이 인간의 희로애락을 그들의 물질적 논리로 환원하는 마당에 우리가 구극적 본질이라고 믿는 자체도 이미 자본이 구성한 물화된 욕망에 지나지 않는다. 따라서 동일화 시적

---

1) 윤효녕 역, 『마르크스주의와 해제론』, 한신문화사, 1997, p. 119.

사유의 근간이 되는 재현적 이미지도 우주 만상의 구극적 생명이 아니라 이미 자본의 논리 안에 포위된 교환 가치에 불과한 물질이다. 다시 말한다면 우리가 진정한 유토피아적 세계라고 믿는 그 세계 자체도 이미 자본이 욕망을 확대하여 재생산한 세계라는 것이다. 동일화가 인간과 세계가 구별되지 않은 농경시대의 시적 사유가 아니라 거대한 자본이 은폐한 세계를 들춰내 현실성을 담보하고 있기 때문에 오늘날에도 유효하다고 믿는 그 자체도 이미 자본의 논리에 환원된 달콤한 자기 만족의 자본에 동일화라는 것이다. 이것을 극복할 수 있는 시적 사유는 진리의 상호 구성이다.

　오늘날 자본의 욕망으로 환원되지 않은 순수한 세계가 어디 있는가. 어머니 뱃속에 있는 태아의 생명도 자본의 논리에 의하여 죽고 살고 하는 세상이다. 그렇다. 동일화는 인간이 세계에 폭력을 가하는 가해자로, 그 반대로 인간이 세계의 폭력 앞에 굴복하는 피해자로 서게 하는 기제라 할 수 있다. 이 양면성은 절대적 진리라는 형이상학적 논리에 접근하는 세계의 자아화냐 아니면 자아의 세계화냐 하는 방식의 문제에서 비롯되는 것이다. 문제는 물화된 이미지를 근원적인 것으로 오인하고 있는, 자본의 욕망에 호출된 우리를 어떻게 되돌아서게 하여 근원적인 세계를 지향하도록 역구성하느냐 하는 것이다. 그것은 진리의 복원이 아니다. 진리의 복원은 타자를 배제하고 진리의 소유를 다시 주체에 귀속시키는 것이다.

　이러한 동일화의 시적 사유의 반대편에, 두 번째로 반동일화의 시적 사유가 있는 것은 당연하다. 동일화가 기초로 하고 있는 근원적인 본질의 세계와 자아의 위계질서를 전복함으로써 반동일화의 시적 사유가 가능하다. 반동일화의 시적 사유는 언어의 관점에서 이해하는 것이 용이하다. 언어는 세계를 재현하는 도구가 아니라 언어자체가 하나의 소우주로서 자율적인 세계를 구축하고 있다는 것이다. 마찬가지로 기표는 기의에 종속된 것이 아니라 기표 자체가 실재라는 것이다. 여기서 근원적 본질 세계를 떠나서 언어만의 절대적 세계를 구축할 수 있는 시적 사유가 마련된다. 이것은 본질적인 세계와 비본질적인 세계를 거꾸로 세우는 형상이다. 기표의 절대화는 근원으로부터 탈주인데, 그것은 기표가 자신의 이름을 부르거나 아니면 침묵함으로써 자신만의 절대적 세계를 구축할 수 있다. 세계로부터 탈주와 침묵은 현실 자체도 허구라는 회의로부터 된다. 따라서 반동일화는 세계의 자아화와 자아의 세계화라는 유토피아적 세계를 구축하는 것이 아니라 세계로부터 고립된 비밀스런 자아만의 절대적 세계를 구축하는데 그 목적이 있다. 모든 삼라만상이 허상이고 구극적 세계까지 허상이라고 생각하기 때문이다. 그러나 구극적 세계가 부재하는 것이 아니라 엄밀하게 말한다면 구극적 세계는 절대화된 자아 내부에 있다. 이러한 세계는 타자와 공존하는 세계가 아니라 분열된 세계이다. 이러한 구극적 세계를 찾는 것은 불가능하다는 데서 기표는 기의에서 고정점을 찾지 못하고 계속 미끄러진다. 포스트모더니스트들이 말하는 환유가 여기에 해당한다. 동일화의 시적 수사학의 은유는 근원적인 세계에 현실을 치환함으로써 신화적 세계를 재창조하여 현실에 질서를 부여하려한다. 그런데 환유는 근원적인 세계와의 위계질서를 부정하고 계속하여 탈주함으로써 파편화된 세계를 자신의 몸으로 보여주는 수사학이다.

문제는 오늘날 자본의 폭력 앞에 반동일화의 시적 사유의 의미가 무엇인가 하는 것이다. 반동일화는 진리와 현실이라는 이분법의 위계질서를 부정하고 개별적 절대성을 인정한다는 점에서 자본에 환원된 인간의 해방을 의미하는 것일 수 있다. 그래서 거대한 자본의 물화에 반동일화는 저항하는 시적 전략일 수 있다. 그런데 반동일화는 주관적 내부성에 의하여 세계가 규정된다는 점에서 기표의 독단적인 오류에 빠져들 위험성도 있다. 이러한 반동일화에 대한 비판은 환유가 갖고 있는 현대적 심미성에 대한 몰이해나 부정을 하자는 것이 아니다. 반동일화는 현대적 심미성의 문제가 아니라 동일화의 오류를 자신도 범하고 있다는 것이다. 유토피아적 세계를 지시하

지 않고 자신을 닫아버린 기표가 리얼리티를 갖고 있다고 하더라도, 그 자체
가 이미 자본에 포획되어 있는 존재이기 때문이다. 다시 말한다면 기표가
탈주하였다는 그 세계도 본질적 가치보다 교환 가치가 앞서는 세계라는 것
을 오인하고 있다는 것이다. 그리고 기표가 기의를 떠나서 존재한다는 자체
가 극도로 분업화된 기능주의적인 자본의 논리라는 것이다.

　세계의 이미지를 재현하는 동일화와 세계의 이미지로부터 탈주하는 반동
일화는 야콥슨의 유사성의 은유와 인접성의 환유와 다르지 않다. 은유는
드 만이 지적하였듯이 낭만주의적 사유이다. 낭만주의적 사유의 핵심은 생
명의 유기적 창조이다. 이 창조는 인간을 신의 자리에 위치하게 함으로써
현실은 허구적인 것이기에 고려될 가치도 없는 것이다. 그래서 동일화의
은유의 시적 사유는 시적 주체의 시야만 확대된다. 이에 비하여 기의로부터
탈주하는 반동일화의 환유적 사유는 기표만 있을 뿐이다. 따라서 동일화와
반동일화는 시적 대상과 시적 주체의 긴장을 통한 융합과 상호 구성적인
계기는 마련할 수 없게 된다. 따라서 은유와 환유는 모두 타자가 갖고 있는
주체성을 인정하지 않은 것이다.

　여기서 동일화와 반동일화의 관계를 통합하여 역동적으로 구성할 수 있는
세 번째의 시적 사유 비동일화가 있게 되는 것이다. 비동일화는 세계의 이미
지에 동일화하는 것도 아니고 그것으로부터 탈주하는 반동일화의 시적 사유
도 아니다. 비동일화는 타자의 이미지에 편승하는 동시에 그에 저항하는
시적 사유이다.[2] 비동일화의 시적 사유는 의식과 무의식의 관계로 이해할

---

2) D. Macdonell, Theorise of Discourse, Basil Blackwell, 1987, pp. 25~42.
　Michel Pecheux, Language, Semantics, and Ideology, pp. 97~121.
　강내희, 「언어와 변혁」, 『문화과학』, 1992 겨울호, pp. 39~42.
　비동일화는 페쇠의 용어이다. 그는 알튀세르의 이데올로기 호출의 동일화 기제를
　역동적으로 구성하는 의미로 사용하였다. 즉 비동일화는 이데올로기 호출에 대한
　주체 구성이라는 동일화에 대하여 이데올로기의 갈등과 역동적인 관계를 인정하는

수 있다. 그런데 의식과 무의식을 전통적 형이상학적 우열의 관계를 벗어나 상호 차이로서 먼저 이해하는 데서 비동일화가 확실하게 될 것이다. 인간의 무의식은 의식에 포위되어 그 내부에 작동하고 있지만 결코 의식과 동일한 이미지를 재현하지 않는다. 언제나 의식의 틈을 뚫고 나와서 의식을 새롭게 재편하려 한다. 무의식이 의식에 갇혀 있다고 하여 의식의 이미지에 일방적으로 종속된 것도 아니고 그렇다고 무조건 탈주하는 것도 아니라 무의식은 끊임없이 다른 것을 치환하고 다른 곳으로 이동한다. 무의식은 정지된 상태가 아니라 변화 발전하는 개념이고 이데올로기가 아니라 상호 소통하는 구성적 담론이다. 무의식이 궁극적으로 목표하는 바는 의식의 전복이 아니라 의식과 상호구성적 관계를 맺음으로써 인간을 온전한 주체로 거듭나게 하는 것이다. 비동일화의 시적 사유는 의식과 무의식의 관계처럼 세계와 자아가 상호구성적 관계를 맺는 것이다.

따라서 비동일화의 시적 사유는 타자를 분절하여 배제하거나 은폐하는 것이 아니다. 또 자신의 논리로 일방적으로 타자를 전유하는 것도 아니다. 비동일화는 의식과 무의식의 관계와 같이 주체와 타자는 대립적 관계가 아니라 상호 구성적 관계이다. 그래서 비동일화는 타자가 갖고 있는 그 만큼의 주체성을 인정하지 않고 이를 주체에 대한 반명제로 간주하여 지양함으로써 궁극적으로 주체의 영역에 포섭하는 전유적 기능을 하는 헤겔의 변증법과 다르다. 비동일화의 시적 사유는 타자를 구성적으로 내포하고 있는 데리다의 주체 개념에 가깝다.[3] 즉 비동일화의 핵심은 세계와 자아의 상호 관계성, 세계와 자아의 상호 변별성을 중시하는 상호구성적 시적 사유이다. 그래서

것이다. 필자는 페쇠의 이러한 관점을 인정하고, 이데올로기와 주체 구성이라는 관계를 넘어서 세계와 자아의 역동적인 구성의 시적 사유라는 의미로 사용한다.

3) 윤효녕, 「데리다: 형이상학 비판과 해체적 주체 개념」, 『주체 개념의 비판』, 서울대출판부, 1999, p. 52 참조.

비동일화의 시적 사유에서 의식과 무의식, 진리와 이미지, 기표와 기의는 위계질서의 대립적 관계가 아니라 서로 상대편이 갖고 있는 주체성을 인정하는 상호성을 중시한다. 따라서 비동일화의 시적 사유는 의식과 무의식의 관계처럼 어느 한 쪽이 다른 한쪽을 엄폐나 거부하는 것이 아니라 통합하여 재편하는 발전적 사유이다. 비동일화는 물질로부터 포위된 우리가 진정한 가치를 되찾을 수 있는 시적 전략이 될 수 있다. 그것은 파편화된 현실의 리얼리티를 그대로 인정하는 환유나 정신과 물질의 동일화라는 은유가 아니라 세계와 자아의 통합적 상호구성의 전략이다. 중요한 점은 이 시적 전략이 유토피아적 세계를 복원하는 것이 아니라 유토피아적 세계를 상호 구성하는 것이라는 데 있다. 유토피아적 세계의 복원은 타자를 배제함으로써 그 세계의 소유를 다시 주체에 귀속하는 동일화이다. 유토피아적 세계의 복원은 기의에 기표가 탈주하여 기표 내에만 독점하는 반동일화이다. 그래서 비동일화는 주체가 타자를 배제하고 유토피아적 세계를 자신에 귀속하거나 자신만이 독점하는 것이 아니다. 유토피아적 세계는 타자와 함께 소통하는 삶터이다.

> 쥐가 내 마음의 틈서리를 넓히며
> 세월의 자국을 그려낸다.
> 그들의 통로는 어둠 속에 묻힌 케이블선보다
> 확실한 전언을 갖고 있다.
>
> 그들은 내가 벽에 둘러싸여 있음을 알려주고
> 내 체취를 이루는 음식과 욕망과 그리움들이
> 그들과 무관하지 않음을 깨닫게 해준다.
>
> 나는 그들의 통로에 덫을 놓을 생각이 없다.
> 쥐는 어디든 다니며 이곳과 저곳을 연결한다.

(언제가 대구 중심가에서 대낮에 4차선 대로를 가로지르는 쥐를 본적
이 있다. 그 털은 곤두서고 그 눈은 광채로 번쩍였다. 그때 나는 길
이쪽과 저쪽 건너편이 도시적 구획이 아닌 어떤 삶터로 연결되어 있
음을 알았다.)

그들에게 자기만의 구역이란 무의미하다.
그들은 삶과 자연의 소통이 있는 곳이면 어느 곳이건 출몰한다.
그들이 싸놓은 오줌의 네트워크로 내가 사는 도시는 여전히 연결되
어 있고,
그러한 한 나의 미래는 아직도 낙관적이다.

— 이하석 「쥐」 전문

'쥐'는 시적 주체인 '나'의 무의식이며 타자이다. '쥐'는 언제든지 '내'
의식의 틈서리를 비집고 튀어나오려고 하지만 결코 '나'를 벗어나지 못하고
'내' 안에서 '나'의 의식을 새롭게 구성하는 무의식이다. 또, '쥐'는 '내' 의식
의 틈서리를 넓히며 '내' 안에 거처를 마련하고 나의 이완된 의식을 팽팽하
게 죄는 내적 타자이다. '쥐'가 무의식의 상징이든 타자의 상징이든 간에
'내' 안에 내재하는 나의 구성적 요인이라는 점에서는 동일하다. 그래서 시
적 주체인 '내'가 '쥐'를 인간의 논리로 전유하지도 종속하지도 않는다. 자신
의 시점을 확보하고 있는 '쥐'도 시적 주체에게 일방적으로 동일화된 타자도
아니다. 시적 주체와 '쥐'가 확보한 시점은 서로를 구성하는 상호 인식적
계기가 되는 것이다. 이것은 비동일화 시적 사유의 근간이 되는 주체와 타자
의 상호 소통이다.

시적 주체와 '쥐'의 상호소통은 타협이나 야합이 아니라 "이곳과 저곳을
삶터로 연결하는", 그것은 자신들의 '삶터'를 유토피아적 세계로 연결하는
공동작업이다. 시적 주체가 바람직하다고 생각하는 유토피아적 세계는 "삶

과 자연이 소통이 있는 곳"인데, 이것은 인간과 자연이 구별되지 않는 세계가 아니라 삼라만상이 상호 소통하는 구성적 세계이다. 그래서 시적 주체에게 유토피아적 세계는 결코 불가능한 세계가 아니라 "나의 미래는 아직도 낙관적이다"라는 확신의 세계이다. 그것은 시적 주체가 미래에 대한 낙관적인 전망을 과장하는 것이 아니라 깨달음이다. 깨달음은 '쥐'가 '내' 안에서 케이불선 보다 더 확실한 전언을 갖고 있다는 자각에서 비롯된다. 그 전언은, '내'가 벽에 둘러싸여 있음을 알려주고/ '내' 체취를 이루는 음식과 욕망과 그리움들이/ 그들과 무관하지 않음을 깨닫게 해준다"는, 시적 주체가 포위된 자신을 발견하는 깨달음이다. 이 전언에 의하여, 이 작품이 치밀한 의도로 두 개의 층위로 구성되었다는 것을 알게 된다. 표면적으로는 '쥐'와 '내'가 함께-무의식과 의식의 관계-하는 관계이지만 내면적으로는 '내'가 또 다른, 그의 말로 직접 말한다면 '벽'이라는 큰 타자와 관계하는 시적 주체가 있다. 즉 시적 주체 '나'는 '벽'이라는 주체의 타자이면서 또 '쥐'라는 타자의 주체이다. 시적 주체 '나'와 '쥐'의 관계와 또 벽과 '나'의 관계처럼 주체가 타자로 되고 다시 타자가 주체가 되듯이 삼라만상은 이러한 관계망으로 얽혀 있다. 이것이 삶터이다.

　중요한 것은 시적 주체가 삶터 그 자체가 유토피아적 세계이기를 소망하고 있다는 것이다. 그래서 시적 주체는 '나'와 '쥐'를 차별적인 위계질서의 관계로 생각하지 않는다. '쥐'는 '내' 안에 거처하며 나의 의식을 구성하는 무의식과 같은 존재이다. 그래서 시적 주체는 "나는 그들의 통로에 덫을 놓을 생각이 없다"라는 상극을 넘어서 상생을 도모한다. '덫'은 타자를 배제하는 도구이고 주체만의 유토피아적 세계를 복원하는 도구이다. 시적 주체 '내'가 '쥐'를 배제하는 것은 곧 '벽'이라는 큰 타자가 나를 배제할 수 있다는 논리가 된다. 따라서 "그들에게 자기만의 구역이란 무의미하다"라는 시적 주체의 깨달음이 있게 된다. "자기만의 구역이란" 유토피아적 세계를 특정인에 귀속하는 것이고 특정인이 그 세계를 독점하는 것이다. 유토피아적 세계는 주체와 타자의 상호 '소통'하는 삶터이다. 상호 소통은 기표가 기의로부터 탈주하는 환유적 세계가 아니다. 또 기표가 기의에 귀속되는 은유적 세계도 아니다. 이 작품의 백미가 되는 셋째 연의 괄호로 묶어놓은 부분의 "그 털은 곤두서고 그 눈은 광채로 번쩍였다"하는 긴장된 삶의 형상화에서 유토피아적 세계란 삶의 구획이 아니라 서로 연결되어 구성하는 삶터이어야 한다는 시적 주체의 논리가 선명하게 드러난다.

여기서 중요한 것은 시적 주체가 강조하고 있는 "자기만의 구역이란 무의미하다"라는 상호소통의 원리는 타자에 엄연히 존재하고 있는 주체성을 인정하는 것이다. 여기서 유토피아적 세계는 주체의 독점과 귀속의 욕망을 넘어서 단지 '삶터'일 뿐이라는 것이 더 확실하게 된다. 그런데 이 작품의 배경이 되는 대도시는 자본의 논리에 의하여 자기만의 구역을 공고히 하는 공간이다. 시적 주체는 이러한 자본이 구획한 공간에 저항하거나 분노하지 않는다. 오히려 외면하고 있다. 그러나 시적 주체는 "벽에 둘러싸여" 있지만 마음의 틈서리를 넓히는 '쥐'처럼 은밀하게 타자와 소통하기 위하여, '삶터' 자체가 유토피아적 세계이기를 소망하며 그 벽을 허물고 있다. 즉, 시적 주체는 자본이 구획한 세계에 들어가 자본의 욕망을 충실하게 따르고 있는 것 같지만 그 근원 자체를 허물어 구획의 선을 무의미하게 한다. 그래서 '내'가 사는 도시는 여전히 연결되고 있고" 그래서 미래는 낙관적이다. 물론 낙관은 구획을 허물어뜨리는 고통과 치열을 수반한다.

3.

비동일화의 시적 사유는 소통이다. 타자가 갖고 있는 만큼의 주체성을 인정하고 그 타자성을 내적 타자로서 나를 구성하는 매개로 삼는 시적 사유이다. 유토피아적 세계의 복원이 아니다. 복원은 타자를 배제하고 주체에 귀속하는 전유이다. 그러나 유토피아적 세계의 구성은 갈등과 역동적인 과정을 소중하게 하며 결과를 함께 공유하는 것이다. 그래서 비동일화의 시적 사유는 어떤 담론의 동일화가 아니다. 타자가 갖고 있는 차이성을 주체의 구성적 요인으로 수용한다. 결국 이것은 삼라만상의 생명을 소중히 여기는 것이다. "나는 그들의 통로에 덫을 놓을 생각이 없다"라는, 선언이 그것이다. 내가 그들의 통로에 덫을 놓는 것은 또 다른 보이지 않는 그들이 나에게 덫을 놓는 결과를 가져온다. 따라서 비동일화의 시적 사유는 상극이 아니라 상생의 원리다. 그렇기 때문에 비동일화의 시적 사유는 목적보다 과정을 중시한다. 그래서 선언이나 외침보다는 방법을 더 소중히 한다. 그 시적 전략은 서로 부르고 대답하는 대화적 관계를 구성하는 것이다.

이러한 비동일화의 시적 사유는 자본의 거대한 폭력에 야합이나 타협할 수 있다는 혐의를 받을 소지가 있다. 그러나 비동일화의 시적 사유는 물화된 세계를 엄폐하거나 거부하는 것이 아니라 그 세계를 변형 치환하여 재편한다. 그것은 이렇게 말할 수 있다. "그들은 내가 벽에 둘러싸여 있음을 알려주고/ 내 체취를 이루는 음식과 욕망과 그리움들이/ 그들과 무관하지 않음을 깨닫게 해준다"는 자극과 깨달음의 상호구성이다. 그 시적 전략은 은유와 환유의 경계를 해체하여 "자기만의 구역이란 무의미하다"는 사유에 이르는 것이다. 즉 은유와 환유는 대립적 관계가 아니라 상호 내재하는 구성적 요인으로서 변별적 관계로 인식함으로써 가능하다. 이것으로서 비동일화의 시적 모색이 완결된 것은 아니다. 그러나 하나의 대안을 모색하는 과정 중에 있는 대안이 될 수 있다.

김소월 : 간주관성과 서정성

Ⅰ. 문제의 제기

이 글은 김소월의 시적 사유구조를 존재론의 관점에서 밝혀보려는 데 그
목적이 있다. 김소월 시에 대하여 존재론적 관심은 그의 시에 넘쳐나는 사
랑·이별·고독·비애의 낭만성에 주목하는 것이기도 하다. 김소월 시는,
1923년 박종화가 기교와 율조의 우수성을 언급한 이후 율격·언어·정
서·장르·사조·전기 등이 다양하게 연구되어 그 성과를 총체적으로 정리
할 단계에 이르렀다.[1] 사정이 이렇다고 하더라도 김소월 시에서 가장 핵심이
라 할 수 있는 시적 사유구조가 무엇인가 하는 점은 아직까지 명확하게 드러
나지 않았다. 김소월 시의 낭만적 사유는 흔히 말하는 '부재'·'상실'·'단

---

1) 조동일, 『우리문학과의 만남』, 홍성사, 1978.
   오세영, 『한국낭만주의시연구』, 일지사, 1980.
   신동욱 편, 『김소월』, 문학과지성사, 1980.
   신동욱 편, 『김소월 연구』, 새문사, 1982.
   김영철, 『김소월』, 건국대학교 출판부, 1994.
   김정구 편, 『소월 김정식 전집』, 한국문화사, 1993. 이 자료를 텍스트로 삼아 『전집』
   3 등으로 표기한다.

절'에 기인된 것이라 할 지라도 그 사유의 근본이 존재론에 있다는 데 이 글은 관심을 집중한다.

김소월 시 전체를 검토하여 보면 가족과 님을 그리워하는 낭만적 시라는 것을 쉽게 알 수 있다. 이 문제는, 그 낭만성이 서구적 의미의 창조적 자아의 낭만성이 아니라 가족과 님이 함께 하기를 그리워하는, 그들과 함께 함으로써 정서적 안정감을 갖는, 타자와의 조화로운 삶을 희원(希願)하는 간주관성[2]의 존재론에 있는 것이다. 김소월의 시적 사유구조를 존재론의 차원에서 밝히려는 근본 이유는 화자가 주체를 구성하는 이러한 방식에서 출발된다. 이 글의 이러한 과제를 보다 분명히 하기 위하여, 간주관성의 의미를 타자와 조화를 중시하는 상호 구성적인 시적 원리로 사용한다. 간주관성은 동일자의 논리에 의하여 타자가 구성되는, 즉 주체가 동일자에 의하여 일방적으로 구성되는 동일화가 아니라 타자와 주체의 역동적인 구성이다. 분명히 할 것은, 김소월 시의 간주관성이 가부장제의 권위에 의한 일방적 동일화가 아니라 타자와 주체 사이의 경계를 해체하여 역동적으로 구성하는 비동일화의[3] 원리라는 점이다. 그러므로 간주관성은 타자와 주체의 경계를 해체하여 조화로운 세계를 꿈꾸는 시학의 근본원리와 동일하다. 여기서 김소월 시를 존재론적으로 해명해야 할 입점이 분명하게 되는데, 그것은 그의 시를 가로

---

2) 함재봉, 『탈근대와 유교』, 나남출판사, 1998, p. 260. 함재봉의 주장의 핵심은 유교의 존재론적인 특징이 간주관성이고, 그 점에서 인간을 존중하는 존재론으로서 의미가 있다는 것이다.

3) 조두섭, 『한국근대시의 이념과 형식』, 다운샘, 1999, p. 22.
Diane Macdonell, *Theories of Discourse*, Basil Blackwell, 1986, pp. 39~42.
비동일화는 폐쇠의 용어로서 주체가 구성되는 기제의 한 방식이다. 그 방식은 타자의 이미지에 자유롭게 동의하는 동일화, 타자의 이미지를 거부하는 반동일화, 타자의 이미지에 역동적인 비동일화로 나누어진다. 폐쇠가 말하는 비동일화는 헤겔의 유산에 자유롭지 못한 담론이다. 이 비동일화와 간주관성의 상관성은 가다머가 말하는 질문과 응답의 '상호대화'라는 변증법에 있다.

지르는 서정적 낭만성에서 찾아진다.

김소월 시의 간주관성의 원리를 해명함으로써 이상화·한용운 시를 연구할 수 있는 단초를 마련할 수 있다. 대체적으로 이상화 시의 화자는 주관적 존재인 데 비하여, 한용운의 시의 화자는 초월적 존재이다. 이에 비하여 김소월 시의 화자는 타자와 간극을 부정하고 과거의 님이 현재에도 함께 하기를 염원하는 간주관적 존재이다. 이러한 존재론은 결국 그들의 동일한 시적 기반이 되는 낭만성을 변별할 수 있는 준거점이 될 것이다.

김소월 시의 간주관성의 낭만성을 밝힘으로써, 지금까지 1920년대 낭만적인 시들을 서구 낭만주의 영향으로 정리하던 것에서 다른 줄기를 새롭게 짚어갈 수 있을 것이다. 그러므로 이 글은 김소월 시의 어머니와 님을 그의 실존적 개인으로, 혹은 환유적 의미로 확대하거나, 더 나아가 인간이 갈구하는 유토피아의 상징으로서 거론하는 차원의 문제가 아니다. 이 글의 핵심은 김소월 시의 화자가 존재하는 방식 자체를 주목하는 것이다. 이 관심은 김소월 시의 간주관성이 타자와 조화롭게 살아가는 삶의 원리이자 서정적 낭만시의 원리라는 데 있다. 이러한 김소월 시의 원리 한가운데에 님이 있는데, 님은 그가 "예전에 미처 몰랐어요"하고 노래하였듯이 상징계의 표상체계이다.[4] 이 상징계의 표상체계는 "선적인 역사 위에 존재하는 것이 아니라 일종의 왜곡되고 전도된 시간성 위에[5]" 존재하는 인식틀이다.

앞으로 밝혀지겠지만 김소월의 이러한 시적 인식틀은 잡가의 정성위음(鄭聲衛音)에서 발견한 것인데, 그것은 관념화된 전근대적 적격을 전도한 것이다. 다시, 그것은 시적 원리로서 비동일화이다. 이와 같은 관점에서 본다면 1920년대 우리 시의 낭만주의는 백조파의 서구적 낭만주의와 잡가류에서

---

4) 권택영 편, 『자크 라캉 욕망의 이론』, 문예출판사, 1994, p. 20.

5) 가라타니 고진, 박유하 역, 『일본근대문학의 기원』, 민음사, 1997, p. 28.

이어지는 전통적 낭만주의의 두 줄기로 나누어진다고 할 수 있다. 이 글이 목적하는 김소월 시의 정체가 밝혀진다면 이러한 시사적인 의미도 함께 드러날 것이다.

Ⅱ. 간주관성의 시적 사유구조

김소월 시를 일별해 보면, 그의 시를 관통하는 시적 사유가 가족에 기초하고 있다는 것을 발견하게 된다.[6] 그러나 김소월이 산마루나 개여울에서, 꿈속에서 숨이 넘어갈듯이 애절히 님을 그리워하는 낭만적 목소리가 너무 강렬하기 때문에 가족을 그리워하는 정서는 가려지게 된다. 문제는 김소월이 숨이 넘어갈 듯이 그리워하는 님의 시 역시 가족을 그리워하는 시들과 다르지 않다는 데 있다. 지금까지 간과된 이 문제가 김소월 시의 중심 원리라는 데서 이 글은 출발한다.

김소월의 「우리집」·「옛길」·「집생각」·「나의 집」 등의 시가 아니더라도 대부분 삶의 터전을 상실한 시대에 가족과 함께 하기를 그리워하는 유토피아적 사유가 그의 시를 관통한다. 김소월이 가족과 님을 간절히 그리워하는 시적 사유는 기본적으로 존재론의 문제다. 김소월 시의 유토피아적 사유를 추동하는 근간이 되는 것은, 인간은 상호 조화에 의하여 존재가 의미

---

6) 서정주, 「소월에 있어서의 육친·붕우·인인·스승의 의미」, 『현대문학』, 1960. 12.
　김윤식, 『한국현대문학사상비판』, 일지사, 1978, p. 149.
　신범순, 『한국현대시의 퇴폐와 작은 주체』, 신구문화사, 1998, p. 165.
　서정주는 김소월 시가 육친이나 붕우에 집중된 특징을 고도(古道)라는 의미로 설명했다. 같은 맥락에서 김윤식도 그의 가족과 님의 시편들에서 그러한 의미를 부여하였다. 신범순은 김상훈·백석·오장환 등과 현대시인의 시에서 가족의 기호와 상징의 의미를 통시적으로 논하는 가운데 소월 시의 가족의 의미를 다루었다.

있게 된다는 간주관성의 믿음이다. 그렇기 때문에 김소월이 애틋하게 가족과 님을 부르는 소리는 무덤 앞에서도 멈추지 않는다. 그것은 자신이 타자를 떠나서 존재할 수 없다는 간주관성의 삶의 원리가 시적 원리로 전이된 현상이다. 김소월 시의 화자가 개별 주체로서 기능하지 못하고 항상 어머니·아내·누나·벗, 그리고 님과 연결되어 있는 것은 이러한 이유이다.

김소월 시의 이러한 점은 1920년대 이상화와 한용운의 시를 함께 비교함으로써 쉽게 확인된다. 이 글은 이상화와 한용운 시를 김소월 시와 함께 분석하여 비교하는 것을 목적으로 삼지 않았기 때문에, 단지 이 글을 전개하기 위하여 개략적으로 님을 존재론적으로 살펴본다. 두루 알다시피 김소월 시의 님은 한용운 시의 님처럼 국가나 민족의 제유적 의미나 절대자라는 상징적 의미를 부여할 수 없다. 그렇다고 이상화가 애타게 부르던 '마돈나'와 같은 절대개인이 아니다. 김소월이 "선 채로 이 자리에 돌이 되어도/ 부르다가 내가 죽을 이름이여"하고 목놓아 부르는 화자는 초월적 대상도 아니라 오직 돌이 되어도 그들과 분리될 수 없는 상호주관적 존재이다.

세 시인의 님이 이렇게 차별화되는 것은 존재론적 사유구조의 차이이다. 한용운 시의 님은 시·공간을 초월하여 존재하는 데 비하여, 이상화 시의 님은 오직 주체와 분리되는 타자로서의 개인이다. 그러나 김소월의 님은 죽어서도 불러야 하는, 그 행위에 의하여 자신의 존재가 가능하게 되는 상호주관적 존재이다. 즉 김소월 시의 님은 타자로 존재하는 것이 아니라 자신의 주관 내부에 존재하는 자신과 구분되지 않는 타자이다. 이 점을 더 분명히 하자면, 한용운 시의 님은 만남과 이별, 삶과 죽음의 대승적 지양을 도모하여 현실을 초월한다. 이상화 시의 님은 화자에 대응되는 타자로서 존재한다. 그러나 김소월 시의 님은 화자와 상호주관적 역동적으로 존재한다. 여기서 김소월의 님은 자신을 구성하는 타자라는 점이 명확하게 된다. 즉 김소월 시의 님은 자신을 초월하게 하는 존재가 아니고 역시 자신에 대응되는 존재도 아니라 자신을 구성하는 주관적 타자이다.

　문제는 김소월에게 간주관성이 삶의 원리이고 시의 원리이며, 더 직접적으로 서정적 낭만성의 원리라는 데 있다. 그 핵심은 타자와 자신이 조화되게 하는 서정적 낭만이다. 간주관성이 삶의 원리라는 것은 스승 김안서에게 보낸 편지글에서 확인된다. 김소월은 "정이 업시 사라 가는 사람의 생활의 추잡(醜雜)하고도 암담(暗澹)함을 다시 어듸 말할 곳도 업습니다"[7]하고 스승에게 하소연한다. 근대성의 자리에서 '정(情)'이 많은 인간은 비이성적이고 비합리적이며 미분화된 인간상이다. '정(情)'은 지극히 주관적인 정서로 합리적인 판단을 저해하기 때문에 배제되어야 한다. 반면에 정은 인간과 인간 사이를 연결하는 물질적 상상력으로[8] 인간성을 고양시킨다. '정'은 타자와 주체 경계를 허무는 물질적 상상력으로 상생의 조화를 구성하는 에너지이다. 김소월이 말하는 '정'은 '이지(理智)'와 '감정'의 조화를 바탕으로 하고 있는 점에서 타자와 주체의 경계를 해체하는 상호주관적이다. 그러므로 김소월의 간주관성은 주체가 타자를 일방적으로 동일화하는 가부장제적 질서가 아니다. 가부장제 질서는 임금은 신하를, 아버지는 아들을, 남편은 아내를 일방적으로 자신에 환원한다. 그러므로 타자의 이미지는 주체의 이미지에 환원되어 주체의 이미지로 존재한다. 김소월이 말하는 '정'은 주체와 타자가 함께 조화하는 상호 대화적 상상력이다. 김소월의 이러한 삶의 원리가 시에 그대로 반영된다. 김소월 시의 간주관성의 시적 원리는 타자와 자신이 하나가 되는 서정적 혼융으로 낭만적 세계관이다. 이것은 간주관성의 근원적 장(場)인 가족에서 원초적 부부 사이를 통하여 형상화된다.

---

7) 『전집』 3, 「도라오시는 길로」, p. 56.

8) 곽광수, 『가스통 바슐라르』, 민음사, 1995, p. 16.
　이 글에서 사용하는 물질적 상상력은 바슐라르의 의미를 차용하여 주체와 타자의 경계선을 해체하여 조화에 이르는 의미로 사용한다.

오오 안해여, 나의사랑!
하늘이 무어준짝라고
밋고사름이 맛당치안이한가
아직다시그러랴, 안그러랴?
이상하고 별납은사람의맘
저몰나라, 참인지 거줏인지?
정분으로얼근 짠두몸이라면
서로 어그짐인들 쏘잇스랴.
한평생이라도 반백년
못사는이인생에!
연분의긴실이 그무엇이랴?
나는 말하려노라, 아무러니,
죽어서도 한곳에 무치더라.

—「부부」 전문

　이 시는 지극히 단순하다 그러나 김소월 시적 사유가 가족주의적인 간주관성이라는 점을 구체적으로 확인할 수 있는 점, 남편과 아내의 목소리가 나란히 대화주의를 구성하고 있다는 점에서 주목할 이유가 있다. 이 시의 발상은 부부의 인연이 소중하기 때문에 죽어서도 한 곳에 묻히어야 하고, 죽어서도 결코 인연을 끊을 수 없다는 전근대적 질서에 있다. 이 질서에 의하여 부부가 연분의 긴 실에 얽매어 살아가는 것이 조금도 불편하지 않고 오히려 당연하다는 것이다. 이러한 태도는 그 질서가 자신의 존재를 존재되게 하고, 자신을 온전하게 한다는 믿음이다. 그러나 남편의 믿음이 일방적이거나 권위적이지 않고 아내와 나란히 한다는 데서 새롭다. 또 아내가 남편에 환원되거나 남편이 아내에 환원되는 것이 아니라 상호 주관적이다. 이것은 김소월이 남편에 아내가 동일화되는 전근대적 질서를 전도한 새로운 구성이다.

　이러한 전근대적 질서를 전도한 질문과 대답의 대화적 관계는 전경화된

설의법도 반영된다. 설의법은 양반 시조에서 유가적 윤리를 강조하는 데 자주 사용되는 상투적 수사법이다. 그런데, "믿고 살아가는 것이 마땅하지 아니한가"라는 설의법은 단순히 당위성을 강조하기 위한 수사법이 아니다. 물론, 그와 같은 강조의 기능이 전부 배제되었다고 할 수 없으나 남편과 아내와 상호 소통하는 대화적 기능에 중점이 있다고 할 수 있다. 즉 화자가 주장하는 윤리적 가치를 아내의 동의에 의해서, 그러한 내용을 함께 공유하려는 의도라 할 수 있다. 그리고 '~더라', '있으랴'하는 종결어미에 나타나는 시조의 관습적 어조도, 이와 같은 의미로 이해할 수 있다.

김소월이 하늘이 맺어준 짝이라고 무조건 믿고 살아야 한다는 전근대적 가족주의 질서에 맹목하는 것이 아니라는 것에서, 즉 상호 대화적 소통구조라는 점에서 간주관성의 성격이 분명하게 된다. 이러한 태도는, 간주관성이 자신을 억압하는 기제가 아니라 오히려 편안하게 하는, 마땅하게 지켜짐으로써 타자와 조화로운 관계를 구성할 수 있다는 변증법적인 상상력이다. 그러므로 화자는 "죽어서도 한곳에 묻히더라"고 그 사실을 강조하며 부부간에 '어거짐'이 있을 수 없다고 다시 다짐한다. 이 다짐은, 부부 관계가 허물어지면 그들의 실존도 허물어진다는, 존재론적인 위기감 때문이다. 즉 존재 방식의 위기가 자신의 위기일 수 있다는 것이다. 그렇기 때문에 부부는 마땅히 신성하고 의무화되어 무조건 긍정해야 하는 관계이다. 이 긍정은 전근대적 질서의 동일화가 아니라 '정분'이라는 인간의 원초적 물질적 상상력이 밑받침 된 것이다. 이 '정분'은 "돈주면 게집이야 사지"라고 탄식하는 식민지 근대성에 의하여 타락한 윤리에 대한 비판일 수 있지만, 그보다는 "정업시 사라가는 사람"의 삭막한 현실에 대한 비판이며, 그러한 인간에 대한 비판이다. 그러므로 김소월의 시적 간주관성의 원리는 전근대적 가족주의에 대한 맹목이 아니다. 그것이 인간이 인간으로서 조화롭게 살아가는 삶의 원리이다.

　　　낙엽이 우수수 써러질째,
　　　겨울의 기나긴밤,
　　　어머님하고 둘이안자
　　　옛니야기 드러라.

　　　나는 어쌔면 생겨나와
　　　이니야기 듯는가?
　　　뭇지도마라라, 내일날에
　　　내가부모되여서 알아보랴?

—「부모」 전문

　전근대적 가족은 부자 관계를 축으로 하여 그 질서를 강조한다. 그런데 위의 시에서처럼 김소월 시에는 아버지가 가족의 중심에 있지 않다. 그의 시에는 아버지가 중심에 없는 것이 아니라 아예 부재한다. '어버이'를 노래한 「훗길」도 있지만 이 작품에도 아버지가 아니라 그저 부모일 뿐이다. 그런데 비하여 「엄마야 누나야」·「부모」 등의 작품에서처럼 어머니는 구체적으로 명시되어 있다. 이것은 김소월의 전기에 나타나는 아버지에 대한 정신적 외상 때문이라는 심리적 현상으로 설명할 수 있다. 그러나 그것은, 김소월의 전기적 사실이 간접적이라는 점에서 더구나 그가 시인으로서 확고하게 자리한 사후에 구성되었기 때문에 신뢰성이 부족하다는 문제가 있다.

　아버지에 대한 정신적 외상으로 긴 겨울밤을 어머니와 정답게 이야기하는 곡진한 마음이 있을 수 있다. 그 문제의 핵심은 겨울밤 어머니와 둘이 앉아 옛이야기를 나누는, 자신의 존재에 대하여 거슬러 올라가 근원적 물음을 하는 데 있다. 이 물음을 이야기하여 주는 대상은 아버지가 아니라 어머니다. 전근대적 가족 관계에 의한다면 그것은 마땅하게 아버지가 맡아야 할 몫인데도 이 시에서는 어머니가 담당하고 있다. 이 몫을 담당하는 어머니는 상징계의 표상체계로 자신의 주체를 생산한다. 이것을 다르게 말하면 화자는 어머니를 통하여 외적 세계를 인식한다고 할 수 있다. 여기서 김소월 시적 인식틀이 여성이라는, 구체적으로 어머니와 님이라는 것이 확인된다.

그러므로 아버지는 그를 호출하여 주체로 구성하는 공식적 담론도 아니고 가부장제적인 권위도 아니며 그렇다고 극복하여야 할 대상도 아니다. 김소월은 현실에 다가가기 위하여 어머니의 '이야기'라는 타자의 담론을 지나가야 한다. 그렇기 때문에 어머니는 "겨울의 기나긴 밤" 존재의 근원적인 물음을 답변해 줄 유일한 대상이 된다. 이 점은 결국, 어머니가 현실에 다가가는 표상체계라는 의미이기도 하다.

그런데 화자는 내가 어떻게 출생하여 어머니의 다정한 이야기를 듣는지 현재로는 확실하게 알 수 없으나 부모가 되어 자식을 기를 때 알 수 있다고 한다. 이것은 어머니에게로의 일방적 동일화가 아니다. 화자는 존재의 근원에 대한 물음을 풀어내기 위하여 어머니의 이야기를 거쳐 가면서도 그 담론 속에 자신의 깨달음을 자리하게 한다.

이러한 시적 깨달음은 기교에도 그대로 나타난다. 한용운은 은유를 매우 다채롭게 사용하고, 이상화도 시각적 이미지를 동반하는 은유를 다양하게 사용하는데, 김소월은 그렇지 않다. 그의 시를 지탱하고 있는 것은 은유나 이미지와 같은 방법적인 차원이 아니다. 그의 시를 받치고 있는 기둥은 "이제금 져달이 서름인줄은/ 예전엔 밋처몰낫서요."라고 고백하는 바와 같이 주체의 깨달음 자체이다. 더 분명히 하자면, "니젓던 그 사람"(「눈오는 저녁」), "그립던 우리 님"(「풀따기」)의 무수히 찾을 수 있는 예에서처럼, 보조관념을 매개하지 않고 정서적으로 파악한 '잊었던'·'그립던' 님일 뿐이다. 김소월 시의 이 점은, 한용운이 님을 "바람도 없는 공중에 수직의 파문을 내며 고요히 떨어지는 오동잎은 누구의 발자취입니까"라는 은유에 의해 구체적으로 님을 형상화한 방식과 다르다. 은유는 보조관념에 의하여 원관념이 형상화된다. 이것을 다르게 말하면 보조관념은 보조관념이 아니라 원관념을 강제적으로 억압하는 힘이다. 그런데 김소월은 이러한 시적 기교를 사용하지 않고 정서적 느낌 자체를 그대로 제시할 뿐이다.

앞서 말하였듯이 이 시의 핵심은 어머니에 있다. 화자는 자신 존재의 근원에 대한 물음으로서 삶에 대한 물음을 대신하는 고달프고 나약한 존재이다. 거기에 비하여 어머니는 그러한 물음에 답을 할 수 있고 화자의 나약함을 감싸주는 존재이다. 이 둘이 함께 함으로써 즉 간주관성을 맺음으로써, 고달픔과 물음은 사라지게 된다.

김소월의 이러한 시적 원리는 이미 지적하였듯이 부자 관계를 중심으로 하는 전근대적 가족 조직과 다르다는 데 있다. 일반적으로 유가에서는 부자 관계가 부부관계·자매 관계 등의 다른 관계보다 우위에 있는데 김소월의 시적 사유는 그렇지 않다. 여기에서 김소월에게 님의 미학이 탄생한다. 부자 관계의 상징은 권위와 위엄에 대한 복종이다. 그런데 김소월 시는 이러한 권위와 복종이 배제된 부부 관계·모자 관계·자매 관계를 중심 축으로 하고 있다. 이 가족 구조는 김소월 시의 님을 해명할 수 있는 단서가 된다. 김소월 시에서 가족 중심의 간주관성은 아버지로 상징되는 권위가 아니라 가족 체계가 존재하게 하는 이념을 구성한다. 그러므로 김소월이 가족을 통하여 발견한 것은 가족 중심의 질서가 아니라 그 조직이 만들어 내는, 그것을 존재하게 하는 원리로서의 간주관성이다. 그 간주관성의 핵심은 비동일화이다.

III. 분열된 화자의 아이러니

김소월 시적 사유구조는 이미 앞에서 밝혔듯이, 핵심은 간주관성의 존재론이다. 이를 통하여, 님이 어머니·아내·누이 등의 가족 계열체 내에 자리하는, 이들과 대등한 간주관성의 존재라는 사실도 확인할 수 있다.

김소월의 님은 전기적 여인 오순이, 그리고 익명의 연인과 동일시되기도 한다. 그러나 님이 오순이와 익명의 연인만이 아니라 다른 실명일 수 있는 단서는 여러 곳에서 찾아진다. 김소월이 안서의 편지를 받고 자신의 외로운 심정을 담아 노래한 「차 안서선생 삼수갑산운」에서, 그는 자신의 조상을 그리운 님이라 불렀다.[9] 또 다른 님은 그가 존경하는 스승이다. 김소월은 스승 조만식 선생을 애절히 그리워하며 「제이, 엠, 에쓰」에서 그를 '님'이라 간절하게 불렀다. 또 오산학교 시절 맺어진 스승 안서를 역시 님이라 불렀다. 또 다른 님은 기생 채란이가 부르던 잡가에 나오는 허구적 여인이며, 익명성의 연인이다. 김소월 시의 님은 오순이라는 전기적 여인에 한정되는 것이 아니라 조상과 스승, 그리고 잡가의 노래 대목에 나오는 기구한 운명의 허구적 여인도 님이고 그가 그리워하던 익명의 연인도 님이기도 하다.

김소월에게 님은 이처럼 조상과 스승, 그리고 익명의 이성이라는 두 개의 층위로 나누어진다. 그런데 이 두 층위가 김소월에게 확연하게 구분되지 않는다. 조상과 스승은 가부장제의 권위의 상징이나 어떤 역사와 이념의 상징이 아니라 다만 간주관성의 원초적 매개일 뿐이다. 김소월의 익명적 님의 정체를 밝힐 수 있는 단서는 이 간주관성의 원초성인데, 그것은 채란이가 부르던 잡가에 대한 그의 생각에서 찾아진다.

김소월은 「팔벼개조 노래」를 시단에 소개하면서 시인들의 시적 안목을 욕되게 하고 정성위음(鄭聲衛音)이라고 비난할 수 있는 점을 염려하였다. 두루 알다시피 정성위음은 난세의 음악으로 사람의 마음을 음란하게 하는 음기(淫氣)의 음악이다.[10] 그는 「팔벼개조 노래」가 음기로 인하여 "비속한

---

9) 그가 노래하는 "님 계신 곳 내 고향"의 님은 "오늘이 열 사흘날 저는 십년 만에 선조의 무덤을 찾아 명일 고향 곽산으로 뵈러 가려 하옵니다"하고 부연 서술한 대목에서 조상이라는 것이 쉽게 확인된다.

10) 여기현 편역, 『중국고대악론』, 태학사, 1995, p. 121.

세속의 부경(浮輕)한 일단을 칭도(稱道)함에 지내지 못한다는 비난을"[11] 받을지라도 소개한다고 했다. 그가 이렇게 비난을 받을 각오로 이 노래를 완강하게 소개하려는 의도는, 사실 소개하려는 것이 아니라 자신의 가슴속에 새겨두려는 의도는, 역설적으로 정성위음에서 시적 정서를 발견한 것이다. 여기에 김소월 시의 낭만적 성격이 드러난다. 중요한 점은 정성위음이 전근대적 관습화된 사유구조에 대한 전도라는 것이다. 전근대적 간주관성을 지탱하고 있는 것은 보편적 질서이다. 그런데 상기할 점은, 김소월에게 어머니가 상징계의 표상체계이었다는 것, 이것을 다르게 말하면 세계를 모성적 감정으로 인식한다는 것과 같다. 그러므로 김소월이 정성위음에서 발견한 것은 전근대적 간주관성의 질서가 억압한 감정이다.

이 단서는 노래의 배경이 되는 채란이의 기구한 운명을 말하는 시인의 감동에 있다. 채란이는, 그의 말로 한다면 "고향은 진주요, 아버지는 정신나간 사람 되어 간 곳을 모르고 제 나이가 열세살에 어머니가 제 몸을 어떤 호남 행상에게 팔아 당신의 후살이의 밑천으로 삼으니" 그로부터 뿌리 없이 홍콩·천진·대련으로 떠돌다가 영변까지 흘러온 기생이다. 채란이가 자신의 비극적 신세를 잡가에 패러디한 형식의 「팔벼개조 노래」의 내용은 고향(부모)을 상실한 떠돌이 여인의 사랑이다.

문제는 채란이가 부른 잡가의 정성위음인데, "영남의 진주는/ 자라난 내 고향/ 부모 없는/ 고향이라우"하며 탄식하는 상실에 대한 그리움이며, 동시에 "가장(家長)님만 님이랴/ 오다가다 만나도/ 정붙들면 님이지"하는 전근대적 간주관성을 전도한 여인의 감정이다. 이러한 감정은 신파극에서 흔히 볼 수 있는 감상주의적인 위안의 눈물일 수 있다. 그러나 이 감정은 연민과 사랑에 연유하는 감정적 전이이다.[12] 즉 채란이의 떠돌이 내력에서 느껴지

---

11) 『전집』 3, 「팔벼개 노래조」, p. 51.

는 공감적 연민이다. 그러므로 김소월이 말하는 정성위음은 기생 채란이가 부르는 잡가에 넘쳐나는 자연스러운 감정인데, 그것은 전근대적 간주관성의 질서를 새롭게 전도하는 낭만이다.

정성위음의 낭만은 간주관성을 부정하는 것이 아니다. 채란이가 부르던 잡가를 「팔벼개조의 노래」라고 이름을 붙인 것 자체는 사랑의 애틋함을 강조하기 위한 것이며, 동시에 "화문석 돗자리/ 놋촛대 그늘엔/ 칠십년 고락을/ 다짐둔 팔벼개"라는 대목이 함축하는, 인간은 절대적 존재가 아니라는 것이다. 팔벼개는 절대 개인의 상징이 아니라 두 사람이 연결되어 하나가 된 간주관적 존재의 상징으로, 그것도 한 평생 고락을 다짐한 결코 나누어질 수 없는 타자와 자신의 혼융이다. 정성위음의 핵심은 전근대적 간주관성의 보편적 질서를 주관적 감정으로 전이한 것이다.

여기서 김소월이 채란이가 부른 잡가에서 발견한 전근대적 간주관성의 가장(家長)에 대응되는 님의 존재가 무엇인지를 알 수 있게 된다. 님은, 김소월이 "사내드리 '돈주면 게집이야 사지', 게집은 '몸주면 돈이야 생기지'[13]라고 비판하는, 사랑을 상품으로 소비하는 대상으로서의 여인이 아니다. 님은 타자와 자신을 하나되게 하는 근원적인 존재의 표상이다.

> 봄가을업시 밤마다 돗는달도
> '예젼엔 밋처몰낫서요'
> 이렇게 사뭇치게 그려울줄도
> '예젼엔 밋처몰낫서요.'
> 달이 암만밝아도 쳐다볼줄을
> '예젼엔 밋처몰낫서요.'
> 이제금 져달이 서름인줄은

---

12) 오세영, 「낭만주의」, 『문예사조』, 고려원, 1983, p. 89.
13) 『전집』 3, 「팔벼개 노래조」, p. 51.

‘예전엔 밋처몰낫서요.’

—「예전엔 밋처몰낫서요」

　김소월이 발견한 님은 이처럼 시의 전면에서 거침없이 그리움의 정조를 유로하는 여성이다. 김소월 자신을 여성으로 전도함으로써 님에 대한 그리움이 분명하게 드러나게 된다. 여성화자의 고백은 전근대적 가치관으로 본다면 마땅히 정성위음으로 부경(浮輕)하다고 비판할 수 있다. 채란이가 부른 잡가와 상호 텍스트성으로 인하여, 잡가와 동일한 화자가 사랑을 노래함으로써 더 비판적일 수 있다. 그런데 화자가 보름달을 바라보며 “예전엔 미처 몰랐어요”하고 거듭 말하는, 정성위음의 낭만은 김소월의 시적 전략이다. 그 장치의 비밀은 아이러니에 있다.

　화자가 “예전엔 미처 몰랐어요”하는 깨달음은 자신을 두 개의 화자로 분열시킴으로써 가능하다. 즉 화자가 자신을 숨어 있는 과거의 화자와 표면적으로 나타나는 현재의 화자로 분열시킴으로써 님을 발견하게 된다. 이 분열된 화자의 정서를 연결하는 매개가 작품 한가운데 있는 달이다. 달은 과거에는 하나의 자연물에 지나지 않았지만 현재는 정서적 상관물이다. 그리고 달은 이별한 님이며 과거의 화자와 현재의 화자를 비추어주는 거울이다. 현재의 화자는 바라보며 말하는 화자이고, 과거의 화자는 보여지며 말해지는 화자이다. 이 바라봄과 보여짐이라는 분열된 화자에[14] 의하여 실제로 존재했지만 의식하지 못했던 님이 발견된다.[15]

---

14) 권택영 편, 앞의 책, p. 20.

15) 고전시가나 현대시나 님과 이별한 세계는 언제나 그리움과 서러운, 예전의 그것과 사뭇 다른 애틋한 정서로 가득하게 된다. 달을 매개로 하는 님과 이별한 그리움의 정서는 「원왕생가」·「찬기파랑가」 등의 향가에서부터 조선시대 사대부의 시조에서 흔하게 나타난다. 그런데 향가나 시조의 달은 불교나 유교의 관념을 표상하는, 즉 서방정토나 청정한 군자의 덕을 표상하는 상관물이다. 그들은 님과 이별을 매개

이렇게 과거와 현재의 분열된 화자는 결국 그리움과 서러움의 정서에 의하여 구분된다. 즉 애틋한 정서는 과거와 현재의 화자를 구분하는 경계이다. 님과 이별한 후 발견한 그리움의 애틋한 정서가 중요하다고 할 수 있다. 그런데 이것을 역으로 생각한다면 화자가 봄가을 없이 밤마다 돋는 달을 모르고 살던 과거가, 즉 자신과 님이 혼융되어 서러움과 그리움을 느끼지 못하던 상태가 오히려 더 소중하게 된다.

이 문제는 김소월의 시적 사유구조가 원초적 간주관성에 토대하고 있다는 점에 있다. 이러한 김소월의 존재론적 측면에서 생각한다면, 화자가 "예젼엔 밋처몰낫서요"하는 깨달음은 시적 전략으로서 아이러니다. 그러므로 표면에 나타나지 않는 숨어있는 과거의 화자가 침묵하는 부분에 주목할 필요가 있다. 숨어있는 화자는 시간의 변화와 정서의 변화를 느끼지 못하고 자연과 인간사에 무관심하다. 그런데 비하여 표면에 나타난 화자는 변화에 다정다감하게 반응한다.

중요한 것은 바라봄을 당하는 과거의 순진한 화자가, 바라보는 현재의 명민한 화자가 말하지 못한 부분을 말하고 있다는 것이다. 화자의 초점이 과거에 있다는 데에서 그것을 짐작하게 된다. 현재의 화자가 달을 쳐다보며 자신의 감동을 말하고 있는 것 같지만, 실은 과거의 화자가 달을 바라볼 줄도 몰랐던 그 사실에 초점이 맞추어져 있다. 이것은 달이 아무리 밝아도 쳐다볼 줄 모르는, 세계와 자아가 분리되지 않는 과거이며 또 님이 서러움인 줄을 모르는 타자와 자신의 정서가 분리되지 않는 과거이다. 시인의 의도는,

---

로 하여 달을 노래하면서도 선험적인 인식틀로서 달을 노래한다. 그 예로서 「정과정곡」·「사미인곡」을 들 수 있는데, 여기서 님과 이별을 매개하는 달은 형이상학으로서 군신간의 관계를 표상하는 하나의 유가적 알레고리이다. 그러므로 달은 실체가 아니라 불교나 유교가 표상하는 형이상학적 관념표상이다. 그런데 김소월 시의 달이나 님은 이러한 고전시가의 관념을 전도한 인간의 근원적 사랑의 타자로서의 님이다.

숨어 있는 과거의 화자가 말하는 사람과 사람 사이가 단절되지 않은 간주관성에 있다. 달이 뜨고 지는 줄도 모르고 달이 아무리 밝아도 쳐다보지 않고 자연과 인간이 구분되지 않고 하나되는 세계다. 그것은 님과 함께 하는 원초적 사랑이 있는 곳이다. 그러므로 김소월의 님은 세계와 자아가 혼융된 세계를 가능하게 하는 원초적인 간주관성의 표상이다.

김소월 님의 시들은 대부분 과거와 현재로 분열된 화자가 현재의 그리움의 정서를 노래하고 있는 것 같지만, 사실은 과거의 조화로운 세계에 대한 관심을 노래하는 아이러니가 숨겨져 있다. 이것은 님으로 표상되는 타자의 정서와 자신의 정서가 구분되지 않는 미분화된 서정적인 세계에서만 가능한 비현실적인 집착이다. 또한 과거에의 집착은 퇴영적이라고 비판받을 수 있다.

그러나 김소월이 님에 집착하는 것은 전근대적 유가적 법도의 균형이 무너진 불균형에 의하여 부부관계나 님에 집착16)하는 간주관성의 새로운 변화로 볼 수 있다. 김소월이 님에게 보이는 "병적 집착"17)은 타자와의 관계 내에서 인간다워지고 인간으로서 완성될 수 있다는 간주관성의 존재론적인 집착이다. 정확하게 말하여 김소월이 집착하는 것은 "돈주면 게집이야 사지"18)하고 인간을 상품으로 거래하는 사랑이 아니라 인간과 인간이 조화롭게 맺어진 근원적인 간주관성이다. 김소월이 님에게 집착하는 것은 인간이 서로 조화로운 관계를 님을 통하여 실현할 수 있다는 믿음에서다. 그러므로 김소월 시의 님은 원초적 간주관성의 표상체계가 된다. 타자와 자신이 구분되지 않는 원초적 간주관성은 정성위음의 시적 낭만과 다르지 않다. 그런데 이 간주관성은 일방적 동일화가 아니라 화자의 깨달음을 동반하는 비동일화라는 데 시적 의미가 있다.

---

16) 김윤식, 앞의 책, p. 150.
17) 위의 책, p. 150.
18) 『전집』 3, p. 57.

Ⅳ. 간주관성의 시적 형식

　지금까지 논의를 통하여 본다면 김소월이 이별한 님을 그리워하고 어머니와 함께 강변에 살기를 희원(希願)하는 것은 결국 인간과 인간의 거리 좁히기다. 이 거리는 정서적 거리이며, 낭만적 이분법 사이의 거리이고, 또 꿈과 현실의 거리다.

　김소월 시에서 화자와 타자가 분리되지 않은 간주관성은 가장 원초적 간주관성의 장(場)인 가족을 매개하는 시에서 가능하다. 위에서 살펴본 시 가운데 「부모」가 이에 속하는데, 겨울밤 어머니와 둘이 앉아 옛이야기를 나누는 모자(母子) 사이의 다정함에서, 세계는 어머니와 화자가, 옛이야기와 현재의 삶이, 현재와 미래가 구분되지 않는 하나로 혼융(混融)된다. 어머니는 간주관성의 원초적 존재로 겨울밤을 포근한 분위기로 만들어 더욱 자신과 세계를 구분되지 않게 하는데, 문득 자신의 존재에 대한 근원적인 물음이 있게 된다. 그 물음은 자신의 존재에 대한 문제를 제기하는 것이 아니다. 물음과 동시에 단호하게 묻지도 말라고 자신의 물음을 거두어들이는 데에서 알 수 있듯이, 그 물음은 내가 부모 되면 저절로 알 수 있기 때문이다. 이처럼 자신과 타자와 구분되지 않는 원초적 간주관성의 감정은 부드럽다. 이것은 현실의 고통을 처리하는 가장 근원적인 타자와 자신이 구분되지 않는 가족을 매개함으로써 가능하다 그러나 김소월 시에서 간주관성은 자연을 매개함으로써 시적 성공을 가져온다.

　　　산에는 꽃피네
　　　꽃이 피네
　　　갈 봄 여름 없이 꽃이 피네
　　　산에
　　　산에

피는 꽃은
저만치 혼자서 피어 있네
산에서 사는
작은 새여
꽃이 좋아 산에서 사노라네
산에는 꽃지네
꽃이 지네
갈 봄 여름없이 꽃이 지네

—「산유화」 전문

김소월의 시 가운데 인간의 모습이 비치어지지 않으면서도, 인간 존재론의 특징을 가장 잘 드러내는 것이 「산유화」이다. 이 시에서 주목되는 점은 각 연 첫머리마다 '산에는'·'산에'·'산에서'·'산에는'처럼 반복 강조되는 '산'이다. 이것은 1연과 4연이 시 전체를 감싸 액자 구실을 하는 것과 무관하지 않다. 산은 꽃과 새와 모든 생명체들이 조화롭게 살아가는 장(場)이다. 산은 계절의 순환을 자신의 육신으로 드러내는 공간이다. 산은 꽃이 피고 지는 삶의 공간이며 죽음의 공간이다. 또 산은 새와 꽃이 어우러지는 공동체의 장이며 동시에 꽃이 혼자서 피어나는 개별적인 장이다. 이 모두를 아우른다면 산은 자연의 조화를 대신하는 객관적 상관물이라 할 수 있다. 1연과 4연이 액자가 되어 이 시를 감싸고 있듯이, 이 시를 지배하는 것은 자연의 조화이다. 자연의 조화에 의하여 꽃은 자신의 생명을 온전하게 보존할 수 있으며 타자와 조화롭게 살아갈 수 있다.

그런데 저만치 혼자서 피어 있는 꽃은 고독한 존재다. 꽃은 고독과 슬픔을 스스로 위무(慰撫)할 능동적 주체가 아니다. 그렇지만 꽃은 계절의 순환에 따라 꽃을 피움으로써 고독과 슬픔을 넘어서게 된다. 즉 꽃이 계절의 순환에 따라 피고 짐으로써 비로소 꽃다워지고 꽃으로서 완성을 꾀할 수 있다. 김소월이 '산'에서 발견한 것은 "저만치 혼자서 피어 있는" 꽃의 실존적 고독이 아니고 자연과 인간의 거리도 아니다. 그가 발견한 것은 꽃이 피고 지는, 생명체들이 살아가는 하나의 질서이다. 그러므로 꽃은 저만치 혼자서 피어 있지만 '산'이라는 큰 타자의 표상체계를 벗어날 수 없다. 꽃은 '산'에 조화됨으로써 그 존재를 더 빛낼 수 있다.

문제는 거리와 정황을 나타내는 '저만치'와 강한 개성을 나타내는 '혼자서'이다. 이 문제를 풀 수 있는 단서는 "혼자서 피어 있네"하는 "피어 있네"에 있다. 이 상태는 1연과 같은 꽃이 피어나는 과정이 아니라 꽃이 꽃으로 피어난 삶의 정점이다. 산이 몸으로 현현(顯現)한 계절의 순환을 거스르고 꽃은 이 절정에 도달할 수 없다. 그렇다면 '혼자서'는 고립된 존재를 의미하는 것이 아니라, '산'의 표상체계에 반동일화를 의미하는 것도 아니다. '혼자서'는 꽃이 꽃으로 피어난 지점에서 타자의 표상체계를 재구성하는 비동일화이다. 즉 타자의 표상체계와 자신의 욕망을 역동적으로 구성하는 비동일화다. 그렇다면 자연스럽게 '저만치'는 타자의 표상체계에 대한 주체의 거리이게 된다.

이러한 관계는 "꽃이 좋아 산에서 사노라네"라는 다음 연에서 명확히 드러난다. 꽃은 혼자서 피어 있지만 새에 의하여 다시 피어나게 된다. 새에 의하여 그 존재의 의미가 드러나기 때문이다. 여기서 '혼자서'가 결코 고립된 존재의 의미가 아닌 것을 알 수 있다. 이숭원은 이를 "저만치 홀로 피어 있는 듯 보이는 꽃이지만, 그 꽃은 새에게 의미 있는 존재가 될 수 있는 것이며 그를 통해 꽃은 자신의 홀로 있음에서 벗어날 수 있는 것이다"[19]고 새와 꽃의 교호작용으로 설명한다. 꽃과 새의 교호작용은 예리한 관찰인데, 이것은 '혼자서'가 어떤 의미로 사용되었음을 말하는 것이기도 하다.

---

19) 이숭원, 『20세기 한국시인론』, 국학자료원, 1997, p. 15.

　지금까지 살펴본 바에 의하면 이 시는 전체적인 표상체계로서의 ‘산’과 이 표상체계 내의 꽃과 새의 관계로 구성되어 있음을 알게 된다. 꽃은 산 속에 있으면서 “저만치 혼자서” 있다. 이것은 명백한 것을 명백한 것으로 받아들이는 존재가 아니다. 그렇다고 문제의 본질을 헤아리지 못하는 도피가 아니다. 꽃은 산 속에 “저만치 혼자서” 피어 있는, 즉 타자의 표상과 자신의 욕망을 역동적으로 구성하는 존재다. 이 꽃이 좋아 작은 새는 산에서 산다. 이것을 다르게 말하면 비동일화의 역동적 관계이다. 그러므로 ‘저만치’는 타자의 표상체계와 주체의 거리이게 된다.

　이러한 분석을 통하여 이 시의 시적 사유구조가 가족과 님을 매개하는 간주관성의 시와 다르지 않다는 것이 드러난다. 그것은 꽃과 새의 원초적 간주관성의 관계이다. 꽃은 혼자서 피어 있지만 ‘산’과 ‘새’의 관계에 의하여 그 존재가 가능하며 확인되는 상호주관적인 존재이기 때문이다. 중요한 것은 이 시에서 ‘좋아서’라는 부사어 하나가 감정을 드러낼 뿐이고, 감정은 극도로 절제되어 있다. 이 원인은 김소월의 시적 사유구조의 핵심인 간주관성에 있다. 김소월 시는 온전한 간주관성의 관계를 유지하는 상황에서는 감정이 극도로 절제되며 시적 형상화가 우수하다. 이 반대로 간주관성이 훼손된 경우는 감정이 격렬하게 된다. 「산유화」에서 꽃과 새는 교호작용을 하는, 꽃은 새에 의하여 그 존재가 드러나고 새는 꽃에 의하여 삶의 의미가 있게 되는 간주관성의 조화를 보여준다. 그 조화는 ‘저만치’라는 거리에 의하여 감정이 조절된다. 이에 비하여 「초혼」은 “저만치 혼자서” 감정을 다스릴 수 없는 죽음이 가로놓여 있다. 이승과 저승의 죽음을 넘어서 하나가 되고, 또 간주관성의 관계를 단절하지 않는 것은 혼신을 다하는 절규뿐이다. 이 외침은 님과 나의 존재 확인이다.

　　산산히 부서진이름이어!

허공중에 헤여진이름이어!
불너도 주인업는이름이어!

심중에남아잇는 말한마듸는
씃씃내 마자하지 못하엿구나.
사랑하든 그사람이어!
사랑하든 그사람이어!
붉은해는 서산마루에 걸니웟다.
사슴의무리도 슬피운다.
써러저나가안즌 산우헤서
나는 그대의이름을 부르노라.
서름에겹도록 부르노라.
서름에겹도록 부르노라.
부르는소리는 빗겨가지만
하늘과쌍사이가 넘우넓구나.
선체로 이 자리에 돌이되여도
부르다가 내가 죽을이름이어!
사랑하든 그사람이어!
사랑하든 그사람이어!

—「초혼(招魂)」

이 시의 정서는 「산유화」와 다르게 매우 격정적이다. 그 원인은 "하늘과 땅 사이의 거리가 너무 넓구나" 하고 화자가 느끼는 하늘과 땅 사이의 거리 때문이다. 「산유화」에서 꽃과 새의 거리는 화자가 "저만치 혼자서 피어 있 네"하고 걱정스럽게 느껴지지만 꽃을 좋아하는 산새가 언제든지 날아가 닿 을 수 있는 거리다. 꽃이 저만치 혼자서 피어 있어도, 그 피어 있는 자체가 새에 의하여 의미 있게 되고 자신의 존재는 그를 통하여 확인하게 된다. 결국 산 속의 모든 것은 상호 교응하며 그 관계에 의하여 존재의 의미를 발견한다. 그런데 「초혼」에서 님의 이름은 산산히 부서져 허공중에 헤어진 이름이다. 더욱더 화자는 붉은 해가 서산마루에 걸린 그 시간에 떨어져나간 산 위에 서 있다. 님과 자신의 거리가 하늘과 땅 사이일 뿐만 아니라 자신을 둘러싼 시간과 공간도 단절되어 있다. 중요한 것은 화자가 님을 통하여, 넘어가는 해를 통하여, 발 딛고 있는 산을 통하여서도 자신의 존재를 확인할 수 없다는 데 있다. 화자에게 타자의 존재와 타자의 질서 속에, 그 무엇으로도 자신의 존재를 확인할 수 없다는 데 숨 넘어갈 듯한 외침이 나온다. 현실적으로 불가능해진 간주관적 존재론의 단절은 허공에 울려나오는 소리 속에서 가능하다.

 「산유화」와 「초혼」을 비교하여 볼 때 화자가 타자와 존재론적 거리감을 멀게 느끼면 느낄수록 거기에 비례하여 감정은 고조되고, 반대로 존재론적 거리감이 느껴지지 않으면 감정은 극도로 절제된다. 이처럼 김소월 시는 간주관성의 존재론적 사유구조가 만들어내는 형식이다. 이러한 간주관성의 양극단의 중간 형태의 시가 「진달래꽃」이다. 언젠가는 님이 떠나간다는 것을 전제하면서도 아직 떠나가지 않는 님에 의하여 자신의 존재 확인이 가능하다. 그 확인의 방식이 「초혼」에서 화자가 부르는 소리가 빗겨나가도 서러움에 겹도록 님을 부르는 것이며, 「진달래꽃」에서 화자는 죽어도 눈물을 흘리지 않겠다고 다짐하는 것이다. 님이 가는 길에 진달래꽃을 한 아름 따다가 뿌리겠다고 감정을 억누르는 반어법은 자신의 존재를 떠나갈 님을 통하여 확인하는 방식이다. 다르게 말하면 「초혼」에서 외침은 그 외침을 통하여 자신과 님의 관계를 확인하는 것과 같은 방식이다. 김소월은 산 자를 통하여 자신의 존재를 확인할 뿐만 아니라 죽은 자의 무덤 앞에서 죽은 자를 통하여 자신의 존재를 확인한다. 그것은 무덤을 부르는 소리로 청각화하거나(「무덤」), 무덤을 타오르는 불로 시각화하여(「금잔듸」), 또 무덤을 정월 대보름 달맞이를 함께 하는 벗으로(「달마지」) 자신의 존재를 다시 확인한다.

문제는 김소월의 시적 양식을 양극화하는 상호주관적 존재론의 의미가 무엇인가 하는 것이다. 가부장제가 무너진 시대적 상황으로 보아도 간주관적 존재론은 그 자리가 협소하다. 그런데도 김소월이 집착하는 것은 인간과 인간의 경계를 해체하는 간주관성이 인간의 실존 자체를 보존하는 원리라는 데 있다. 김소월이 매춘에 대하여 "다른 나라도 이러한지는 모르되, 이곳이 확실히 이러합니다"라는 진단이 마침내 " '조선에 대한 희망'이 미들수업게 되엿습니다"[20]라는 탄식으로 나아가는 것은 현실을 비판하기 위한 것이 아니다. 김소월의 어머니·누나·님을 매개로 하는 시에서 이미 밝혔듯이 인간을 조화롭게 하는 간주관성의 복원을 위해서이다. 그러므로 김소월 시의 어머니와 님은 가부장제의 질서가 아니고 더구나 이광수의 자유연애론의 핵심인 절대개인의 사랑도 아니다. 어머니와 님은 인간의 근원적인 간주관성이며 이 정서의 본질은 '정성위음(鄭聲衛音)'의 원초적인 낭만성이다. 그러므로 김소월 시의 낭만적 경향은 백조파로 대표되는 서구 낭만주의 영향이라기보다는 감정의 자유로운 유로를 중시하는 잡가와 무관하지 않다고 할 수 있다.

정성위음의 낭만은 인간과 인간의 경계를 해체하여 하나 되게 하지만 현실적 감각을 마비시킨다. 김소월 시가 후기 몇 편을 제외하면 현실을 깊이 인식하지 못하는 원인은 현실과 자신의 경계를 해체하는 정성위음의 낭만성이다. 김소월이 간주관성의 정체를 알았을 때 그는 "나는 세상 모르고 살았노라" 하고 노래하게 된다. 그러나 김소월은 "고락에 겨운 입술로는/ 갓튼 말도 죠금 더 냉철하게/ 말하게도 지금은 되엿건만/ 오히려 세상 모르고 사랏스면" 한다. 김소월 시의 특징을 그의 말로 한다면 "세상 모르고 사는" 자족적인 감정이며, 그것이 한계이기도 하다. 그 한계는 정성위음의 감정이 현실을 인

---

20) 『전집』 3, p. 57.

식하는 수단이 아니라 오히려 그것이 위안의 수단이었다는 데 있다.

문제는 상호주관적 존재론의 인간적 조화와 정성위음의 자유로운 개성이 상반된다는 것이다. 김소월은 이 둘을 별개의 것으로 생각하지 않았는데 이 둘을 하나로 통합 매개하는 것이 님이다. 인간과 인간 사이의 경계를 해체하여 하나가 되게 하는 원초적 감정이 정성위음이고 그 원초적 간주관성의 관계가 님에서 가능하다는 것이다.

V. 결 론

김소월 시를 존재론적 관점에서 지금까지 살펴본 핵심은, 타자와 주체의 경계를 해체하는 간주관성이 그의 시적 사유구조라는 것이다. 김소월 시는 인간의 간주관성이 부정될 때 인간 자체가 부정된다는, 이 간주관성을 중심에 놓고 양극화된다. 그 하나가 타자와 주체의 구별이 없는, 가족을 매개하는 「부모」와 「부부」, 그 연장선상에 있는 「산유화」의 계열이다. 타자와의 관계가 온전하기 때문에 정서적 파탄이 있을 수 없고 감정이 극도로 절제되어 인간 존재의 근원적인 탐구에 이른다. 다른 하나가 타자와 자신의 관계가 단절될 것을 예감하거나, 이별 또는 사별한 경우인데, 이 계열의 시는 님을 소재로 하는 대부분의 시들이다. 대표적인 것이 「초혼」으로 화자가 느끼는 하늘과 땅 사이 거리만큼 그 사이를 복원하는 것이 불가능하다는 것을 알면서도 그 사이를 메우기 위하여 절규한다. 김소월 시는 타자와의 거리만큼 감정이 고조되며 이 감정이 타자와 간극을 메우는 구실을 하는 낭만적 정서이다. 이러한 계열의 시는 대부분 과거와 현재로 분열된 화자가 예전에는 미처 몰랐다는 현재의 인식을 중요시하는 것 같지만, 사실 이것은 아이러니로 세계와 자신이 구분되지 않고 혼융된 과거를 더 중심에 놓고 의미를 부여한다. 그렇기 때문에 김소월 시는 현실의 구체적 인식은 생략되고 오직 타자와 경계가 해체된 자족적인 과거의 조화로운 세계가 꿈이나 그리움으로 나타나게 된다. 김소월 시를 이렇게 두 유형으로 구별짓게 하는 것은 타자와 화자의 존재가 훼손되지 않고 인간으로서 조화로운 세계를 구축할 수 있다는, 인간 존재의 보존을 위한 시적 전략이라 할 수 있다. 그러나 그가 스스로 "나는 세상 모르고 사랏노라" 하듯이, 또 "오히려 세상 모르고 사랏스면" 하고 노래하였듯이, 간주관성을 보다 적절한 현실 인식의 수단으로 삼지 못하였다는 데 한계가 있다.

그러나 김소월 시적 사유구조의 간주관성이 전근대적 가부장제의 아버지로 상징되는 권위나 위엄에 대한 복종이 아니라 어머니와 님을 매개로 하는 모성의 원초적 정서를 중심으로 하고 있다는 데 다른 의미를 갖고 있다. 김소월이 인간의 근원적인 사랑을 매개하지 않은 매춘을 비판하며 그 대안으로 제시한 것이 채란이가 부른 잡가의 정성위음(鄭聲衛音)이다. 김소월은 정성위음을 근원적인 사랑을 생성하는 낭만적 정서이며 인간 사이의 경계를 해체할 수 있는 힘으로 인식하고 있었다. 그러므로 김소월 시의 낭만은 정성위음의 흐름에 이어진 낭만성과 무관하지 않다고 할 수 있다. 그는 무엇보다 정성위음의 본질을 누구보다 잘 이해하고 그것을 옹호하며 그것이 인간 사이를 연결하여 하나 되게 하는 간주관성의 본질로 파악하였다. 정성위음을 중심으로 하는 간주관성은 가부장제의 권위가 아니라 타자와 주체를 조화롭게 구성하는 비동일화의 시적 원리이다. 김소월 시에서 간주관성 존재론의 의미가 아직도 유효한 것은 인간의 원초적 정서의 교감을 바탕으로 하고 있는 점이다. 인간의 정신을 어지럽게 하고 음란하기 때문에 배제해야 한다는 정성위음을 그는 당연하게 시로 자리하게 하였다. 김소월이 정성위음에서 발견한 것은 전근대적 간주관성이 억압한 육신의 소리다. 그 울림은 님으로 표상되는 상징체계의 간주관성이다. 김소월의 시가 아직도 많은 독자를 확보하고 있는 힘은 정성위음이 만들어내는 타자와 주체가 하나 되는 원초적 간주관성 때문이라 할 수 있다. 간주관성이 일방적 동일화가 아니라 깨달음을 동반한 비동일화라는 데 그 의미가 있다.

김소월 시의 시사적 자리는 백조파로 대표되는 서구 낭만주의의 수용에 대응되는 정성위음의 흐름에 있는 잡가의 낭만성을 발견한 데 있다. 지금까지 대부분 연구자들이 1920년대 낭만주의를 서구 수용의 관점에서 논한 것을 김소월에게서 재고할 수 있는 단초가 마련되었다. 이 점을 구체적으로 밝히기 위하여 김소월 시의 정성위음이 청대의 낭만적인 문학이론인 성령설에 닿아 있을 가능성은, 또 다른 연구과제로 남게 된다.

주요한 : 서정성의 배제 원리

I. 문제 제기

이 글의 목적은 상해 임시정부 기관지『독립신문』에 발표된 주요한 시를 통하여 서정성의 배제 원리를 밝히는 것이다. 이러한 의도는 1920년대 식민지 시인의 사유구조에 대한 탐색이며 나아가 기존의 민족주의시 문제 설정에서 벗어나 새로운 시적 이론을 모색하기 위한 시도이다. 이를 위하여 주요한의 상해 시를 담론적 입장에서 생산 구조 체계를 밝히려 한다. 이러한 접근은 경험주의적 시적 주체의 구성 방식을 전환하려는, 또 시가 물질적 과정을 통해 생산된 주체의 실천이라는 발상을 전환하려는 의도에서다. 그러므로 본 연구의 핵심이 되는 과제는 주요한 시를 규제하는 강제의 체계이자, 이것을 가능케 하는 담론구성체와, 그것이 구성하는 시의 근대적 주체를 밝혀내는 것이다.

상해임시정부 기관지인『독립신문』소재의 주요한 시가 민족주의시라는 데는 이의가 있을 수 없다. 그러나, 민족주의시가 이데올로기 호출의 동일화 문제이기도[1] 하지만, 그렇다고 동일자의 단일 기제의 통념만을 고집할 수 없다. 민족주의시에서 단일 동일자의 통념은 오히려 역사를 몰각시킬 위험과 식민지 저항 자체를 사유할 수 없는 주체를 신민으로 만들어 버릴 위험이 있고, 또 주체를 광기로 몰아갈 위험이 따르기 때문이다. 그러므로 주요한의 상해 시에서 따져야 할 근본 문제는 민족 이데올로기가 은폐하고 배제하는 담론이다. 이는 담론이 생산적인 위치에 있다는 입장이지만 그렇다고 지금까지 주요한의 상해 시를 민족 이데올로기의 동일화로 규정한 저항시의 논리와는 분명하게 다른 문제이다. 결국 연구자의 관심은 담론구성체를 다시 역동적으로 구성하는, 그렇다고 일방적 거부가 아니라 그 내부를 개편하는 주체에 있다.

주요한의 상해 시는 이데올로기와 문학이라는 두 개의 층위를 가진 것으로, 문학의 본질보다는 기능이 강조됨으로 상상력의 공백화, 생경한 관념의 노출, 이데올로기적이라는 문제점을 갖고 있다. 이 문제점은 국권 회복과 생존권 확보를 위한 조급성과 강박관념으로 인하여 이데올로기를 무매개적으로 수용하였기 때문이라 할 수 있다. 그러나 단순하게 도식적으로만 파악해서는 안 된다는 것이 본 연구의 입장이다. 주목해야 할 점은 주요한의 상해 시를 민족 이데올로기 재생산으로 설명하기보다는 오히려 그가 배제하고 억압한 서정성이 하나의 시적 전략이라는 것이다.

주요한의 상해시의 이러한 점이 밝혀짐으로써 지금까지 민족주의 시의 단일한 동일자의 민족논리로써 설명할 수 없었던 근대적 주체가 분명하게 드러날 것이다. 이 주체를 식민지시대 시의 한 유형으로 정리할 수 있다는 점에서 의미를 가지게 될 것이다.

---

1) Diane Macdonell, 『Theories of Discourse』, Oxford Publication, 1987, pp. 37~38.

Ⅱ. 상해 담론의 서정적 편집

주요한 상해 시는 엄밀하게 말해 상해 임시정부에 의하여 구성된 주체의 이데올로기적 실천의 시이다. 주요한이 상해에서, 국내에서 발표했던 「불놀이」와 같은 서정적 낭만성을 주변으로 밀어내고 그 한가운데 정치적 이념을 자리하게 한 것은, 그러한 의도에서다. 그렇다면 '상해'는 단순한 공간적인 의미를 넘어서 담론의 차원에서 주목하여야 할 필요성이 제기된다.[2] 즉 주요한의 상해 시의 본질은 시적 생산 조건이 되는 '상해'가 담론의 차원에 가로놓여 있다는 것이다.[3]

이 점은, 주요한의 삶의 궤적을 통하여 살펴볼 수 있다. 주요한은 아버지가 조선 유학생 선교목사로 동경에 주재하게 됨에 따라, 숭덕소학교 재학 중에 일본으로 건너가 명치학원 중학부에 재학하면서 민족 담론을 분할한 일본어판 회람잡지『부르짖음』을 내었다. 또, 그는 명치학원 재학 중 교지『백금학보』편집위원이었을 뿐만 아니라, 동경제일고등학교 시절에『학우』창간호(1919년)에 「시내」·「봄」·「눈」·「니야기」·「기억」의 다섯 편을 묶어「에티투드」라는 큰 제목으로 발표하였다. 본격적인 문단 활동이라 할 수 있는『창조』창간호에 발표한 「불놀이」·「새벽꿈」·「하이얀 안개」·「선물」 등의 작품에서도 민족 담론이 은폐되어 있다. 문제는 이러한 작품이 식민지

---

2) 이것은 주요한이 임시정부 기관지『독립신문』을 제작하면서 같은 지면에 발표한 작품「가는 해 오는 해」·「즐김의 노래」·「설움이 있는 벗에게」·「조국」·「물이 흐르고 바람이 불어서」·「대한의 아우야 누이야」·「새해 아침」·「평안히 주무시소서」·「내가 죽어」 등의 시에 드러난 담론을 분석함으로써, 그리고 그의 상해 임시정부 활동이 무엇인가를 살펴봄으로써 가능할 것이다.

3) 이것은 사회 행동은 언어·기호·상징의 문법을 따라 전개되며, 외부 요인들의 영향을 받지만 담론구성체 자체의 형성규칙과 작용 규칙에 의해 규제된다는 페쇠가 제기한 문제이기도 하다.

담론과 변별되지 않는다는 점이다.

그런데, 주요한이 3 · 1운동 후 상해로 망명하여 이광수가 주관하던 임시정부의 기관지『독립신문』의 제작을 맡으면서부터 작품은 확연하게 변화한다.[4] 그는 일본에서『창조』동인 활동을 시작하면서 김동인에게 "정치적 운동은 그 방면에 맡기고 우리는 문학으로"[5], 즉 문학운동을 통하여 조선문화에 기여하자는 뜻의 문화 활동을 제의하였다. 그러하던 그가 상해로의 망명과 동시에 "원수 갚는 싸움을 하자"[6]는 선동적인 구호를 앞세운다. 이러한 변화는 절박한 위기감에서 나온 내면의 변화라기보다는 국내와 상해공간의 담론적 차이의 변화라 할 수 있다. 그렇다면 상해는 단순한 공간적인 의미를 넘어서 담론구성체 차원에 있는 것이 확실하게 된다. 즉 상해는 주요한을 주체가 되게 하는 하나의 담론구성체이다.

주요한에게 주체를 주체가 되게 하는 담론구성체는, 그가 몸을 담은『독립신문』의 발간 목적과 임시정부의 분위기를 살핌으로써 그 내용이 구체적으로 드러나게 된다. 3 · 1운동 후 산발적이고 비조직적 항쟁에서 조국 독립운동을 달성할 정부 형태의 조직체가 필요했기 때문에 국내외 여러 곳에서 임시정부가 수립되었다.[7] 상해 임시정부를 조직하게 된 배경은 3 · 1운동이

---

4) 당시 상해에서의 주요한과 이광수의 관계를 알 수 있는 글은 다음과 같다. "나는 (이광수, 연구자 주) 그 동안에『독립신문』사를 지키면서 독립운동사료편찬위원회 일을 보았다.『독립신문』은 처음에 조동호와 둘이서 창간하였으나 조동호는 곧 그만두고 주요한과 나와 둘이서 하게 되었다. 주요한은 동경제일고등학교 학생이었다가 기미년 여름에 학교를 버리고 상해로 왔다. 그는 나와 같이 신문사 속에서 살면서 글도 쓰고 편집도 하고, 중국 명절이 되어서 중국인 직공들이 쉴 때에는 손수 문선과 정판도 하였다. 그는 무엇이나 잘 하고 무슨 일에나 정성을 들였다." 이광수, 「나의 고백」,『이광수 전집』7권, 우신사, 1972, p. 26.

5)『김동인 전집』6권, p. 9.

6) 해, 「오오, 나라의 한아바지들」,『독립신문』, 1919. 8. 29.

7) 중요한 것은 임시정부가 담론구성체의 기능을 하였다는 것이다. 이것은 다분히 타자

종교 단체와 교육기관을 통해서 이루어졌기 때문에 독립운동을 위한 구심점
이 되는 조직체를 갖지 못한 반성에서 비롯된 것이다. 임시정부의 사업은
여러 가지가 있었으나, 그 가운데 하나가 선전 활동이었다. 국내외 독립운동
이 장기화될수록 침체되기 쉬운 독립정신을 환기시키는 한편 독립운동의
새로운 방향을 제시하고 그들을 지도해야만 했기 때문이다. 이러한 요구를
담당하던 것이『독립신문』이었고8), 그 중심에 이광수와 주요한이 있었다9).
그의 역할은『독립신문』창간호에서 창간사의 "사상 고취와 민심의 통일,
사상과 사업의 전파, 신국민의 육성"10)에 있다. 이 항목은 주요한이『독립신
문』을 편집하게 하는 담론구성체이며, 그의 시를 구성하는 구성체이다.『독
립신문』의 "논설은 이광수가, 시는 주요한이 담당하였다"는 분담 영역에서
알 수 있듯이, 주요한의 역할은 임시정부가 지향하는 민족 정서의 통일, 그리
고 민족 의식의 전파를 통한 신국민 육성을 정서적으로 내면화하는 것이다.

　이러한 목적을 위하여 이광수가 사장 겸 주필의 직책을 갖고 논설을 썼으
며, 주요한은『독립신문』사내에서 기숙하면서 기사 취재와 편집일을 혼자서
도맡아 했다.11) 주요한의『독립신문』편집은 궁극적으로 임시정부 담론으로

　　를 배제하고 억압하는 담론구성체였다.

8)『독립신문』은 3·1운동 직후부터 상해의 고려교민 친목회에서「우리 소식」이라는
　등사물을 돌려 선전활동을 해오던 것을 안창호의 발의로 임시정부 기관지로 성격을
　바꾸어 1919년 8월 21일『독립』이라는 제호로 발행했고, 그해 10월『독립신문』이라
　개제(改題)하였다.
　　중요한 것은 이러한 역사적 사실보다 상해『독립신문』이 하나의 담론구성체로서
　자리하는 것이다. 이 담론구성체가 동일한 민족의 사회적 실천, 입장을 견고하게 하고,
　그리고 대립되는 다른 담론들을 억압하는 역할을 하였다는 것이다.

9) 이광수와 주요한이『독립신문』을 편집하고 제작하였다는 것은, 이들이 다른 담론을
　희생시키면서 그들의 담론구성체의 개념을 앞세웠다는 것으로 설명할 수 있다.

10)『독립신문』창간호 창간사, 1919. 8. 21.

11) 요한기념사업회 편,『주요한 문집』, 1981, p. 715.

독자를 동일화하는, 즉 이데올로기적인 환원이다.

그렇다면 주요한이 독자 투고 작품을 선별하는 것은 동일화 담론을 재생산하는, 다시 말한다면 주요한의 담론이 투고자의 담론을 배제하고 분할하는 하나의 규율이게 된다. 여기서『독립신문』에 발표한 시인들과 독자들을『독립신문』파 시인들로 명명할 수도 있게 된다. 원래 유파나 동인은 공통적 취미 사상 또는 친분 관계 때문에 하나의 집단으로 뭉쳐져 서로 창작 활동을 자주 격려하고, 창작의 경향은 대체로 합의된 원칙과 주장에 따르는 것이 통상으로 되어 있다. 동인의 합의된 원칙과 주장이란 결국 동인의 담론을 구성하는 담론구성체이다. 그렇다면『독립신문』에 발표한 시들은『독립신문』의 담론구성체에 동일화된 것으로, 우리 나라 어떤 동인들보다 동일화의 담론이 분명한 유파일 수 있다.

『독립신문』의 보도 자료가 국내외 독립운동의 진상을 보도하여 독립사상을 고취하고, 사설과 논설이 독립운동의 방향을 제시하였다면 시는 민족의식의 정서적 내면화에 목적이 있다. 이처럼 상해『독립신문』파 시인들은 망명지에서 조국광복이라는 민족 담론을 주체의 구성체로 삼았다. 그렇다고 하더라도『독립신문』파 시인들은 표면적으로 표방한 매니페스토는 없었지만, 임시정부의 담론구성체에, 이들이 3·1운동 이후 국내외를 망라하여 민족 이데올로기를 최초로 반영하고 실천한 군집의 시인들이라는 점에서 문제를 가지게 된다. 후일 국민문학파의 중심이 이광수·주요한이었다는 점에서,『독립신문』파가 국민문학파의 정신적 연속선상에 있는 것이라 할 수 있다.

상해『독립신문』파는 위와 같은 정치적 입장 외에도, 당시 국내에서 풍미하던 퇴폐나 허무주의시에 대한 비판도 함께 한다. 그들은 일본에서 직수입한 예술을 집어치우고 민족을 분발시키는 문학 행위를 하자고 주장하였다. 이것은 그들이 개인의식을 강조하고 혼돈과 자기 분열의 퇴폐적인 국내 문

학을 비판하는 것이기도 하지만, 상해의 공간적 특수성의 담론적인 비판일
수 있다.

　한국 근현대문학사에 있어서 카프를 제외한 다른 유파는 합의·통일된
매니페스토를 창출한 동인이 드물다. 대개 자연 발생적이거나 매체를 공유
함으로써 유파적 성격을 띠게 되었다. 『독립신문』파도 이와 같이 『독립신
문』이라는 매체를 공유함으로써, 그리고 조국 독립을 위한 망명이라는 경로
로 형성된 유파로 볼 수 있다. 그러나 『독립신문』파는 엄연히 임시정부와
『독립신문』이라는 상위 정신과 함께 하고 있다는 점에서 다르다.

　이러한 정신적 지표를 갖고 창작 활동을 한 『독립신문』파 시인들은 이광
수나 주요한같은 전문창작인, 임시정부와 독립사료 편찬위원회에서 활동하
던 망명 정치인, 이민 동포들로 구성되어 있었다. 이들은 다소 이질적인 면이
있었으나 민족의식이라는 공통된 큰 범주 속에 하나가 될 수 있었다. 전문시
인들이 시의 본질에 충실하려고 하였다면, 망명 정치인들의 시는 감정의
직설적 노출이라는 약점에도 불구하고 강렬한 민족의식을, 그리고 이민 동
포들의 시는 앞의 두 부류에서 간과해 버린 현장을 구체적으로 제시하였다.
이렇게 다양한 이질적인 시인들을 통합하고 이들을 이끌어나간 것이 주요한
이다.[12) 『독립신문』의 시단을 이끌어 갔다는 의미는 임화의 용어를 빌려
말한다면 『독립신문』의 시를 개성이라는 것보다는 초개인적인 전체라는[13)
것으로 몰고가서, 전체성에 의한 개별시를 조직 배열하였다는 의미도 될

---

12) 이광수, 앞의 책, p. 26.
　　『독립신문』(1920. 4. 27)의 「유해무익의 문자」에서는 국내의 문학에 대하여 다음과
　　같이 비판하고 있다. "근래에 잡지열이 성행하면서 유해무익의 문자가 삼천리에 횡
　　행하도다… 아아 청년 문사들아! 네가 앉은 땅이 어디며, 네가 선 때가 어느 때며,
　　네 동포가 무엇을 바라는가 가슴을 치며 통곡하라." 이것을 반대로 생각한다면 『독
　　립신문』파 시인들의 문학 지향점이 될 수 있다.
13) 임화, 「소설문학의 20년」, 『동아일보』, 1940. 4. 16.

수 있다.

그러나 결과적으로, 주요한은 상해 임시정부 담론구성체에 환원된 착한 주체라는 데 문제점이 있다. 이것은 물질화되어 있는 임시정부의 담론적 실천에 권력을 위치시킨 그의 주체가 자신과 독자의 상상력과 정서를 억압하고 배제한 문제점이기도 하다. 또, 이것은 주요한이 민족 문제의 본질을 역동적으로 파악하지 못하고 상해 담론에 동일화되었다는 문제점이기도 하다. 동일화는 상해 담론의 그 이상도 그 이하도 아닌 단지 복제일 뿐이다. 여기서 주요한의 문제의식은 상해 담론에 의하여 분절되고 배제된다.

III. 시적 청자의 서정적 관리 형식

1. 타자의 담론과 타자의 시적 문법

주요한의 시 「즐김의 노래」・「대한의 아우야 누이야」・「설움에 있는 벗에게」・「조국」・「새해 노래」 등은 시적 청자에게 민족현실을 극복할 것을 주장하는 웅변시라는 점에서 특징적이다.[14] 원론적으로 웅변시는 시적 주체[15]가 주장하는 담론이 타당하다는 것을 밝히고, 그 논리에 따라 청자를

---

14) 웅변시란 용어는 연구자가 사용하는 용어로, 자신의 신념이나 의견・주장 등을 표현하는 것을 목적으로 하여, 청중을 대상으로 낭독하는 시다. 실제 청중을 대상으로 낭독하는 웅변시도 있지만 여기서는 시 텍스트 내부에서 현상적 화자와 현상적 청자의 관계에서, 현상적 화자를 웅변가로 현상적 청자를 청중으로 대치한다. 웅변시의 성격은 막힘 없이 자신의 의견을 주장하는 변설(辯舌)에 있다. 그러므로 웅변시의 특징은 변설과 열정적인 주장이 전편을 지배하는 과장된 전망, 화자의 낭만적 열정, 논증적 내용, 설복(說服)을 위한 반복법, 돈호법으로 시작, 어조의 강렬성, 자기 사상의 해설 등에 있다. 문제는 웅변시의 이러한 내적 형식을 만들어 내는 것은 시적 화자의 담론이 청자의 담론을 구성하는 담론구성체이기 때문이다.

사고하게 하고, 나아가 행동하게 하는 것이 목적이다. 그러므로 웅변은 시적 주체의 담론이 청자를 주체로 구성하여 동일한 의미를 생산하는 담론 과정이다. 이것은 담론구성체가 다른 담론을 억압하거나 배제함으로써 가능하다. 주요한의 웅변시는, 교육을 통하여 민족의 힘을 길러야 한다는 점진론의 담론 내용과 상해임시정부의 정치적 공간이 생산한 시적 형식이다.

그렇다면 주요한의 주체를 생산하여 시적 담론을 구성하는 상해 공간과 점진론이 어떻게 개입하였는가 하는 점을 밝혀야 하며, 이것은 상해라는 공간과 안창호의 수양동우회 담론 내에서 찾아야 할 것이다. 상해 임시정부는 열국에 독립운동의 상황을 알려 국제여론을 환기하기 위하여 독립운동사료 편찬위원회를 조직하였다. 이 위원회는 총재 안창호, 주임 이광수라는 직제 구성이 말해 주듯이 안창호와 이광수가 실제적으로 운영해 나갔다. 이 연장선에서 1919년 8월 21일 안창호의 발의로 간행한『독립신문』도 이광수가 중심이 되어 편집하였다. 이러한 임시정부의 직제 조직 속에서 안창호를 꼭지점으로 하여 이광수와 주요한이 함께 한 것은 앞 항에서 살펴본 바와 같다. 그런데 중요한 점은 안창호가 주요한을 사상적으로만 호출한 것이 아니라, 그 우렁찬 목소리의 웅변 형식도 그를 호출하였다는 것이다. 그러므로 안창호의 웅변 형식이 주요한의 상해시의 독특한 형식을 재생산한 것이라 할 수 있다.

  ① 기미년 여름 상해 북경로 중국 예배당에서 도산의 환영 강연회가
    있었다. 이 때가 도산의 풍체에 접한 첫 번 기억이다. "대한의 남자야,
    여자야 묻노니 너는 네 나라를 위하여 무엇을 하고 있느냐?" 이것이

---

15) 시적 주체라는 용어는 담론구성체가 구성하는 텍스트의 주체라는 의미이다. 이것은 시의 화자, 시적 자아와 동일한 범주의 의미를 내포하고 있으나 반드시 일치하는 개념이 아니고 담론구성체가 구성한 주체라는 점에서 차이가 난다.

그의 연설문 서두였다. 음성은 부드럽고 깊이가 있어 대양이 우러나는 것 같은 인상을 주었다.16)

② 위대할사, 나의 조국아, 고통과 영광으로 부활한 조국아. 너의 沈勇과 열혈로, 정의의 소리로, 길고 긴 밤을 헤치고 일어났다. /소와 같은 나의 조국아, 세계는 너의 달아남을, 너의 부르짖는 고성의 소리를 驚嘆으로 보고있다. /달아나라! 그리하여 승리에까지. 전에 너의 느린 걸음을 비웃던 자를 길 밖으로 헤치고, 너의 밝은 발굽이 밟는 대로 끝없는 문화의 도정으로. ─「조국」

③ 아아 대한의 아우야 누이야! /부활의 새소리가 우렁차게 대한나라 방방곡곡을 퍼져나갈 때, 그 위대한 고동 속에 가장 힘있게 가장 맑게 울리던 너의 목소리가 지금 나의 가슴을 흐른다. /자유를 위하여 부르짖는 소리, 맑은 중에 맑은 소리, 아릿답고 표표한 그 소리, 들을수록 가슴이 터져나오고, 눈물이 솟아나는 쟁쟁한 목소리. ─「대한의 아우야 누이야」

①은 도산의 연설에 감명을 받았음을 회고한 주요한의 수필이고, ②와 ③은 시 「조국」과 「대한의 누이야 아우야」의 한 연이다. 여기서 안창호의 연설문과 주요한 시의 상호 텍스트성을 쉽게 확인된다. 주요한 시와 도산 연설문의 상호 텍스트성은 ① 안창호의 연설문 서두처럼 돈호법으로 시작되고, ② 청자 지향의 명령·권유·요청의 내용을 중심으로, ③ 시행(詩行)을 연설문처럼 호흡 단위로 분행한 것, ④ 청자 지향의 열정적 어조, ⑤ 감정의 막힘 없는 변설, ⑥ 설복을 위한 반복법과 대구법 사용, ⑦ 낙관적 전망의 과장이라는 점에서 찾을 수 있다. 힘찬 웅변의 문체를 시에 원용한 것은 안창호와 같은 연설이 청자에게 미치는 힘을 시에 전이하려는 주요한의 의도이다. 이 점으로 본다면 안창호의 담론이 주요한의 담론 내용만 구성한 것이 아니라 시적 담론의 형식까지 구성한 것이 확실하게 된다.

---

16) 주요한, 「도산 선생의 추억」, 『새벽』, 요한기념사업회, 1982, p. 768.

　주요한의 웅변시 형식을 구성한 다른 하나는 이광수의 담론이다. 이광수
는『독립신문』을 주간하면서 주로 논설을 썼고, 주요한은 편집장 자격으로
보도자료와 문예물을 썼다. 신문의 논설이 독립운동의 방향을 정하고 독자
들을 이성에 호소하여 행동화하도록 했다면, 문예물은 정서적 산물로 정서
적 행동화를 목표로 하는 것이다. 그렇다면 주요한의 시적 담론은 이광수의
논설에 대응하는 담론이 되는 것이다. 그러므로 주요한의 시는 이광수의
논설 양식으로, 이것은 리차즈가 말하는 의사(擬似) 진술로서의 논설이다.
엄밀하게 말한다면 주요한은 시를 쓴 것이 아니라 율문으로 의사(擬似) 논설
을 쓴 것이다. 이 점은 그가 스스로 자신의『독립신문』의 시를 '시의 경지가
아니'17)라고 폄하한 바처럼, 그는 의사 논설을 쓴 것이다.

　주요한의 상해 시의 비밀은 이처럼 안창호의 웅변과 이광수의 논설의 연
장선상에 있는 의사 논설에 있다. 여기서 그는 시적 담론에 연설 형식이
갖고 있는 시적 주체와 청자와의 직접성을 도입한다. 다시 말해서 시 내부로
독자를 유인하여 시적 청자로 소통하게 하는 의도적 장치를 마련한다. 지금
까지 이러한 시적 주체와 청자의 소통 구조는 김기진의 「가련아」에서 찾아
져 임화의 「우리 오빠와 화로」에서 시적 효과를 거두었다는 것이 일반적
견해다. 그러나 김기진 이전에 주요한이 상해에서 실험한 형식이 먼저라고
할 수 있다.

　이 실험은 다른 것이 아니라 안창호의 웅변과 주요한의 논설의 담론이
발견하게 한 시적 청자에 있다. 「불놀이」가 삶과 죽음, 밝음과 어둠, 과거와
현실, 기쁨과 슬픔의 대립 구조로 나타나듯이 상해시도 동일하게 대립구조
로 되어 있다. 신파조의 과장된 미문18), 착란된 감정의 우발적인 감각이

---

17) 『주요한 문집』 (1), p. 715.
18) 김현・김주연 외, 『한국문학의 이론』, 민음사, 1982, p. 30.

뒤얽힌 분열과 파탄[19]이라는 지적처럼 「불놀이」는 주관적인 고독을 노래한 시다. 그러나 상해 시는 현실의 불모성에 대하여 거부되어야 할 원인과 이에 대립하는 반세계의 민족 이상을 구체적으로 제시하고 그 속에서 화해로운 삶을 모색하고자 하는 의도가 분명하다. 중요한 점은 이러한 차이가 아니라 「불놀이」가 시적 주체 지향의 주관적 시라면 상해시는 청자 지향이라는 점 이다. 단순하게 현상적으로 나타나는 시적 청자의 유무가 아니라, 이 청자가 「불놀이」와는 다른 차원의 임시정부가 구성한 것이라는 점에서다.

주요한 시의 주체는 임시정부의 담론을 재생산하게 된다. 그런데 주요한 시에서는 시적 주체가 청자의 담론을 재생산하는 방식이 안창호의 웅변과 이광수의 논설을 복제한 것으로서 그 특징은 정서를 과장하는 것이다. 정서 를 과장하는 것은 이미 주요한이 「불놀이」에서 실험한 시적 형식이다. 「불놀 이」의 첫 행이 "아아 날이 저문다"와 같이 영탄법으로 시작되듯이, 상해시도 대부분 "대한의 아우야 누이야"처럼 돈호법의 영탄법으로 시작되어 시 전체 를 이끌어 나간다. 이것은 시적 주체가 시적 주체의 담론으로 청자의 담론을 구성하기 위한 것이다.

그런데 이 형식은 청자에게 많은 것을 요구함으로써 청자의 위치가 확대 되어 그 자질이 시인의 수준에 대응된다.[20] 청자가 시인의 수준에 대응된다 는 것은, 청자의 위치에 있을 수 있는 자는 일반 독자가 아니라 시인과 같은 지식인이 되어야 한다는 것이다. 그는 이 한계를 극복하고 청자에게 더욱 가깝게 다가가기 위하여 주관적 정서를 과장한다. 즉 청자가 시적 주체와 같은 수준에 있는 지식인이 아니면 시적 담론으로부터 멀어지게 된다는 점 을 극복하려는 의도로 정서를 과장하는 것이다. 문제의 핵심은 여기에 있는

---

19) 김홍규, 『문학과 역사적 인간』, 창작과비평사, 1980, p. 201.

20) 이명찬, 「1930년대 후반 현실주의 시의 전개과정」, 『문학과 논리』 창간호, 태학사, 1991, p. 283.

데, 그가 과장한 정서는 「불놀이」와 같은 시에서 나타난 자신의 정서가 아니라 오직 상해의 정치적 분위기가 만들어 낸 타자의 정서라는 것이다. 다시 말해서 그가 과장하는 정서는 그 자신의 정서가 아니라 상해의 정서이다.

 그리고 청자 지향의 시는 안창호와 주요한의 담론형식이 재생산하고, 그가 계몽적 내용뿐만 아니라 계몽적 장치까지 복제한 것이다. 안창호와 이광수의 계몽적 담론에서 청자들은 그들이 해야 할 과제를 언제나 담론구성체가 구성하기 때문에, 시적 주체는 문제와 해답을 대신하려는 자신감에 넘치는 완결된 시적 주체이게 된다. 그러므로 완결된 시적 주체는 청자와 정서를 소통하는 것이 아니라 과장된 어조로 청자의 정서까지 구성한다.

 이러한 주요한 시는 이광수의 상해 시와 비교함으로써 그 의도가 드러나게 된다. 이광수가 『독립신문』에 발표한 「3천의 원혼」·「저 바람소리」·「간도 동포의 참상」 등의 시의 주체는 민족의 식민지적 현실을 극복해야 한다고 정서적으로 주장하면서도 무력한 일면을 보인다. 그런데 비하여 주요한 시의 주체는 열정적이다. 이광수 시가 민족 역량에 대하여 회의적인 태도를 보인 것은 청자를 설득하거나 관리대상으로 삼지 않는다는 것이다. 주요한의 시적 주체는 자신감에 차 있으며, 청자를 언제나 관리의 대상으로 여긴다.[21] 이것은 이광수가 상해 담론구성체에 비교적 자유롭게 사유하였음

---

21) 주요한의 상해 시는 시적 주체가 청자를 의식하고, 즉 독자에게 관심을 옮기고 있다는 점에서 본다면 루트코프스키가 말하는 예술적 태도가 된다. 루트코프스키가 말하는 예술적 태도는 '나—너'의 정서적 소통에 해당한다. 그러나 루트코프스키가 '나—너'의 관계를 '나'와 '너'가 소통구조를 이루는 대화적인 것과 '나'의 직접적인 호소로 구별하듯이, 주요한의 '나—너'의 관계는 경구나 설교처럼 일방적인 것이다. 그러므로 주요한 시는 '나—너'의 정서적 소통이 아니라 직접적인 것으로, '나'가 '너'를 향하여 일방적으로 담론을 구성하려는 데서 문제가 있다. 주요한 시에서 '나—너'의 관계가 반어·풍자·소외효과·역설 등의 이차적인 문학적 태도를 매개하여 시적 효과를 살리려 하지 않고 직접적으로 '나'가 '너'의 정서를 요구하는, 즉 직접적인 전략을 앞세운다는 데 문제가 있다.

을 말하는 것이며, 주요한이 상해 담론구성체에 동일화되었다는 것을 말하는 것이다. 결국 주요한의 상해 시는 상해의 안창호의 담론이 만들어낸 양식으로서, 그 시적 양식이 정서까지 양식화하였다고 볼 수 있다.

2. 담론구성체의 두 층위

주요한 시가 명령·요청·권고·질문을 중심으로 하는 청자 지향의 시라는 것은 앞에서 밝혔다. 그러나 시적 주체의 감탄·정조 등이 강조되었다는 점에서 일방적으로 청자 지향의 시라 할 수 없다. 시적 주체의 정조가 강조되었다는 것은 언어의 표현적 기능이 강조되었기 때문이다. 시에서 표현적 기능이 강조되면 독백적인 시가 된다. 그렇다고 하더라도 주요한 시는 이미 시적 청자가 설정되어 시적 주체와 소통하는 구조이기 때문에 단순한 표현적 기능이 강조된 시와는 다르다.

이 점은 시 장르의 속성으로 생각할 수 있다. 시 장르의 특징을 한마디로 요약한다는 것은 사실상 불가능하지만, 크게 나누어 주관적 의미를 강조하는 표현론과 미메시스적 모방론, 그리고 구조적 결정을 강조하는 존재론이 있다. 이 세 입장을 연결하는 고리가 될 수 있는 것이 담론 밖의 물질성을 담론 내부의 물질성으로 전이시키는 담론구성체이다. 담론구성체는 담론을 규제하는 체계이자, 담론이 가능케 하는 생성의 문법이기 때문이다. 주요한 시에서 주관적인 시적 주체의 낭만적 정조와 '신국민의 육성'이라는 임시정부 담론을 구성하는 이데올로기가 그것에 해당된다.

그런데 문제는 그의 이러한 정서가 다시 독자의 담론을 물질적으로 구성하는 담론구성체가 된다는 것이다. 이것은 주요한이 시적 담론의 조건 위에서 독자를 구성하려는 그의 전략으로, 푸코가 말하는 지식의 담론적 구성이다. 주요한 스스로 '시의 경지가 아니'라고 상해시를 부정한 것은 시가 담론적 실천이라는 의미와 같기 때문이다. 여기서 그의 배제와 포괄의 담론적 구성원리가 있게 된다. 이 원리의 시적 실천은 시적 주체가 직접 표면에 나서서 청자에 대한 비판·질책, 그리고 행동의 방향과 지침을 제시하는 강제적인 담론의 형식도 있을 수 있고 시인의 담론구성체가 은밀하게 생성의 문법으로 작용하는 경우도 있을 수 있다.

> 벗이여
> 애통의 눈물을 거두기 전에
> 그대 눈물의 뜻을 깨달으라
> 벗이여 그대가 아느냐
> 그대 한 사람의 통곡(慟哭)하는 울음이
> 온 대한 사람의 목을 메는 울음임을
> 그대 가슴을 쓰리게 하는 설음이
> 그대와 피가 같은 모든 무리의 사무친 설음임을
> 또 그대가 저주하는 사회와 세상이
> 불쌍한 그대 민족이 다같이 저주하는 세상임을
> 아아 벗이여
> 애통의 눈물을 거두기 전에 먼저
> 그대 눈물의 뜻을 깨달으라
> 사랑하는 벗이여 그대야말로
> 그대는 그대 자신과 그대 민족을 위하야
> 슬픔과 아픔의 눈물을 통곡할지어다
> 그리고 배가하는 용기와 결심으로
> 그 뜨거운 눈물을 가다듬을지어다
>
> — 「설움에 있는 벗에게」

이 작품은 시적 주체가 '설움이 있는 벗에게' 민족을 위하여 슬픔과 아픔

이 있는 눈물로 통곡하라고 권유하는, 청자의 인식을 새롭게 구성하려는 전략적인 시다. 청자에게 민족을 위하여 눈물을 흘리라고 간곡하게 권유하는 것은 상해 정치적 입장의 동일화 전략이다. 그러므로 시적 주체는 담론구성체의 담론을 그대로 옮기어 자신의 담론으로 구성한다. 이것은 담론구성체의 효과에 의하여 재생산된 담론구성체가 다시 독자를 구성하려는 전략이다.

이 작품에서 담론구성체가 주체로 구성하는 '벗'은 불특정 개인이면서 다수일 수 있다. 그리고 시의 문맥에 따른다면 민족을 위하여 눈물을 흘려야 한다는 슬픔의 본질을 자각한 인물이 아니다. 이러한 인물을 설정한 원인은 주요한이 자신의 담론을 구성하기 앞서 독자들이 침묵하고 있는 조건들을 들추어내기 위한 것이다. 이것은 결국 다양한 독자들의 이질적인 담론을 배제하거나 억압시키고 다시 그가 의도하는 물질적 의미로 구성하기 위한 것이다. 그러므로 이 작품의 의도는 독자를 자신의 위치와 동일한 민족적인 동일자로 구성하는 것에 있다.

그런데 현상적 청자인 '벗'은 그 이유가 문맥상 구체적으로 드러나 있지 않지만 개인적 또는 민족적 슬픔에 고민하는 인물이다. 슬픔에 고민하는 '벗'은 동일자의 경계 바깥에 있는 몰주체적 인물이다. 이러한 인물을 설정한 이유는 시적 주체의 정서를 벗의 정서에 동화시키어 확장된 민족 정서에 통합시키기 위한 전략에서다. 이 작품에서 시적 주체의 목소리가 시 전체를 압도하는 이유가 바로 이러한 의도에 있는 것이다. 그러므로 시적 주체의 목소리는 단순한 시적 인물의 목소리가 아니라 푸코가 말하는 지식을 구성하는 권력의 힘과도 같은 것이다.

이러한 시적 주체를 설정한 것은 주요한이 어떤 인간상에 관심을 갖고 있느냐 하는 문제이다.[22] 일반적으로 시에서 어떤 인간상을 구성할까 하는

---

22) 김준오, 『가면의 해석학』, 이우출판사, 1985, p. 2.

문제는 시적 상황에 의하여 결정된다. 그런데 위의 작품에서 시적 주체와 청자는 시적 상황에 의해서 창조되는 인물이 아니라 주요한의 담론구성체에 의해서 의도적으로 만들어진 인물이다. 이것은 주요한이 지식을 구성하는 힘으로, 즉 자신과 동일한 시적 주체를 통하여 청자를 자신의 담론으로 구성하기 위한 의도다. 그렇기 때문에 시적 주체는 삶에 대한 자신의 진지한 태도나 내적 성찰은 생략한 채 다만 청자에게 간곡한 '민족을 위하여 눈물을 흘리라'는 강요만 있을 뿐이다. 이 강요는 푸코가 말하는 권력(실체가 아니라 관계 개념으로서)이 지식을 구성하는 과정에서 배제할 것은 배제하고 첨가할 것은 첨가하는 힘이다.

주요한 시에서 나타나는 시적 주체가 청자에게 말을 건네는 형식의 특징은, 그것을 다시 특징적이게 하는 것은 시적 주체가 우위에서 청자를 구성하는 데 있다. 시적 주체와 청자가 온전하게 전체를 이루는 것은 시적 주체의 반쪽 말과 청자의 반쪽 말이 하나를 이룰 때이다.[23] 그러나 위의 작품에서는 시적 주체가 '민족을 위하여 눈물을 흘리라'는 당부의 반쪽 말만이 전체를 지배하고 있다. 시에서 시적 청자의 몫을 어떻게 설정하느냐 하는 것은 인간의 내부에 또 하나의 '주체'가 있을 수 있다는 타자의 발견으로 가능하다. '주체'는 자신을 추동하는 내부의 타자와 끊임없는 역동적인 관계를 통하여 올바른 주체가 구성되기 때문이다.

그런데도 위의 작품의 시적 주체는 자신과 타자를 고려함이 없이 추상적 '민족을 위한' 관념만 청자에게 강요한다. 따라서 구체적 현실의 분석에 근거하지 않고 시적 주체의 정서만 과장되며, 과장된 정서는 교조주의나 실용주의의 양극화로 귀결된다. 이러한 양극화 현상은 현실의 구체적 탐색을 가로막는 장애가 될 수 있으며, 동시에 이론과 실천 사이의 갈등은 배제되기

---

23) 권택영, 「카니발의 의미」, 『바흐친과 대화주의』, 나남, 1990, p. 262.

도 한다. 주요한 시에는 이러한 두 가지 현상이 동시에 나타난다. 구체적 현실을 인식할 수 있는 시각은 담론구성체에 의해서 마비되고, 이론과 실천 사이의 갈등도 담론구성체에 의해서 배제된다.

① 우리 속에 가득한 음모, 시기, 狡詐, 공론, 식육혼, 흡혈충, 망령, 욕망, 이 모든 더럽고 냄새나고 썩어진 것은 말끔 쓸어 모아다가 오늘 이 시간에 기념제단 위에 올려놓고 우리 가슴 속 뜨거운 붉은 피 한 줄 그 우에 뿌려 맹렬한 불로 다 태워버리고 우리의 새롭고 깨끗한 가슴 속에 귀하고 정하고 사랑함은 믿음, 사랑, 공정, 열심, 실행, 수련, 희망, 위로의 보배로 채우고 장식합시다. 그리하야 적어도 요다음번 이 거룩한 날에는 저 건너 복지에서 춤추며 노래하며 장미꽃 들제비 울음으로 즐겨하게 하도록.

— 「물이 흐르고 바람이 불어서」

② 健忘의 대한인, 반복하는 대한인으로 또한번 세계에 대하여 虛言 하는 자가 되지 말고 그 건망과 반복의 惡을 삼월일일의 충의의 끓는 피로 다 씻어버리고 신성한 이 「최후의 일인까지 최후의 일각까지」의 맹약을 끝까지 이행케 할지어다. 虛僞, 空論, 巧詐, 반복, 겁유, 시기, 이기, 분쟁, 나태 등 대한인의 개인적 종족적 모든 죄악을 이날에 홀린 찍힌 팔 처녀의 정결한 뜨거운 피로 씻어 버리고 태워버리고 實과 行과 忠과 義와 信과 勇과 愛와 相助相勸하며 相和相合함으로 신국민 신자 유민이 되기에 합당한 거듭 태어난 국민이 될지어다.[24]

①은 주요한의 시 「물이 흐르고 바람이 불어서」이고, ②는 이광수의 『독 립신문』 논설이다. ①과 ②의 차이점은 ①이 정서가 개입된 글이라면 ②는 정서가 다소 억제되었다는 차이다. 두 글은 발상에 있어서 죽음에 의해서

---

24) 이광수, 「3·1절」, 『독립신문』 49호, 1920. 3. 1.

다시 민족을 소생시켜야 한다는 죽음의 이미지를 중심 이미지로 삼고 있다는 점, 신국민이 되기 위한 실천 덕목이 구체적으로 제시되었다는 점에서 동일하다. 이처럼 주요한 시는 담론구성체가 구성하였기 때문에 현실은 실제보다 협소하게 된다. 그리하여 그의 시는 세계와 주체, 현실과 이상, 보편 정신과 개인의식 사이의 심리적 거리가 마련되어 있지 못하다. 이러한 요인으로 인하여 그의 시는 관념과 감정을 양식화하지 못하고 직접 발화하는 형식을 띠게 된다.

주요한 시에서 시적 주체의 인격이 제시되지 않는 중요한 이유는 시적 주체의 인격이 문제가 아니라 청자의 담론을 구성하는 것이 목적이기 때문이다. 그의 관심은 시적 주체가 아니라 독자를 정서적으로 설복하는 담론을 재생산하는 것이기 때문에 시적 주체의 인격에는 관심이 있을 수 없다. 그러므로 그의 상해 시는 '현실의 민족' 문제가 아니라 '있어야 할 민족', 즉 현실은 상해 담론에 존재할 뿐이다. 이러한 담론이 구성한 현실의 극단은 독자에게 민족을 위하여 피를 흘리는 희생을 요구하는 데까지 나아가게 된다. 주요한 상해시의 지배적 이미지 '피'가 그러한 것인데, 이는 정신적 죽음과 육체적 죽음을 동시에 강요하는 것이다. 정신적 죽음이란 윤리적 차원의 민족 분열을 가져오는 저해요소들을 버려야 한다는 의미이고, 육체적 차원이란 민족 운동을 위한 죽음을 의미한다. 그런데 주요한 시의 '피'의 이미지는 현실을 역동적으로 파악한 이미지가 아니라 푸코가 말하는 무의식적인 상해의 담론의 이미지일 뿐이다. 그러므로 '피'의 이미지는 단순한 시적 이미지가 아니라 또 다른 담론을 생산하는 이미지이다.

이처럼 주요한 상해시의 문제점은 식민지라는 문제적 상황에서 상해임시정부 담론구성체가 마련한 것에 지나지 않는, 그 내용을 아무런 고민없이 흥분되게 소리 높이 외쳤다는 것이다. 이것은 그가 임시정부 기관지『독립신문』을 제작하는 민족 운동을 실천하는 자리에 있었지만, 그 운동이 내발된 것이라기보다는 상해의 정치적 분위기 속에 있었기 때문이다. 이때 시는 하나의 웅변으로, 진실된 민족적 현실적 문제보다 관념을 먼저 구성하려는 권력의 힘에 의해서 변모된다. 하지만 주요한 상해시는 「불놀이」의 시적 지식의 개입에 의하여 임화의 단편서사시 전단계 구조라 할 수 있는 시적 소통 양식을 창안하였다는 점에서는 양식적 창안에 의미를 찾을 수 있다. 그러나 엄격하게 말한다면 그 양식적 창안은 창안이 아니라 청자를 관리하기 위한 효과로서의 형식이다.

IV. 결 론

이 글은 주요한의 상해 시를 주목함으로써 근대적 주체를 새롭게 문제 삼을 수 있는 근거를 마련하였다는 데 의미를 갖고 있다. 그 문제는 식민지 시적 주체는 근대적 기획의 담론이 주체가 되게 한 근대적 주체일 수 있다는 것이다. 즉 주요한의 상해 시를 결정하는 이념과 형식은 상해 정치적 공간의 근대성이고 그것 또한 안창호의 연설문 형식의 근대성이라는 점이다. 이 점과 구별되는 주요한이 국내에 발표한 낭만적 서정시 또한, 국내 검열이라는 담론구성체가 구성한 낭만과 서정성이기도 하다.

문제는 상해의 정치적 분위기의 타자에 환원된 주요한 시의 근대적 이념과 형식이다. 이 점을 본 연구에서는 안창호의 웅변과 이광수의 담론이 구성한 의사 논설이라는 점으로 설명하였다. 주요한의 상해 시가 연설 형식의 시적 주체와 청자와의 직접성을 도입하는 것은 근대적 기획의 주체가 재생산한 형식이다. 시 내부로 독자를 유인하여 시적 청자로 소통하게 하는 장치 또한 담론의 동일화 효과이다. 이 장치는, 낭만성과 현실성이라는 차이에도 불구하고 김기진의 「가련아」에서 그 현상이 찾아져 임화의 「우리 오빠와 화로」에서 시적 효과를 거두게 된 프로시와 다르지 않다. 결국 시가 정치적 동일자의 논리에 환원될 때 만들어지는 시적 유형이 청자를 지향하여 청자를 시적 주체의 차원에서 구성한다는 것이다.

그런데 정치적 이념과 형식이 시적 주체를 억압한다는 점에서 문제가 있다. 그 문제는 시적 정서와 상상력을 억압하거나 분절하는 일차적 사실 이전에 타자의 논리를 자신의 논리로 오인하고 타자의 시적 사유를 재생산한다는 데 있다. 주요한이 상해 시와 국내에 발표한 시를 별개의 층위로 설정한 것 자체가 이미 담론에 자유롭지 못하다는 것을 스스로 드러낸 것이다. 여기서 주요한 상해시의 한계가 드러난다. 그것은 동일자의 이념과 형식을 재현하는 동일화의 주체 몰각이라는 점이다. 그러므로 주요한 상해시의 근대성은 타자가 환원한 주체 몰각의 근대성이다. 이 문제를 스스로 깨달았을 때 그는 낭만적 시를 포기하고 현실적 시를 모색한다. 이것은 타자가 억압한 주체를 발견함으로써 가능한 동일화에 대한 자각이다. 이것은 타자와 주체의 역동적 모색의 비동일화 단계에 「채석장」이라는 작품으로 설명할 수 있다.

황석우 : 상징주의와 아나키즘의 연속성

I. 문제의 제기

이 글은 황석우가 상징주의 시인이면서 동시에 아나키스트였다는[1] 사실을 주목하면서 출발한다. 아나키즘은 하버마스의 용어를 빌린다면 유토피아적 기획들을 현실적 조건에서 비판하는 '역사적 사유'와 현실적 조건을 넘어서는 행위의 대안과 가능성을 열어놓은 '유토피아적 사유'가[2] 함께 하는 이데올로기이다. 그러나 아나키스트들은 유토피아적 사유와 역사적 사유를 함께 구성할 수 없다는 데서 고민이 있다. 어느 한 편이 다른 한 편을 강조하거나 배제함으로써 유토피아적 세계에 대한 열망으로 치닫거나 현실에 대한 환멸로 귀착되기 때문이다. 아나키스트 황석우가 상징주의 시인임을 부정하는 것은 이와 결코 무관하지 않을 것이다.

따라서 문제는 황석우가 아나키스트이면서 동시에 상징주의 시인이라는 점에 있다. 그는 재일본 한국인 아나키스트 단체의 흑도회에서 박열·정태신·김약수·정태성·조봉암·원종린 등과 함께 활동하던 아나키스트이

---

1) 이호룡, 『한국의 아나키즘』, 지식산업사, p. 201.

2) Jurgen Habermas, 이진우 역, 『현대성의 철학적 담론』, 문예출판사, 1994, p. 6.

다. 이미 그 이전에 아나키즘을 소개하는 『근대사조』를 발간하여 유포하다
가 체포되기도 하면서 아나키즘 사상을 수용 전파한 자이기도 하다. 한편으
로, 그는 「시화(詩話)」·「조선 시단의 발족점과 자유시」·「일본 시단의 2대
경향」·「최근의 시단」·「시작가로서의 포부」 등 통하여 상징주의 이론을
소개하면서 자신의 상징주의 이론을 갖고 작품을 발표하던 상징주의 이론가
이며 시인이다. 그가 아나키즘과 상징주의 이론가이며 실천자라는, 이와 같
은 이력으로 본다면 상징주의는 아나키즘과 같은 차원에 있는 것이 된다.
그에게 아나키즘이 이데올로기라면 상징주의 또한 문학이기 전에 그를 뜨겁
게 추동하던 이데올로기다.

이데올로기는[3] 정치적 이념체계로 이해하는 것이 일반적인 이해방식이
다. 그래서 대부분 이데올로기를 당파적 집단의 권력에 봉사하는 은폐된
교의로 정의한다. 또 한편으로 철학적 전통에서 이데올로기는 세계에 대한
우리의 지식과 관련되는 인식론으로 파악하기도 한다. 그러나 알튀세르는
이데올로기를 특정한 물질적 관행에서 형성된 풍부한 재현의 체계로 파악한
다. 여기서 상징주의가 이상주의 이미지 체계라는 점에서 이데올로기와 다
르지 않다. 즉 상징주의를 알튀세르가 말하는 사회적 주체의 "현실에 대한
체험적 관계"라는 이데올로기 의미로 받아들일 수 있다. 따라서 이데올로기
는 일련의 이념으로서보다 역사적 특수 사회 형태에서 인간이 불가피하게
현실 자체를 보게끔 조장하는 재현·인식·이미지 체계다. 상징주의도 이러
한 관점에서 하나의 이데올로기다.

여기서, 이 글이 상징주의와 아나키즘과 연속성을 밝히려는 데서 출발하
는 것은 당연하다. 이러한 의도는 이데올로기 자체에 있는 것이 아니라 궁극
적으로 서정양식이 현실에 대하여, 반대로 현실이 서정양식에 대하여 어떻

---

3) 테리 이글튼, 여홍상 역, 『이데올로기』, 한신문화사, 1994, p. 2.

게 질서를 부여하였는가 하는 실상을 탐색하기 위한 것이다. 즉, 이것은 그가 어떻게 현실에 깊이 파고 들어가 그것을 어떤 방식으로 얼마나 절실하게 형상화하였느냐는 물음이기도 하다.

　이러한 물음은, 상징주의가 서구의 단순한 수용이라는 이식문학론의 문제를 떠나서 당대 절실한 문제를 해결하려는 문학적 대안이었다는 것을 밝히려는 의도가 함께 한다. 즉 한국 상징주의 문학은 서구 중심의 변두리에서 언제나 부족한 것이 아니라 선택적 차이일 뿐이라는 것이다. 이러한 점이 밝혀짐으로써 한국 아나키즘 문학은 카프 방향전환기 이전의 실체가 드러날 것이며, 또 문학과 운동의 연계성도 함께 밝혀질 것이다.

II. 상징주의의 이데올로기

　황석우는 지금까지 주요한 · 김억과 더불어 상징주의를 수용하고 자유시를 개척한 시인으로 현대시사에 자리매김되고 있다. 그러나 황석우가 왜 상징주의를 수용하게 되었나 하는 원인에 대하여 매개항을 마련하지 않고, 단순하게 문단의 전반적 추세로 대응시켜 보는 데는 문제점이 있다. 매개항을 설정하지 않고 단순히 시대적 현상으로 설명하려는 논리는 황석우가 보들레르를, 김억이 베를렌을 준거한 이유를 밝힐 수 없는 것이다. 이것은 개인적 기호와 성격에서 오는 이유가 되는 것이지만 우리 나라 초기 시의 형성요인을 드러낼 수 있는 것이기도 하기에 중요하다. 황석우의 상징주의시론을 단순히 서구문학의 수용으로만 읽어낼 수는 없다. 상징주의시론은 그의 아나키즘론과 흑우회의 아나키즘 활동과 연속선상에 있는 것이기 때문이다. 이러한 매개항은 황석우 시의 특질을 밝히기 위한 것이기도 하지만 1920년대초 한국의 현대시를 지배한 상상력의 구조— 말해지지 않은 침묵의 논리를 드러내기 위한 작업이기도 하다. 1920대 초기 시의 지배적 특징은 암울, 절망과 영탄, 현실에 대한 저주, 그리고 도피적 열망의 표현이라는 것이 일반적이다. 이러한 원인은 흔히 3·1운동의 실패라는 식민지 현실에서 파악된 것이다. 이에 대하여 김흥규는 시대적 상황이 아니라, 초기 시단의 중심시인들이 지닌 중산층 지식인으로서의 특질 때문이라 했다. 이 논리는 3·1운동 이전의 절망과 영탄의 시적 현상을 설명할 수 있는 근거도 되고, 또 그 상상력의 구조를 밝혔다는 점에서 의미가 있다.4) 그러나 중산층 지식인이 새로운 시대에 적극적으로 대처할 이념을 확보하지 못했다는 지적이 황석우에게도 그대로 적용될 수 있을까 하는 점은 문제로 남는다. 왜냐하면 그는 고학으로 유학을 한 예외적 인물이며 흑우회의 아나키즘이라는 단단한 이념을 확보하고 있었기 때문이다. 백조파 시인들에게 상징주의는 생활의 지침이었지만5) 그들은 "저녁의 피묻은 동굴 속으로"라고 단지 온몸으로 허망하게 외쳤을 뿐이다. 그러나 황석우에게는 시가 단순한 몸짓이 아니라 그가 세계를 이해하게 하는 인식의 매체였다. 그에게 있어서 시가 세계를 이해하는 매체로 작용했음은 그의 상징주의 시론 「시화」에 잘 나타나 있다. 이를 밝히기 위하여 먼저 그의 시론을 분석하기로 한다.

그의 시론은 「시화(詩話)」(『매일신보』, 1919. 9. 22. 10. 13.)·「조선시단의 발족점과 자유시」(『매일신보』, 1919. 11. 10.)·「일본시단의 2대 경향」(『폐허』 창간호, 1920. 7.)·「최근의 시단」(『개벽』 5호, 1920. 11.)·「시작가

---

4) 김흥규, 『문학과 역사적 인간』, 창작과 비평사, 1980, p. 221.

5) 상징주의가 1920년대 초기 시인들에게 생활의 지침이었음은 이동원의 「상징적 생활의 동경」(『개벽』 2호)에 나타나 있다. "상징주의하는 생활은 노력의 생활인 가정이 생활입니다. 만유와 인생을 여하히 복잡하게 변화시키더라도 가급적 그것의 색채와 의의를 멸하지 아니하고 그것을 지배하려고 하는 것이 상징주의 생활입니다. 그런고로 상징주의에는 필연히 충실한 관찰과 대담한 정복의 요소가 포함한 것이니, 현실에 즉하여 이상적이고, 이상에 즉하여 현실적인 그것이 특징입니다."

로서의 포부」(『동아일보』, 1922. 1. 7.) 등이 있다. 이 가운데 그의 대표적인 본격 창작 시론은 「시화」다. 「시화」는 『매일신보』 현상모집에 선외로 뽑힌 평론으로, 우리 나라 평론 현상모집의 효시가 되는 것이다. 이미 「시화」 이전에도 백대진[6]과 김억에 의하여 프랑스 상징주의시론이 『태서문예신보』에 수용되기도 하였다. 하지만 김억의 상징주의 소개는 상전민(上田敏)과 주천백촌(廚川白村)에 기댄 번안적인 글이고, 백대진의 글은 개론적인 소개에 지나지 않는 것이다. 그러나 황석우의 「시화」는 상징주의 창작시론이라는 점에서 백대진의 개론적인 글과 김억의 서구 상징주의를 무비판적으로 수용한 시론과 다르다.[7]

황석우의 상징주의 시론 「시화」를 살펴봄으로써, 왜 그가 상징주의를 선택하였는가, 또 상징주의를 어떤 관점에서 읽고 있는가, 상징주의는 그에게 무엇인가 하는 점이 해명될 것이다. 또 상징주의는 황석우의 개인적인 관심인 동시에 1920년대초 시문학의 전반적인 추세였기 때문에, 그것을 밝힌다는 것은 당대 서구이론이 어떤 관점에 의하여 수용되었는가를 알 수 있는 단서가 된다.

이를 위하여 먼저 「시화」를 의미 단락별로 나누어 보자. 그 내용은 시인의 위치, 시의 맛, 시의 회화적 요소, 시의 음악적 요소, 상징파시의 특징, 시의 언어, 시의 사상, 시작의 태도, 명상, 시인의 임무, 영감 등 열 한 개의 의미 단락으로 나누어진다. 이 열 한 개의 의미단락을 지배하고 있는 핵심은 '영

---

6) 백대진은 「최근의 태서 문단」(『태서문예신보』4호, 1918)에서 상징주의에 대한 개념 소개에 그치고 있다. 예를 든다면, "상징이라 함은 분해하기 어려운 종합일치의 상태에 있는 바 어떤 관념을 일음이니 어떠한 賢察家이든지 명백히 말하기 어려운 바 진리의 정수를 가장 많이 먹음어 있는 독창 인상을 운율적 암유로써 발표하는 것 됨을 일컬음이올시다."라고 주장하고 있어 상징에 대한 개념을 말라르메·모레아스 등의 관념 상징이론에서 그대로 차용하고 있음을 알 수 있다.

7) 김영철, 『한국근대시론고』, 형설출판사, 1988, p. 312.

률(靈律)'이라는 용어에 있다. 영률은 그가 언어를 '인어(人語)'와 '영어(靈語)'로 구별하여, 일상의 언어에 대응되는 시어를 영어라는 독창적인 용어를 선택해 표현한 데서 시작된다. 영어는 그의 말에 따르면 '인간과 신의 교섭에만 쓰이는 언어'이자 '천재', 곧 시인이 아니면 그 말을 배울 수 없는 언어'이다.8) 시인은 영어로 신과 이야기를 나누며, 동시에 이 영어를 지상의 인간에게 해독하는, 신과 인간을 소통시키는 매개자다. 그러므로 신과 인간을 연결하는 중개자인 시인은 신과 대좌하여 영어로 소통하는 영광을 가진 자로, 그가 신과 소통한 내용이 곧 시라는 것이 그의 설명이다. 그렇다면 영어는 플라톤이 말하는 이데아의 세계, 신의 세계, 신비의 세계를 드러내는 언어라 할 수 있다.

이러한 영어로 세균보다도 세미한 신의 목소리를 시인이 광도(壙圖)하는 것이 시적 표현이 된다. 그는 시인이 광도하는, 즉 시의 표현과 기교는 단지 영률의 정돈에 지나지 않는다고 했다. 이것의 설명은 영률의 율에 나타나 있다. 황석우는 율이란 '기분의 식목(識目)'이라는 용어를 사용한다. '기분의 식목'이란 본질적인 상태의 정서적 기미를 아는 것이라 하겠다. 그렇다면 영률이란 신이 영어로 말하는 정서적 기미, '신흥(神興)'의 유로를, 시인이 포착한 정서라 하겠다. 신흥의 유로는 낭만주의자 워즈워드가 말하는 정서의 자유로운 유로와는 성격이 다르다. 어디까지나 시인의 개성적인 호흡에 의하여 통어된 리듬이다. 결국 영률은 생리적 개념에서 시인의 개성을 강조하는 리듬이다. 이 리듬이 자유시의 리듬이라는 것으로 이어진다.

그는 신흥의 식목은 자연적으로 이루어지지 않고 시인의 일상과목인 명상에 의하여 신의 궁전에 들어가 신과 대좌한 시인만이 그 신흥의 기미를 알 수 있다고 했다. 이런 논리는 보들레르가 말한 "시인은 자아를 집중시켜

---

8) 황석우가 말하는 '천재의 언어, 신과 교섭하고 소통하는 언어', 즉 靈語라는 것은 모레아스가 「상징주의 선언」에서 말하는 '원초적 언어'에 비유될 수 있다.

이를 기화(氣化)함으로써 현실을 초월하여 초자연의 낙원에 들어가는" 심리
적 상태와 비슷하다고 하겠다.

문제는 황석우가 왜 보들레르가 말하는 교감의 만상의 조응이라는 시학과
연계되어 있는가 하는 점이다. 그가 프랑스 상징주의를 백대진·김억과 함
께 수용한 의미는 이미 여러 논문에서 밝혀졌다. 그러나 아직 왜 김억이
베를렌의 시론, 주요한이 레니에와 폴포르의 역시를 통하여 서구 상징주의
시론을 수용하였고, 황석우는 보들레르를 시론을 준거하였나 하는 점은 밝
혀지지 않았다. 이 점을 밝히기 위하여 먼저 그들이 각자 선택한 상징주의에
서 준거인물의 논리를 살펴보자. 김억이 준거한 베를렌은 정확한 고사와
박학한 어휘들을 구사하는 파르나시스를 공격하면서 시는 자연발생적인 감
정을 유로해야 한다고 했다. 앞에서 말한 바처럼 자연발생적인 감정은 낭만
주의자들처럼 성숙하지 못한 강렬한 감정의 토로가 아니라, 은은한 음악성
을 지닌 채 감미롭고 몽롱하게 우리의 영혼을 하늘나라로 이끌듯이 표현해
야 한다고 했다. 곧 그가 강조하는 것은 시의 음악성이다.9) 베를렌은 은은한
음악을 통하여 우리의 영혼은 다른 세계에 도달할 수 있다고 했다. 이러한
베를렌의 '무엇보다도 음악을' 하는 시론에 맹종한 안서는 기계적인 정형의
'격조시'에 도달하게 된다. 이는 안서가 베를렌을 수용하는 과정에 있어서
그를 바르게 이해하지 못한 것에 원인이 있다. 즉 베를렌이 강조하는 시의
음악성은 환기와 암시의 뉘앙스이다. 음악의 암시성으로 영혼의 상태에 도
달하게 된다는 것을 김억은 간과하였다. 이는 초기 수용자들의 한계이다.
그러나 본 논문에서 밝히고자 하는 점은 이런 오류보다는 왜 김억이 베를렌
을 준거하고, 황석우는 보들레르를 준거하게 되었는가 하는 점이다.

그것은 개인적인 기질의 영향으로 볼 수 있다. 개인적 기질에 대하여서는

---

9) 베를렌은 「작시법」이라는 시를 통하여 그의 상징주의 시론을 제시하였다. "무엇보다
　도 음악성을/ 그러기 위해서는 기수각을 선호하기를".

김억이나 황석우에 대하여 밝혀진 자료가 없다. 다만 개인적인 기질을 형성하는 것은 환경이 그 하나가 된다는 점에서 우회적으로 김억과 황석우의 환경을 검토하여 간접적으로 접근하는 방법을 선택할 수밖에 없다. 황석우와 김억이 왜 각각 보들레르와 베를렌을 준거하였나 하는 점은 들뢰즈에서 그 타당성을 구할 수 있다. 들뢰즈는 인간이 '욕구하는 기계'라는 개념을 통해 특유의 이론을 개진한다. 그는 인간의 욕구는 코드와 만나 형상화된 욕구가 차이를 만들어 낸다고 하였다. 그렇다면 황석우와 김억을 변별하는 코드는 바로 환경이다.

이를 밝히기 위해 먼저 개인사를 비교하여 보자. 김억은 평북 정주의 유복한 지주이며 종가의 장남으로 태어났다. 이에 비하여 황석우는 일찍 부모를 잃고 빈한한 고모에 의해 양육되었다.10) 김억은 부유한 가정의 장손으로 게이오의숙 문과에, 황석우는 고학으로 와세다대학 정경과에 유학한다. 김억이 오산학교에서 훌륭한 스승 춘원을 만난 데 비하여, 황석우는 보성학교에서 급진적 사상을 가진 학생으로 지목되어 퇴학당한다. 두 사람의 초기 생애를 비교하였을 때, 김억이 베를렌에게, 황석우가 보들레르에게 경도된 원인을 유추해낼 수 있는 가닥은 잡힌다. 베를렌의 시 「작시론」의 핵심은 감미롭고 몽롱한 음악성에 의한 환기나 암시이다. 김억의 감미롭고 몽롱한 영혼에의 지향은 유복한 자녀들이 가질 수 있는 데카당스다. 그런데 비하여 보들레르의 지상과 천상은 황석우 자신이 말하는 신과 인간의 세계로, '지금 여기'의 현실세계의 비참함과 대조되는 신의 궁전 '그곳'이다. 황석우의 개인적 궁핍은 중심으로부터 떨어져 있는 것이다. 이러한 황석우가 중심으로 더 가까이 갈 수 있는 방법은 영어로 신과 대좌하여 그 세계로 들어가는 것이다. 그러므로 그에게 있어서 초월적인 중심에 가는 길은 김억처럼 아름

---

10) 박인기, 전게서, pp. 233~242 참조.

다운 음악을 통해서 도달하는 것이 아니고, 오직 자신 스스로 신의 궁전에 들어가는 것이다. 지금까지 논의로 본다면 황석우의 상징주의 시론인 「시화」는 비참한 개인적 현실을 보상하려는 대체논리에 지나지 않는다. 그러므로 그를 사로잡은 것은 상징주의문학이 아니라 상징주의적인 삶의 방식이라는 것과, 상징주의 이념이 그에게는 이데올로기로 비쳐졌다는 것이다. 이러한 사실은 다음과 같은 황석우 자신의 진술에 의하여 확인된다.

> 나는 본래 정치 청년의 한 사람이었습니다. 나의 어릴 적부터의 수양의 길은 법률과 정치과 학생이었습니다. 나는 곧 정치가로서 서려는 것이 나의 입신의 최고 목표였습니다. 그러니 나는 시를 쓰지 않을 수 없는 어느 큰 시름을 가슴 가운데 뿌리 깊게 안어왔다. <u>그는 곧 나의 어렸을 때에부터 받아온 모든 현실적 학대와 또 나의 가난한 어머니와 나를 위하여 희생되었던 나의 불행한 누이의 운명에 대한 설음이었다. 그는 마침내 나로 하여금 남모르게 탄식해 울고 또는 성내여 현실사회를 저주하며 더욱 내 누이를 울려가면서 모든 주위의 유혹과 경멸과 싸워가면서 시를 썼다.</u>[11](밑줄, 필자)

이처럼 그는 『자연송』(1929) 서문에서 시작의 동기를 궁핍과 소외라고 밝히고 있다. 시집 발간 이전에 신시의 몽롱체 논쟁을 현철과 전개할 때도, 그는 「현문단의 해부」(『신민공론』, 1921. 6.)에서 시는 빈한함을 극복하기 위한 방편이라고 말한 바 있다. 이로 본다면 황석우가 시를 쓰고, 보들레르적인 상징주의 시론을 쓴 것은 유토피아적 사유에서 비롯된 것이다. 유토피아적 사유로서의 상징주의는 그의 시적 이데올로기이자 정치청년의 정치적 이데올로기였다. 그것이 우리 문학사에 있어서는 상징주의 시론의 수용과 자유시 개척의 선구적 업적으로 비쳐진 것이다. 정치청년이었던 그에게

---

11) 황석우, 『자연송』, 박문서관, 1929, p. 16.

있어서 상징주의와 자유시란 중심·부유·부모상실로부터 멀리 주변에 있는 그가 중심으로 갈 수 있는 나침반이며 이데올로기였다. 이것을 들뢰즈의 욕구와 코드이론에 따른다면 황석우의 개인적인 빈곤을 탈피하려는 욕구가 당시 일본에서 유행하던 상징주의 코드와 만나 그 욕구가 상징주의시론으로 형상화·구체화된 것이다. 상징주의라는 당시 문학의 코드는 황석우의 유토피아적 꿈을 속령화한 사적이고 일회적인 이데올로기에 지나지 않는다.

　지금까지의 내용을 정리한다면 황석우 상징주의시론은 유토피아적 사유가 시라는 코드와 만나 이데올로기화한 것이다. 김억의 상징주의의 자유시에서 격조시론으로의 변화는 부유한 중산층이 갖는 격식, 이것이 고전주의적격에 해당되는 것이라면, 황석우가 일관되게 주장하는 영률의 자유시는 적격의 파괴로부터 새로운 이상을 갈구하던 이상주의적 상징주의라 하겠다. 그를 사로잡은 것은 프랑스의 상징주의가 아니라, 상징주의적 삶과 상징주의의 이데올로기다. 그러므로 황석우의 상징시론은 루이 알튀세르의 말을 빌린다면 가난한 현실 속에서 "개인을 주체로 호출한", 즉 그를 '호출'한 이데올로기다. 그를 주체로 호출한 것은 다름 아닌 인간의 한계에서 루카치가 말하는 다른 관념에 강요된 힘의 강력한 마력 때문이다. 정치청년 황석우에게 상징주의는 단순한 문학적 상징주의가 아니라 자신의 삶을 새로운 형식으로 바꾸어 보려는 시적 실험이자 이데올로기로서 기능하는 것이다. 상징주의를 통해 그의 삶을 재조직하려는 노력은 기존의 문학적 관습을 깨뜨리는 방향으로 전개된다. 그것이 자유시다. 그는 자유시가 가진 형식의 새로움 속에서 정신적 공황을 새로운 이데올로기 아나키즘으로 다시 메우려고 시도한다.

III. 아나키즘[12]과 상징주의의 연속성

황석우가 환멸과 고통의 현실로부터 벗어나 관념의 상징 세계를 찾아 나섰을 때, 그 앞에 나타난 것은 내용이 없는 "고독은 내 영혼의 월세계"(「장미촌 향연」)와 같은 환상의 세계였다. 상징주의 관념적 방법이 결코 삶의 질곡을 해결할 수 없다는 것을 깨닫게 되면서 황석우는 상징주의 이데올로기를 폐기한다.[13] 상징주의가 이성보다는 직관을, 합리보다는 상상을 중시하는 신비주의적 세계관을 띄는 속성상 어쩔 수 없이 그가 찾아 헤매던 '이상'은 현실의 고통을 구원할 수 없는 초월적 관념의 세계라는 것을 깨닫는다. 이 자리에 그는 일본 유학시절 아나키스트 그룹인 흑우회에서 활동한 아나키즘을 자리하게 한다.[14] 이것은 상징주의의 유토피아적 사유를 아나키즘의 유토피아적 사유로 대체한 것에 다르지 않다. 유토피아적 사유라는 관점에서 파악한다면 황석우에게 상징주의와 아나키즘은 연속선상에 있는 것이다.

그렇다면 왜 그가 이데올로기화한 상징주의 자리에 아나키즘을 대치하였나 하는 점이다. 결론부터 말한다면 상징주의를 폐기하였지만 상징주의의 유토피아적 사유를 버리지 못한 것 때문이다. 황석우는 와세다대학에 다닐 때부터 "정치문제와 사회문제에 일가견을"[15]가지고 있었고 "문학운동에만 만족할 수 없어 사회운동단체인 흑우회에 참여해서 사회풍조를 개조하는

---

12) 아나키즘 이데올로기는 그들 집단의 일련의 자유를 원칙으로 하는, 강제 없는 자유사회 건설인 것이다. 황석우는 이러한 자유연합의 원리를 아나키스트의 원리로 이해하는 것이 아니라 자신의 불우한 환경을 개선하기 위한 개인적 동기화에서 형성된 주관적인 사고형태로 보고 있다. 그러므로 그의 아나키즘 이데올로기는 탈이데올로기화된 것이다.

13) 황석우, 「현문단의 해부」, 『신민공론』, 1921. 6., pp. 32~36. 황석우는 "자칭 시인의 명목 하에서 뜻을 상징주의라 하고서 시를 쓴 기억도 없다"라고 밝히고 있다.

14) 박인기, 전게서, p. 236 참고.

15) 백대진, 「落魄詩人 황석우」, 『현대문학』, 1963. 1월호.

데에 용감하게 일원이 되었노라고 하며 영웅처럼 뻐기기도 했다."16)는 백대진과 유엽의 회고에서 나타나듯이 그는 아나키스트였다. 정치문제와 사회문제에 일가견을 지닌 황석우에게 아나키즘이란 무엇인가 하는 것을 읽어낼 수 있는 자료는 그의 아나키즘론이다. 그가 아나키즘 이론을 객관적인 시각으로 조망한 것이 1923년 『개벽』에 일본의 여러 사상을 소개한 『일본 사상의 특질과 그 주조』의 내용이다. 그는 일본 사상의 4대 계보를 공산주의·무정부주의·인도주의·허무주의로 전제하고, 그 가운데 공산주의와 아나키즘이 양대 사조가 되는 것을 중시하고 아나키즘을 그 한가운데 놓고 아나키즘사상을 해설한다. 그에 의한다면 아나키즘은 "인간에 즉한 인간 개량, 현실에 즉한 현실 개량의 기획"이라는 점이다. 이것은 상징주의 시론에서 막연하게 찾아 나서던 관념의 세계와는 달리 현실을 매개로 하고 있다는 점에서 차이가 난다. 그러나 그가 아나키즘을 이해한 것은 "인간에 즉한 인간의 개량, 현실에 즉한 현실 개량"에서 '인간'과 '현실'이 아니라 '개량'이라는 전위적 관점이다. 유토피아적 사유에서 이를 현실적 조건에서 비판하는 역사적 사유로 전환한 것이 그의 아나키즘이었지만 식민지 민족의 모순 극복이나, 계급 모순의 해결 방안으로, 또는 아나키즘의 본질인 자유원리보다는 자신의 궁핍한 현실적 조건을 개량하기 위한 전위적인 유토피아적 사유는 버리지 못하였다. 그러므로 아나키즘은 아나키즘 본연의 이데올로기로서 그에게 있는 것이 아니라 수용의 측면에서 굴절된 아나키즘이 있게 된다.

황석우는 동경에서 흑도회 회원이었다. 흑도회는 동경의 신인연맹과 흑양회가 통합된 사상적 단체로, 대표적인 사람으로는 박열·김약수·황석우·조봉암 등이 있다.17) 조직 당시 흑도회는 막연한 사회주의 지향의 단체였지

---

16) 유엽, 「상아탑과 황석우씨」, 『현대문학』, 1968. 4., p. 29.
17) 이호룡, 앞의 책, pp. 126~127.

만, 박열을 중심으로 하는 아나키즘과 김약수를 중심으로 하는 볼셰비키즘으로 나누어진다. 이것은 이들이 계급적 관점에서의 이데올로기로 분화된 것이다. 김약수·박열·조봉암은 아나키스트와 사회주의자로 그들의 신념을 확고히 하며 끝까지 지속적으로 활동을 한 데 비하여 황석우는 그렇지 않았다. 이것은 아나키즘을 아나키즘의 이데올로기로 그가 읽어낸 것이 아니라 개인의 현실을 개량하거나 기존의 문학 전통에 도전하는 전위적인 운동으로 읽었기 때문이다. 유엽이 그가 "흑우회에 참여해서 영웅처럼 빼기기도 했다."[18]고 한 것이나, 정노풍이 그가 "어떠한 사회운동을 과해 하얏섯는지 도시 기억되는 바 없거니와"라고 한 것은 박열·김약수처럼 아나키즘을 이데올로기로서 치열하게 맞선 것이 아니라, 아나키즘이 자신의 궁핍한 생활을 벗어나는 수단으로 인식되는 유토피아적 사유였다는 것을 알 수 있다. 임화가 가출하여 만난 크로포트킨이나, 황석우가 가난으로 찌든 현실에서 만난 스트르너는 서로 다르지 않다. 어릴적 상실한 부모에 대한 목마름이 임화를 아나키스트 크로포트킨에 준거하게 하였고, 누이와 고통스럽게 살아가는 현실이 황석우를 스트르너에 준거하게 한 것이지, 정치적이거나 혁명적인 이데올로기에 의하여 그가 아나키즘을 선택한 것이 아니다.

「일본 사상의 특질과 그 주조」는 일본의 아나키즘을 해설하는 성격이지만 자신의 아나키즘에 대한 관점을 피력한 것이나 다르지 않다. 그는 일본의 아나키즘을 푸르동 계열의 사회적 아나키즘과 스트르너 계열의 개인적 아나키즘으로 대별하면서 대부분 스트르너 계열의 개인적 아나키즘이라고 밝히고, 그 사상의 핵심은 "자기 가치의 이상향을 건설"하는 데에 있다고 했다. 아나키즘을 "자기 가치의 이상향을 건설"로 파악한 것은 환멸과 궁핍의 현실을 벗어나려는 유토피아적 사유의 상징주의와 다르지 않다. 그러나 그에

---

18) 유엽, 「상아탑과 황석우 씨」, 『현대문학』, 1968. 4., p. 160.

게 전자는 이데올로기가 아닌데도 상징주의를 이데올로기화한 데 비하여, 후자는 이데올로기인 데도 이데올로기화하지 않았다는 점에서 차이가 난다. 이것은 현실에 대하여 깊이 고뇌하는 것이 아니라, 아나키즘을 전위주의적 사조로 이해하였기 때문이다.

지금까지 살펴본 바에 의하면 황석우에게 상징주의와 아나키즘은 한 몸의 두 모습에 지나지 않는다. 개인적 궁핍과 고통으로부터 벗어날 수 있는 방법의 탐색으로 상징주의와 아나키즘을 선택한 것이다. 상징주의와 아나키즘은 현실과 이상이라는 이원론적 구조, 기성의 관념을 파괴하고, 전위적이라는 점에서 동일하다. 그러므로 상징주의는 유토피아적 사유에 의한 개인적 욕망에 의해 이데올로기화되고 아나키즘은 개인적 욕망에 의하여 반대로 아나키즘 이데올로기를 탈이데올로기화한다.

Ⅳ. 직접적 주관성의 환상성

황석우는 1918년 『태서문예신보』 14호에 「은자의 가」라는 제목하에 「송」·「신아의 서곡」을 발표하면서 시단에 등단한다. 그가 시를 습작한 것은 이미 그 이전에 1917년 와세다대학에 유학할 당시 <미래사> 동인에 활동하면서 그 기관지 『리듬』에 시를 발표하였다. 그러나 그의 시작활동은 지속적이지 못하였다. 1919년부터 1921년까지 『태서문예신보』·『삼광』·『여자계』·『창조』·『폐허』·『개벽』·『장미촌』 등에 시를 활발하게 발표하다가 잠시 시 발표를 중단한다. 그러다가 1929년 시집 『자연송』을 발간하고 다시 1932년에 『신생』과 『신동아』에 시를 발표했고, 1932년 이후 또 발표를 중단하다가 1958년부터 1959년 『현대문학』에 4편, 『자유문학』에 3편을 발표한 이후 시작은 중단된다. 시를 일관되게 쓰지 않고 그가 시 작업의 중단과

발표를 반복한 것은 생활고에 의한 유토피아적 사유의 열망과 환멸이 교차
반복되었기 때문이라 할 수 있다.

> 孤獨은내靈의月世界,
> 나는그우의 沙漠에깃드려잇다.
> 孤獨은나의情熱의불토,
> 나는그우에한적은薔薇村을세우려한다.
> 그리하여나는스사로그촌의왕이되려한다.
> 아아나는고독에도라왓슬때, 비로서
> 나의愚智가눈뜸을아(認識)엇다.
> 고독은고통이아니고, 나의혜지에의
> 즐겁은黎明일다.
> 실로孤獨은神과人과의愛의境界
> 이곳에드러와야,
> 신의감춘손(秘手)을줨을엇는다

— 「장미촌의 향연」 일부

「장미촌의 향연」에서 시적 화자는 세계와 고립된 '고독'한 모습으로 나타
나 있다. '고독'은 현실적 조건을 넘어서는 방법이며 현실과 시적 화자를
다른 차원에 존재하게 한다. 세계와 시적 화자의 이러한 분열된 모습은 김
억·주요한·이상화 등의 1920년대 초기 시들에게서 흔히 볼 수 있는 것이
다. 세계와 분열된 시적 화자의 모습이라는 점에서는 황석우시가 당대의
일반적인 시와 동일하지만, 시적 화자가 세계와 자아의 분열을 적극적으로
선택한다는 점에서는 다르다. 시적 화자는 "고독은 고통이 아니고 나의 혜지
에의 즐거운 여명"이라고 선택할 뿐만 아니라 찬양한다.[19] 이같이 시적 화자

---

19) 김홍규, 전게서, p. 29.

가 세계와의 단절을 스스로 선택하고 찬양하는 것은 상징주의의 이데올로기다. 그는 이상화·박종화·김억처럼 중산층 집안 출신 지식인의 현실 도피나 탈주로서의 단절이 아니라, 그가 부딪쳐야 하는 현실의 고통을 넘어서기 위한 선택된 이데올로기 지향의 단절이라는 점에서 당대 시인들과 구별된다. 이상화·김억·주요한 시의 시적 화자는 세계와의 분열을 괴로워하고 탄식하지만, 황석우 시의 시적 화자가 고통의 현실과 스스로 거리를 두는 것은 "고통이 아니라 혜지에 눈을 뜨는" 각성이 된다.

시적 화자의 세계와 비연속성의 요인은 '장미촌'의 건설이다. 이것은 황석우의 유토피아적인 사유의 전형을 보여주는 것이다. '장미촌'은 박영희의 '꿈의 나라', 박종화의 '캄캄한 밀실', 이상화의 '나의 침실' 등의 이미지와 동일한 환상적 정서로 유토피아적 상상력의 모티브다. 다 같은 유토피아적 모티브라 할지라도 '꿈나라'·'밀실'·'침실' 등처럼 어둠과 연결되는 이미지가 아니라 그의 '장미촌'은 밝음의 천상적 이미지라는 점에서 구별된다. 이것은 상징주의 이데올로기의 강력한 힘 때문이다. 시적 화자에게 현실은 부정될 것도 버려질 것도 아니며 아예 그것을 되돌아볼 필요도 이해할 가치도 없는 것이 된다. 여기에서 그가 이데올로기화한 상징주의 이데올로기의 허상이 드러난다.

일상적 세계와 대립되는 장미촌과의 화해를 통해 시적 화자는 '고독'이라는 현실과 단절·고립된 방법을 선택한다. 고독을 통하여 신과 인간의 경계를 넘나들며, 그 경계를 넘어서서 신과 손을 잡는 영광을 갖게 된다. 문제는 신과 인간의 향연을 깊이 있게 제시할 새로운 모랄을 제시하지 못하는 데 있다. 이것은 상징주의적 초월을 현실의 어려움을 보상하기 위한 개인적 유토피아의 차원으로 보는 사유가 강력하게 작용했기 때문이다. 그의 시에서 퇴폐·허무들의 제스처는 기성의 유교적 관습에서 벗어나려는 태도가 아니라, 실상 자신의 현실적 궁핍으로부터 도피하려는 개인적이고 굴절된 욕망만 내비칠 뿐이다. 속악한 현실에서 도피하여 그의 시가 다다른 장미촌은 비현실적·몽환적·허무적인 환상이라는 것을 깨달았을 때 그는 그가 신조하던 이데올로기로서의 상징주의로부터 탈출하여 그 자리를 흑우회의 아나키즘 이데올로기로 대체한다. 그는 단호하게 상징주의 시를 쓴 사실을 부정한다.

> ① 일부 說者側에서 걸핏하면 편자(황석우, 연구자 주)의 시를 상징시라고 평하는 일이 종종 잇스나 아여 그런 誣評은 고지듯지 말어 주시라는 것입니다. 편자는 본래가 그런 類의 시작은 시험해 본 일이 업습니다.[20]
> ② 나더러 과거에 잇어서 신비적 상징주의에 철저해 왓다고 하나 그것은 나를 욕하랴는 전제로서 세우는 말이다.……나는 그런 오해를 바들 작풍을 버린지가 오래다. 그런 작풍은 1920, 21년도의 사회운동전선에 나섯슬 때 이미 청산해 버리고 말앗다.[21]

황석우의 이러한 발언은 상징주의를 자신이 이데올로기화한 모순에 대해 행한 스스로의 비판이라 할 수 있겠다. 블로흐에 의하면 하나의 이데올로기에 대한 열광은 역설적으로 말해서 처음부터 환멸을 동반한다.[22] 이처럼 그가 상징주의시를 부정하는 것은 그의 상징주의에 대한 열광 때문이라고 할 수 있다. 상징주의를 자기 이데올로기화하여 집착한 강도에 비례하여 그 부정의 강도도 높은 것이다. 그 과오를 다시 범하지 않기 위하여 그는 아나키즘을 선택한다.

> 여보게 동무! 오늘은 어대서모힐까?

---

20) 황석우, 『조선시단』 2·3 합병호, 1928. 12., p. 83.
21) 황석우, 「'자연송'에 대한 朱君의 評을 詭讀하고서」, 『동아일보』, 1929. 12. 24.
22) 블로흐, 박설호 역, 『희망의 원리』, 솔, 1993, p. 328.

오늘은 츨츨한저녁모스럼에 拾錢식만가지고
액구갈보네 모주집에서모혀보지않으려나?
모주집은 우리들의 한 ○慰安의 가장즐거운홀이 아니요 빠니까…
그곳은 우리들의 술잔아래의 은근한共同立談所이니까.
그것도 좋은말이세. 그러나 더妙案이잇네.
이불경기한때에 우리에겐 십전도벅찬부담일세.
경비적게걸니는 곳으로모히세. 저번그곳이좋을줄아네.
그곳알겟지! ××의무시룻떡집마랴!
그곳은 때만잘맞우어가면 무윗보다 조용하니까!
그러한떡집이야말노 우리들 무산노동자의이상적집회소요 회견소일세
짠지冷수프(짠지김치국)에 백수차백미탕커피를얼마던지 마음대로
거저마실수잇지않던가?
그곳은 우리들의배실속차리는 밥대신의유일한케익홀 白水茶俱樂部
일세.
그곳은자판의자도있고 새끼금방석도있서,
마주둘러앉어서 아야기하기에는 아주맞침곳이지!
이야기를위해서 이만치좋은곳이없네.
이곳에서 담담한백수를마시면서 이야기하는것은,
그삿큼하고 텁적직은한모주와비지가 따를맛이아닐세.

—「五錢會費」전문

그는 1929년 시집『자연송』서문에서 "근작은 대부분이 어느 경향색채
갓은 사상시들이다."라고 밝히면서 이런 계열의 시들을 모아 따로 시집으로
묶겠다고 하였지만 그 이후 그는 시집을 내지 않았다. 이 시는 1921년 10월
동경에서 원종린·황석우·임택룡 등이 조직한 흑양회나, 그 후속단체인
흑도회23)에서 그가 간사로 일한 실제적 체험일 수도 있고 이 시를 발표하던

---

23) 황석우가 활동하던 흑도회원에는 박열·김약수·원종린·정태신·조봉암 등이 있
    다. 아나키스트 박열은 경북 문경 출신으로 1921년 흑도회를 조직하고 기관지『흑

당시의 운동체험일 수도 있다. 「詩歌의 諸問題」에서 그는 "오늘날 조선의 시대적 현실은 조선인의 詩歌에게 조선인의 특수한 ××적, ××적 ×××× 에 ××하는 사상과 감정을 요구한다. 그는 곳 강한 ××의식 - ××욕에 불타는 힘의 시를 요구한다."라고 주장하고 있다. 이것은 상징주의에 그가 집착한 유토피아적 사유와 다르다. 그는 힘의 시를 강조하고 있음에도 불구하고 위의 시에서 시적 화자의 사상적 경향은 드러내지 않고, 다만 어떤 비밀 집회를 기도하고 있는 그 집회의 장소에 대한 정보만 드러내고 있다. 이것은 그가 아나키즘을 이데올로기로서 받아들이는 것이 아니라 그것을 하나의 새로운 사조, 전위적인 사조로 이해하고 있다는 증거이다. 이 시에는 그가 목소리 높여 외치는 조선인의 시가가 나타내야 하는 '××의식'도 드러나 있지 않다. 이것은 그가 함께 활동하던 박열처럼 치열하게 현실을 안고 뒹굴지도, 아나키스트 권구현처럼 현실 모순의 본질을 파악하지 못한 때문이다. 또 그의 아나키즘의 준거인물이었던 스트르너의 개인적 이상주의적 경향 때문24)이라고 할 수도 있다.

도』를 발간하였다. 그후 비밀결사 '불령사'를 결성하고 기관지 『후또이센징』(대단한 조선인)을 간행했다. 1923년 황태자를 암살하려는 혐의로 구속되어 사형선고를 받았으나, 무기징역으로 감형되어 20년 옥고를 치루었다. 박열과 흑도회에서 함께 활동한 사실로 본다면 황석우가 아나키스트임이 확인되나, 그 이후의 아나키스트 활동은 표면화되지 않았다.

24) 스트르너는 당대의 저명한 인물이기보다는 평범한 고등학교 교사였는데, 자기 자신의 자아를, 자신의 고유한 존재를 찾으라고 주창하였다. 자신의 고유한 존재란 칼 마르크스의 『성스러운 가족』에 등장하는 영웅들 가운데 한 사람이다. 고유한 존재란 개인이 괴상망칙하고 기괴한 망상들로부터 해방된 자이다. 여기서 말하는 기괴한 망상들이란 사회적이고 도덕적인 제반 규범을 말한다. 이 제반 규범들은 개인적인 관점에서 말한다면 괴상망칙한 것에 불과하다. 그러므로 고유한 존재는 기존 사회뿐만 아니라 가상적인 사회로부터 국외자가 되는 것이다. 스트르너를 신봉하던 황석우의 생애 자체가 기존 사회적 도덕적 규범에 봉사하는 것을 경멸하는 것으로 일관된다. 보성전문사건, 흑도회 활동, 탑골승방 여승사건, 직장생활을 지속하지

이 시의 시적 화자는 '무산노동자'로서의 절실한 고민이 없다. 고민이 있다면 "이 불경기한 때에 우리에게 십전도 벅찬 부담"이라는 것이다. '집회'에서 논의될 본질이 아닌 부수적인 문제를 끝까지 시적 화자는 끌고 나가며 고민한다. 당면한 현실을 구체적으로 형상화하지도 야멸차게 비판하지도 못한다. 다만 시적 화자는 '어디서 모일까' 하는 모임장소를 걱정한다. 이것은 물론 경제적인 이유 때문이기도 하다. 그렇다면 그 문제의 발생요인이 무엇 때문인가 하는 근본적 경제문제를 현실 속에서 제기하여야 한다. 시적 화자는 그가 무엇 때문에 모임이 절실한가 하는 근본보다 주변적인 문제, 집회 장소의 분위기나 집회 장소의 음식 맛만 늘어놓는다. 이것은 루카치가 말하는 일상적 정신활동인 직접적 주관성이 지배했기 때문이다. 시적 화자는 현실을 내면 속으로 끌여들여 반성적 활동을 거치는 것이 아니라 "불경기한 때에", "경비 적게 나는" 곳만 찾으면 그만이다. 그러나 이 시에서는 경비가 적게 나는 곳을 찾을 수밖에 없는 절실함은 없다. 이것은 시인 황석우의 창조적 주관성, 주체의 변증법적 과정이 없는 직접적 주관성이다. 그렇기 때문에 이 시는 청자를 지향하고 있으면서도 임화의 「우리 오빠와 화로」처럼 화자와 청자의 소통을 이루지 못하고 화자의 일방적 단성적인 목소리밖에 들리지 않는다.

황석우는 다른 이에게 아나키즘시를 쓰자고, 또 스스로 쓴다고 하였지만 아나키즘시를 쓴 것이 아니라 "여보게 동무! 오늘은 어디서 모일까" 하며 십전 회비를 걱정하는, 유토피아를 꿈꾸는 시를 썼다. 앞의 「장미의 향연」에서의 '장미촌'이나 「십전 회비」의 '떡집'은 서로 다르지 않다. '장미촌'은 '나의 愚智가 눈뜨는 곳'이며, '떡집'은 '우리 무산노동자의 이상적인 집회장소'로 '짠지 냉스프'와 '백수차'가 있는 곳이다. 둘의 공통점은 현실을 뛰어

못한 점 등이 그러한 사례다.
이른스트 블로흐, 전게서, pp. 203~205 참고.

넘어 모든 것이 해결된 유토피아적 사유의 장소이라는 점이다. 그러기 때문
에 시적 화자에게는 현실의 절박한 고민이나 근본적 치유나 개선이나 혁명
에 대한 걱정이 있는 것이 아니라 유토피아적 사유만 있다. 이것은 상징주의
이데올로기며, 탈이데올로기화한 아나키즘의 유토피아적 사유이다. 황석우
를 사로잡은 것은 상징주의 시 또는 아나키즘시가 아니라 유토피아적 사유
이다.

IV. 결론 : 개인주의 아나키스트 황석우와 사회주의 아나키스트 권구현을 대비하며

1920년대 한국 아나키즘시가 아나키즘 운동의 연장에 자리하고 있으면서
전위적인 시적 운동으로 전개되었다는 것은 황석우를 통하여 밝혀졌다. 그
리고 황석우의 유토피아적 사유의 아나키즘 시는 권구현의 역사적 사유의
아나키즘 시와 대비함으로써 더 분명하게 된다. 그 관계를 결론으로 대신하
고자 한다.

황석우는 흑우회의 아나키즘 운동을 하면서 현실에 대한 시적 대응을 상
징주의를 선택함으로써 가능하게 한다. 그러므로 황석우가 시적 방법으로
선택한 상징주의는 인식론적 차원에서 외부세계를 이해하는 이데올로기가
된다. 황석우의 상징주의 이데올로기는 정치적 집단적 특정 사유가 아니라,
개인적 궁핍한 삶을 보상하려는 유토피아적 사유의 이데올로기다. 그러므로
그는 시론 「시화」에서 보들레르의 이원적 구조 모형을 따라서, 초월적 유토
피아 세계를 그의 시 『장미촌』에서 노래한다. 이는 상징주의를 이데올로기
화한 것이며, 그 이데올로기 본질은 유토피아적 개인적 사유라는 점에서
사회와 연속적이지 못하다. 그가 이데올로기화한 상징주의가 초월적 관념세

계라는 것을 알았을 때, 그는 아나키즘과 연속선상에 있는 상징주의 이데올로기를 폐기한다. 상징주의를 부정하면서 흑우회의 정치적 아나키즘을 주장한다. 표면적으로는 흑우회의 정치적 아나키즘을 주장하지만, 실상 그는 흑우회라는 특정 집단적 사고에서 벗어난다. 이 점을 본 연구에서는 아나키즘의 탈이데올로기화 현상으로 파악하였다. 그는 아나키즘에 회귀하였지만 아나키즘을 계급해방에 의한 탈중심주의적 사상으로 이해한 것이 아니라 오직 자신이 처한 궁핍한 환멸의 현실에서 벗어나는 유토피아적 사유로 한정하고 있기 때문이다. 그는 자신이 아나키스트임과 아나키즘을 소리 높여 외치지만 현실을 시적으로 담보하거나 구체적으로 탐색하지 못한다. 이 원인은 탈이데올로기화된 아나키즘이 루카치가 말하는 개인적 주관성에 머물러 있었기 때문이라 할 수 있다. 그의 현실을 주관 속에서 성찰하지 못할 때 흔히 나타나는 낭만적 열정이 그의 아나키즘시의 한 모습이다. 그의 시론 상징주의와 아나키즘은 연속선에 있으면서도 서로 변별된다. 그 차이점은 이데올로기가 아닌 상징주의를 속령화하여 전위적인 이데올로기로 활용하는 데 반하여, 아나키즘은 아나키즘의 자유연합의 본질 이데올로기를 탈이데올로기화하여 사적인 인식 매체로 삼는 것이다. 그러나 이 둘의 공통점은 개인적 유토피아에 대한 사유라는 점이고, 이러한 사유가 시적으로 직접적 주관성의 환상성을 드러낸다는 점이다. 황석우 시의 문제성은 초월적 세계와 현실적 세계를 변증법적으로 통일하지 못하고 아나키즘을 개인 문제로 종속시킨 데 있다. 그의 상징주의와 아나키즘시는 하나의 전위적인 문학운동에 지나지 않는다. 이러한 현상은 임화 시에 나타나는 초기적 현상과 같은 것이다.

이에 반하여 흑도회 권구현의 아나키즘문학론은 역사적 사유의 아나키즘에 자리한다는 점에서 황석우와 차이성을 드러낸다. 지금까지 아나키즘문학의 발단을 김화산으로부터 잡고 있으나 사실은 황석우의 아나키즘 수용과 권구현의 '물'과 '북'론에서 아나키즘문학의 단초가 발견된다. 이것은 지금까지 아나키즘문학을 논쟁사에서 파악하고 있는 것에서 탈피하여 본질적인 것에서 파악한 결과다. 이 점은 권구현이 아나키즘문학론의 3단계로 발전되는 과정에서 확인된다. 그의 아나키즘문학의 첫째 단계는 아나키즘문학을 단순히 반항의 문학으로, 둘째 단계는 계급문학에 편향된 프롤레타리아 혁명의 문학으로, 마지막 단계는 자유연합의 탈중심주의 문학이라는 것이다. 이러한 체계적인 아나키즘문학의 이해에도 불구하고 그의 아나키즘시는 첫째와 둘째 단계에 머무른다. 그러므로 그의 아나키즘시의 본질은 '속살님의 고백'이라는 그의 용어에 함축된다. '속살님의 고백'이란 루카치가 말하는 창조적 주관성의 시적 주체의 변증법적 통일과 같은 것이다. 창조적 주관성에서 그의 시는 현실을 주관 속에서 반성적 자기의식에 매개하는 시다. 그러므로 그의 시는 화자 지향의 넋두리에 빠진 문제성도 지니고 있다. 그러나 그는 이러한 문제를 이질적인 병치은유 연결로 극복한다. 권구현의 병치은유 기법은 현실에 대해 반성적인 자기의식의 창조적 주관성에서 온 것이다.

이상에서 정리한 것과 같이 아나키즘 시가 식민지 현실을 극복하려는 시적 대응임에도 불구하고 황석우시는 유토피아적 사유의 아나키즘으로서 현실과 연결되지 못하였다는 점에서, 권구현시는 현실을 매개하는 역사적 사유에도 불구하고 치열성의 부족으로 현실 모순의 본질을 파악하지 못하고 파편적 체험에 머물렀다는 점에서 한계가 있다. 여기에서 알 수 있는 중요한 문제는 아나키즘시의 본질인 유토피아적 사유와 역사적 사유의 변증법적 통일을 이루지 못하였다는 점이다. 그러나 1920년대 아나키즘시의 의미는 초기시의 퇴폐성과 이데올로기 도식성을 극복하려고 노력하였다는 일반적 논의를 떠난 자리에 있다. 그것은 황석우와 권구현이 서정양식으로 식민지 현실을 시적 차원에서 질서를 부여하려고 치열하게 현실을 탐색한 결과이다. 중요한 것은 황석우를 통하여 한국 상징주의 문학이 서구 상징주의 문학의 일방적 수용이라는 문제를 넘어서 한국 상징주의 문학은 서구중심의 변두리에서 언제나 부족한 것이 아니라 선택적 차이라는 것을 확인할 수 있다는 점이다. 이러한 점과 함께 한국 아나키즘 문학이 카프 방향전환기 이전의 실체를 확인함으로써 문학과 운동의 연계성도 함께 밝혀진 셈이 된다.

권구현 : 아나키즘문학론과 시조형의 프로시

Ⅰ. 문제의 제기

이 글은 권구현의 아나키즘 문학론과 시를 중심으로 하여 그의 문학 존재 방식과 한국 근대 문학 속에서 아나키즘 문학이 작동한 방식을 밝히는 것을 목적으로 한다. 이 목적을 보다 효과적으로 달성하기 위하여 한국 아나키즘 문학이 김화산으로부터 제기되었다는 것에 대하여 문제를 제기하며 그 이전의 아나키즘 문학을 황석우·이상화를 통하여 예비적으로 검토하고 본격적으로 권구현의 아나키즘 문학을 담론 차원에서 분석한다. 이러한 의도는 한국아나키즘 문학의 개략적인 지형도를 마련하여 아나키즘 문학의 상호관련성을 탐색함으로써 궁극적으로 권구현의 아나키즘 문학의 요체를 밝히자는 데 있다.

권구현의 문학은 그가 실천적 아나키스트였듯이 아나키즘의 이데올로기 문학인 것은 자명하다. 이데올로기를 문학적으로 구성하는 것은 담론이다. 이 글의 관점은 여기서 출발하게 된다. 즉 문학 자체가 하나의 담론이라는 것이다. 마찬가지로 문학의 역사도 담론의 역사이다. 이러한 관점을 보다 분명하게 하기 위하여서는 먼저 담론을 동일한 언어체계를 서로 다르게 말하는 방식이라고[1] 이 글에서 그 범주를 한정하여 사용한다. 언어를 담론 차원에서 본다면 자율적인 언어조직이 객관적 의미를 생산한다는 것은 순수한 입장이 된다. 이 순수한 입장을 떠나서 이 글에서는 권구현의 아나키즘 문학을 담론 차원에서 그것을 구성하는 담론구성체를 주목할 것이다. 담론구성체는 우리가 잘 알고 있듯이 담론을 분절하고 배제하여 구성하는 체계이다. 담론은 문학 자체의 의미 생산에 간여할 뿐만 아니라 양식의 차원에서도 기능한다. 김소월의 서정시와 김창술의 아지프로시가 현격한 이질성에도 불구하고 동일한 점은 그들 작품 모두가 그들의 담론구성체의 효과라는 점이다. 서정시 자체도 서정성이라는 담론이 분절하는 체계가 있다. 물론 아지프로시가 담론을 넘어서 이데올로기 자체인 것은 두말할 나위가 없다. 권구현의 아나키즘 시를 특징적이게 하는 것도 아나키즘 이데올로기를 구성하는 담론구성체이다. 문학이 그러하듯이 임화·백철·조연현의 『한국문학사』도 그들의 담론구성체가 한국문학사의 어느 한 부분을 분절하여 배제하고 다른 한 부분을 확대하여 구성한 것이다.

한국 문학사에서 배제와 은폐의 원리가 극명하게 드러나는 지점이 카프의 방향전환기이다. 방향 전환이라는 말 자체가 함축하고 있듯이 앞의 담론을 분절하고 새로운 담론을 구성하는 것이다. 카프의 내부에서, 이것은 자신들의 담론을 새롭게 구성하는 것이지만 어느 한 편을 배제하지 않고서는 불가능하다. 카프는 외부를 향하여, 논쟁 과정에서 확인되듯이 절대적 동일성으로 타자의 담론을 철저하게 배제하고 용인하지 않았다. 지금까지 한국문학사는 그들이 배제한 문학을 그들의 논리에 따라서 추수적으로 정리했다. 그런데 문제는, 그들이 배제한 문학이 당대에는 주변에 자리하는 문학이라

---

1) 강내희, 「언어와 변혁」, 『문화과학』, 1992. 겨울호, p. 33.

　D. Macdonell, *Theorise of Discourse*, Basil Blackwell 1987, pp. 11~14.

　Michel Pecheux, *Language, Semantics, and Ideology*, pp. 97~121.

하더라도 그 자체의 존재 문제를 떠나서 한국문학사 속에서 기능한 상호 구성적 관계는 간과되어서는 안될 것이다. 방향전환론자들이 배제한 아나키즘 문학에 의하여 그들 문학의 존재가 더 분명하게 되었다는 점은 결국 아나키즘 문학이 그들의 문학을 구성하는 타자로서 기능한 점을 인정하는 것이다. 이것은 카프 해산 후에 임화[2]가 카프의 전과정을 되돌아보는 자리에서 담론을 단일성에서 복수성으로 이해하는 장면에서 극명하게 드러나는 차이성이다. 임화가 발견한 차이성이란 자신들이 지금까지 은폐한, 그러나 엄연히 자신들의 내부에 존재하는 담론이다.

　본 연구의 과제가 여기서 분명하게 된다. 그것은 권구현의 아나키즘 문학을 카프와 대립적 관계가 아니라 당대 문학과제 속에서 내재하는 구성적 요인으로서 상호관련성을 기초로 변별적 관계를 주목하는 것이다. 이것은 아나키즘 이데올로기의 자체 성격이 그러하듯이 아나키즘 문학은 통일이 아니라 이질화 개별화 운동 속에서 문학적 에너지를 드러내는, 그 이데올로기 문학적 기능을 밝힘으로써 가능할 것이다. 따라서 권구현의 아나키즘 문학을 카프와의 관계를 고려하면서 아나키즘 문학 스스로 자신을 구성하는 실체를 밝힐 것이다. 본 연구의 이러한 과제가 해결됨으로써 카프가 배제한 권구현의 아나키즘 문학의 실체가 드러날 것이며, 그것으로 황석우 · 이상화에 이어지는 아나키즘 담론구성체가 구성하는 한국 아나키즘 문학의 줄기가 새롭게 밝혀질 것이다.

Ⅱ. 1920년대 초기 아나키즘 문학과 『흑방의 선물』

　권구현의 아나키즘 문학을 논하기 앞서 1920년대 초에는, 정확하게 카프

---

2) 임화, 「어느 청년의 참회」, 『문장』, 1940, pp. 23~40.

의 방향전환 전에는 아나키즘 문학작품과 문학론이 없었을까. 아나키즘 문학은 카프의 전개 과정의 방향전환기인 1927년 이후에야 그 존재가 확인되는 문학일까 하는 물음을 먼저 던진다. 한국 아나키즘 문학의 지형을 탐색하여 권구현의 아나키즘 문학을 분명하게 파악하려는 이 글의 의도에서 이러한 물음이 있다. 황석우를 검토하는 과정에 몇몇 연구가들이 1920년대 초 아나키즘 문학에 대하여 모더니즘의 차원에서, 그리고 상징주의와 아나키즘의 연속성, 「장미촌」과 아나키즘의 관련성 등을 통하여 이 문제를 제기한 바가 있다.[3] 최근에 역사학계에서 새롭게 보고된[4] 1920년대 초기 당대 지식인을 추동하던 중심 사상이 아나키즘이었다는 점을 고려함으로써 이 문제는 분명하게 된다. 호출 메카니즘을 인용하지 않더라도, 일종의 시대적 약호 같은 당대 아나키즘이 진보적 문학운동을 하던 시인들과 결코 무관하다고는 할 수 없기 때문이다. 정백·김약수·김두봉·박열, 그리고 임화가 아나키스트에서 마르크스주의자로 변모하는 사상가들의 변화도 이러한 조류를 반영하는 것이다.

황석우·권구현이 아나키스트였고, 이상화의 문학 담론구성체가 아나키즘이었다는 점을 간과함으로써, 지금까지 그래왔듯이 아나키즘 문학은 1920년대 중반 이후에 사회주의 이론이 점차 과학화되어 가는 과정에서 아나키즘이 자리를 마르크스주의에 내놓게 되는, 그 논쟁의 아나키즘 문학만이 있게 된다. 그러나 아나키즘이 마르크스주의에 앞서 일본이나 중국으로부터 1890년대에 이미 수용된 사회주의 일파이며, 그 조류 가운데 1920년대 초까

---

3) 박인기, 『한국현대시의 모더니즘연구』, 단국대출판부, 1988, pp 233~242 참조.
조두섭, 『한국근대시의 이념과 형식』, 다운샘, 1999, pp 76~92 참조.
조영복, 「1920년대 초기 사회주의 사상가들의 시와 그 성격」, 『우리말글』, 우리말글학회, 2000.

4) 이호룡, 『한국의 아나키즘』, 지식산업사, 2001, p. 81.

지 중심 사상이었다는, 시대의 표상체계로서 아나키즘을 고려한다면 문제는
달라진다.

아나키스트 황석우를 상징주의에 초점을 맞추어 상징주의 시인으로만 자
리하게 것이 과연 타당한가 하는 물음을 던져야 할 이유도 그가 아나키즘으
로부터 정말 자유스러울 수 있었는가 하는 것에서다.5) 그 반대로 이상화가
카프에서 활동한 사실과, 3·1학생운동 행적만으로 담론구성체를 따져보지
않고 계급주의와 민족주의 문학동일화로 규정하는 것이 과연 타당한가 하는
물음도 함께 던져야 할 것이다. 따라서 1920년대 초기 아나키즘 문학은 그
존재 자체의 문제이면서 동시에 한국 근대 문학 속에서 표출돼 이데올로기
로 작동한 방식의 문제이다.

이 문제를 보다 분명히 하기 위하여 먼저 황석우가 상징주의 시인으로서
자신을 어떻게 평가하는지를 살펴볼 필요가 있다. 그는 단호하게 "자칭 시인
이란 명목 하에서 뜻을 상징주의라 하고서 시를 쓴 기억도 없다"6)고 상징주
의 시인임을 부정하였다. 상징주의 시론을 수용하고 창작시론 「시화」를 쓴
상징주의 이론가이며 상징주의 시인인 것은 재론의 여지가 없는데도 스스로
애써서 자신이 상징주의 시인인 것을 부정하는 이유는 무엇인가. 상징주의
시를 쓴 기억이 없다는 것은 상징주의 시를 쓰지 않았다는 것은 아니다.
여기서 그가 시인이기 전에 아나키즘 운동에 전력하던 고학생이었다는 사실
을 환기할 필요가 있다.7) 그는 고학생으로서 아나키즘을 선전하기 위하여

---

5) 황석우는 "일부 說者側에서 걸핏하면 편자(연구자 주, 황석우)의 시를 상징시라고
   평하는 일이 종종 잇스나 아여 그런 誣評은 고지듯지 말어 주시라는 것입니다. 편자는
   본래가 그런 類의 시작은 시험해 본 일이 업습니다."라고 스스로 상징주의 시인임을
   부인하였다.
   황석우, 『조선시단』 2·3 합병호, 1928. 12., p. 83.
6) 황석우, 「현대문단의 해부」, 『신민공론』, 1921. 6., pp. 32~36.
7) 황석우, 『자연송』, 박문서관, 1929, p. 16.

『근대사조』를 발간하고, 그것을 국내에 유포하다가 체포되기도 하였다. 이러한 아나키스트 활동을 관장하는 것이 아나키즘의 유토피아적 세계에 열망인 것은 두말할 필요가 없다. 그렇다면 그에게 상징주의는 무엇인가. 그에게 상징주의는 창작 시론 「시화」에 분명하게 드러나 있듯이 현실의 고통으로부터 유토피아적 세계에의 열망을 가능하게 하는 정서적 등가물이다. 아나키스트 황석우에 있어 유토피아적 이상주의의 최종심급이 아나키즘인 것은 당연하다. 따라서 고학생 황석우가 '지금 여기' 궁핍한 현실로부터 유토피아적 세계에 대한 강렬한 열망을 형상화한 「장미촌의 향연」이 부유한 김억의 감미롭고 몽롱한 베를렌 풍의 상징주의 작품들과 구별되는 것은 당연하다. 황석우가 후일에 상징주의 시인임을 부정하는 것은 유토피아적 세계에 대한 꿈과 희망의 현실적 좌절에서 오는 환멸이라 할 수 있다. 다시 분명히 할 것은 황석우 상징주의 작품이 아나키즘의 정서적 등가물이라는 점이다. 아나키스트 황석우에게, 그것을 가능케 하는 것은 유토피아적 세계를 지향하는 이상주의이다.

　다음으로 이상화의 경우이다. 이상화가 3·1학생운동을 한 행적과 카프에서 활동한 이력으로 그의 작품을 민족주의나 계급주의 시적 경향으로 각각 규정하는 것이 정말 타당한가, 무엇보다 중요한 것은 이질적인 두 경향을 연결하는 매개항과 그것을 관통하는 것이 무엇인가를 밝혀야 될 것이다. 지금까지 이 문제에 대하여 의문을 던지지 않고 다만 저항적이라는 시대적 상황으로 그 성격을 규정하는 데, 그렇다면 저항의 요체가 무엇이라는 점은 다시 밝혀져야 한다. 이 글의 중심 과제가 이러한 것을 논하자는 것은 아니지만 논의의 전개를 위하여 제기하는 것이다. 이것을 밝힐 수 있는 가장 본질적인 단서는 그의 행적이 아니라 문학이다. 그의 모든 작품이 그러하듯이 대표

이호룡, 앞의 책, p. 89.

작 「빼앗긴 들에도 봄은 오는가」는 물음에서 시작하여 물음으로 끝을 맺는다. 그의 물음은 나비·제비로부터 하늘·들판에까지, 그러나 궁극적으로 자신의 '혼'에 물음을 던져 그 답을 구하려 한다. 그가 혼신을 다하여 "무엇을 찾느냐 어디로 가느냐 우스웁다 답을 하려무나"라고 던지는, 그 대상인 '혼'은 자신에 내재하는 구성적 요인으로서 '양심'이다. 이 관계는 산문 「출가자의 유서」[8]에서 분명하게 드러나는데, 이를 보다 논리적으로 객관화시킨 글이 「시의 생활화」[9]이다. 이에 따른다면 이상화가 카프 맹원으로서 "오늘의 시인은 한편으로는 사상의 비판자이어야 하고 또 한편으로는 생활의 선구자가 되어야 한다"고 한 것은 당연하다. "그러나 결코 이 비판과 선구는 남을 말미암아 하는 것이 아니고 모두 나라는 의식과 생명을 순전히 추구함에서 나와야 할 것이다"[10]라고 '양심'을 강조한 점에서 엘리트의 지도성를 강조하는 카프 담론에서 이탈되어 있다. 따라서 '양심'은 자신에 내재하는, 즉 자신을 구성하는 내적 타자이다.[11]

이 '양심'은, "아나키스트들이 인간 본성에서 우러나오는 양심의 소리에 따라 자유를 추구하고, 이에 방해가 되는 모든 권위와 권력에 맞서 싸우는"[12] 아나키즘의 담론구성체와 다르지 않다. 즉 '양심'은 도덕적 차원이

---

8) 이상화, 「출가자의 유서」, 『개벽』 57호, 1925. 3. 이 글의 요지는, 인간은 자신을 억압하는 모든 것으로부터 자유로워져야 하는데, 그 자유는 생명과 같은 '양심'을 바탕으로 한 개성을 획득함으로써 가능하다는 것이다. 이 글을 구성하는 담론구성체는 아나키즘이다.

9) 이상화, 「시의 생활화」 - 관념의 표백에서 의식 실현으로, 『시대일보』, 1925. 6. 30.

10) 위의 글.

11) 이 글에서 사용하는 내적 타자는 데리다의 개념이다. 내적 타자는 실체의 개념이 아니라 동일 주체에 내재하며 주체를 구성하는 구성적 요인으로서 타자이다. 아나키스트들은 인간 본성에서 우러나오는 양심의 소리에 따라 자유를 추구했으며 이에 방해가 되는 모든 권위에 맞서 싸웠다. '양심'이 아나키스트를 아나키스트로 구성하는 내적 타자다.

아니라 인간 본성에서 출발하여 자신을 구성하는 내부의 사회화된 의식이다. 이 점을 고려한다면 3·1학생운동을 하던 그의 「말세의 희탄」·「비음」 등의 초기 작품들이 왜 '병적'이었는가 하는 점을 이해하게 된다. '병적'인 것 자체가 인간 본성에서 우러나오는, 아나키스트 시인 예이츠가 말하는 '생명의 격앙지'에서 울려나오는 신음과 같은 것이기 때문이다. 또 「엿장수」·「거러지」·「구루마꾼」의 그 대상들도 자신을 구성하는 내적 타자로서 기능한다는 점에서 그것도 이데올로기가 아니라 '양심'이다. 그는 '양심'에 의하여 '역천'[13]도 가능하다고 하였다. 따라서 이상화 시를 관통하는 자신의 '혼'에게 물음을 던지는 '양심'은 인간 본성에서 출발하는 아나키즘 담론구성체와 동일한 것이다.

이상화가 대구 3·1학생운동에 가담한 사실, 기역당 사건에 연루된 행적은[14] 접어두고 임화의 「어느 청년의 참회」에서도 아나키즘과 관련이 발견된다. 임화가 마르크스주의자 이전에 아나키스트였던 시절, 이상화를 만나고서 그에게서 참시인을 발견하였다고 감격했다.[15] 감격은 주체가 타자에 겹쳐지는 정서적 현상인데, 이것은 담론구성체에 동일화에서 가능하다. 이상화의 담론구성체가 아나키즘이었다는 것은 카프의 방향전환기에 시를 포기한다는 데서 더 분명하다. 그는 어느 누구보다도 주목받던 시인이었는데도, 또 시적 재능이 탁월하였는데도 그 절정기에 시를 포기한다. 그것은 기계의 톱니바퀴와 같은 카프의 담론이 본성에서 우러나오는 '양심'을 전유하는 것에 대한 거리 두기이다. 즉 카프 담론이 '양심'을 배제하고 억압하여 궁극적으로 자신의 '양심'을 전유하려 하였기 때문이다. 그의 선택은 '양심'을

---

12) 조세현, 『동아시아 아나키즘, 그 반역의 역사』, 책세상, 2001, p. 153.

13) 이상화, 「역천」, 『시원』 2호, 1935. 4.

14) 광복회 대구경북지부연합회, 『대구경북항일독립운동사』, 1991, p. 294.

15) 임화, 앞의 글, pp. 23~40.

포기할 수 없는 방어기제로서의 작품 활동을 중단한 것이다. 결국 그가 포기한 것은 시가 아니라 어떠한 물음도 용인하지 않던 카프의 방향전환기의 이데올로기 그 자체인 것이다.

여기서 이상화 시에서 아주 이질적인 것으로 양분되는 낭만주의 시와 계급주의 시, 또 민족주의 시와 계급주의 시를 함께 아우를 수 있는 단서가 마련된다. 그가 카프 맹원이었던 사실과 민족운동을 한 이력은 표면적으로 매우 이질적인 것이지만 그것을 추동하는 근본적인 것이 '양심'이 담론구성체였다는 점에서 동일하다. 따라서 이상화를 추동하는 것은 민족주의와 계급주의의 이데올로기가 아니라, 자신에 내재하는 구성적 요인으로서의 '양심'이라는 아나키즘 담론구성체이다. 이상화 시의 문제성은 황석우의 개인주의적 아나키즘 줄기와 또 다른 사회화된 내적 타자가 아나키즘 담론이라는 점에서, 1920년대 초기 아나키즘 사의 한 줄기가 된다는 데 있다.

지금까지 간략하게 황석우와 이상화의 1920년대 초기 작품이 서구 문예사조를 떠나서 자유를 추구하는 당대 중심에 있었던 아나키즘 담론구성체라는 것을 간략하게 살펴봄으로써 1920년대 초기 아나키즘 문학을 확인했다. 황석우와 이상화에 대한 이러한 예비적으로 검토한 사실을 바탕으로 1920년대 초기 아나키즘 문학을 보다 확실히 할 수 있는 문제적 시인이 아나키스트 권구현이다. 그는 황석우나 이상화와 다른 자리에 있다. 황석우와 이상화는 1920년대 초기 문단 중심의 시인이었지만 그는 주변인이다. 그러나 그는 아나키스트로서 카프 맹원으로 활동을 하고 나서부터 문단에 자리가 확고하게 된다. 하지만 그는 1920년대 초기에 이미 아나키스트로서 아나키즘 시를 본격적으로 발표한 시인이라는 데서 그들과 또 다른 자리가 있다. 그것을 분명하게 하는 자료가 아나키즘 시집 『흑방의 선물』이다. 이 시집을 '흑방의 선물'이라고 이름을 붙인 것이나 자신을 '흑성'이라고 부른 것은 아나키스트로서 아나키즘 시집임을 분명하게 드러내려고 한 의도이다. 일본 유학시절 아나키즘에 호출 당한 것이나 관서흑우회에 관여한 행적은 재론할 필요가 없다.16) 무엇보다도 『흑방의 선물』이 1923년부터 1926년까지 창작된 작품이라는 데서 카프 방향 전환 단계 이전의 아나키즘 문학의 존재를 보다 확실하게 할 수 있다는 점을 주목하여야 한다.17) 그것은, 권구현이 김화산의 문제적인 글 「계급예술론의 신전개」보다 오히려 앞서서 아나키즘의 본질을 바르게 이해하고 있었다는 점이다.

① 한 작품은—이것을 널리 말하면 그 시대 그 사회의 반영이라고도 보겠지만은—적어도 이것은 작자 그 자신의 생활환경에서 그려진—즉 다시 말하면 작자의 속일 수 없는 속살님의 고백인 것만은 사실일 줄로 믿는다. 옛날 시인들이 흔히 그의 작품을 가지고 자기의 생명이라던가 또는 자기의 아들이라고까지 하는 것도 아마 이것을 의미한 말인가 한다.(중략) 그렇다. 북은 두드리면 북소리밖에 아니 난다. 물이야 천백 번 쥐어 짜기로니 물밖에 또 나올 것이 무엇이냐, 만일 여기에 다른 소리가 들리면 딴 물건이 나온다면 그것은 벌써 본질 그대로의 것이 아니다.18)

② 물에 빠진 자에게는 살려달라는 소리 이외에 다시 나올 것이 없다. 북은 두드리면 북소리밖에 아니 난다. 모든 사물은 고압하면 고압하는 이만치 즉, 탄력을 더하게 되는 것이니 이것은 대수롭지 아니한 진리다. ○○와 핍박에서 인간의 존재까지도 잊었다고 하리만치 노예적 또는 기계적 생활을 하여온 또 하고 있는 무산민중은 한번 자기의 입장을 지키고자 분화구처럼 외우치는 소리는 ○○와 ○○ 뿐이다.19)

---

16) 조두섭, 앞의 책, pp. 197~225.

17) 권구현, 『흑방의 선물』, 영창서관, 1927. 권구현은 이 시집의 첫머리에 작품 창작연대가 1923년부터 1926까지라는 것을 밝혔다.

18) 권구현, 『흑방의 선물』, 영창서관, 1927년, p. 1. 『흑방의 선물』은 카프의 1차 방향 전환 논쟁 이전에 나온 아나키즘 시집이라는 데서 문제적인 시집이다.

19) 권구현, 「무산계급의 심미감」, 『시대일보』, 1926. 5. 24.

①은 「흑방의 선물」, ②는 「무산계급의 심미감」의 한 부분인데, 전체의 맥락으로 본다면 한 편의 글에 해당한다. 권구현의 아나키즘 문학의 출발점은 현실에 즉한 현실의 의식화된 문학이다. 그러나 그 목적의식이 개인에서 출발한다는 점에서 지도성을 강조하는 마르크스주의와 구별된다. 즉 '북'이 '북' 소리를 내어야 하고, '물'은 '물'을 짜내어야 하듯이, 그의 말로 직접한다면 다 같은 '무산민중'이라도 자신이 처한 처지에 따라서 다른 목소리를 내어야 한다는, 아나키즘의 개별성 원리에 의한 문학론이 그것이다. 이에 시가 저마다 처한 처지에 따라 흉저에서 터져 나오는 '속살님의 고백'이 되어야 하는 것은 당연하다. '속살님의 고백'은 황석우 외 "남모르게 탄식해 우는 울음"[20] 이며 이상화의 사회화된 의식의 '양심'과 같은 것으로 자신을 구성하는 내적 타자이다. 1920년대 초기 아나키스트들의 문학이 개인의 내면에서 출발하고 있다는 점에서, 개인의 진실한 내적 요구 또는 현실적 삶의 요구로부터 나오는 개인적 낭만까지 포함한다는 점에서 동일하다. 그러나 권구현은 그것이 무산민중의 자발적인 혁명에까지 이어지는 점에서 구별된다. 즉 황석우의 개인주의적 이상주의, 이상화의 자신을 구성하는 내적 타자로서 사회화된 '양심'과 권구현이 현실에 즉한 현실주의는 구별된다.

당시 권구현의 이러한 아나키즘 본질에 충실한 문학론에 대한 평자들의 이해가 어느 정도 미쳤는지는 조운이 "사회주의자가 이런 글을 보면 프롤레타리아 시조라 하지 않을까"[21]라고 언급한 대목에서 알 수 있다. 조운은

---

20) 황석우, 『자연송』, 박문서관, 1929, p. 16.

21) 조운이 권구현 시조에 대하여 말하고자 하는 바는 "재래의 시조가 화조풍월만을 읊거나 또 유심관념만을 기조로 하든 것에 반하여 현대 생활의식을 표현하려고 물질고를 읊으려고 하였다"는 점이다. 그것은 아나키즘 시의 하나의 특질을 말하려는 의도도 함께 포함하는 것이다. 본문의 인용문에서 조운이 프롤레타리아라는 용어는 마르크스주의자를 말한다.
  조운, 「병인년의 시조」, 『조선문단』, 19호, 1927, p. 35.

아나키즘 시의 프롤레타리아 혁명적 성격만 이해하고, 마르크스주의자와 같은 동일화를 부정하며 인간 본연성에서 자발성을 강조한다는 점까지 이해가 미치지 못하였다. 이로 본다면 당시 아나키즘 문학은 프롤레타리아 문학과 비슷한, 동일 범주의 문학정도로 이해하는 수준이었다. 「흑방의 선물」을 비교적 바르게 파악한 것은 어느 정도 객관화할 수 있는 시간적 거리를 갖고 난 후에 박영희에 의해서이다. 그가 말한 요지는 "권구현의 아나키즘 시집은 돌연히 나타난 것으로 당시에는 시조 같은 것은 돌아보지도 않던 혁명의식이 듬뿍 차있는 분위기 속에서 시조형의 프로시란 대단히 기이한 존재였다. 그래서 아무도 그의 작품에 관심을 갖지 않았는데, 그 이유가 권구현이 마르크스주의자가 아니라 아나키스트였기 때문이었다"[22]는 것이다. 마르크스주의자가 아니라 아나키스트였기 때문에 주목하지 않았다고, 당파적 당대 분위기를 말하는 대목은 마르크스주의자들의 동일자 논리에 대한 타자성을 인정하는, 「흑방의 선물」의 핵심인 타자의 주체성까지 이해함으로써 가능한 것이다.

권구현의 초기 아나키즘 문학론의 논리가 비유에 의존하고 있다 하더라도 아나키즘 문학을 개인의 자유의지로 파악한 점, 개인의 자유의지가 사회의식으로 전이되어 있다는 점, 그리고 타자의 주체성을 발견하였다는 점에서 아나키즘의 본질을 파악한 문학론이라 할 수 있다. 이러한 아나키즘 문학은 박영희가 후일 밝혔듯이 마르크스주의자에 의하여 분절되고 배제되어 그것을 추수적으로 정리하던 문학사에서 제대로 평가를 받지 못하였다. 그러나, 역설적으로 마르크스주의자들이 『흑방의 선물』을 분절한 그 자체가 카프 방향전환기 이전의 권구현 아나키즘 문학의 자리를 분명하게 되는 것이다.

---

22) 박영희, 「한국현대문학사」, 『사상계』 68호, p. 85.

III. 아나키즘 문학론의 전개 양상

　권구현의 아나키즘 문학은 카프의 1차 방향전환기에 보다 본격적이게 된다. 1차 방향전환기의 마르크스주의 담론은 방향전환론자들에게 유토피아를 담보하는 기호였다. 그래서 담론 체계 내에 자연스럽게 질서화되었다. 그들은 타자가 자신들을 동일자로 환원하여 자신들의 물음을 인정하지 않는다는 것을 망각했다. 그들은 타자의 담론이 구성하는 자신을 스스로 자신의 원인이라고 착각했다. 이데올로기는 언제나 이렇게 명징한 유토피아를 제시히며 동일성을 요구한다. 이 단계의 권구현의 아나키즘 문학은 이러한 명징한 담론에 대응함으로써 '물과 북론'보다 더 체계적이게 된다. '장검론'·'우상론'·'연극역할론'이 그것인데, 이에 대응되는 1차 방향전환기의 카프 담론을 살펴볼 필요가 있다.

　카프의 1차 방향전환은 이미 우리가 잘 알고 있듯이, 일본에서 수입한 마르크스주의의 동일화이다.[23] 그 단초가 되는 것이 김기진이 제기한 문학의 본질에 대하여 박영희가 일본 마르크스주의 담론을 재생산한 치륜설이다. 박영희를 중심으로 한 카프의 방향전환론자들은 자신들의 주장하는 담론이 사실은 일본으로부터 동원된 타자의 담론을 재생산한 것인데도, 그것이 자신들이 구성한 자신의 담론으로 오인하고 있었다. 그 담론 재생산의 오인이, 타자가 갖고 있는 주체성을 인정하지 않고 동일성을 요구한다는 데서 근본적으로 아나키즘과 카프 내에서도 균열을 함께 하고 있었다. 그 문제의 핵심은 서로의 타자성과 차이성을 인정하지 않고 주체 내에 질서화시킨다는 것이다.[24]

---

23) 한국의 아나키즘 문학과 일본의 아나키즘 문학에 대하여는 조진기가 『프로문학과 아나키즘의 논쟁』에서 구체적으로 밝혔다. 조진기, 『한일프로문학론의 비교 연구』, 푸른 사상, 2000. pp.66~79.

박영희가 자신의 치륜설이 타자의 담론이라는 깨닫고, 또 그것이 타자의 주체성을 배제한 문학이었다고 객관화한 지점은, 대부분 카프의 논자들이 그러하듯이 카프의 해산 전후이다. 카프의 해산이 정치적 몫까지 함께 담당하던 문학 운동 조직의 해체라는 점에서, 그 외형적 해체를 넘어서 조직을 관장하던 담론이 강제적으로 조직 밖으로 밀려나온 객관화할 수 있는 거리를 마련할 수 있는 기회이기도 하였기 때문이다. 조직 재건 이전에, 먼저 강제적으로 분절하여야만 하는 그들의 담론 정체가 무엇인가 하는 물음을 스스로 던진 것도 이 같은 이유에서다. 카프의 서기장 임화가 카프 해산의 위기감에서 집필한 조선문학사는 자신들의 조직을 보호하고 그 의미를 문학사적으로 부여하려는 다분히 주관적 욕망이 함께 하였다고 하더라도, 그 내부에는 열악한 정세에서 자신들을 객관적으로 바라보는 시선이 있었음은 사실이다. 임화가 카프의 역정을 되짚어 보는 가운데 자신의 담론이 후쿠다 도꾸조우(福田德三), 야마카와 히토시(山川均), 사까이도씨 히꼬(堺利彦)가 환원한 동일자의 담론이었다는 것을 고백하는[25] 대목에서 그 점은 분명하게 드러난다. 물론 임화와 다른 입장에서 카프 담론을 굳건하게 재생산해야 한다는 일군의 마르크스주의자들은 다소 차이가 있더라도, 객관적으로 자신들의 담론을 조망한 것만은 사실이다. 그 때 그들이 발견한 것은 자신들이 몰각한 타자성[26]인데, 즉 그것은 타자의 담론을 재생산하는 것으로부터 자신의 내적 담론을 구성하는 것이다. 권구현은 아이러니컬하게도 마르크스주

---

24) 카프의 방향전환기의 논자들의 오인은 오늘날 특정 문학이 배제하고 동일자의 논리로 환원하는 그 논리를 객관적으로 비추어볼 수 있는 거울로서 현재성을 확보한다. 그 현재성은 특정 문예지나 집단의 담론이 타자를 환원하는 것에 대한 타자성이다. 즉 동일자에 대한 차이이다.

25) 임화, 앞의 글, p 24.

26) 본 연구에서는 타자성을 주체에 대립적인 관계가 아니라 타자가 갖고 있는 만큼의 주체성을 인정하는 주체와 타자의 차이성으로 규정한다.

의자들이 카프 해산기에서야 발견한 타자성을 확보하고 있었다는 데서, 그
것으로 인하여 마르크스주의자로부터 오히려 논박을 당한다.

그것은 권구현과 한설야의 관계를 이해함으로써 그 윤곽이 드러난다. 권구
현이 발표한 「1월 창작평」27)에 대하여, 한설야가 「작품과 평」28)을 통해 그를
중간파라고 논박한다. 이것은 마르크스주의 입장에서 본다면 당연하다. 카프
내에서 함께 활동하던 권구현을 중간파로 비판한 것은 아나키즘적 요소, 즉
인간 본연성의 문학을 비판한 것이다. 한설야에게 문학은 본연으로부터 출발
하는 것이 아니라 이데올로기 자체이다. 그리고 문학은 그들을 관장하는 담론
을 재생산하는 절대적 동일화의 산물이기 때문이다. 이 논박은 자연발생적
사회주의 문학에서 목적의식기의 마르크스주의 문학으로 방향전환을 하는
과정에서 일어난 것이라 할 수 있겠지만, 1920년대 초까지 사회주의의 여러
갈래 가운데 주류였던 아나키즘이 그 자리를 마르크스주의에 내주면서 이미
내장하고 있었던 논박의 하나일 수 있다. 그렇다고 하더라도 권구현의 월평에
대하여 한설야의 논박은 아나키즘과 마르크스주의 문학이 분화하는 한 단초
가 된 것은 사실이다. 그 핵심은 권구현의 타자의 차이성을 인정하자는 것에
대하여 한설야가 타자를 동일자로 환원해야 한다는 것이다.

어느 날 갑자기 김화산으로부터 발단되었다고 하는 마르크시스트들과 아
나키스트들과의 논쟁은 아나키즘과 마르크시즘의 이질성으로부터 기인되
는 이러한 카프의 균열을 살핌으로써 논쟁의 단초가 밝혀진 셈이다. 이러한
균열 징후들과 함께 후쿠모토주의(福本主義) 영향, 박영희와 김기진의 논쟁,
권구현의 아나키즘적인 비평 등도 함께 고려되어야 할 점이다. 그 가운데
권구현의 아나키즘 시집인 『흑방의 선물』과 「무산계급의 심미감」·「1월

---

27) 권구현, 「1월 창작평」, 『동아일보』, 1927. 1. 29.~2. 3.
28) 한설야, 「작품과 평」(권구현 군의 일월 창작평의 중간파적 태도를 駁함), 『조선일
    보』, 1927. 2. 17.~23.

창작평」 등의 아나키즘문학론이 보다 직접적인 마르크스주의자와 아나키스트들을 균열시키는 동인이 되었다고 할 수 있다. 즉 아나키즘 시를 창작하며 아나키즘 평문을 발표하던 권구현이 있었기에 김화산의 「계급예술의 신전개」가 가능했던 것이다.

권구현의 아나키즘 문학론은, 김기진의 건축설에 맞서 박영희가 '치륜설'로 논쟁하던 지점에 「계급문학론과 그 비판적 요소」[29]에서, '장검론'이라는 독창적인 문학론을 발표한 이후부터 보다 논리적이게 된다. '장검'은 계급문학의 비유로서 오직 지배계급을 참단하는 역할을 충실히 하는 데 그 목적이 있다. 그렇기 때문에 장검은 애검가들이 가지는 형식과 내용이 잘 조화된 장검이 아니라 피갑도 없고 자루도 험하고 물론 광택도 없다. 이 점에서 '장검론'은 박영희의 치륜설과 상통한다. 그러나 '장검'이 '치륜'과 같이 조직의 담론을 재생산하는 일정한 주형에서 제작하는 도구가 아니라 개인의 필요에 의하여 제작하는 구성적 도구라는 점에서 근본적으로 다르다. 이 점은 아나키즘과 마르크스주의 근본적인 차이이기도 하지만 당시 우리 아나키스트들의 활동 방향 속에서 이해할 수도 있다. 그것은 '치륜'의 조직과 '장검'의 개체성의 차이이다. 당시 우리 "아나키스트들은 정치혁명을 부정하고 사회혁명으로 나아가야 하며, 사회혁명은 지식인이나 전위조직의 지도에 의해서가 아니라 민중의 직접행동에 의하여 완수되어야 한다"[30]는 입장

---

29) 권구현, 「계급문학과 비판적 요소」, 『동광』, 1927. 2., p. 89. 이 글은 김기진과 박영희의 내용 형식 논쟁에 대하여 박영희를 옹호하는 것이라 할 수 있다. 그런데 이 글을 전후하여 한설야가 권구현을 중간파라고 비판하고, 카프에서 제명 처분하는 것으로 본다면 박영희를 옹호한 것이라 할 수 없다. 오히려 이 글은 박영희와 김기진의 논쟁을 발단으로 하여 자신의 아나키즘적 입장을 표명한 것이라 볼 수 있다. 그것은 '치륜'과 같은 일부 엘리트 지도를 부정하는 '장검'이라는 민중의 자발적 참여를 강조하고 있다는 점에서다.

30) 이호룡, 앞의 책, p. 256.

이었다. 아나키스트 권구현이 이러한 개별적인 직접행동의 아나키즘 논리를 문학론으로 전이한 것이 '장검론'이다.

작가는 조직의 담론을 재생산하는 것이 아니라 작가 자신의 흉저에서 터져 나오는 절실한 소리를 내어야 하듯이 적을 참단하는 '장검'도 어떤 외적 강제에 의하여 제작되는 것이 아니다. '장검'이 제작되어야 하는 필요성은 타자의 담론에 의해서가 아니라 각자의 절실한 '흉저'에 있다. 다 같은 지배계급을 참단하는 장검이라도 똑같은 것이 아니라 가슴속에서 우러나오는 절실함에 의해서 다르게 제작되어야 한다. 따라서 '장검'은 타자의 주형에 의해서 제작되는 동일한 것이 아니라, 각자의 요구에 의해서, 양호한 강철과 날카로운 칼날을 세워야 한다. 권구현의 이러한 '장검'의 논리는 타자성을 인정한다는 점에서 앞서 살펴본 '물과 북'과 다르지 않다. '장검론'이 박영희의 '치륜설'과 구별되는 점은 다음에서 분명하다.

> 그러므로 우리는 전습적, 기성적, 관념의 노예적 경역(境域)에서 탈출하여 새로운 감정과 새로운 사상의 파지자가 되지 않으면 안 된다. 여기에 지식이 필요하다. 연구도 필요하다. <u>그러나 시대적 사상을 통찰하기 전에 자기 자신의 내적 의식을 주시하는 것이 무엇보다도 필요하다.</u> 부르조아적 근성을 제거한 그 밑에서 준동하는 것, 그것이야말로 우리가 요구하는 참된 사상일 것이다. <u>그러므로 우리는 신시대의 상을 인쇄물이나 기타 언론 같은 것에서 듣고 구하기 전에 자신의 흉저에서 이것을 발견해내야 할지니 이것은 전 무산대중의 한 사람도 남기지 않고 다같이 가지고 있는 요구에 공통한 사사일 것이다.</u>[31](밑줄, 필자)

위의 인용문은 대부분 연구자들이 박영희와 김기진의 논쟁을 한가운데 두고 '장검'을 내용과 형식론으로만 논한 나머지 '장검론'이 아나키즘 문학

---

31) 권구현, 「계급문학과 그 비판적 요소」, 『동광』, 1927.

론이라는 점을 간과한 대목이다. 이 부분을 주목할 이유는 『흑방의 선물』과 「무산계급의 심미감」·「1월 창작평」 등의 논지와 일관되게 담론의 재생산을 부정하고 인간 본연성에서 우러나오는, 그의 말로 한다면 "흉저에서 이것을 발견해내야" 한다는 아나키즘의 원리에 충실한 문학론이라는 것이다. 그가 주장하는 아나키즘 문학의 목적의식은 일부 엘리트의 지도성에 따라 그 담론을 재생산하는 동일화 담론에 의해서가 아니라, 내적 필연성에 의하여 스스로 역동적으로 구성하는 무산의식이라는 것이다. '장검론'이 담론 재생산을 부정하고 자발성을 강조한다는 점에서 오히려 박영희의 '치륜'을 비판하는 요소를 갖고 있다. 분명히 할 점은 '장검론'이 박영희와 김기진의 논쟁을 사이에 두고, 마르크스주의의 엘리트의 지도성을 비판하고 의식의 자발성을 앞세운 본격적인 아나키즘 문학론이라는 점이다.

1927년 아나키즘과 마르크스주의 논쟁 후 카프에서 제명당하고, 보다 논리적으로 아나키즘 문학론을 개진한 것이 「우상문제에 관한 이론과 실제」와 「마르크스주의문학론의 음미」(아나키즘의 예술관 입장에서)이다. 전자는 마르크시스트들이 마르크스나 레닌을 우상처럼 숭배하는 것에 대한 비판이고, 후자는 아나키즘적 입장에서 마르크스주의와 공식주의적인 문학론을 비판한 것이다. 그러나 이 두 글은 공식주의의 거부라는 입장에서 보면 서로 동일한 논지로서, 전자가 아나키즘 일반론이고 후자는 아나키즘 문학론이다.

권구현은 마르크시스트들이 마르크스주의문학만이 가장 완전한 사회주의문학이라고 주장하는 것은 독단이라고 비판한다. 마르크스주의예술이 가장 완전한 예술이며 비마르크스주의예술은 아무런 의미도 갖지 못하는 것이 아니라 이것들도 예술문학으로 존재할 가치가 있다는 전제하에서 아나키즘 문학론을 전개한다. 이런 논리는 김화산이 아나키스트와 마르크시스트가 다른 사상적 입장에서 각각의 예술을 수립할 수 있다고 한 발언과 맥락을 같이하는 것이다.

　　말하자면 사회주의자가 동시에 문예가일 때는 사회주의에 충실키 위한 한에 있어서 그 창작활동은 사회주의적 실천의식으로써 할 수밖에 없는 것이오. 반동주의자는 반동목적을 달성키 위하여 문예를 반동적 수단으로 이용할 수밖에 없는 것이오. 또 민족주의자는 문예창작을 민족주의적인 것으로써 할 수밖에 없는 것이니 예술이 일정한 목적의식을 내포하게 되는 것은 그 작자가 사회의 객관적 조건과 및 그로부터 필연적으로 발생하는 계급적 ×××투쟁의 필요에 의할 때에 예술가가 동시에 주의자화함에 불외할 것이다. 이것을 한번 더 요약하여 말하면 문예작품을 사회주의적으로 만드는 것은 사회적 조건에 의한 계급투쟁의 필요에서 강요될 것이다.[32]

　　권구현은, 이러한 문학론이 "성급한 독자중에 부르조아 예술의 옹호자가 아니냐고 문책할 것이 아니냐"고 스스로 우려를 표명하였듯이 한설야가 그를 앞서서 비난한 것처럼 중간파적인 논리다. 임화가 "좌익 문예자가 가면을 쓰고 대중에게 부르조아 이데올로기를 주입코자 하는 예술파"[33]라고 김화산을 논박할 때 하던 말처럼 마르크스주의입장에서 보면 이 글도 그러한 태도를 취한 것으로 받아들일 수 있다. 아나키스트들이 마르크시스트와 결별하고 격렬한 논쟁을 거쳐 이미 목적의식기로 접어든 시기에 이러한 주장을 하였다는 점에서 중간파적 입장을 견지하려는 태도가 아니다. 그 요지는, 예술이 일정한 목적의식을 내포하게 되는 당연한데, 목적의식은 작가의 사회적 조건과 필연적인 내적 동기에 의해서 만들어지는 것이기 때문에 그러한 작가의 입장을 달리하면 문학도 다르다는 것이다. 그래서 자본주의 예술관도 민족주의 예술관도 모두 마르크스주의 예술관과 같이 완전한 예술관이라는 것이다. 이처럼 각기 예술이 기반으로 하고 있는 고유한 이데올로기

---

32) 권구현, 「마르크스주의문학론 음미」, 『조선문학』 4호, 1933. 11., p. 97.
33) 임화, 「착각적 문예이론」, 『조선일보』, 1927. 9. 4.

특성을 인정하자는 것은 아나키즘 예술의 독자성을 보다 선명히 하자는 의도이다. 그 선명성은, 아나키즘 문학이 강제적 명령에 의하여 창작되는 당파적인 문학이 아니라 개인의 필연적 욕구에 의해서 창작되는 자유주의의 성격을 강조하면서, 마르크스주의 당파성을 비판함으로써 드러난다. 그는 마르크스주의 문학을 비판하기 위하여 먼저 마르크스주의 문학관을 요약한다.[34] 그가 정리하는 마르크스주의 문학의 특징은 문학에서 정치이념의 필연적 소유, 문학에 대한 정치이념의 지배, 정치적 부분의 절대상위와 예술적 부분의 하위, 정치적 가치와 문학적 가치의 혼합의 부정 등과 같은 문학의 정치화이다. 이러한 일반론에 의하여 마르크스주의문학은 예술적 입장으로서가 아니라 정치적 입장에서 출발하여, 정치 목적을 달성하기 위하여 문학을 도구나 수단으로 사용되기 때문에 인간 본연성에서 출발하는 문학 본래의 목적에서 이탈되었다고 비판한다.

이러한 일반론에서 한 발 나아가면서, 권구현이 마르크스주의 작가는 작가이기 전에 마르크스주의자가 되어야 한다는 원칙을 고수하기 때문에 마르크스주의 문학은 민중적일 수 없다고 비판하는 대목은 그의 아나키즘 문학론이 된다. 그가 말하는 '민중적 문학'은 아나키즘문학의 단초를 보인 '북은 북소리'를 내는 '본래적'이라는 용어와 같은 개념이자, 본격적인 아나키즘문학론이 되는 「우상문제에 대하여」에서 사용한 "본연성에 기인한 욕구"의 문학이라는 개념과 같다. 즉 인간의 절실한 내적 요구 또는 현실적 삶의 요구에서 나오는 것이 민중적이 된다. 이러한 아나키즘의 개인의 자발성을 중시하는 '민중적

---

34) 권구현, 「마르크스주의문학론 음미」, 『조선문학』 4호, 1933, p. 98.
　　1. 마르크스주의문학은 자본주의사회로부터 사회주의로 이행되는 과도기에 마르크스주의정치××의 필요가 문학을 그 헤게모니 밑에 종속시킬 것이다. 2. 마르크스주의문학은 문학 자체가 가진 고유한 예술적 부분 외에 정치적 부분을 필연적으로 소유한다. 3. 마르크스주의문학은 정치부분을 절대 상위로 하고 예술부분을 그 하위로 한다. 4. 마르크스주의문학은 정치적 가치와 예술적 가치의 혼합을 부정한다.

문학', 즉 아나키즘 문학 은 '연극 역할론'35)에서는 보다 구체화된다.

　권구현의 마르크스주의에 대한 비판은 연극의 비유에 있다. 연극 역할론은, 그가 일본에서 영향을 받은 아나키스트 오스키 사까에(大杉榮)가 주장하는 '사회적 개인주의' 색채가 강하다. 연극을 행함에 있어서 역할의 필요에 의해서 배우·감독·원작자·각색자가 있는 것이지, 그 어느 한 사람이 강조되거나 우상화되어서는 안 된다. 마찬가지로 러시아 혁명에서 마르크스는 희곡을 제공한 자에 불과하고 레닌의 역할은 각색에 불과하기 때문에, 이들은 러시아 혁명을 수행한 모든 민중들과 마찬가지로 자신의 역할에 충실한 자에 지나지 않기 때문에 우상화되어는 안 된다. 이러한 비유는 마르크스주의 중앙집권주의와 강권주의를 비판하는 것이며 동시에 개인의 자유로운 역할을 강조하는 아나키즘을 강조하는 것이다. 연극 역할론은 프롤레타리아 혁명에서도 마찬가지로 적용된다. 아나키스트들과 마르크스주의자들은 모두 유토피아적 세계 건설을 위하여 사회주의적 혁명을 하여야 한다는 동일한 목표를 갖고 있다고 하더라도 마르크스주의자들은 공식적인 강제성에 구속되나 아나키스트들은 인간의 '본래적' 요구에 의해서 자발적이라는 혁명 방법론에서 구별된다. 따라서 연극 역할론은 외적 강제에 의한 것이 아니라 가장 자연적인 내적 법칙에 의한 자유연합이라는 아나키즘 원리에 의한 것이다. 결국 문학도 강권에 의한 문학이 아니라 본연성의 문학이 되어야 한다는 것이다. 이러한 연극 역할론은 '북과 물론', '장검론'의 본연성에 기인한 문학론에서 벗어나는 것은 아니다. 그러나 강권적 마르크스주의를 정면으로 비판하면서 본래적 욕구에 기인하는 아나키즘 문학론을 전개한다는 점에서는 차이가 있다. 이 점은 권구현이 마르크스주의를 정면에서 공격할 수 있는 아나키즘 문학론을 확고히 하였다는 의미도 된다. 그 요체는 타자가

---

35) 권구현, 「우상문제에 관한 이론과 실제」, 『조선일보』, 1929. 12. 5.~11.

갖고 있는 그 만큼의 주체성을 인정하자는 것이다.

지금까지 권구현의 문학론을 검토함으로써 1920년대의 한국 아나키즘 문학의 줄기가 체계화될 수 있다. 황석우의 개인적 아나키즘 문학, 이상화의 사회화된 '양심'의 아나키즘 담론구성체, 권구현의 사회혁명론과 연결된 현실주의 아나키즘 문학과 이 글에서는 논하지 않았지만 김화산의 모더니즘적인 아나키즘 문학이 그것이다. 황석우의 아나키즘 활동이 개인의 생활고에서 출발하였듯이, 그의 문학은 유토피아에 대한 환멸로 귀착되었다. 이상화는 본성에서 우러나오는 '양심'의 소리에 따라 행동한 자유주의자였기에, 그 '양심'이 동일자의 담론에 전유되어 작동할 수 없게 되자, 그는 스스로 시를 포기하였다. 김화산은 다다이스트답게 아나키즘 문학론을 제기하는 것으로, 즉 실험으로 끝을 맺었다. 그러나 권구현은 1920년대 초기부터 그가 1933년 자살하기까지 치열하게 아나키즘문학론과 시를 발표하였다. 권구현에게 이것을 가능하게 한 것은, 그의 문학론을 관통하는 구성적 요인으로서 내적 타자를 발견하였기 때문이다. 그것은 아나키즘 문학이 마르크스주의 문학과 대립적 관계가 아니라 변별적 관계의 차이성이다. 마르크스주의자들은 동일자 논리로 차이성을 인정하지 않고 환원하려 하였지만 권구현은 일관되게 차이성을 주장하였다. 이것이 권구현 아나키즘 문학을 가로지르는 본연성에 기인한 내적 타자의 요체이다.

IV. '시조형의 프로시'의 노예적 현실과 「새날」 계열의
유토피아적 세계

권구현 아나키즘 작품 가운데 문제가 되는 하나의 영역은 1923년부터 카프 방향전환 이후까지 줄기차게 발표한 단곡인데, 박영희는 그것을 '시조형의 프로시'[36]라 이름을 붙여 카프의 프로시의 한 특징으로 정리하였다. 즉, 그는 카프시를 시조형의 프로시(권구현), 단편서사시형의 프로시(임화), 프롤레타리아 리얼리즘의 프로시(권환), 프롤레타리아 생활을 회화적으로 묘사한 프로시(김창술)라는 네 가지 유형으로 분류하였다. 이 분류가 타당한 가 하는 문제를 떠나서, 프로시의 윤곽을 파악할 수 있다는 점에서, 그리고 시조형의 프로시가 문제적이었다는 점에서 당대성을 확보하고 있다. 카프 맹원이었던 그가 카프 이행 단계에 프로시가 점차 서술화되어 가는 변모를 모를 까닭이 없었을 터인데도 단곡의 프로시를 계속 발표하는 것은 그에게 는 어떤 의도가 있었을 것이다. 단곡의 프로시는 서술화되어가는 카프 경향 에서 벗어날 뿐만 아니라 당시 복고주의라고 비판받던 장르이다. 더구나 "아나키스트들은 정치혁명을 부정하고 사회혁명으로 나아가야 하며, 사회 혁명은 지식인이나 전위조직의 지도에 의해서가 아니라 민중의 직접행동에 의하여 완수되어야 한다".[37] 는 입장이었다. 이러한 아나키즘 전략과 문단의 분위기와 다르게, 단순한 시조형의 프로시에 집착한 이유가 무엇인가.

> 노예에서 기계로
> 이 몸을 다 팔아도
>
> 한끼가 극난하니
> 생래의 무슨 죄가
>
> 천지야 넓다하되
> 발붙일 곳 바이없서
>
> —단곡 5[38]

---

36) 박영희, 앞의 책, p. 85.
37) 이호룡, 앞의 책. p. 256.

다시 한번, 물음을 더 던진다면 아나키스트 권구현이 "한 끼가 극난한" 절망적인 현실인데도 단순하기 짝이 없는 이러한 단곡의 프로시를 노래한 것은 무엇 때문인가. 먼저 이 물음은 그에게 시란 무엇인가 하는 물음으로 시작 할 수 있다. 박영희가 "프로 문예는 투쟁을 선동하고 지시하는 것"39)이라고 강경한 주장을 펼 방향전환기에도, 그는 그러한 분위기에 어울리지 않게 카프 맹원으로서 단호하게 시는 "작자의 속일 수 없는 속살님의 고백"40)이라고 했다. 이것은 시를 처음 창작할 때부터 일관된 주장이다. 그렇다면 그가 시적 전략으로 내세운 '속살님의 고백'이란 무엇인가.

'속살님'은 우리가 생각하고 말하고 행동하는 것에서의 진실된 느낌 같은, 실존주의자들이 말하는 '본래적'인 것과 같다고 할 수 있지만 꼭 그것에 일치되는 개념은 아니다. 직접 권구현의 용어를 빌린다면 아나키즘 문학론에서 일관되게 주장하는 '본연지성'이다. 이에 대하여 알튀세와 페쇠41)를 참조할 필요가 있는데, 알튀세르는 「이데올로기와 이데올로기 국가장치」에서 이데올로기가 주체를 일정한 방식으로 호출함으로써 주체가 구성된다는 것이다. 즉 이데올로기 동일화 효과에 의하여 주체가 구성된다라는 것이다. 페쇠는 알튀세르의 호출메커니즘이 수동적인 재생산의 주체만 제시하는 기능주의라 비판한다. 그러면서 그는 주체와 이데올로기의 갈등과 역동적인 관계를 주목해야 한다고 했다. 권구현이 말하는 '본연지성'이 바로 이러한 주체와 이데올로기의 갈등과 역동적인 관계를 가능케 하는 기제이다. 그러므로 '본연지성(속살님)'은 이데올로기를 재생산하는 명백한 사실을 명백하

---

38) 권구현의 '시조형의 프로시' 50편 가운데 5이다. 시조형의 프로시에는 제목이 없고 '단곡 50편'이라는 제하에 번호를 붙여 놓았다.

39) 박영희, 「투쟁기에 있는 문예비평가의 태도」, 『조선지광』, 1927. 1.

40) 권구현, 앞의 책, p.1.

41) D. Macdonell, 앞의 책. pp. 25~42.

다고 말하는 동일화가 아니다. 따라서 시조형의 프로시 시적 주체가 천지 어디에도 발붙일 수 없는 절망적인 현실 앞에서 어떤 행동에 앞서 자신에 물음을 던지는 것은 그 정당성을 자신의 내부로부터 구하려는 의도이다. 의열단원 이육사⁴²⁾가 북방 끝자락까지 밀려나 "어데다 무릎을 꿇어야 하나/ 한발 재겨디딜 곳조차 없다"(「절정」)며 눈감아 생각하는 것이나, 아나키스트 권구현이 "천지야 넓다하되/ 발붙일 곳 바이없서"라는 극단적인 상황에서 자신을 되돌아보는 것은 모두 본연성에서 울려나는 양심의 소리를 듣기 위함이다. 결단의 자리에서, 본연성에서 우러나오는 양심의 소리를 기다리는 이육사의 시적 주체는 의연한 지사적 기품을 지니고 있지만 권구현의 시적 주체는 절망적이다. 고고한 기품은 현실을 관념화하지만 절망은 현실을 적나라하게 드러낸다. 그래서 이육사는 더 물러설 수 없는 벼랑 끝에서 "겨울은 강철로 된 무지개인가 보다"하며 황홀하게 하늘을 가리켰다. 이 가리킴은 구체적 현실이 아니라 관념이다. 그러나 권구현은 살아갈 수 없는 절망 끝에서 "생래에 무슨 죈가"하며 뼈가 으스러지도록 자신에게 물음만 던져놓은 채 침묵하고 있다. 즉 온몸을 다 팔아 뼈아프게 노동을 하여도 한끼가 극난하고 세상 어디에도 삶의 터전을 마련할 수 없는 절망적인 상황인데도, 어떤 다짐과 행동을 보이지 않는다. 이 점은 시조형 프로시 시적 주체의 시점이 명확하지 않다는 비판으로부터 빗겨 설 수 없다. 그러나 아나키스트들은 서로의 행동을 단일화하거나 획일화하지 않고 개별성을 강조한다는 점을 감안한다면, 노예 같은 고통스런 현실 앞에서 침묵하는 것은 행동을 포기한 것이 아니라 각자에게 행동할 내적 동기를 부여하는 것이다. 시적 주체가 어떤 단안이나 행동을 호소하는 자체가 시적 대상을 구속하는 것이다. 이점에서 권구현이 아나키즘 원리를 정확히 꿰뚫고 있었다는 것을 알 수 있다.

---

42) 이육사는 아나키스트 단체 의열단에서 활동한 아나키스트이다. 그의 작품이 권구현의 작품과 맥을 같이하는 점은 본연성이라는 '내적 타자에 있다.

절망적인 현실 앞에서 내적 타자를 통하여 시적 주체는 현실의 절실함을 제시하여 놓고 다만 침묵함으로써 각자에게 흉저에서 터져나오는 행동을 유발하는 것이다.

여기서 더 따져야 할 문제는 자신을 역동적으로 구성하는 내적 타자로서 기능하는 '속살님'의 '고백'이다. '고백'은 본성에서 우러나오는 타자에 대한 절실하고 진실한 반응이라 할 수 있다. '고백'이 타자에 대한 단순한 수용적 반응일 수 있지만 그 타자에 대한 적극적 반응일 수 있다는 점에서. 타자와 주체가 소통하는 구성적 관계를 내포한다. 따라서 '속살님의 고백'은 널리 알려진 에밀 슈타이거의 '회감'과 별다르지 않다. 우리가 '회감'을 세계의 자아화의 의미로 받아들이는 것은 타당할 수 있겠으나,[43] 세계의 자아화는 주관에 의하여 타자의 자립성을 인정하지 않는다는 데서 다시 생각해볼 문제이다. 왜냐하면 '회감'을 세계의 자아화로 받아들인다면 시인의 주관에 의하여 타자가 분절되고 은폐될 수 있기 때문이다. 헤겔의 논리에 기댄 세계의 자아화는 어느 한 편이 다른 한 편을 배제하거나 억압하는 것, 그러나 '회감'은 타자와 자아가 상호 소통하는 상호 구성적 관계이다. 따라서 '속살님의 고백'도 어느 한 편이 다른 한 쪽을 억압하거나 배제하는 것이 아니다. 이러한 시적 관점을 가장 극명하게 드러낸 작품이 다음이다.

> 옷도업고 밥도업고
> 님조차 업사오니
>
> 천지야 널으건만
> 적막하기 짓업고야
>
> 두어라 자유이자

---

43) 김준오, 『시론』, 이우출판사, 1988, p. 20.

          이내벗 도올너라

— 단곡 20

　자유는 아나키즘의 요체이다. 자유는 명백한 담론을 명백하다고 재생산
하는 것이 아니라, 그렇다고 그것에 거리 두기도 아니다. 한 단계에서 다른
단계로 전환을 강구하는 전략이다. 이 전략은 억압으로부터 자유를 열망하
는 것이지만 그것이 타자를 배제하거나 억압을 의미하는 것은 아니다. 여기
서 시조형의 프로시가 당대 아지프로시에 타자로서 기능했다는 점을 지적할
수 있다. 그것은 아지프로시의 이데올로기 동일화의 담론 재생산의 문제와
대중화의 문제이다. 먼저, 그것은 권구현 자신이 시조 자체의 관념성을 현실
성으로 전환함으로써 가능하다. 시조형의 프로시는 노예적 생활을 양심의
소리로 고백하는 시이다. 조운은 이러한 시조형의 프로시에 대하여 "재래의
시조가 화조풍월만을 읊거나 또 유심관념만을 기조로 하든 것에 반하여 현
대생활의식을 표현하려고 하고 물질고를 읊으려 하였다"[44]며 프로시의 새
로운 가능성을 지적했다. 시조형의 프로시에 대한 카프 맹원의 관심은 조운
뿐만 아니라 박영희에게도 마찬가지이다. 물론 조운과 반대편에서 시조의
창작계층을 시조를 부르주아 문학이라 부정하는 김동환도 있었다.[45] 그러나
조운이 이미 간파하였듯이 당대 시조는 창작계층 문제가 아니라 현실을 어
떻게 형상화하느냐의 문제이다. 이러한 사정을 감안한다면 시조형의 프로시
가 김기진의 대중화론과 결코 무관하다고는 할 수 없을 것이다. 두루 알다시
피 대중화론은 미급한 수준의 독자들에게 의식을 강요할 것이 아니라 조직
된 전위의 노동자마저도 재래의 장르에 익숙하기 때문에 그러한 장르와 사

---

44) 조운, 「병인년과 시조」, 『조선문단』 19호, 1927, p. 35.
45) 김동환, 「시조 배격 소의」, 『조선지광』 68호, 1927. 6.

건적 소재로서 대중성을 확보하자는 제안이다. 이러한 대중화론에 앞서서 이미 시조형의 프르시가 대중화론에서 목적하는 바의 소기의 성과를 확보하고 있었다. 그것은 시조형의 프로시가 갖고 있는 율문의 기능성과 매체의 친근성, 그리고 정서적 감염효과이다. 그러나 시조형의 프로시가 개인적 인간의 파편적 현실인식이란 매체 성격에서 기인하는 한계성을 지적할 수 있다. 여기서 김기진이 거론한 사건적 소재라는 서사성이 시조형의 프로시에서는 생략되었기 때문이다. 그러나 분명한 것은 시조형의 프로시가 50편을 하나의 연시 형태로 묶었다고 하여 김기진이 의도하는 서사적 구성을 통하여 현실 인식의 총체성을 기획한 것은 아니다. 권구현이 시조형의 프로시를 단곡이라 불렀듯이 시조형의 프로시의 본질적인 전략은 전체가 아니라 개인적 인간이다. 물론 이것은 아나키즘의 개인을 강조하는 원리로 마르크스의 집단성과 구별되는 것이다. 그러나 시조형의 프로시가 순간적 현실 인식이라는 매체가 갖고 있는 성격이 오히려 부분과 전체를 역동적으로 파악할 수 있는 계기로 김기진이 파악할 수도 있었을 것이다. 이러한 시조형의 프로시가의 성과는 김기진의 대중화론을 있게 하는 하나의 계기가 될 수도 있었을 것이다. 시조형의 프로시는 이러한 당대성을 획득할 수 있다고 하겠으나 아나키즘 시로서 내적 타자를 너무 확대함으로써 시적 주체의 기능이 약화되었다는 점을 비판할 수 있다. 그러나 그것은 권구현의 시적 전략이다.

      님업는게 섧다마오
      밥업는게 더섧데다

      한백년 모실님이야
      잠시그려 엇드리만

      죽지못해 하는종질

　압박만이 보수라오

— 단곡 2

　아나키스트들은 본연성에서 우러나오는 양심의 소리에 따라 자유를 추구하며, 자신의 행동을 저해하는 모든 권력에 맞서 투쟁했다. 그러나 시조형의 프로시가 모두 그렇듯이 위의 작품도 인간 생존을 가능하게 하는 가장 기본적인 조건마저 상실하고 노예와 같은 생활을 하는데도 설음이라는 감정만 드러낼 뿐 아나키스트의 열망은 생략되어 있다. 이것은 아나키스트로서 아나키즘의 본실을 망각한 것이 아니라 본연성에서 우러니오는 양심의 소리에 따라야 한다는, 즉 아나키즘의 자발성 원리에 충실했기 때문이다. 그래서 시적 주체는 “압박만이 보수라오”하는 전신의 떨림 같은 감정만 드러낸다. 다시 말한다면 시조형의 프로시가 내적 타자를 너무 확대함으로 시적 주체가 제 기능을 하지 못하는 것이라고 지적할 수 있다. 또 시조형의 프로시의 전체적 주제라 할 수 있는 노예적 생활에 대한 저항의 본질이 약화되었다고 할 수 있다. 이러한 비판은 카프의 동일화 담론 기제에 의한 발상이다. 즉 권구현이 아나키즘 시적 전략은 ‘연극 역할론’에서 주장하였듯이 단일화나 획일화가 아니라 다원화이다. 절망적인 현실 앞에서 시적 주체가 시점을 확보하지 못하는 것이 아니라 의도적으로 단일한 목소리로 선언하지 않는 것이다. 그것은 마르크스주의 동일화 담론에 대한 아나키즘의 역구성인데, 그것은 개인을 기본단위로 설정함으로써 가능하다.

　권구현의 이러한 시조형의 프로시와 대조되는 것이, 시적 주체를 확대한 「새날」·「새로 일어서는 힘」·「폭풍아 오너라」와 같은 아나키즘 이데올로기에 충실한 작품 계열이다. 아나키즘 이데올로기에 보다 충실함으로써, 시조형의 프로시에서 내적 타자가 확보한 현실적 시야는 그만큼 좁아지고 그 반대로 시적 주체의 감정은 과장된다. 이 계열의 작품은 권구현이 비판한 마르크스주의자의 동일화 오인을 스스로 오인한 것이다.

> 한울이문허지느냐 쌍이써지느냐?
> 오오우주는 새날을낫는다 새날을
> 들어보라 가슴을울리는 이큰소리를…
> 새날의 산고를외치는 최후는닥아왔다
> 깃빨을날리라 횃불을잡아라
> 용감스리 새날을 마자스라 새날을
>
> 비겁한자에게는 은혜를베풀리라
> 주인을쌀흐는 강아지는 누룽지는 걱정마라
> 구멍을 일혼생쥐에게는 갈길을밝혀주마
> 내굴르는 굼벙이는 예수가와서구하리라
> 닷는사자여 너는 새날의길잡이로오라
> 오즉하나의 ××을 너만이던지리니
>
> 오오나오라 용감한길잡이여 나오라
> 써러지는햇덩이를 집어동으로던지라
> 이쌍을거구로 들어올리리라 거구로—
> 바람은사막에 달리라 해소야 너도일거라
> 째는일순 지금이압헤는 오즉 일순뿐이다
> 용감한무리여 새날을마자스라 새날을

—「새날」

　이 작품은 유토피아적 세계를 약속하는 '새날'의 도래가 임박하니 '무리'들에게 그 날을 맞이하는데 앞장서라고 재촉하는 내용이다. 행동을 재촉하는 시적 주체는 아나키스트인 반면에 시적 대상 '무리'들은 아직 그의 수준에 도달하지 못한 자들이다. 그래서 시적 주체는 '무리'들에게 "비겁한 자에게는 은혜를 베풀리라"고, 또 "주인을 쌀흐는 강아지는 누룽지는 걱정마라"는 등의 비유로서 그들의 행동에 대한 보상을 제시하며 새날을 맞이하자고 재촉한다. 시적 주체가 도래가 임박하다고 하는 유토피아적 세계를 약속하는 '새날'은 구체적 현실 세계가 아니라 시적 주체의 관념 속에 있는 이데올로기가 구성하는 세계이다. 이 이데올로기가 추동하는 힘에 의하여 시조형의 프로시에서는 찾아볼 수 없는 매우 정열적인 시적 주체가 감정을 과장하는 것이다. 유토피아적 세계를 약속하는 '새날'이 어떤 것인지 왜 그날을 맞이하기 위하여 몸을 던져야 하는지 그런 물음은 생략하고 다만 새날을 맞이하기 위한 방법민을 제시한다. 깃발을 잡고 햇불을 잡고, 즉 투쟁으로 새날을 맞이하자는 것이다. 이러한 근원적인 물음을 생략하게 하는 것은 시적 주체의 강렬한 이데올로기이다.

그래서 이 작품에는 "새날을 맞으려 가자고"하는 시적 주체는 내적 타자의 고려 없이, 또 시적 대상 '무리'들에 대한 고려도 없이, 다만 '무리'들에게 용감하게 '새날'을 위하여 앞장서라 재촉한다. 내적 타자와 시적 대상을 고려하지 않음으로써 새날을 맞으려 가자는 시적 주체의 감정은 고조되고 반면에 시적 대상 '무리'들의 행간의 물음들은 배제된다. 이렇게 시적 주체가 성급하고 조급하게 과장하는 감정은 '본연성'에서 유로된 것이 아니라 시적 주체를 추동하는 이데올로기이다. 권구현이 마르크스주의자의 동일화를 비판하던 이데올로기 동일화에 자신도 그 오류를 범하고 있다. 그러나 「새날」은 시조형의 프로시에서 발견할 수 없는 치열한 시적 주체의 확고한 시점이 있다. 이러한 확고한 시점은 '노예에서 기계로' 노예적 생활을 해도 살아갈 수 없는 극단적인 상황에 "생래에 무슨 죄인가"하고 자신을 한탄하던 시조형의 프로시의 나약한 시적 주체를 극복할 수 대안이 될 수 있다. 그러나 시적 주체의 확고한 시점이 시조형의 프로시가 갖고 있던 내적 타자의 섬세한 현실 인식을 가로막고 단일화한다는 점은 비판받아야 한다. 또 시적 주체가 "구멍을 일흔 생쥐에게는 갈길을 밝혀 주마"라며 일방적으로 '무리'들을 전유하려 한다는 비판도 함께 받아야 할 것이다. 다시 말한다면 시적 주체에 시적 대상을 종속하려 한다는 것이다. 이것을 극복하기 위해서는 시적 주체의 단일화된 시점을 다양하게 하고 그의 열정을 시적 대상에게 분산시켜야 할 것이다. 이 점은 권구현이 '연극 역할론'에서 자신이 강조하던 다원성을 스스로 망각한 것이라 할 수 있다.

광명을위하여 희망을향하여 네의가슴에 불이부틀째
네의체중은 얼마나무거웟더냐
한걸음 한걸음 장중한보조로 발자욱을옴겨노을째마다
울리엇나니 울리엇나니
대지의심장을 쾨뚤코 그밋바닥까지 울리엇나니

굿세게쏘굿세게 우주의만상을불살을 듯이
나러지르는 불붓는저태양은 곳희망에타올으는 네의정열의표징
　　이아니이냐?
대담한네의 호흡이아니이냐?

오오너는대담한자 용감한자
신비의탑을불살으는 새세기의 창조자—

달그림자에그리어진요마의살림은
백랑의소굴은—도시는—문명(?)은
네의그무겁고도 험살구즌토족족에짓밟히고마노니
오오대담한자문명(?)의파산자
용감한자 새세기의창조자

—「새로 일어나는 힘」

「새로 일어나는 힘」의 시적 대상 '너'는 "새 세기의 창조자"로서, 즉 "광명을 위하여 희망을 향하여 네의 가슴에 불이" 붙은 아나키스트다. 앞의 작품 「새날」이, 시적 주체가 아나키스트로 '무리'들에게 아나키스트적인 행동을 권유하는 시라면 「새로 일어나는 힘」은 시적 주체 아나키스트가 또 다른 아나키스트에게 그의 역할을 다하라고 재촉하는 시이다. 그의 역할은 '요마의 살림'·'백랑의소굴' 같은 "도시는—문명"을 흙 묻은 발로 짓밟고 새 세기를 창조하는 것이다.

이 작품도 「새날」처럼 시적 주체의 감정이 과장되고 시적 대상을 단일화하여 이끌어 간다는 점에서 농일하다. 그러나 「새날」이 무리들을 자각게 하는 것이라면 이 작품은 목적의식을 분명하게 한다는 점에서 차이가 난다. 도시를 '요마의 살림'·'백랑의 소굴'이라고 하며 근대화된 도시를 자본의 폐해를 문제 삼았다. 그런데 요마의 살림과 백랑의 소굴 같은 근대화된 도시문명을 파괴하고 새로운 유토피아 세계를 창조하자는 목적이 구체적이지 못하다. 그 비유가 선명하지 못한 것은 "광명을 위하여 희망을 위하여" 불타오르는 가슴으로 "굿세게 쏘 굿세게" "신비의 탑을 불사르는 새 세기의 창조자"가 되어야 한다는, 시적 대상을 추동하는 시적 주체의 이데올로기 조급성이 때문이다. 다시 말한다면 새 세기의 창조자인 '너'의 굳센 힘이 그 자신의 내면에서 구성된 것이 아니라 아나키즘 담론구성체가 구성한 힘이기 때문이다. 즉 이데올로기가 추동하는 힘에 의하여 '굳센' 아나키스트가 되고 새 세기의 창조자가 되는 것이다. 그래서 시적 대상 '너'의 행위는 시적 주체의 시야에 종속되고, "새 세기의 창조자"가 되어야 하는 당위성만 있게 된다. 결국 "세기의 창조자"가 되어야 한다는 시적 주체의 열망에 상응하는 시적 대상 '너'가 시점을 확보하지 못함으로써 지양할 것도 지양되어야할 것도 없이 시적 대상은 다만 시적 주체의 용감함에 따라야 한다.

여기서 권구현의 오인이 드러난다. 자신의 시적 전략인 "속살님의 고백"

이라는 내적 타자를 망각한 점이고, 아나키즘 원리 자발성을 망각한 것이다. 무엇보다도 "새 세기의 창조자" '너'와 시적 주체 '나'가 함께 하는 '우리'는 어떤 완결된 이념에 의해서가 아니라, "다중은 통일이 아니라 파열, 탈주, 이질화, 혼성화의 운동 속에서 자신의 무한한 공동체적 에너지를 드러낼 수 있다"[46]는 변혁에 대한 아나키스트 개인의 열망을 망각한 것이다. 따라서 권구현의 이러한 아지프로시의 문제는 어떠한 유토피아적 세계를 더 첨가할 것이냐, 아니면 더 선명하게 약속할까 하는 내용의 문제가 아니라 시적 주체의 열정을 시적 대상에게 분산하고 다원화된 시각을 마련하여 상호구성적이게 하는 것이다. 그것은 이상화가 「빼앗긴 들에도 봄은 오는가」에 자신의 영혼에 던지는 그런 물음을, 또 하늘과 들판에 던지는 그런 물음을 부단히 던지는 것이다. 그리하여 권구현 자신이 그랬듯이 "님업는게 섦다마오/ 밥업는게 더섦데다"하는 절실함에서 우러나오는 대답을 마련하는 것이다.

지금까지 권구현의 시조형의 프로시와 「새날」 계열의 아지프로시의 두 가지를 살펴보았다. 시조형의 프로시는 내적 타자의 시점이 명확한 만큼 시적 주체의 감정은 최소화되고 현실의 객관성을 확보한다. 반면에 아지프로시는 시적 주체를 확대한 만큼 감정이 과장되고 현실은 관념화된다. 시조형의 프로시의 시적 주체는 흔들리면서도 자신의 정체를 분명히 하는 인물이지만, 반대로 아지프로시의 시적 주체는 용감하면서도 자신의 정체를 이데올로기가 추동하는 힘에 따르는 인물이다. 지금까지 따진 것을 정리하는 것을 떠나서 담론이 시에 미치는 영향을 권구현 시를 통하여 확인한 것이다. 시조형의 프로시는 주체의 담론인데 비하여 아지프로시는 타자의 담론이다. 시조형의 프로시는 담론이 이데올로기를 구성한 것이라면 아지프로시는 이데올로기가 담론을 구성한 것이다. 시조형의 프로시가 카프의 반동일화라면

---

46) 조정환, 「역지구화를 위한 문학적 주체성의 재구성」, 『문예미학』 9호, 2002.

아지프로시는 카프의 동일화이다. 권구현 시의 이러한 두 모습은 아나키즘의 내적 동기에서 시조형의 프로시가 있게 되고, 시대적 요구에서 기능적인 아지프로시가 있게 된 것이라 할 수 있다. 그는 아나키스트로서 시조형의 프로시에서 현실적 지평을 확보했지만 유토피아적 세계의 실현을 독자에게 맡겼다. 반면에 아지프로시에서 유토피아적 세계를 제시했지만 독자의 현실적 지평을 전유했다. 그가 확보한 이러한 두 시점에서 현실과 유토피아적 세계를 갈등과 긴장 관계 속에서 구체적으로 형상화하지 못한 것은 그의 시적 한계이다. 그러나, 이 두 시점을 하나로 통합하지 못한 것은 오히려 주형의 틀을 거부하는 아나키스트로서 자연스러운 시적 특징이 될 수 있다.

V. 결론

지금까지 살펴본 바와 같이 권구현의 아나키즘 문학성의 요체는 아나키즘 이데올로기를 인간의 '본연지성'으로 파악한 "속살님의 고백"이다. 그는 시인이기 앞서 '본연지성'에 따라 자유를 추구하며, 그것을 저해하는 모든 권력에 맞서 싸우던 흑우회 아나키스트였다. 그는 아나키스트이기 전에 자신의 본연성에서 우러나오는 양심의 소리에 따라, 즉 내적 타자의 소리에 따라 자신을 구성하던 시인이었다. 담론구성체가 '양심'이라는 점에서 권구현은 이상화와 다르지 않다. 그러나 이상화는 '양심'이 기능할 수 없을 때 시를 포기하였지만 권구현은 자신의 양심이 기능할 수 없을 때 자살이라는 극단적인 죽음을 선택하였다. 젊은 나이에 죽음을 선택한 것은, 자신의 본연성에서 우러나오는 '양심'의 소리에 따라 행동할 수 없는 모든 것에 대한 저항이라 할 수 있겠으나, 결국 자신의 본연성에서 우러나오는 '양심'의 소리에 따라 극적인 삶을 선택한 것이라 할 수 있다. 그러나 극단적인 죽음을 선택한 것은 현실을 무리하게 자기화하려는 욕망이 강렬했기 때문이거나, 아니면 아나키즘의 유토피아적 세계에 대한 열망이 너무 강렬했기 때문이라 할 수 있다. 이 말을 다르게 한다면 현실에 대한 시야가 유토피아적 열망에 의하여 가려졌거나 그 반대로 유토피아적 열망이 현실에 의하여 환멸로 바뀌어졌기 때문이라고도 할 수 있다.

그는 1923년부터 아나키즘 시를 창작하며 아나키즘 문학론을 치열하게 발표하였다. 권구현의 『흑방의 선물』과 아나키즘 평론에 의하여 지금까지 한국의 아나키즘 문학이 카프의 방향전화기 김화산에 의하여 제기 되었다는 것을 수정할 수 있다. 김화산이 마르크스주의에 아나키즘 문학을 제기하기 앞서서 아나키스트 시인 황석우가 있었고 아나키즘 범주의 이상화가 있었다. 그리고 권구현의 아나키즘 시집 『흑방의 선물』과 일련의 아나키즘 평론이 있었다. 즉 김화산은 이미 있어왔던, 그리고 권구현에 의하여 전개되던 아나키즘 문학을 논쟁으로서 재기하였을 뿐이다. 정확하게 말한다면, 당시 카프에서 활동하던 아나키스트 시인 권구현의 아나키즘 문학이 있었기에 김화산의 아나키즘 문학의 제기가 가능했다. 그러나 한편으로 김화산에 의하여 권구현의 『흑방의 선물』이 주목받게 되었다. 이 점에서 카프 맹원 권구현이 카프의 타자로서 기능하게 되는데, 그것은 그가 마르크스주의를 역구성한 한 아나키즘 문학론이다.

권구현의 아나키즘 문학론 가운데 대표적인 것은 '물과 북론'·'장검론'·'연극 역할론'이다. 그 핵심은 각기 자발성·프롤레타리아 혁명·다원성 등의 아나키즘 원리로 요약되지만 이 셋을 관통하는 문학 원리는 "본연 지성에 기인한 욕구"의 문학이다. 이것은, 권구현이 엘리트 지도성을 강조하는 마르크스주의 문학의 이데올로기 동일화 기제에 대한 타자로서 아나키즘 문학을 자리하게 함으로써 가능하였다. 그것은 카프 방향전환론자들이 환원한 동일화 담론의 타자로서, 그것은 임화가 인정하였듯이 그들이 카프 전과정

동안 배제한 타자이다. 권구현은 그들이 카프 해산 후에서야 발견한 것을 앞서 주장함으로써 오히려 그들로부터 논박을 받았다. 권구현이 주장하는 타자성은 아나키즘 원리에서 발견한 이데올로기 동일화에 대하여 타자를 주체구성으로 내포하는 것이다. 이것은 그가 시적 전략으로 하는 "속살님의 고백"이다.

권구현 시는 크게 시조형의 프로시와 아지프로시로 나누어지는데, 시조형의 프로시는 당대 카프가 주목하였듯이 문제적이다. 시조형의 프로시는 시적 대상에 내적 타자를 기능하게 하여 시적 주체를 역동적으로 구성하는 "속살님의 고백"이라는 시적 전략을 실천한 독창적인 프로시의 한 영역이다. 한편으로, 시조형의 프로시의 시적 전략이 내적 타자를 확대함으로써 시적 주체의 시점이 약화되었다고 비판할 수 있다. 아나키즘 시에서 시적 주체의 시점이 명확하다는 것은 결국 시적 주체의 이데올로기 동일화로 카프의 아지프로시와 다르지 않은 것이 된다. 시조형의 프로시의 시적 주체가 고통스런 현실 앞에서 침묵하는 것은 자신의 시점을 포기한 것이 아니다. 시적 주체가 어떤 단안이나 행동을 강요하는 자체가 시적 대상을 구속하는 것이다. 이점에서 권구현이 아나키즘 원리를 정확히 꿰뚫고 있었다는 것을 알 수 있다. 시조형의 프로시에 반대편에 자리하는 것이 시적 주체의 시점을 확대한 아지프로시이다. 이 계열의 시는, 권구현이 카프 동일화를 비판하던 것에 자신도 그러한 이데올로기 동일화를 하는 것에 해당한다. 아지프로시의 문제는 카프를 논하는 자리에서 이미 지적되었듯이 권구현의 시도 마찬가지로 시적 대상을 시적 주체에 종속시키는 것은 문제점으로 지적할 수 있다. 이러한 권구현 시의 시조형의 프로시와 아지프로시의 양면성은 개인의 자발성에 의한 사회혁명이라는 아나키즘 담론구성체에 비롯된 것이다.

권구현은 일관되게 아나키즘 문학론과 시를 창작하였지만 카프방향전환론자들에 의하여 주변으로 밀려나 문학사에서 지금까지 배제되었다. 그러나 권구현이 동일화 담론을 역구성하는, 타자의 주체성을 인정하는 문학 관점은 당대의 카프를 넘어서 현재적인 관점을 확보한다. 권구현의 문학은 오늘날의 포스트모더니즘 관점에 의하지 않더라도, 그것은 1980년대의 한국 민중문학을 비추어보는 거울이 될 수 있기 때문이다. 임화가 카프 해산 이후에 그러했듯이 민중문학론자들도 "민중은 통일이 아니라 파열, 탈주, 이질화, 혼성화의 운동 속에서 자신의 무한한 공동체적 에너지를 드러낼 수 있다"고 자신들을 역구성하는 논리가 그것이다. 즉 그것은 차이로서, 타자가 갖고 있는 만큼의 주체성을 인정함으로써 가능한 것이다. 권구현은 이러한 논리에 의하여 카프에서 배제되었지만 오히려 이러한 논리에 의하여 그의 자리를 확보하고 있는 것이다.

이상화 : 서정적 현실과 현실적 서정

Ⅰ. 문제의 제기

이 글의 목적은 이상화시의 근대성을 주체형태의 관점에서 탐색하는 데 있다. 근대성에 대한 이해는 다양할 수 있으나 여기서는 범박하게 타자에 환원된 주체를 역구성하는 주체로 아주 좁혀서 논의를 전개할 것이다. 이렇게 논의를 좁혀 이상화 시의 주체 형태를 거론하는 것은 백조에서 파스큘라로, 그리고 카프로 이행한 당대 문단 중심에 있던 시인의 주체 형태를 살피려는 의도가 아니다. 그것은 이상화 시의 두 층위가 되는 서정적 현실과 현실적 서정의 문제이다. 즉 그것은 이상화 시를 낭만시와 계급주의시라고 양분하는 지금까지의 논리가 무엇인가 하는 문제를 제기하는 것과 다르지 않다. 이 두 사이를 관통하는 요체가 무엇인가 하는 점이다.

사실 그는 1920년대 전반기의 우리 시의 궤적을 그대로 밟고 간 문제적 시인임에는 틀림없다. 그런데 카프 맹원이었던 그는 카프의 1차 방향전환기에 시 쓰기를 포기한다. 그가 촉망받던 카프 시인이었다는 점으로 미루어 본다면 이 점은 당대 카프의 강력한 동일화 기제로 설명할 수 없게 된다. 그렇다면 시적 재질이 뛰어나고 가장 주목받던 작품을 왕성하게 발표하던 그 단계에서 시를 포기하는 것은 주체를 역구성하는 내적 타자에서 찾아야 할 것이다. 이 논리를 뒷받침할 수 있는 자료가 카프 해산후 임화가 「어느 청년의 참회」[1]에서 자신을 타자로 바라보며 주체를 역구성하는 풍경이다. 카프 해산후 임화가 발견한 것은 주체에 내재하는 구성적 요인으로서 타자이다.

여기서 이 글의 출발점이 명확하게 되는데, 그것은 이상화가 임화에 앞서 발견한 주체에 내재하는 구성 요소로서 카프 담론을 역구성하는 타자를 주목하는 것이다. 카프의 1차 방향전환이란 개별 주체를 배제하고 또 다른 타자를 특권화시키는 것, 이 지점에서 이상화가 작품활동을 중단하는 것은, 그 자체가 자신의 타자성과 타자의 주체성을 인정하는 하나의 담론일 수 있다. 이러한 담론이 무엇인가 구체적으로 밝혀진다면 지금까지 카프에 의하여 배제된 또 다른 담론이 분명하게 드러날 것이다. 그것은 이상화의 담론 구성체를 밝힘으로써 가능하게 될 것이다. 이상화 시적 주체의 구성적 요소로서 타자는 앞으로 밝혀지겠지만 양심을 사회화시킨 것으로 요약할 수 있다.[2] 이상화에게 양심은 도덕적 차원에 있는 것이 아니라 사회적 차원에 있는 자신의 내적 타자이다. 이 문제는 지금까지 연구자들이 카프 담론을 일본으로부터 수입한 추수적인 것으로만 정리한 것을 새롭게 다시 되짚어 볼 수 있는 자리도 될 것이다.

다음 과제는 이상화 시를 저항시라고 하는 데에 아무런 의심 없이 그대로 받아들이고 있는 것을, 그의 주체 형태를 통하여 새롭게 개념화하는 것이다. 우리가 통상적으로 사용하고 있는 저항이라는 개념은 단순히 길항의 개념으로, 즉 반동일화의 개념으로 생각하는데 이것은 잘못이다. 반동일화는 문제

---

1) 임화, 「어느 청년의 참회」, 『문장』, 1940. 2., p. 24.
2) 이상화, 「출가자의 유서」, 『개벽』 57호, 1925. 3.

의 본질에 벗어나 있다는 것이다. 그렇기 때문에 저항은 본질을 해결할 수 없다는 데서 재고되어야 할 것이다.

이상화시가 저항시임에는 틀림이 없으나 그의 저항시가 타자를 역구성하고 있다는 점에서 일반적으로 말하는 저항시와는 다르다. 그 본질은 타자를 일방적으로 환원하거나 배제하는 것이 아니라 상호구성적 관련성에 기초하고 있다는 점이다. 이것은 두 개의 층위를 갖고 있는데, 그 하나는 식민지 담론과의 관계이고 다른 하나는 계급 담론과의 관계이다. 이 두 층위가 밝혀짐으로써 계급 담론의 문제점이 명확하게 될 것이다. 이것은 당대의 카프 논자들의 경직된 논리에 묻혀 있었던 카프의 제 3의 감각이라 할 수 있는 '양심'이다. 그 양심은 아나키스트들이 인간의 본성에서 우러나오는 양심의 소리에 따라 자유를 추구하고 그것에 방해가 되는 모든 권력과 맞서 투쟁하게 그들을 추동한 내적인 힘으로서 양심 같은 것이다. 양심은 타자를 배제하거나 억압하는 것이 아니라 자신의 타자성과 타자의 주체성을 인정하는 역동적인 주체에 의해서 가능한 것이다.

본 연구가 의도하는 이러한 과제는 결국 당대의 카프 논자들이 배제하고 그들이 환원한 것이 무엇인가를 분명하게 하기 위함이다. 이것은 다름 아닌 이상화 시의 주체에 내재하는 구성적 요인으로서 타자와 주체의 상호구성적인 관계를 밝혀내는 것에 귀결된다. 이것은 단순하게 이상화 개인에 한정되는 것이 아니라 그를 통하여 지금까지 배제된 우리 시의 한 줄기를 정리하는 데 궁극적인 목적이 있다. 그것은 또 하나의 연구 과제가 되는데, 이상화와 1930년대의 생명파 시인 유치환을 연결할 수 있는 매개고리를 찾을 수 있을 것이라는 제안이다. 이들의 시가 남성적인 도도한 어조, 아나키즘 범주의 자유주의자로서 공통점이 있다고 단순하게 연결할 것이 아니라 내적 타자와 주체의 상호구성적 관계에서, 즉 인간의 본성에서 우러나오는 양심에서 찾아야 할 것이다.

II. 카프의 제3의 감각과 양심

앞에서 문제를 제기하였듯이 이상화는 1927년을 기점으로 하여 작품 활동을 중단한다.[3] 그 이후에는 작품을 발표한다 하더라도 구고를 개작하는 정도에 그친다. 당시 주목받던 이상화가[4] 왜 작품 발표를 중단했을까 하는 물음을 한 번 던져 볼만하다. 물론 이는 이상화 개인적 문제일 수 있기 때문에 그리 중요하지 않다고 생각할 수도 있다. 그러나 백조에서 파스큘라로, 카프 맹원으로, 당시 문단의 주류에서 누구보다 왕성하게 우수한 작품을 발표하며 촉망받던 그가 작품 활동을 중단한 원인은 개인사를 넘어서 우리 문학의 전개와 무관하다고 할 수 없다. 왜냐하면 이상화가 작품 활동을 중단하는 것 그 자체가 당대의 새로운 담론이 배제한 문학의 한 흐름일 수 있기 때문이다.

이상화가 백조에서 파스큘라로, 그리고 카프로 자리를 옮겨가는 이러한 과정은 서정양식 선택의 조건으로서 해명할 수 있다. 김윤식이 "백조의 데카당스는 일종의 예술적 저항이며 따라서 가장 데카당한 깊이에까지 도달한 시인일수록 가장 깊은 계급 혹은 저항이데올로기로 이행할 수 있다"[5]고 도달한 결론이 그것이다. 그런데 문제는 "이상화가 계급이데올로기를 선택했을 때, 그 이데올로기의 강도 혹은 경직성 때문에 시 장르를 포기하기에

---

3) 이상화가 작품을 가장 왕성하게 시를 발표한 해는 1925년과 1926년 사이이다. 그러던 그가 1927년은 시 1편도 발표하지 않고 침묵한다. 이것은 개인사적인 문제라기보다는 당시 카프의 방향전환과 무관하지 않다.

4) 이상화가 당시 주목받는 시인이었음은 임화가 카프 맹원을 회고하는 다음과 같은 글을 통해 알 수 있다. "어느 해 봄 그는(임화—필자 주) 이상화라는 미목수려한 장발 시인을 만날 기회를 가졌습니다. 『백조』에 났던 「나의 침실로」이란 그의 시를 못지 않게 그 사람은 좋았습니다." 이 구절에는 이상화에 대한 임화의 존경심이 드러난다. 임화, 앞의 글.

5) 김윤식, 『한국근대문학양식논고』, 아세아문화사, 1980, p. 61.

이른다"6)는 대목이다. 이상화가 시를 포기한 지점이 바로 카프의 1차 방향 전환기였다는 점에서, 물론 그 이데올로기가 1차 방향 전환기의 계급이데올 로기임이 당연하다. 그렇다면 이상화에게 1차 방향전환이란 무엇인가 하는 것은 다시 되물어야 할 것이다.

우리가 두루 알고 있듯이 카프의 1차 방향전환이란 다름 아닌 계급담론의 동일화인데, 그것은 개별 주체를 배제하고 계급 담론을 특권화시키는 것이 다. 그것을 박영희의 말로 한다면 "프로 문예는 무산계급과 노동자를 묘사하 는 것이 아니라 그 투쟁을 선동하고 지시하는 것"7), 즉 문학의 정치화이다. 문학의 정치화 단계에 있어서의 그들의 과제는 자신들이 지나온 백조의 피 스큘라의 유미적 퇴폐적 담론으로부터 결별하는 것임은 말할 것도 없고, 카프 내부의 여타 담론을 분절하여 계급 담론으로 환원하는 것이다. 그래서 당연하게 "가장 아름답고 오랜 것은 오직 꿈속에만 있어서라"하는 낭만적 꿈도, "푸른 하늘 푸른 들이 맞붙은 곳으로/ 꿈속을 가듯 걸어만 간다"라는 낭만적 열정도 배제된다. 김창술이 "굳센 자여!/ 너의 이름은 프롤레타리아" 라고 외친 그 계급 담론을 선언적으로 전경화하는 것이 우선 과제였다. 그런 데 카프 맹원인 이상화는 타자를 주체로 굳건하게 세워야 할 이 단계에서 시를 포기한다. 카프 맹원으로서 시를 포기하는 것은 카프 담론의 동일성을 포기하는 것이나 마찬가지이다. 그렇다면 지금까지 그를 굳건하게 세운 카 프 담론은 무엇인가 하는 점을 생각하여야 할 것이다.

> 오늘의 시인은 한편으로는 사상의 비판자이어야 하고 또 한편으로는 생활의 선구자가 되어야 한다. 그러나 결코 이 비판과 선구는 남을 말미 암아 하는 것이 아니고 모다 나라는 의식과 생명을 순전히 추구함에서

---

6) 위의 책, p. 61.
7) 박영희, 「문예운동의 목적의식론」, 『조선지광』, 1927. 9.

나와야 할 것이다. 그 뒤에야 비롯오 그 주위 생활의 동력을 나의 마음
에 추향(趨向)케 하며 나의 의식을 그 생활 우에다 활동시킬 수 잇슬
터이다.[8]

이 대목의 핵심은, 시인이 사상의 비판자가 되어야 하는데 그 비판이 타자
에서 비롯되는 것이 아니라 주체의 내면에서 그 생명을 추구하기 위하여
출발되어야 한다는 것이다. 이 같은 발언은 지식인으로서 누구나 할 수 있는
평범한 내용이기 때문에 그리 문제가 될 수 없다. 그러나 이상화가 카프
맹원이었다는 점, 문학이 기계의 톱니바퀴가 되어야 한다는 당대 분위기와
엘리트 지도성을 강조하는 카프 전략을 감안한다면 다시 생각할 문제이다.
카프 맹원에게 중요한 것은 카프 담론을 자신의 담론으로 재생산하여 동일
자로 굳건하게 구성하는 것이다. 그런데 이상화는 '나의 의식'에 의하여 사
상의 비판자가 되어야 한다는 것이다. 그가 강조하는 비판이란 타자의 담론
에 동일화가 아니라 타자의 담론을 역구성하는 것이다. 여기서 그에게 계급
담론이 일방적 동일화 담론일 수 없다는 것을 알 수 있게 된다.

이상화가 파악하고 있는 계급 담론은 "시인은 생활의 선구자가 되어야
한다"는 차원에 있는 '생활'이다. 그가 말하는 '생활'은 당대 "대다수 조선
사람이 공통적으로 처해 있는 생활이라는 의미"[9]로 받아들일 수 있다. 그러
나 "시인에게 생활이란 다만 그 자신의 생활만이 아닐 것이다. 우주 속에서
인생 가운데서의 일생일 것이다"[10]라고 한 점에서 '생활'의 의미는 그리
단순하지 않다. 그런데 그가 "시는 생활"[11]이고 "시는 생명의 본질을 말하는
것"[12]이라고 한 데서, '생활'은 "생명의 본질"이 드러나는 현장으로 이해할

---

8) 이상화, 「시의 생활화」—관념의 표백에서 의식 실현으로, 『시대일보』, 1925. 6. 30.
9) 홍정선, 「신경향파 비평에 나타난 '생활문학'의 변천과정」, 서울대 대학원, p. 55.
10) 이상화, 앞의 글.
11) 위의 글.

수 있다. 즉 시는 생명의 본질을 드러내는 것이고 그 생명의 본질은 생활 속에 있는 것이다. 여기서 중요한 것은 생명의 본질인데, 그것은 어느 힘에 의하여 일방적으로 환원되는 것이 아니라는 것이다. 이상화가 말하는 생명은 "주체와 타자의 대립적 관계가 아니라 동일 주체에 내재하는 구성적 요인으로서 타자와 주체의 구성적 상호관련성에 기초한"13) 것이다. 그런데 1차 방향전환기의 담론은 타자의 담론을 억압하고 배제함으로써 가능한 것이다. 여기에 이상화와 카프 맹원들과 다른 자리가 있게 된다.

이상화의 다른 자리는 임화가 카프 해산기에 자신의 길을 되짚어 보는 가운데 자신의 담론이 후쿠다 도꾸조우(福田德三)과 야마카와 히토시(山川均), 그리고 샤까이 도씨히꼬(堺利彦)의 담론이었다는 것을 고백하는14) 대목에서 분명하게 드러난다. 그것은 방향전환기에 그들을 뜨겁게 추동하던 계급담론이 사실은 그들 자신의 담론이 아니었다는 것이다. 그들이 자신을 주체로 굳건하게 세운 군센 주체는 일본 계급 담론을 재생산하는 추수적인 주체라는 것이다. 임화의 이러한 자각이 있기 이전에 이미 이상화는 그 담론의 정체를 알고 있었다는 것이다.

이러한 배경에는 일본 체험이 가로놓여 있다. 그는 1922년 『백조』에 「말세의 희탄」·「단조」 등을 발표하고 프랑스 유학을 위하여 도일하였다가 1923년 관동 대진재로 수난을 받고 귀국한다. 동포들의 관동대진재 참상을 목격한 그에게 일본은 권력 질서였고 타자를 배제하고 억압하는 담론이었다. 그래서 "동경의 밤이 밝기는 낮이다─그러나 나에게 무어이랴!"15)고

---

12) 위의 글.

13) 윤효녕, 「데리다 : 형이상학 비판과 해체적 주체 개념」, 『주체의 개념과 비판』, 서울대출판부, 1999, p. 52.

14) 임화, 앞의 글.

15) 이상화, 「도쿄에서」, 『문예운동』 창간호, 1926. 1.

반어법으로 질문한다. 또 일본은 "오늘이 다 되도록 일본의 서울을 헤매어도 / 나의 꿈은 문둥이 살 같은 조선의 땅을 밟고 돈다"[16]라고 노래하였듯이 자신을 역구성하는 타자로 기능한다. 일본은 그의 선배들이 황홀하게 바라보며 자신을 구성하던 가슴 벅찬 담론이 아니라 식민지 지배국 담론일 뿐이다. 여기서 이상화가 시를 포기하는 것은 분명하게 된다. 엄밀하게 말해 이상화가 포기하는 것은 시가 아니라 카프를 뜨겁게 달아오르게 한 일본으로부터 수입한 1차 방향전환기의 계급 담론이다. 이것은 임화의 주체 망각의 오인으로부터 깨달음과 같은 또 다른 방식의 깨달음이다. 이것은 내적 타자를 주체의 상호구성적 관계로 설정함으로써 가능한 것이다.

> 사람이면 다 가지게끔 마련이 된 자기의 양심이 없이는 그에게 한 사람이란 개성의 칭호를 줄래도 받을 수 없음과 같이 그러한 개성이 아니고도 집을 차지한다면 그는 집이 아니라 그 집의 범위만큼 그 나라와 그 시대 인류에게 끼치는 것이란 다만 죄악일 뿐이기 때문에 집이란 한 존재를 가질 수 없다. 아 그따위 것보다 나의 양심을 잃어버리지 않도록 애써야겠다. 그래서 나의 개성을 내가 가지고 살아야겠다. 양심 없는 생명이 무엇을 하며 개성 없는 사회를 어디다 쓰랴. 모든 생각을 한 뭉텅이로 만들 새 생명은 지난 생활의 터전이었던 내 몸의 성격을 반성함에서 비롯할 것이다. 이러한 양심에서 생겨난 반성은 곧 양심 혁명을 부름이나 다를 바가 없다. 이 길은 피할 수 없는 길이다. 나는 내 몸에게 이 길을 따라만 가자 빌어야겠다.[17]

이 글의 핵심어는 양심·개성·집인데 '집'은 타자의 담론이다. 이 집, 즉 타자의 담론은 존재를 지보(支保)하여 준 고마운 것이기도 하지만 자신의 양심을 시들게 하는 것이다. 이상화의 말로 한다면 타자의 담론은 어른들이

---

16) 위의 시.

17) 이상화, 앞의 글.

우물 속을 가리키며 어린아이에게 그 속의 별과 달이 진짜인 것처럼 오인하게 하는 것이다. 이러한 오인체계의 타자의 담론으로부터 탈주함으로써, 즉 집을 떠남으로써 양심은 생명으로 살아나게 된다. 양심의 섬광이 가슴과 머리 속에서 번쩍일 때마다 타자의 담론이 억압하고 배제한 것들이 생명을 되찾게 된다. 이러한 양심이 생명을 얻어서 살아난 것이 개성이다. 그렇다면 양심은[18] 단순히 도덕적 행위나 선악에 관계되는 전인격적인 것이라기보다는 어떤 분절체계이게 된다. 즉 양심은 볼 수 있는 것과 볼 수 없는 것, 그리고 말할 수 있는 것과 말할 수 없는 것을 분절하는 담론구성체다. '양심'은 아나키스트들이 인간 본성에서 우러나오는 양심의 소리에 따라 자유를 추구하며 이에 방해가 되는 권력에 맞서 대항한 그 담론구성체와 다르지 않다.

방향전환기의 계급 담론은 앞에서 임화의 말로 대신한 바 있듯이 일본에서 수입한 타자의 담론이다. 이것은 양심이 아니라, 다시 말한다면 이론적 반성이나 실천적 반성이 생략된 이데올로기이다. 이상화에게 중요한 것은 식민지 조선의 양심이지 계급 담론 그 자체가 아니다. 이상화를 백조에서 파스큘라를 거쳐 카프로 추동하는 것은 이데올로기가 아니라 양심이다. 하지만 카프의 1차 방향전환의 담론은 동일자의 담론이라는 데에서, 그의 고민이 있게 된다. 그렇지만 자신에게 양심의 길을 피할 수 없다고 단호하게 말하는, 이 자리는 시가 있을 수 없다. 이것은 카프가 기획하는 근대성을 비판하는 하나의 담론이다. 여기서 이상화가 1차 방향전환기에 침묵한 이것도 카프의 1차 방향전환기의 도식적인 계급 담론에 대응되는 또 다른 카프

---

18) 양심은 중세 철학에서나 맹자가 그러하였듯이 선에 대한 긍정적 태도와 악에 대한 부정적 태도를 직접적으로 드러내는 인간의 생득적 능력의 총괄 개념이다. 그러나 이상화가 말하는 양심은 선악의 개념이 아니라 대상을 분할하고 배제하는 담론구성체다. 그러므로 사회적 성격과 개인적 성격을 함께 하는 것이다.

담론이 될 수 있게 된다. 이 담론은 카프의 논리에 가려져 있는 카프의 또 다른 담론인데, 그것은 객관적 논리가 아니라 생명의 본질이 살아 숨쉬는 생활의 감정으로서 아나키즘 담론구성체이다. 이 줄기는 1930년대의 생명파 유치환에 이어진 것으로 볼 수 있다.

Ⅲ. 주체로부터 주체의 탈출과 재구성

1920년대 초기의 주요한·황석우·박종화·박영희·김기진의 시가 그러하듯이 이상화 시도 타자의 표상체계로부터 탈출하는 낭만적 주체라는 점에서 별반 다르지 않다. 그러나 이상화 경우는 '집'이라는 타자의 표상체계로부터 탈출하는 것이 자신으로부터도 탈출하여야 한다는 데서 1920년대 다른 시인들과 구별된다.

대부분 시인들은 전근대적 인습의 표상체계가 자신을 억압하기 때문에 그로부터 탈출하고자 하면서도 그 당위성을 현실의 속악함에서 찾을 뿐 내적 성찰은 생략한다. 이상화는 "나가자! 집을 떠나서 내가 나가자! 내 몸과 내 마음아 빨리 나가자"[19] 고, 이처럼 이제까지 자신을 지보(支保)하여 준 표상체계(집)로부터 탈출하고자 숨가쁘게 자신의 몸과 마음을 재촉한다. 하지만 거기에는 "오늘 다시 생각하여도 하늘을 보기 부끄러운 것은 나의 둔각(鈍覺)이었던 것이다"[20]라고 하는 성찰이 동반되어 있다는 점에서 다른 시인들과 차별화된다. 즉 인습의 표상체계가 자신을 억압하는 것은 다름 아닌 자신의 둔각 때문이기에, 이로부터 탈출하기 위해서는 먼저 자신으로부터 탈출하여야 한다는 것이다. 여기에서 주체로부터 탈주하는 주체가 재구성하

---

19) 이상화, 앞의 글.

20) 위의 글.

는 이상화의 시적 주체가 탄생하게 된다. 중요한 것은 인습의 표상체계로부터 탈출하는 주체가 자신을 기만하거나 현실과 타협하지 않기 위해서 주체는 죽음과 부활의 과정을 거쳐야 한다는 것이 이상화의 시적 믿음이다.

> 저녁의 피문은 동굴 속으로
> 아 — 밑없는, 그 동굴 속으로
> 끝도 모르고
> 끝도 모르고
> 나는 거꾸러지련다
> 나는 파문히련다.
>
> 가을의 병든 미풍의 품에다
> 아 — 꿈꾸는 미풍의 품에다
> 낮도 모르고
> 밤도 모르고
> 나는 술취한 집을 세우련다
> 나는 속 아픈 웃음을 빚으련다.

— 「말세의 희탄」 전문

이 작품은 이상화의 『백조』시대의 시적 믿음을 가장 잘 드러내는 시이다. 그것은 '동굴'이 주체가 탈출하는 표상체계이면서 또 새로운 주체를 구성하는 표상체계라는 데 있다. 박종화가 이 작품이 발표되자 "근래에 얻을 수 없는 강한 백열(白熱)된 쇠같이 뜨거운 오인(嗚咽)의 노래"[21]라고 찬사를 보낸 것은 인습적 표상체계로부터 탈출하는 신선한 시적 주체를 보았기 때문이다. 그 반면에 후세 연구가들은 이 작품에 대해 자기 파괴의 도취에 빠진 형이상학적 거부의 반영웅,[22] 도피하여 돌아갈 자아의 내면조차도 고

---

21) 박종화, 「嗚呼 我文壇」, 『백조』 2호, 1922, p. 150.

통으로 얼룩진 동굴임을 고백하는 주제로 죽음을 찬미하는[23] 시라고 비판한다. 이러한 비판은 시적 주체가 자신을 재구성하는 탐색의 태도가 바람직하지 않다는 데에서 기인한 것이다. 사실 시적 주체 '나'는 현실의 속악함을 거부하면서 이에 대립되는 세계를 설정하여 그 안에서 화해를 모색하려는 자가 아니다. 또 아무 것에도 얽매이거나 가로막히지 않으며 무한하게 뻗어나가 자신에 내재된 가능성을 실현하려는 낭만적 주체도 아니다.

이 작품은 제목 자체가 종말론적이듯이 전체 분위기도 비관적이고 현실 도피적인 이미지로 가득하다. 그 뿐만 아니라 시적 주체는 현실을 탐색하려는 적극적 의지도 없이 개인적 표상체계라 할 수 있는 동굴 속으로 스스로 자신을 고립시킨다. 그는 자기 실현이 불가능하자 오히려 동굴을 지향함으로, 현실 도피적인 주체 탐색을 시도한다. 박종화의 「사의 찬미」, 황석우의 「장미촌의 향연」, 박영희의 「꿈의 나라」도 이 경우와 다르지 않다. 그렇다면 문제는 관습적 표상체계로부터 탈출하는 새로운 주체가 다름 아닌 고립된 개인으로서 자신의 충동적·허무적·자기 파괴적 탄식에 빠져 있다는 데에서 찾아야 할 것이다.

이 점은 시적 주체가 표상체계로부터 탈주하는 방식과 주체를 재구성하는 방식이 무엇인지 구체적으로 작품 분석을 통해서 해명이 가능해질 것이다. 이 작품은 「나의 침실로」·「빼앗긴 들에도 봄은 오는가」·「금강 송가」·「역천」 등에 비교하면 행의 길이가 매우 짧다. 제목이 말해 주듯이 '흐느껴 울면서 탄식'하는 상황에서 장식적인 수식어는 불필요하기 때문에 자연히 행의 길이가 짧아진 것이다. 그러면서도 이 작품은 두 연이 대칭이 되면서 또 같은 연 내의 두 행씩 대구로 되어 있다. 두 행씩 짝이 되면서 이 짝은

---

22) 김준오, 「이상화론」, 『식민지시대 시인연구』, 시인사, 1985, pp. 85~107.

23) 김홍규, 『문학과 역사적 인간』, , 창작과 비평사, 1980, p. 239.

반복법 형식을 취한다. 이 형식은 울면서 탄식하는 시적 주체의 태도와 일치된다.

　대부분 연구자들은 '동굴'이나 '술 취한 집'을 왜곡된 삶의 공간으로 보고 시적 주체를 반영웅적·부정적 자기동일성을 선택하는 도피적인 주체라고 비판한다. 이러한 지적은 일면 타당하지만, 그 반대로 '동굴'을 자기 도피적인 표상체계가 아니라 자기 재구성을 위한 모색의 장으로 본다면 다르게 생각할 수 있다. 먼저 '동굴'에 시간과 공간을 연결시켜 다시 나누면 '동굴'은 '저녁의 동굴'과 '피묻은 동굴'이 된다. 일반적으로 '저녁'은 사계의 원형 가운데 겨울이며 인생의 국면에서는 사멸[24]을 표상한다. 그러니 시간의 순환에 따라 간다면 '저녁'은 저녁에 머물러 있는 것이 아니라 '새벽'으로 이행되는 시간이다. 그렇다면 저녁은 단순히 '사멸'의 저녁이 아니라, '저녁'은 '하늘과 땅의 어머니'[25]로서 부활과 재생을 표상하는 시간과 공간이라 할 수 있다. 같은 맥락에서 '피묻은 동굴'도 '피'가 죽음이면서 재생을 상징하는[26] 것이기 때문에 '저녁의 동굴'과 같은 부활의 이미지를 갖게 된다.

　그러나 병적이고 감상적인 '술취한 집'을 세우려는 곳과 '속 아픈 웃음'을 빚으려는 곳이 '가을의 병든 미풍의 품'일 때 구원을 받을 수 없는 심각한 상태에 이르게 된다. 왜냐하면 '가을'은 인생의 국면에서 죽음과 노쇠를 표상하고, '병'은 죽음과 연결되는 이미지이기 때문이다. 하지만 후반부에 시적 주체가 지향하는 '동굴'이 '노쇠'와 '병'으로부터의 소생을 상징하는 '미풍'의 공간이라는 데서 죽음이 아니라 부활의 공간이게 된다.

　전체적 구조로 보아도 이 작품은 죽음과 부활의 구조로 되어 있다. 1연의 '동굴'·'거꾸러짐'·'파묻힘'이 죽음의 태도라면, 2연의 '미풍'·'세움'·

---

24) Northrop Frye, 임철규 역, 『Anatomy of Criticism』, 한길사, 1982, p. 312.

25) 올리비에르 & 아지자 외, 장영수 역, 『문학의 상징주제 사전』, 청하, 1989, p. 257.

26) Philp E. Wheelwright, 김태옥 역, 『Metaphor and Reality』, 문학과 지성사, 1982, p. 114.

'빛음'은 부활의 이미지이다. 그러나 부활이 단순한 부활이 아니라 '술 취한 상태'의 도취를 통한 부활이라는 데 다시 문제가 있다. 죽음을 삶의 종결이 아니라 진정한 삶의 시작으로 생각하였지만, 시적 주체가 상정한 '술 취한 집'은 또다시 구원이 있을 수 없는 공간이다. 다만 시적 주체는 낭만적 이분법을 버리지 않는 한 허망한 것으로부터 벗어날 수 있다. 그러나 열망하는 새로운 표상체계도 결국은 무가치한 퇴폐적인 세계의 등가물이라는 데에서 심각하게 된다.

그렇지만 이러한 시적 주체의 태도는 일과성 행위로 볼 때 퇴폐적인 것만 아니다. 이것은 시적 주체의 이중성으로, 현실에 직면하는 시적 주체가 기능을 잠시 멈추고 환상에 사는 주체가 인격을 지배하게 되는 상태다. 일과성의 이러한 과정에서 현실적 주체를 부정하는 것은 다르게 말하면 현실적 주체의 죽음과도 같은 것이다. 그 죽음을 통해서 다시 현실로 되돌아옴으로써 심리적으로 부활을 하게 된다. 이런 의미에서 '꿈'·'동굴'·'술 취함'은 일과성의 행위로 부활을 위한 죽음이다. 문제는 이러한 죽음과 부활의 과정이 시적 주체가 주체를 재구성하려는 전략이라는 데 있다. 그것은 인습의 표상체계로부터 탈출하는 주체가 자신을 기만하거나 현실과 타협하지 않기 위해서 주체는 죽음과 부활의 과정을 거쳐야 한다는 것이다. 이 죽음과 부활이라는 극단적인 시적 주체는 앞에서 밝힌 '양심'에서 비롯된 주체이다. 즉 현실을 극복할 수 없는 시인은 시적 주체가 되어 죽음으로써 부활을 꿈꾸는 것이다.

그렇다면 시적 주체는 주관적 퇴행, 감정의 과다 노출, 퇴폐적이라는 부정적 의미만 갖고 있는 것은 아니라, 현실에 대처하지 못하는 주체를 부정하고 다시 거듭나려는 현실의 참여욕구로 볼 수 있다. 그것은 이상화가 자신에게 묻는 시대에 대한 자기 성찰의 양심에서 촉발된 것이다. 이러한 시적 주체는 예술적 저항으로 이해될 수 있다. 그러나 이러한 의미에도 불구하고 시적 주체는 양심을 토대로 하여 새로운 주체를 모색하지만 그 주체가 여전히 문제의 본질을 간과하고 있다는 것은 다시 심각하게 된다. 이 작품의 '나'와 같은 주체를 교육 용어로 말한다면 문제아와 같은 주체이다. 문제아는 현실에 대하여 비판하고 저항하지만 그의 저항이 본질에서 비켜난 저항이라는 점에서 바람직하지 못하다. 즉 문제아의 저항이 문제의 본질에 개입하는 것이 아니라, 문제의 본질을 외면하고 있으므로 본질을 변혁할 수 없게 되는 것과 마찬가지이다.

또 다른 문제는 인습의 표상체계로부터 탈주하는 시적 주체가 현실을 확보하지 못했다는 점이 있다. 그것은 시적 주체와 내적 타자의 동일화 때문이다. 이 작품의 시적 주체 '나'도 시인이고 숨어 있는 내적 타자도 시인이기 때문에 시적 주체와 내적 타자는 각각의 시야를 확보하지 못하고 있다. 내적 타자가 자신의 시야를 확보하지 못한 것은 시적 주체에 동일화되었기 때문이다. 그렇기 때문에 내적 타자와 시적 주체는 상호 긴장하며 역동적인 제 기능을 못하고 있다. 여기서 시적 주체가 문제의 본질을 간과한 원인이 드러나는데, 그것은 시적 주체의 내적 타자에 대한 억압 때문이다. 그래서 이 작품에는 시적 주체의 단성적인 목소리만 있고 내적 타자의 목소리는 없게 된다.

이상화가 자신의 양심에 의한 성찰을 강조하고 있지만 이처럼 『백조』 단계에서는 아직 양심이 내적 타자로서 제 기능을 못하고 있다. 이 단계에서 양심은 관습적 표상체계의 주체로부터 탈주하는 주체의 양심일 뿐이지, 주체를 역구성하는 힘을 내장한 내적 타자로서 기능하는 양심으로까지 나아가지 못하고 있다. 그렇기 때문에 「나의 침실로」에서 "가장 아름답고 오랜 것은 꿈속에만 있어라"하는 자신의 말만 소중하게 된다. 사실 「나의 침실로」도 「말세의 희탄」의 구조와 다르지 않다. "내 침실이 부활의 동굴임을 너는 알련만"하는 대목에서 단적으로 드러나는데, 그것은 동굴이 주체를 재구성

하는 공간이라는 점이다. 시적 주체가 관습적 표상체계로부터 탈주하여 새
로운 주체를 구성하려하지만, 타자로서 '마돈나'는 그 주체를 구성하는 역할
을 하지 못하고 있다. 이 작품이 연시 그 이상으로 읽혀지지 않는 이유의
하나가 이것일 수 있다. 이상화는 당대 인습적 표상체계로부터 탈주하여
새로운 시적 주체를 구성하지만, 그 주체가 조숙한 시인의 욕망에 환원되었
다는 점을 한계로 지적할 수 있다.

Ⅳ. 주체의 타자성과 타자의 주체성

이상화 작품은 파스큘라를 거쳐 카프에 이르면 새로운 모습으로 변모하는
데, 특히 「거러지」·「엿장사」·「구르마꾼」 등이 그러하다. 지금까지 대부
분 연구자들은 이러한 시편에 대하여 소재의 새로움을 지적하면서 전기 시
와 구별하였다. 소재의 새로움을 떠나서 시적 주체를 한가운데 놓는다면,
그것은 시적 주체를 구성하는 내적 타자가 등장하였다는 점을 꼽을 수 있다.
「엿장사」만 두고 보더라도 시적 주체에 대응되는 내적 타자가 엿장수의 시
야를 확보하고 있다. 이처럼 내적 타자는 시적 주체와의 상호 구성적 요인이
다. 그러므로 본 논문에서 사용하는 내적 타자는 실체를 갖춘 개념이 아니라
시적 주체가 내포하고 있는 상호 구성적 요인으로서의 타자다.

앞에서 살펴본 「말세의 희탄」·「나의 침실로」의 작품에서는 시적 주체를
역구성하는 내적 타자를 찾을 수 없다. 그렇기 때문에 시적 주체는 인습적
표상체계로부터 탈주하여야 한다고 하면서도 객관적 시야를 확보하지 못한
다. 그런데 「비음」·「가장 비통한 기욕」·「빈촌의 밤」·「금강 송가」, 「조
선병」·「통곡」·「빼앗긴 들에도 봄은 오는가」 등의 시적 주체는 자신의
감정을 막힘 없이 분출하면서도 현실과 긴장관계를 유지한다. 이렇게 시적

주체의 시야를 확보하게 하는 것이 내적 타자인데, 이것은 앞서서 이상화가 강조하는 '양심'27)에서 촉발된 것이다.

일반적으로 양심은 선에 대한 긍정적 태도와 악에 대한 부정적 태도를 직접적으로 나타내는 인간의 생득적 능력을 말한다. 그러나 이상화가 양심을 '개성'과 '사회'를 하나 되게 파악하는 근원이라고 한 점에서 알 수 있듯이 그에게는 도덕적 개념 그 이상의 것이다. 이상화에게 '양심'은 도덕적 행위와 관계되는 전인격적인 것이기보다는 넓은 의미의 '의식'과 같은 사회적 규범과 개인의 욕망을 함께 이해하는 사회적 의식이다.28) 이렇게 본다면 이상화가 말하는 양심은 주체를 역동적으로 구성하는 내적 타자와 다르지 않다. 이미 말하였듯이 본 연구에서 사용하는 내적 타자는 주체와 대립적 관계를 말하는 것이 아니라 주체에 내재하는 구성적 요인으로서 타자이다. 시적 주체를 역동적으로 구성하는 내적 타자는 작품을 분석함으로써 보다 명확하게 파악될 것이다. 이러한 측면에서 시적 주체가 어떻게 재구성되는지를 그의 대표작 「빼앗긴 들에도 봄은 오는가」를 통하여 살펴보기로 한다.

> 지금은 남의 땅—빼앗긴 들에도 봄은 오는가?
>
> 나는 온몸에 해살을 밧고
> 푸른한울 푸른들이 맛부튼 곳으로
> 가름아가튼 논길을 따라 꿈속을가듯 거러만간다.
>
> 입술을 다문 한울아 들아
> 내맘에는 내혼자온것 갓지를 안쿠나
> 내가끌엇느냐 누가부르드냐 답답워라 말을해다오

---

27) 이상화, 앞의 글.
28) 위의 글.

바람은 내귀에 속삭이며
한자욱도 섯지마라 옷자락을 흔들고
종소리는 울타리넘의 아씨가티 구름뒤에서 반갑다웃네

고맙게 잘자란 보리밧아
간밤 자정이넘어 나리든 곱은비로
너는 삼단가튼머리를 깜앗구나 내머리조차 갑븐하다.

혼자라도 갓부게나 가자
마른논을 안고도는 착한도랑이
젓먹이 달래는 노래를하고 제혼자 엇게춤만 추고가네.

나비제비야 깝치지마라
맨드램이 들마꼿에도 인사를해야지
아주까리 기름을바른이가 지심매든 그들이라도 다보고십다.

내손에 호미를 쥐여다오
살찐 젓가슴과가튼 부드러운 이흙을
발목이 시도록 밟어도보고 조흔땀조차 흘리고십다.

강가에 나온 아해와가티
짬도모르고 끗도업시 닷는 내혼아
무엇을찾느냐 어데로가느냐 웃어웁다 답을하려므나.

나는 온몸에 풋내를 띄고
푸른웃음 푸른설음이 어우러진사이로
다리를절며 하로를것는다 아마도 봄신령이 접혓나보다.

그러나 지금은―들을 빼앗겨 봄조차 빼앗기것네.

―「빼앗긴 들에도 봄은 오는가」 전문

이 작품을 이끌어 가는 중심 구절은 봄을 맞이하는 기쁨에 들판을 “걸어간다”라는 행위이다. 이 행위는 시적 주체를 들판으로 나아가게 추동하는 힘이며 그 반대로 시적 주체가 자신을 되돌아보며 머뭇거리게 하는 성찰이다. 이 두 관계는 신명과 회의(懷疑)의 정조로 드러나는데, 그 하나가 꿈속을 가듯 걸어만 가는 시적 주체이고 다른 하나가 “어디로 가느냐” 하며 들판을 달려가는 자신이 우습다고 되돌아보는 내적 주체이다. 신명과 회의의 간극만큼 이 작품의 시야는 확보된다. 이러한 시야는 앞서 살펴본 「말세의 희탄」에서 시적 주체가 내적 타자를 일방적으로 이끌어 가는 내적 타자가 자리할 틈이 없는 경우와 다르다. 이 관계는 작품 전체 구조에 그대로 드러난다.

첫 구절 “지금은 남의 땅—빼앗긴 들에도 봄은 오는가?”라고 문제를 던지는 시적 주체는 어떤 완결된 이념이나 신념으로 단언하지 않고 또 그것을 누구에게 강요하지도 않는다. 다만 “지금은 남의 땅”이라는 현실 인식과 “빼앗긴 들에도 봄은 오는가?”라는 주관적 물음을 나란히 병치시켜 놓을 뿐이다. 그런데도 봄을 맞이하는 낭만적 기쁨과 땅을 빼앗겨 봄조차 빼앗길까 하는 현실적 두려움은 각각의 시점을 확보한다. 때문에 시적 주체는 들판을 내닫다가도 “어디를 가느냐” · “무엇을 찾느냐”하는 내적 타자의 물음을 자신의 감정으로 전유하지 않는다.

내적 타자의 물음은 시적 주체를 역동적으로 구성하는 매개이다. 이 물음은 걸어가는, 꼭 걸어가야만 하는 도달점 ‘푸른 하늘 푸른 들이 맞붙은 곳’에서 시작된다. 그런데 이 곳은 빼앗긴 들판과 빼앗기지 않은 하늘(봄)이 함께 자리하는 곳이다. 다시 말하면 하늘(봄)은 순수성을 잃지 않은 순결의 상태이고, 들판은 순수성을 잃고 짓밟힌 것이다. 그러므로 이 둘은 ‘입술을 다문’ 침묵이고 불화의 관계다. 땅과 하늘(봄)의 화해를 위하여 시적 주체는 노력하고 있다. 하늘(봄)과 연결되는 햇살 · 바람 · 종다리 · 나비 · 제비 등의 이미지는 밝고 동적이고 자유스러운 것이지만, 들판과 연결되는 논길 · 울타리 ·

도랑·들마꽃·젖가슴 등의 이미지는 울타리가 함축하고 있듯이 부자연스러운 이미지들이다. 그러므로 빼앗긴 것들은 소극적 개념의 어휘들이고, 빼앗기지 않은 것들은 적극적 개념의 어휘들로 양분된다.[29]

그러나 하늘과 들의 관계가 완전히 불화의 관계로만 되어 있지 않다. 5연의 "고맙게 잘 자란 보리밭아/ 간밤 자정이 넘어 나리던 고운 비로/ 너는 삼단 같은 머리를 감았구나, 내 머리조차 가쁜 하다"라는 구절로 본다면 하늘과 들판을 연결하는 매개물 비에 의하여 화합의 세계를 이루었을 때 '머리조차 가쁜 하다' 한 심리상태를 갖게 된다. 이것이 시적 주체가 지향하는 세계이고 이 작품의 핵심이다. 그러나 이 화해도 '자정이 넘어' 아무도 보지 못하는 가운데 비밀스럽게 이루어진다는 점에서 현실적이지는 못하다.

또 '하늘'과 '들'은 각기 '정신'과 '육체'의 상징으로, 육체는 부자연스런 상태이지만 정신은 순수를 잃지 않은 상태다. 이는 식민지시대의 국가와 민족의식의 관계처럼 조선이라는 국가 형태는 상실되었지만 민족혼은 아직도 간직하고 있는 것과 같은 형국이다. 하늘로 표상되는 민족혼과 들판으로 표상되는 국토의 일체감과 조화로운 화해를 위하여 시적 주체는 울분과 답답한 심정으로 들판을 헤매고 있다. 이렇게 시적 주체는 있어야 할 세계를 위하여 열망하고 들판을 달려가지만 그것이 쉽게 이루어질 수 없다는 데서 고민과 울분이 있게 된다. 그러나 '한 자국도 섯지마라'하는 내적 타자의 추동에 의하여 '걷는다'라는 동작은 계속된다.

결국 이 시의 시적 주체는 흔들리면서 앞으로 나아가는 자신을 은폐하거

---

29) 소극적 개념과 적극적 개념은 논리학의 용어다. 적극적 개념은 밝음·금속·출생·성공같이 일정한 내포를 긍정적으로 지시하는 것이고, 소극적 개념은 어둠·비금속·죽음·실패 등과 같이 내포를 부정적으로 지시하는 것이다. 예를 든다면 쇼펜하워·사르트르·카뮈의 글에는 소극적 개념이 많이 쓰이는 데 비하여, 칼 힐티의 글에서는 적극적 개념이 많이 쓰인다. 이상화 시의 비동일성은 적극적 개념과 소극적 개념이 함께 한다는 것으로도 분석될 수 있다.

나 거부하는 것이 아니라 역동적으로 통합하는 주체다. 그러므로 정치적 이념에 동일화되어 주체의 고려도 없이 추상적 이념을 전달하거나 고삐 풀린 망아지처럼 뜀박질하는 낭만적 주체도, 또 이념을 여과 없이 뿜어내는 웅변가도 아니다.

시적 주체와 내적 타자의 역동성은 호격 조사에서도 드러난다. 1연과 11연은 서로 호응하며 이 시 전체를 이끌어 가는 목소리이다. 여기에 연결된 각 연 가운데 2, 4, 6, 8, 10연은 호격 조사가 없고, 3, 5, 7, 9연은 호격 조사가 있다.[30] 호격 조사가 없는 연은 시적 주체의 목소리이고, 호격 조사가 있는 연은 내적 타자의 목소리다. 이들은 별개의 것이 아니라 서로 교체 반복된다. 시적 주체가 독백하는 연은 식민지 지식인으로 흔들리는 심정에 대한 자조와 행동의 결의를 다짐하는 내용이다. 내적 타자가 말을 건네는 연은 현실의 긍정적인 면과 부정적인 면을 제시하는 내용이다. 이러한 시적 주체의 자조와 결의가 내적 타자에 의하여 역동적으로 구성된다.

이러한 분석을 통하여 볼 때 중요한 점은 시적 주체의 시야를 확보하게 하는 내적 타자가 이 작품에서 기능하고 있다는 것이다. 그런데 내적 타자가 시적 주체를 역구성하여 새로운 시점을 확보하는 데까지 나아가는 것은 아니다. 그러나 시적 주체에 내재하는 구성적 요인으로서의 시적 타자가 또 다른 시점을 확보하고 있다는 점에서 카프 시와는 다르다. 카프 1차 방향기의 도식적 계급주의시가 완결된 이념을 조급하게 드러내는 단일한 목소리가 아니다. 또 타자를 강제적으로 환원하는 이데올로기 시가 아니다. 카프의 대표 시인 김창술의 시가 그러하듯이 '나'는 '우리'와 아무런 차이가 없이 동일화된 '우리'가 아니라 주체 속에 내재하는 구성적 요인으로서 내적 타자가 함께 하는 '나'이다.

---

30) 이승훈, 「<빼앗긴 들에도 봄은 오는가>의 구조 분석」, 『한국문학과 구조주의』, 문학과 비평사, 1982, pp. 111~129 참조.

V. 결론

지금까지 이상화 시의 주체형태 분석을 통하여 이 글에서 의도하는 시적 근대성을 정리할 수 있게 되었다. 이상화의 시적 주체는 카프 시들과 비교함으로써 쉽게 드러난다. 카프의 1차 방향전환기의 시적 주체는 김창술 시들에서 쉽게 찾을 수 있는데, 그것은 "굳센 자여!/ 너의 이름은 프롤레타리아", "약한 자여!/ 너의 이름은 ××××"라고 계급 담론을 완벽하게 재생산하는 동일자로서 타자를 철저하게 배제하는 프롤레타리아이다. 즉 프롤레타리아는 프롤레타리아간의 어떤 차이도 있을 수 없는 하나로서 자신의 내적 갈등은 생략하고 언제나 굳세며 자신의 확고한 믿음만큼 감정을 과장한다.

이에 비하여 다 같은 카프 맹원인 이상화의 시적 주체는 "무엇을 찾느냐 어디로 가느냐"라고 자신에 물음을 던지는 자다. 그 대표적 물음이 "빼앗긴 들에도 봄은 오는가"인데, 이렇게 물음을 던지는 시적 주체는 주체 내부의 구성적 요인으로서 타자이기도 하다. 그와 같은 시적 주체는 타자가 갖고 있는 주체성을 인정하지 않고 전유하려는 자가 아니라 "네가 끌었느냐 누가 부르더냐 답답워라 말을 해다오"하며 자신이 은폐한 존재를 내적 타자에 의하여 밝혀내려 한다. 내적 타자는 이상화의 말로 한다면 '양심'인데, 그 양심은 도덕적 차원에 있는 것이 아니라 사회적 차원에 있는 동일자의 담론에 문제를 제기하는 내적 타자이다. 주체를 역구성하는 이러한 내적 타자는 이상화 초기 시에서부터 드러나는 것은 아니다. 초기에는 주체로부터 주체가 탈출하는데 급급한 나머지 내적 타자의 시야를 확보하지 못한다.

초기의 시적 주체는 후기에 오면서 내적 타자를 발견함으로써 극복된다. 그러나 내적 타자가 시적 주체와 상호 구성적 관계를 맺지 못한 점을 한계로 지적할 수 있다. 그렇다고 하더라도 이상화 시가 당대 카프가 은폐한 내적 타자의 시야를 확보하고 있다는데 의미를 갖게 된다. 우리는 이상화가 왜 작품 활동을 포기하였는지 여기서 알 수 있게 된다. 그것은 내적 타자가 기능할 수 없는 상황에서의 방어기제로서의 시를 포기하는 것이다. 이상화가 포기하는 것은 시가 아니라 카프 담론인데, 그것은 카프 담론에 포위된 내적 타자를 포기할 수 없는 것의 방어기제이다.

중요한 것은 이상화 시적 주체에 내재하는 내적 타자가 지금까지 카프 방향전환자들의 논리에 의하여 배제되었다는 것이다. 따라서 이러한 시의 내적 타자는 카프의 또 다른 감각의 한 줄기로 정리되어야 할 것이다. 그 줄기는 카프 담론을 역구성하는 담론이다. 그것은 카프의 근대적 기획을 역구성하는 '양심'이라는 아나키즘 담론구성체이다. 이상화의 낭만주의 시와 계급주의 시, 민족주의 시와 계급주의 시라는 두 이질적인 층위를 함께 어우를 수 있는 매개항은 사회화된 '양심'인데 그것이 내적 타자로서 기능하는 것이다. 이러한 이상화 시는 아나키스트 황석우와 권구현에게 닿아 있지만 황석우의 시가 개인주의적 이상주의라는 점에서, 그리고 권구현의 시가 현실주의라는 점에서 구별된다. 이상화 시는 황석우와 권구현의 중간지점의 현실과 이상을 동적으로 파악하는 사회화된 내적 타자가 기능한다는 데서 구별되는데, 그 흐름을 이어간 것이 1930년대 생명파라 할 수 있다. 유치환 시가 아나키즘 담론구성체라는 점은 이상화시와 결코 무관한 것이 아니다. 이러한 이상화시의 내적 타자는 카프 마르크스주의자들이 분절하고 배제한 카프의 제 3의 감각이다.

김창술 : 계급담론의 시적 내용과 형식의 구성 방식

I. 문제의 제기

이 글은 김창술 시를 담론적 입장에서 그 체계를 밝혀내는 데 목적이 있다. 이러한 접근은 경험주의적 시적 주체의 구성 방식과 다르며, 또 시가 물질적 과정을 통해 생산된 주체의 물질적 실천이라는 발상과도 다르다.[1] 그러므로 이 글의 핵심 과제는 사회 행동을 규제하는 강제의 체계이자, 이것을 가능케 하는 김창술 시적 근대성의 담론구성체[2]를 밝혀내는 데 있다. 이것은 김창술 시적 사유구조를 밝혀내는 것과 동일하다.

이와 같은 방법론은 푸코가 『지식의 고고학』에서 말하는 특정한 진술 유형 · 개념 · 주제가 규칙적으로 나타나는 어떤 체계가 있음을 막연하게 지적한 것에서 시작된다. 페쇠(Pecheux)는 보다 명확하게, 담론구성체는 우리가 무엇을 말할 수 있고 무엇을 말할 수 없게 만드는 체계라고 규정하였다.[3]

---

[1] 이 관점은 언어를 종래의 상부구조로 취급하는 것에서 벗어나 실천적이고 물질적인 사회 구성체의 의미적 기초로 보는 것이다.

Diane Macdonell, 『Theories of Discourse』, Oxford Publication, 1987, pp. 37~38.

[2] 위의 책, p. 31.

이것은 라캉의 동일화나 알튀세르의 호출이론과 동일하다고 할 수 있다. 그러나 페쇠의 관점이 알튀세르나 라캉보다 유용한 점은 그들의 호출 메카니즘과 상징계의 동일화로 규정되는 담론의 일방적 주체 생산 체계를 벗어날 수 있는 점이다.

가령 주요한의 상해 시를 호출 메카니즘으로 설명한다면 그 당시 국내 잡지에 발표하던 그의 서정시를 설명할 수 없게 되는 것과 마찬가지로, 김창술 시도 이러한 관점에서는 단순히 정치적이라는 논리 이상을 벗어날 수 없다. 이러한 도식적 문제성을 극복하기 위한 전향적인 생각이 김창술을 구성하는 또 다른 주체형태[4]이다. 이것은 주체가 스스로 주체라고 생각하는 담론의 오인으로부터 빠져 나오는, 즉 타자의 메시지와 자신의 욕망을 역동적으로 구성하는 주체형태이다. 이 점을 분명하게 드러낸 것이 카프 해산기의 문학이다. 문제는 김창술이 이미 그 이전에 어느 누구보다도 그 담론의 정체를 분명하게 알고 시를 포기하였다는 점에 있다.

이것은 그의 시적 행적에 드러난다. 그는 1924년 조선일보에 「여명의 설움」·「허무」를 발표하면서 등단하여 1932년까지 60여 편의 시를 활발하게 발표하던 대표적 프로시인이다. 특히 그는 카프 조직밖에 있으면서 그 이행 과정의 변모를 가장 선명하게 보여주고 있다는 점에서 문제적 시인이다. 문제의 본질은 카프 이행과정에 따라간 작품의 공식적인 변모보다는, 이러한 이행의 근본적 원인이 무엇인가 하는 점이다. 주지하다시피 이것은 당대 지식인의 가슴에 열화(熱火)처럼 불을 지핀 일본에서 유입된 마르크스주의 담론이다. 사실 그의 초기 시에서 후기 시까지 구성하는 담론은 박영희의 말로 한다면 '붉은 지붕' 만으로 집이 될 수 있는 것으로, 카프의 복본주의적

---

3) Michel Pecheux, Language, Semantics, and Ideology, p. 111.
   강내희, 「언어와 변혁」, 『문화과학』 2, 문화과학사, 1992, P.34.

4) Diane Macdonell, Theories of Discourse, Oxford Publication, 1987, pp. 39~40.

조직 방향의 정치운동에 함축되어 있다. 문제는 이러한 마르크스주의 담론이 절정에 이른 단계에 그가 시를 포기한다는 데 있다. 이는 그가 담론구성체의 현실과 욕망이 자신을 구성한 주체라는 자각으로, 그 오인의 욕망으로부터 빠져 나와 자신을 발견하는 것이다. 그리고 이상화가 포기한 서정시를 김창술이 재발견하는 단계이다.

이 점이 다른 카프시인들과 변별되는 점으로, 지금까지 카프시 연구에서 은폐되었던 사실이다. 이것을 밝히는 것이 이 글의 출발점이며 도달점이다.

II. 유토피아적 세계의 열망과 환멸

김창술은 1924년 연말 『조선일보』에 작품을 발표하는 것을 시작으로 하여 1925년에 『조선일보』의 한 지면에만 의욕적으로 작품을 18편이나 발표하였다. 이러한 작품의 대부분은 미래에 대하여 막연하게 이상을 노래한 시들이다. 그러던 그는 곧 김기진의 '문학으로서의 문학'과 박영희의 '운동으로서의 문학'의 사이에서 '운동으로서의 문학'으로 스스로 내적인 전향을 감행하였다. 그의 내적인 전향의 풍경은 마르크스의 「공산당 선언」을 복제한 "군센 자여!/ 너의 이름은 프롤레타리아"(「지형을 뜨는 무리」)라는 명제에 확실하게 드러난다.

이 명제는 '톱니바퀴와 나사'라는 일본으로부터 수입된 레닌의 담론이 박영희의 담론을 구성하고, 다시 박영희의 담론이 김창술의 담론을 재생산한 효과이다. 이러한 김창술의 시는 "우리가 나 속에서 우러나온 강력한 욕구가 아님에도 불구하고 그러한 욕구를 강렬하게 거의 종교적으로 느끼는 것처럼 어떤 테제가 긴박하게 강요될 때, 그것을 선택하는 것"[5]과 같은 식민지 지식인의 현실적 긴박함이다. 김창술에게 있어서 긴박한 테제란 식민지의 역사적 상황일 수 있고, 개인적 삶의 한 국면일 수 있으며, 마르크스주의 담론의 마력일 수도 있다. 분명한 것은 그의 시에 의한다면[6] 궁핍한 개인사가 그러한 주체를 구성한 것이라는 점이다. 여기에 덧붙일 수 있는 당대의 지적 환경으로서, 식민지 마르크스주의관을 연구한 어떤 사회학자가 결론을 내린 바와 같이 당시 지식청년의 열병과 같은 풍조이다.[7] 이러한 근본에는 김창술의 유토피아에 대한 믿음이 전제된다. 그 믿음의 강렬성은 "프롤레타리아의 광명, 이때는 점점 가차와 온다"라고(「전개」)—미래를 담보할 것이라고 확신에 찬 목소리로—외치는 목소리에서 확인된다.

그런데 김창술은 움직일 수 없는 담론 앞에서 "우중충한 밤이/ 새여지도다// 우리의 가슴에서/ 이는 불길이/ 침묵을 깨트리고/ 내여지르니// 곰팡스런 영혼은/ 스러지고서/ 아츰의 해님처럼/ 솟아오르는"(「출진의 노래」) 광명한 세계로 나아가는 낭만적 흥분과 감격이 앞섰다. 이는 그가 식민지 반제·반봉건의 절실한 과제를 해결할 수 있다고 믿는 믿음과 주체가 구분이 없는 상태이다. 김창술은 이처럼 수입된 근대적 기획의 담론을 현실에 바탕을 두고 인식하기에 앞서 그 충격과 감격이 먼저였다. 이 충격에 의하여 김창술은 박영희류의 관념적 주체를 구성한다.

이러한 현상은 개화기 지식인의 담론에서 흔히 볼 수 있는 것이고, 또 1920년대 초기 백조파 시인들의 낭만성에서 쉽게 찾을 수 있는 것이다. 백조파 시인 이상화·박영희·김기진이 마르크스를 발견하고 나서야 열병 같은 그들의 낭만성이 자신의 담론이 아니라 타자의 담론을 복제해낸 담론이라

---

5) 김용옥, 『讀氣學說』, 통나무, 1990, pp. 22~23.

6) 김창술은 「가난으로 10년 서러움으로 10년」이라는 시에서 스스로 빈한한 가정 출신임을 고백하고 있다.

7) 서중석, 『한국 근현대의 민족문제 연구』, 지식산업사, 1989, p. 78.
　　김기진, 「조선에 있어서 프롤레타리아 예술운동의 과거와 현재」, 『사상월보』, 1932. 10.

는 것을 자각했듯이, 마르크스주의자들도 자신의 담론 안에 촘촘하게 스며든 타자의 담론을 분명하게 자각한 것은 카프 해체기를 맞이하고서부터였다. 그러나 사실 그들이 해체한 계급 담론은 "다만 얻은 것은 이데올로기요, 잃은 것은 예술"이라는 박영희의 발언에서 나타나듯이 허위일 수 있다. 그들이 얻은 것은 이데올로기가 아니라, 신세대 지식인의 진보적 담론을 구성하는 담론구성체의 사유 구조다.

　앞에서도 말했지만 김창술은 카프 조직 밖에서 카프의 전개과정을 따라가면서, 사실은 박영희의 '붉은 지붕'을 바라보며[8] 어느 시인보다 왕성하게 작품 활동을 하다가 볼세비키화 단계에 작품 활동을 중단하였다. 이것은 식민지 정세의 악화로 인한 어쩔 수 없는 이유라 할 수 있다. 그러나 그는 이데올로기 선택이 자유로운 해방공간에서도 과거에 카프 시인들이 목숨을 걸고 치열하게 작품 활동을 전개한 것과 대조적으로 문단에 모습을 드러내지 않았다. 김창술의 이러한 내면 풍경은 그의 주체를 강렬하게 거의 종교적으로 사로잡아 환원한 '붉은 지붕'의 신선한 담론의 충격이 사라졌기 때문이라 할 수 있다. 그리고 그가 터를 두고 있는 실적인 힘에 대한 믿음, 곧 변혁을 가져다 줄 것이라는 조급한 욕망이 열광을 침묵으로 바꾸었다고 할 수 있다.

　이 점은 체계적으로 진보적 이론을 먼저 학습하고 아나키스트에서 마르크스주의자로 변모해 나간 명민한 임화와 구별되는 점이다. 임화는 처음부터 주체를 타자에게 환원시킨 것이 아니라, 그를 호출하는 타자의 정체를 알고 그 힘을 전략적으로 이용했다. 이에 비하여 김창술은 충격적인 근대성의 담론에 압도되어 주체 사유의 매개항 없이 곧바로 타자의 사유를 자신의 사유로 옮겼다. 이것은 임화와 같은 변혁의 전략이 아니라, 타자의 자명한 담론을 손상시킴 없이 더욱 공고히 재생산하는 주체형태이다. 이 현상은,

---

8) 이 점은 「공산당 선언」과 상호 텍스트성을 가진 김창술의 작품 「지형을 뜨는 무리」・「무덤을 파는 무리」에서 드러난다.

그가 "이름도 모르고 방향도 모르는/ 끝없는 나라로 홀러가느니"(「아 지금은 첫겨울」)하고 노래한 것에서 알 수 있다.

문마튼이여 문 열어라!
오늘부터 나는 그 성안에 들으련다
오로지 이땅을 남의 손에 넘기인 뒤
생각지도 못하든 쓸아린 길손이 되엿노라

오 나의 염통이여 감사를 드리노라
벌서 멋해동안을 너는 고생하엿구나
주럼에 떠드리고 눈물에 휘달리면서도
오 타는 염통의 불길을 어르만젓고나

눈이여 코여 입이여 온 피덩이여
모든 령감이 잇는 너의들에게 감사를 드리노라
한귀통이 비인 업서지지 안는 희망을 어드리
'나'라는 오죽잔은 몸을 대양우에 물결첫고나

·········4·5연 생략·········

깨움! 이것이 그들의 영혼을 불질러노하
울분이 울리도다 온몸이 떨리도다
문열어라 어둠의 검은 가시도다 그리고
새목숨을 모러드리는 거룩한 새김님이 문을 두다리도다

문마튼이여 문 열어라!
오늘부터 나는 그 성안에 들으련다
오로지 이땅을 남의 손에 넘기인 뒤
생각지도 못하든 쓸아린 길손이 되엿노라

—「문 열어라」

　이 작품은 김창술이 카프가 조직되던 해에 『조선일보』에 발표한 것으로 중요한 점은 여기에 그의 시적 담론을 구성하는 메카니즘이 드러나 있다는 것이다. 그가 애써서 들어가려는 '성'은, 영감이 있는 사람들이 살고, 희망이 있고, 생명의 터로, 그의 영혼을 일깨워 주는, 그를 구성하는 담론구성체의 상징이다. 김창술이 "문열어라"고 외치고 감격하며 들어가는 '성(城)'은 전주사건 직후 백철이 문을 열고 나온 "비애의 성사(城舍)"이자, 전주사건 이전에 박영희가 "얻은 것은 이데올로기요"하던 그 이데올로기이기도 하다.

　그런데 문제는 이 작품을 구성하는 사유 구조가 김창술과 시적 담론 사이에 간극 없이 동떨어져 있는 이질적 요소들을 은폐한 욕망 구조라는 데 있다. 이 사유 구조는 그의 의식을 은밀하게 달아오르도록 호출한 담론의 "영감이 있는 너희"의 욕망과 동일한 것이다. 그렇기 때문에 '너'는 우리 모두의 영혼을 불지르고 온몸을 떨리도록 하는 희망과 두려움이기도 하다. 그러므로 그것은 그에게 "한 귀퉁이 비인 없어지지 않은 희망을" 현실로 바꿀 수 있는 종교와 같은 영감의 실체이게 된다.

　이에 마르크스 담론을 상징하는 '성(城)'안으로 망설임 없이 들어가는 동일화 주체의 사유 속에, 위의 작품이 보여주듯이 구체적 현실이 비집고 들어갈 틈이 없다. 이것은 식민지 질곡의 현실을 극복하고 미래를 담보할 수 있을 것이라는 믿음이 만들어낸 관념과 환상이 앞섰기 때문이다. 이 믿음의 강렬함은 작품 도처에서 발견되는 "프롤레타리아의 광명, 이 때는 점점 가차와 온다"(「전개」)라고 우렁차게 외친 낙관적 전망이나, "굳센 자여!/ 너의 이름은 프롤레타리아"라고 선동하는 구호 속에서 드러난다. 다시 말한다면 '성(城)'은 무엇을 시적으로 구성할 수 있고 구성해야 하는 지를 결정하는 담론구성체로, 이 욕망이 그를 프로 시인으로 뜨겁게 밀고 나간 사유구조이다. 이 담론은 1925년 당시 김석송을 '러시아 빵과 고무신'을 찾아 나서게 하고, 김동환을 "애들아 그날이 왔다"고 감격적인 목소리로 외치게 하고, 또 김여수를 '여명

이전'을 통하여 새로운 세계의 과장된 꿈을 노래하게 한다.

　이런 담론의 동일화 현상은 김창술이 백조파 출신의 계급주의자들이 서정시를 포기하는 지점에서 시를 시작하였기 때문이다. 그 지점은 김기진·박영희가 화려한 백조에서 계급문학으로 이행하면서 시를 포기하고 소설과 평론으로 장르를 이동할 때이다. 이 현상은 여러 가지로 생각할 수 있겠으나, 서정시가 가진 파편적 체험의 주관적 표현이라는 서정시 장르의 한계성으로 인하여 급변하는 식민지 사회 현실을 탐색할 수 있는 방안을 모색하기 위하여 각기 장르를 이동했다고 할 수 있다. 그리고 그들이 버린 것은 시가 아니라 서정시라는9), 순간성과 파편적 체험이라는 한계를 들 수 있다.10) 박영희와 김기진의 이러한 행적은 현실과 시의 대응문제가 된다. 그들은 식민지 현실의 모순을 총체적으로 반영할 수 없는 시 장르의 파편적 한계를 스스로 자각하고 이를 극복하기 위하여 소설과 평론을 선택하게 되었다.

　그러나 김창술에게는 처음부터 백조파의 서정성이 전거(典據)가 아니었으며 유혹의 대상이 되지 못하였다. 이것은 김창술에게 백조파의 서정적 과정이 끝나는 단계에 그의 시적 출발점이 있었기 때문이라 할 수 있겠으나, 그것보다는 앞에서 말한 바처럼 박영희 '붉은 지붕'의 충격적인 담론이 서정적 과정을 은폐하거나 배제하였기 때문이라 할 수 있다. 다시 말해서 그의 출발점에서 담론 구성체가 주체의 서정적 표현을 은폐하고 배제한 그 자리에 근대성의 계급 담론을 옮겨 놓은 것이다. 여기서 이상화 시와 같은 서정성은 그들의 시에서 별 의미가 없게 되고, '붉은 지붕'만이 있게 된다.

　그의 시작 활동이 카프시 흐름과 동일한 선상에서 변모하는 전과정에서 이러한 점이 그대로 나타난다. 그러나 변모하는 것은 타자 담론의 강도이지

---

　9) 정재찬, 앞의 책, p. 22.

　10) 김윤식, 『한국근대문학양식논고』, 아세아문화사, 1980, p. 60.

시 자체의 담론의 내용이 아니다. 이것은 계급 담론이 절박한 식민지 현실을 변화시켜 줄 것이라는 근대성의 확고한 믿음이 있었기 때문이다. 그렇기 때문에 그에게 있어서 시는 다변해 가는 현실의 전형을 어떻게 창조하느냐 하는 리얼리즘적인 진실성의 확보보다는 마르크스주의 담론을 어떻게 충실하게 재생산하여 프롤레타리아를 전위자로 구성하느냐 하는 정서적 매개물의 역할밖에 할 수 없게 하였다. 이것은 일본을 통하여 들어온 러시아 계급이데올로기를 박영희가 복제한 주체가, 다시 재생산한 마르크스 담론의 효과 때문이다. 다시 말한다면 그것은 그의 시가 변화한 것이 아니라 카프가 논쟁을 거치면서 그의 의식에 스며든 타자의 담론이 주체를 배제 · 억압하거니, 카프 깃발의 높고 낮은 목소리가 구성한 내용의 변화일 뿐이다.

김창술의 작품의 이러한 모습은 식민지 왜곡된 현실을 문학운동을 통하여 극복하여야 한다는 역사적 조급함을 앞세운 것이나, 아니면 카프 조직원과의 역학적인 관계의 대응일 수 있다. 지금까지 김창술의 전기적 사실이 구체적으로 밝혀지지 않았기 때문에 단언할 수는 없으나, 계급 담론 구성체가 구성하는 주체가 자신의 주체라는 것으로 주체를 망각한 현상인 것만은 확실하다. 그러므로 그의 시의 핵심인 반제 · 반봉건은 현실에 위치한 것이기보다는 수입된 계급 담론이 재생산한 효과일 뿐이다. 여기서 그의 작품의 자리가 드러나게 되는데, 그것은 현실을 매개한 리얼리즘과는 거리가 먼 계급 담론이 복제한 주체가 다시 독자의 정서를 조직하는 역할을 담당하는 것이다. 이러한 정서 조직의 단계를 넘어서 그의 의식을 구성하는 담론구성체의 정체를 발견하는 리얼리즘시의 단계에서 그는 시를 포기하게 된다. 그가 임화의 단편 서사시 「우리 오빠와 화로」를 만났을 때 그의 작품 「지형을 뜨는 무리」와 같은 '붉은 지붕'만이 있던 집에서 그는 비로소 서정이 엮어 놓은 서까래와 기둥을 발견하였기 때문이다.

III. 분할과 배제의 명제의 시

김창술은 시에 대하여 자신의 입장을 밝힌 바가 없다. 그러나 그는 시로써 시인에게 "빈방구석에서 공연이 열내지 말라/ 이불 밑에서 큰소리 말라/ 참으로 살려고 하면/ 이 세기의 피묻은 자락을 벌리라"(「曉」)고 당부한 말이 있다. 이 정서적 표현에 의한다면 시는 '피묻은 자락'이고 시인은 그 자락을 펼치는 '투사'다. 그의 정서적 담론은 카프의 방향 전환 목적의식기의 분위기를 말해주는 것이기도 하지만 유적구·권환·적구·이호·전맹·적포탄 등의 시에서 쉽게 찾아 볼 수 있는 수입된 담론이 매개항 없이 바로 그의 담론에 연결된 사례이다. 김창술의 작품 「지형을 뜨는 무리」·「무덤을 파는 무리」는 「공산당 선언」의 담론을 복제한, 호출의 종속 관계에 있는 이들과 동일하다고 할 수 있겠지만 카프 시인과는 근본적으로 다르다. 이것은 '성'(城)으로 표상되는 담론구성체와 김창술의 거리, 그리고 카프 조직과 비맹원으로서의 거리에 있는 것이다.

마르크스 담론에 동일화된 주체가 만들어 낸 김창술의 시적 형식이란 욕망을 대신하는 물질적 기표에 대한 하나의 기의라 할 수 있다. 일반적으로 언어의 기표가 완벽한 기의를 갖고 있지 못하듯이 인간의 욕망도 이와 마찬가지로 욕망도 계속 미끄러진다. 그런데도 김창술은 계급 담론이 구성한 허구적 주체가 실제적 주체라는 믿음이 확고하다. 이것은 담론구성체가 주체를 구성하고 있다는 사실을 인식하지 못한 프로 시인들의 역사적 한 단계의 오인이다. 이 오인을 역으로 생각한다면 담론 구성체가 주체를 관리하는 방식이기도 하다. 그렇기 때문에 그는 담론구성체가 구성하는 담론이 기표로부터 미끄러져 나는 것을 끊임없이 고정시키려 한다. 이 노력의 한 모습이 카프 안에서 중심과의 거리 좁히기로 김기진과 박영희의 카프 맹원 사이의 논쟁이다. 그러나 김창술은 카프 밖에서 카프 안과의 거리 좁히기를 시도하는데, 그 전략은 카프 맹원들과 치열한 논쟁의 전략도 아니라 다만 동일화의 담론을 통하여 이질적인 담론을 분할하거나 배제하는 것이다. 이 전략으로 그가 고안한 것이 '명제의 시'다.

이것은 그가 카프의 전개 과정을 따라 가면서 터득한 시적 전략으로, 독자가 그의 작품을 통해서 수용하는 것은 의미보다는 명제라는 깨달음이다.[11] 이것은 그가 마르크스 담론의 '성' 안으로 들어가기 위한 자신의 전략이며, 동시에 독자를 마르크스 '성' 안으로 끌어들이기 위한 전략이다.

　① 「굳센 자여!
너의 이름은 푸로레타리아」
새로운 모토는 인류의 마음에 새향기를 새빛을 새힘을 피웠다 보내었다
동무야 우리는 모든 것을 떠나왔나니
술에서 계집에서 또 공장에서 소작권에서
새로운 힘을 呪文같이 실없는 그 껍질을 물리치고 세계의 지도에
굵은 줄을 그신다
地型을 뜨는 一隊……
아세아……모스크바 칼커타 상해 서울 도—교……바삐 陣圖를 그린다
지형을 뜨는 일대……
유럽……벨린 파리 런던 위인……바삐 진도를 그린다
인터내셔날의 峻烈한 宣告가 대의의 가슴에 緻密을 부친다
이 큰물처럼 밀리는 동무의 발길이 굵은 줄을 밟고 간다
船夫여 船夫여 철공 인쇄 배달 헤일 수 없는 모든 工人이여 小作人이여
「너의 이름은 푸로레타리아 굳센 자!」
사랑하는 前衛여 그대들은 지금 지형을 뜨고 있지 아니한가
보라!
해는 젊은 해는 糾察隊같이 우리를 보지 않느냐 정성으로

---

11) Robert J. Matthews, 「Literary Works Express Prpositions」, 최상규 역, 『문학이란 무엇인가』, 예림기획, 1998, pp. 143~146 참조.

새날을 맞으려고 뻐어 애쓰는 우리의 가슴이여 굳세어라……
'지형의 개조'
물결치는 바다는 이 선박을 싣고 기쁨의 항해를 이어 간다
같이 걸어가자 매진이다 기관차처럼 가난한 사람아 일하는 사람아
×地에! ×地에!

—「지형을 뜨는 무리」

② '약한 자여!
너의 이름은 ××××'
묵어빠진 사랑과 도덕과 생각이 코를 들 수 없이 상하였다 넘어졌다
몇 세기의 애뜻한 꿈이 이날의 쇠북소리에 깨었나니
우둔거리는 가슴에 서러운 느낌을 안고 떠나기 어려워 잠꼬대한다
술에서 계집에서 지주권에서 모든 支配에서
죽음의 제단에 모아 놓고 꿀어 업대어 기도하는 어리석은 무리……
신경
이 민첩을 넘었도다
묘지를 뜨는 一隊……
인도 중국 니혼 아일랜드 바삐 模型을 그린다
모형을 뜨는 일대……
게르만 프랜취 잉글랜드 아메리카 이태리 벨기 바삐 모형을 그린다
군축회의는 태평양회의는 모두 무슨 탈이냐 '유서'를 내거는구나
헤일 수 없는 모든 ××群이여
'너의 이름은 부르조아 약한 자!'
보라!
해는 젊은 해는 그대들의 진단서를 걸고 있지 아니 한가
'무덤의 築造!'
가거라 바삐 가거라 상한 가슴을 싸가지고 어서 가거라!
묘지에 묘지에!

—「무덤을 파는 무리」

목적의식기의 분위기를 그대로 나타내는 작품 ①에서 시적 주체가 프롤레타리아로 규정한 대상은 선부·갱부·철공·인쇄공·배달부·소작인이다. 다시 시적 주체는 프롤레타리아의 행동 지침을 지형의 개조, 인류에게 새로운 향기·새 빛·새 힘을 내는 것이라 규정한다. 이것은 시적 주체의 판단이라기보다는 계급 담론이 구성하는 담론구성체의 판단이다. 시적 주체가 프롤레타리아를 굳센 자, 매진하는 자라고 찬양하는 것은, 이러한 담론을 통하여 독자를 프롤레타리아의 '성'(城)안으로 들어가게 하여 동일화 주체를 재생산하려는 의도이다. 작품 ②에서도 표면에 나타나지 않은 시적 주체가 부르주아로 규정한 대상은 지주·시배자다. 시적 주체는 이들을 바람직하지 못한 구태(舊態)의 사랑·윤리·사고를 가진 자라고 단안을 내리며, 그들 스스로 그들의 무덤을 축조(築造)하여야 할 어리석은 무리들이라고 비판한다.

이처럼 작품 ①과 ②는 도식적인 논리로 프롤레타리아 계급은 찬양의 대상이고, 부르주아 계급은 축출의 대조되는 두 명제로 시를 구성하고 있다. 이 두 작품의 찬양과 축출이라는 길항의 주제는 프롤레타리아의 의식의 고취라는 하나의 주제에 통합시킬 수 있다. 그러므로 위의 작품은 계급 담론을 시적으로 구성하기 위하여 반대가 되는 명제를 끌고 나와서 그것이 잘못된 것임을 보여주고, 담론 구성체의 명제인 프롤레타리아가 위대하다는 것이 참이라는 것을 증명하는 일종의 귀류법(歸謬法)의 형식이다.

작품 ①과 ②의 핵심은 두 명제에 나타나 있다. 여기서 말하는 명제는 테리 이글튼이 리차즈의 언어 이론을 가져와 사용한 과학적인 것에 대응되는 서정적인 의사(擬似)명제라는 의미이다.12) 위의 시에서 "굳센 자는 프롤레타리아"라는 명제는 지시적인 것이 아니라 정서적이라는 것이 테리이글튼의 생각이다. 이것은 이데올로기가 현실을 묘사하기보다는 하나의 의지,

---

12) 테리 이글튼, 여홍상 역, 『이데올로기 개론』, 한신문화사, 1994, p. 27.

희망 혹은 향수를 표현한다는 알튀세르의 생각과 같은 것이다. 그런데 이러한 의사 명제 형식의 김창술시는 진술적이기보다는 명확성을 독자에게 강요하는 사고의 통제 방식이다. 이것을 역으로 생각한다면 위의 두 명제는 독자의 개인적 사고를 차단하고 마르크스 담론을 정식화하여 담론을 재생산하는 전략이기도 하다.

독자의 사유구조 통제는 작품 ①의 "굳센 자여, 너의 이름은 프롤레타리아다"라는 명제를 뒷받침하는 것은 두 개의 유추에 의하여 더욱 견고하게 된다. 이 작품은 "굳센 자여, 너의 이름은 프롤레타리아다"라는 명제를 중심으로 의미상 두개의 단락으로 나누어진다. 앞부분은 "굳센 자는 프롤레타리아다"라는 명제에 대한 논거에 해당되는 것이다. 그것은 프롤레타리아는 새로운 모토로 인류에 새향기·새빛·새힘을 피워보내고, 굳센 진군을 외치는 자이고, 술과 계집으로부터 떠나온 자이고, 껍질을 물리치고 세계의 지도에 굵은 줄을 긋는 자이고, 지형을 개조하는 자이기 때문이라는 것이다. 그런데 뒷부분은 프롤레타리아를 고무하며 전망을 과장하는 내용이다. 이것은 앞부분의 명제를 강화하는 역할을 하는 것이다. 그러므로 김창술이 고안한 이와 같은 명제의 시는, 프롤레타리아의 자기 확인을 통하여 그 역할을 수행하도록 도모하기 위한 의도이다. 이것은 결국 명제로서 독자의 사고를 중단시켜 사고를 일방적으로 정식화하려는 전략이다.

작품 ②도 위의 경우와 다르지 않다. "부르주아는 약한 자다"라는 명제에 대한 두 개의 단락으로 나누어 명제를 뒷받침하는 방법도 동일하다. 그렇다면 그의 작품의 시적 주체는 명제를 통하여 독자의 사고 작용을 멈추어 놓고 동시에 주석을 다는 '주석적 시적 주체'[13]의 역할로 독자의 사고를 정식화

---

13) '주석적 화자'라는 용어는 슈탄젤이 말하는 '주석적 인물'·'주석적 시점'과 같은 의미이다. '주석적 화자'란 서술된 것에 대하여 재언급·참견·주석을 다는 화자이다. 김창술시의 주석적 화자는 자기 확인과 방어의 역할을 할 뿐만 아니라 강조

한다. 중요한 것은 이러한 분석에서 나아가 그의 명제 시의 전략을 밝혀내는 것이다. 원래 명제는 명제적 태도와 화행의 내용이다. 이처럼 김창술이 "굳센 자는 프롤레타리아"라고 한 시행을 통하여 소신의 내용과 동시에 화행의 내용을 나타내었다.14) 이것을 독자들이 동일하다고 믿을 때 명제를 공유하게 된다. 그런데 김창술의 시적 명제는 자신이 진실하다고 간주하는 일련의 세계를 선별한 것으로, 이것은 현실과 일치하는 것은 아니다. 그렇기 때문에 그는 독자와 명제를 공유하기 위하여 시적 주체가 명제를 제시하는 시적 주체가 되는 동시에 주석적 시적 주체가 되게 하는 전략을 세워 놓았다. 이것은 카프 시인들의 계몽성과 다르게 카프 밖에서 카프 조직과의 거리 좁히기 전략이라 할 수 있다.

　김창술의 시에는 프롤레타리아를 선동하는 투쟁의 시만 있는 것이 아니고, 일제 착취의 농촌과 노동자의 구체적인 생활 모습과 현장을 반영한 시도 있다. 이런 시는 「전선으로」·「앗을 대로 앗아라」·「매벌(賣罰)」 등이 있는데, 이들도 앞의 수행적 담론 형식과 동일하다. 이것은 "소작인이기 때문에 용감한 사나이요, 근로하는 사나이기 때문에 걸어 채이고 두들겨 맞는 자이다"라는 명제적 태도의 내용과 화행의 내용이 분명하기 때문이다. 이것은 계급 담론에 동일화된 주체가 시적 담론을 구성하는 배제와 억압 때문이다.

　　　불같이 뜨거운 햇빛 밑에서 살을 태우고 피를 말리며
　　　모든 힘을 다하고 오장을 다 태우면서
　　　알뜰이 지어 노흔 쌀을 누구에게 빼앗겼는가

　　　왼 일년의 정력도 모다 소용이 없었고

와 촉구의 역할도 한다.
　Franz K.Stanzel, 안삼환 역, 『소설 형식의 기본 유형』, 탐구당, 1982, p. 32.
　14) 위의 책, p. 144.

또 봄이 왔구나 봄이!
작년같은 **흉년**에도 제×들이 욕심것 빼앗어 갓섰다
그리고 그리고도 부족해서 눈이 벌커쿠나

그리하여 우리들은 우리들은 당연히 소작료의 인상을 거절하엿드
니라
우리들은 우리들은 방위할 ××를 만들엇고 그 빗나는 의론 속에
항쟁을
계속하였다.

그러나 우리는 ××놈이요 소작인이기 때문에
거더 채이고 뚜드러 맛지 안으면 안되는가

놀내었으리라 떨었으리라
더러운 공기 속에 신음하는 우리의 리—다—를 다시 ×기 위하여
나붓기는 깃발미테 장엄한 데모가……
×××를 포위하고도 또 ×격하고
앗을대로 앗어 보아라
네놈들의 잔×한 ××가 잇지 안느냐
그러니 넘여도 업곗고 주저할 것도 업스라
그러나 우리들은 ×복을 하지 않으면 안될 것이 아니랴

벗아!
똑가튼 깃발 아래서 움직이는
세계의 벗들아 그러지 아니하냐
우리의 희망은 분노는 깃븜은 불으짖음은 모다 우리들의 것이 아니냐

—「앗을 대로 앗아라」

앞에서 살핀 것과 같이 이 작품도 마르크스주의의 담론이 구성한 현실이
다. 그 때문에 시적 주체의 시점이 마르크스의 관행적 시점으로 고착되어

있다. 시적 주체는 1연에서와 같이 민족 현실을 절실하게 파악하고 있음에도 불구하고 세계주의적인 관점에서 프롤레타리아 혁명을 위하여 '세계의 벗들'을 부르짖는다. 이런 시적 주체는 일본을 통해 수입된 러시아 사회주의의 몰개성적 인물이다.

이 작품 구조도 「지형을 뜨는 무리」와 다르지 않다. 1, 2연은 원인이고 3연은 결과인데, 이것을 토대로 하여 4, 5, 6, 7연은 원인과 결과를 종합하는 방식으로 구성되어 있다. 특이한 것은 이 작품의 시적 주체가 세 사람의 청자와 연결되어 있다는 것이다. 1~5연까지의 시적 주체 자신이 청자로 설정되어 있고, 6연은 지주, 그리고 7연은 벗이라는 프롤레타리아가 청자로 설정되어 있다.

이들의 관계는 중요한 청자인 프롤레타리아를 중심으로 하여 그 내부에 시적 주체 자신과 지주가 있는 액자 형식이다. 내부에 있는 시적 주체와 동일한 청자는 외부에 있는 프롤레타리아라는 청자에게 그 자신의 담론을 주석하는 시적 주체이다. 이러한 장치는 착취당하는 농민이 프롤레타리아 청자에게 투쟁의 의지를 고취하는 수행적 담론을 강화하기 위한 것이다.

그러나 수행적 담론을 강조하고 있지만 식민지 현실을 구체화시키지 못하고 시적 주체의 관념만을 제시하기 때문에 청자는 그 관념의 실상을 알지 못하므로 소외된다. 이 소외는 그가 청자를 관리하는 것에 실패했다는 것과 동일하다. 다시 말해서 시인은 관념의 개입을 강화시켜 객관적 현실을 매개시키지 못함으로써, 청자의 정서적 개입을 가로막는다. 이런 문제점을 해결하려는 의도에서 시인은 과장법·반복법·영탄법·돈호법을 빈번하게 사용하지만 이것은 시적 효과를 얻지 못하고 수다에 지나지 않게 된다.

김창술 시적 주체가 독자를 교화의 대상으로 삼고 있는 계몽적 청자 지향의 이데올로기를 매개한 시라는 점에서는 다른 카프 시인과 동일하다. 다시 말해서 청자는 시적 주체와 소통 대상이 아니라 교화의 대상일 뿐이다. 그런데 김창술 시에서 시적 주체의 명제는 정서적 동일화에 의하여, 시적 주체가 독자로부터 '믿을 수 있는'[15] 주체가 되는 것이다. 그러나 김창술 시는 독자들이 그의 사유 구조에 동일화할 수 있는 길을 스스로 차단하여 놓았다. 이것은 자신의 개성도 몰각시키고 개인적 목소리도 사라지게 한 마르크스주의의 교조적인 담론 자체가 이미 독자를 분할하고 배제한다는 것을 전제하고 시적 담론이 출발되기 때문이다. 푸코가 말하는 관계로서의 권력이 동일자 밖에 존재하는 독자를 스스로 인정하지 않기 때문이다.

그가 전제한 노동자나 농민으로서의 독자들도 사실은 독자로서의 기능을 하지 못하고 배제된 것은 마찬가지다. 이것은 "모스크바 칼커타 상해 서울 도—교……바삐 陣圖를 그린다"는 그의 시와 같이 일본 마르크스주의자들의 담론 구성체를 그대로 복제하였기 때문이다. 그는 일본 마르크스주의자들의 담론을 그의 내면의 담론으로 오인하고, 또 오인한 담론이 구성하는 현실을 조선의 현실로 망각한 것이다. 그의 주체 망각이 구성한 작은 주체가 마르크스주의 투쟁성이다. 이 점에서 그는 그의 말로 한다면 "빈방 구석에서 공연히 열내지 않고"(「효」) 시인이 아니라 정치적 '투사'(「효」)였다고 할 수

---

15) '믿을 수 있는 화자(신빙성 있는 화자)'나 '믿을 수 없는 화자(신빙성 없는 화자)'란 서사이론의 용어이다. S. 리몬 케넌은 다음과 같이 정의한다. 믿을 수 있는 화자란, 그 스토리 제시나 스토리에 대한 논평을 독자가 허구적 진실에 대한 신뢰할 만한 설명이라고 그대로 받아들이게 하는 화자다. 이에 반하여 믿을 수 없는 화자란 독자가 그 스토리 제시나 논평에 의혹을 가질 만한 이유가 있는 화자다. 체트먼은 믿을 수 없는 화자의 특성으로 탐욕, 정신병, 멍청함, 심리적으로 우둔함, 혼란과 세상 물정 모름 등으로 제시하고 있다. S. 리몬 케넌은 화자의 제한된 지식, 개인적 연류 관계, 문제성이 있는 가치 기준을 믿을 수 없는 화자의 근거로 삼고 있다. 김창술 시에서 믿을 수 없는 화자란 계급 이데올로기에 대한 동일화의 이데올로기화로 객관적 사실의 반영보다 주관적 관념을 지나치게 과장하기 때문이다. S. 리몬 케넌이 말하는 두 번째와 세 번째 경우에 해당한다. 즉 주관의 과장과 의심스러운 가치기준에 의해서 믿을 수 없는 화자가 되어 독자와 소통 관계를 맺지 못한다. Shlomith. Rimmon-Kenan, 최상규 역, 『Narrative Fiction』, 문학과 지성사, 1985, p. 149.

있다. 투사는 자기 담론 밖의 담론은 배제하거나 제압하여야만 투사로서 선명하게 되는 것이다.

이 선명성은 마르크스주의 담론을 내면화하여 독자들을 운동선상으로 추동하려는 노력에 나타난다. 그런데 그는 이러한 의욕이 앞서 독자를 교화의 대상으로 삼았을 뿐이지 독자를 시 내부로 끌어들여 능동적 인식의 주체로서 의미를 형성하는16) 역할은 억압하였다. 의미 생산자로서 독자의 역할을 억압하고 일방적으로 의식적 고양을 강요한 것은 스스로 시인을 "모든 일에 앞장을 설 힘"(「효」)을 가진 자라는 계몽적 입장에서다. 그는 시를 통하여 노동자에게 의식적 고양을 시도하였지만 결과저으로 독자의 능동적 참여를 배제한 결과를 낳게 되었다.

IV. 내적 타자의 발견과 담론의 역구성

김창술 시의 특징은 카프 1차 방향 전환을 전후하는 지점에 있다. 그렇다면 그의 시는 조선 공산주의 운동 방향 전환을 선언한 정우회 선언의 문맥을 읽어내어야 할 것이다. 정우회 선언의 영향을 받은 카프는 자연발생적 담론을 그들이 목적으로 하는 담론구성체에 동일화한다. 이러한 주체 형태는 적구·이호·전맹·적포탄·권환의 시에서처럼 담론 구성체가 생산하는 의미를 자명한 것으로 받아들이는 마르크스주의의 착한 주체들이다. 자명한 것을 자명한 것으로 받아들이는 이러한 주체 형태는 "새로운 모토는 인류의 마음에 새 향기를 새 빛을 피웠다 보내었다"(「지형을 뜨는 무리」)라는 '새로운 모토'—목적의식기의 경제 투쟁에서 정치 투쟁으로—호출에 종속된 김

---

16) 이명찬, 「1930년대 후반 현실주의 시의 전개과정」, 『문학과논리』 창간호, 태학사, 1991, p. 274.

창술의 시적 주체이다.

김창술과 카프의 동일한 담론은 "진보에 대한 절박감 혹은 조급함"[17] 때문이라 할 수 있지만, 직접적인 것은 복본주의(福本主義)의 영향을 받은 정치적 투쟁의 전략에[18] 있다. 정치적 투쟁의 전략을 박영희의 말로 한다면 "프로 문예는 무산계급과 노동자를 묘사하는 것이 아니라 그 투쟁을 선동하고 지시하는 것"[19]이다. 그가 말하는 '선동과 지시'는 김창술의 시가 그러하듯이 투쟁적인 담론으로 투쟁적인 프롤레타리아의 주체를 구성하는 것이다.

문제는 목적의식기의 담론구성체가 구성한 주체라는 데서 주관적 서정성은 억압된다. 그의 개별 정서가 억압되는 것에 비례하여 시적 주체는 갈등이나 망설임 없이 "우리의 나아가는 길에 광명이 비친다"라는 강렬한 낙관적 전망이 앞서게 된다. 여기서 이들에게 몰개성적이라는—김창술·권환·적구·전맹·이호·적포탄 등 시인들의 작품은 이름을 가리면 서로 구별이 되지 않는—문제가 생긴다. 그렇다면 김창술 시에서 따져야 할 문제는 현실의 리얼리즘적인 창조가 아니라 담론 구성체가 시적 주체를 구성하는 방식이다.

> 불볕에 강렬한 힘을 땅 우에 던진다
> 여름도 삼복 도가니 속같이 더운 날 숨이 컥컥 막히는 이 더위 앞에
> 우리의 부대는 나아간다 이 세기의 이 사회에 온 세상 사람의 마음에
> '미래의 모순'이 움직인다 삐르적인다 커라 어서 어서 커라
> 우리는 모순의 원소—그 불길이 바쁘게 변혁하고 있나니
> 이 무리의 물결이 퍼진다 도회에 공장에 빌딩에 농촌에 뫼에 수풀에
> 들에 시내에 바다에

---

17) 최두석, 『시와 리얼리즘』, 창작과 비평사, 1996, p. 37.
18) 박영희, 「문예운동의 목적의식론」, 『조선지광』, 1927. 7., p. 2.
19) 박영희, 「투쟁기에 있는 문예비평가의 태도」, 『조선지광』, 1927. 1.

> 이 무리를 싣고 올라가는 장갑차가 구을러 구을러 구을러 간다
> 우리의 마음과 피와 힘을 상징한 깃발이 바람을 따라서 퍼얼럭 퍼얼럭
> 여름 공기에 부딪치는 이상한 리듬이 청신한 향기를 뿌린다
> '전개'!
> 동무야 살펴라—모순의 전개를
> 나아가는 우리의 길에 광명이 비치인다
> 프롤레타리아의 광명 이때는 점점 가차워온다
> 장갑차의 고동이 뚜—뚜—
> 노래하자 깃쁨의 노래 인터나소날의 노래
> 三三 五五 떼를 진 모든 동무여
>
> —「전개」

시적 주체는 대부분의 목적의식기의 작품이 그러하듯이 이 작품도 개인 '나'가 아니라 집단의 '우리'로 구성되어 있는 데, 이것은 주체의 개별성을 의도적으로 사상(捨象)시키고 프롤레타리아의 공동체적 운명성을 강조하기 위한 것이라[20] 할 수 있다. 그렇기 때문에 '우리'와 함께 하는 "삼삼 오오(三三五五) 떼를 지운 모든 동무"는 기쁨의 노래를 함께 부르는 공동체적 주체 형태로 구성된다.

이것은 그가 창작한 나름의 세계관이 아니라 정치성이 요구한 것이기 때문에 시점에서 그 특징이 드러난다. 소설의 경우 서술자를 주인공·관찰자·전지적 작가로 구별하지만, 시에서는 서술자를 소설의 용어로 말한다면 1인칭 주인공의 직접적 진술이기 때문에 확연하게 구별되는 것이 아니다. 그러나 시인이 시적 주체가 되는 것이 시의 대체적인 경향이라 할 수 있지만 시인의 퍼소나로 설정된 시적 주체는, 즉 배역시에서는 간접 전달 방식을 취하게 되므로 관찰자의 위치에 있게 된다. 위의 작품은 이러한 사정과 다르

---

20) 위의 글, p. 67.

게 시적 주체가 전지적 위치에서 서술하고 있다. 이것은 김창술이 자신의 이야기를 하는 것도, 퍼소나를 창조하여 허구적 시적 주체를 내세워 이야기하는 방식도 아니고, 오직 시적 주체가 전지적인 입장에서 프롤레타리아를 재생산하려는 정치적인 세계관 때문이다. 당시 일부 논자가 "대중 앞에 외칠 줄은 알아도 대중의 생활을 파악할 줄 모르는"21) 것이라고 비판한 것도 이러한 맥락에 있다. 그의 시의 시점이 대부분 권위적인 것은 담론 구성체의 마르크스주의적 주체의 재생산 욕망 때문이다.

이 욕망이 얼마나 강렬하였는가는 '노래하자! 기쁨의 노래 인터내쇼날의 노래'라는 대목에서 찾을 수 있다. 즉 시적 주체가 기쁨의 인터내쇼날 노래를 부르는 것은 내면화된 프롤레타리아의 감격이라기 보다는 일본을 통하여 수입된 러시아 담론구성체가 재생산한 기쁨이고 감격이다. 이처럼 시적 주체는 담론 구성체의 권위를 함께 하기 때문에 "우리의 앞길에 광명이 비친다"라고 힘차게 외칠 수 있게 된다. 담론구성체의 권위와 시적 주체가 그 권위를 함께 하려는 욕망은 동일화 주체 형태라는 것에서 명백하다. 이것은 「대도행」·「전개」·「자전차의　민치(敏馳)」·「전선으로」·「효」·「진전」 등의 작품이 '광장 지향'22)이라는 것에서 오히려 더 명백하다. 그의 시가 '광장'을 지향하는 것은 수입된 프롤레타리아 혁명의 욕망이 생산한 욕망 때문이다.

문제는 이러한 담론의 권위가 구성하는 시적 전략이 무엇인가 하는 것이다. 물론 이 전략은 목적의식의 주체 재생산의 동일화라는, 즉 마르크스주의 담론 구성체의 권위에 의하여 동일화를 효과적으로 수행하려 한 것이다. 이것은 이데올로기는 개인을 주체 호출한다는 알튀세르적인 실천 방식으로,

---

21) 신고성, 「시단 월평」, 『조선일보』, 1930. 1. 10.
22) 김재홍, 『카프시인 비평』, 서울대 출판부, 1990, p. 21.

프롤레타리아를 카프 담론의 정체성에 종속시키고 그에 얽매인 주체로 구성하려는 것이다. '우리'가 부르는 노래에 동참하지 않더라도 "동무야 살펴라―모순의 전개를/ 나아가는 우리의 길에 광명이 비치인다/ 프롤레타리아의 광명 이때는 점점 가차워온다"라는 시적 부름에 귀를 기울이는 것만으로도 프롤레타리아적인 주체가 생산된다는 생각일 수 있다. 이 시적 전략은 단일한 볼셰비키 동일화의 기제만을 가정하는 "옳음과 그름은 묻지도 말고/ 그저 정의의 쌈 싸우는 백성이 되어지라"(「긴밤이 새여지다」)라는 의식을 넘어서는 프롤레타리아로의 호출이다.

　이 "옳음과 그름을 묻지 말고" 의식을 넘어서는 지점에서 카프는 김기진의 대중화론과 볼셰비키적인 대중화론으로 나누어진다. 김기진의 서사적 요소를 매개로 하는 단편서사시에 대한 대중화론은 김창술 시의 정치적 투쟁의 동일화 주체 형태에 대한 반동일화일 수 있다. 그러나 김기진의 대중화론은 담론 구성체에 기초한 것이 아니라 창작 방법상의 서사적 요소를 통한 주체 형태를 어떻게 구성하느냐에 관심이다. 김기진의 대중화론이 부르주아 문학 유산의 무원칙적 수용의 창작방법 기술상의 제안이었고, 임화가 계급적 독자성을 강조하였다 하더라도 이들의 대중화론이 시적 주체 형태의 구성 방법이라는 데서, 또 시적 주체를 계급적 대상으로 한정하지 않았다는[23] 데서 동일하다.

　이에 반하여 소장파를 중심으로 한 볼셰비키적 대중화론은 김창술의 목적의식기 시 연장선상에 있는 것으로 정치적 투쟁이라는 담론 구성체 자체를 문제로 삼았다는 점에서, 또 시적 주체를 계급적 대상으로 한정하였다는 데서 김기진의 대중화론과 구별된다.

　이 갈래가 나누어지는 지점에 김창술 시가 개념시로 이행하는 실천적 역

─────────────

23) 정재찬, 앞의 글, p. 58.

할을 하였음에도 불구하고, 그는 자신이 시적 목표로 삼았던 카프의 볼셰비키화 단계에서 시를 단호하게 포기한다. 이것은 그가 지금껏 자신의 주체를 구성한 마르크스주의 담론구성체를 해체하는 것과 다르지 않다. 지금까지 카프 연구자들은 식민지 정세 악화나 민족 문제의 맥락에서 전향 논리를 읽어 왔다. 그러나 볼셰비키 김창술이 카프의 집단적 전향분위기 이전에 시를 포기하는 문제성은 이 두 가지 원인에서 찾을 것이 아니라, 정치적 투쟁의 어느 지점에서 자신의 주체를 구성하는 주체 문제에서 찾아야 할 것이다. 카프 시인들이 카프 해산기를 맞이하여 외적 요인에 의하여 자기비판과 극복의 논리를 찾았다면, 김창술은 그 이전에 담론구성체를 스스로 해체함으로써 비판할 대상마저 해체한 것이다.

이 자리에서 그는 그의 시적 자리를 분명히 할 수 있는데, 그것은 지금까지 타자의 욕망이 주체였다는 오인의 깨달음에서 분할과 배제의 명제 시 작업을 중단하는 것이었다. 그가 고안한 명제의 시는 타자의 욕망이 만들어낸 구조다. 이 담론 밖으로 나왔을 때 그는 임화의 「우리 오빠와 화로」가 이상화의 「나의 침실로」와 다르지 않음을 알게 된다. 이처럼 그는 서정성을 발견하였지만 이미 굳어진 자신의 시적 문제의 틀을 새롭게 변화시킬 수 없었을 것이다. 중요한 것은 담론구성체를 해체한 자리에 김창술 시의 내면 풍경이다. 그것은 "얻은 것은 이데올로기요 잃은 것은 문학이다"라는 자기 변명의 논리가 아니라 그것마저 사상한 무언의 성찰이다. 일제 식민지 어느 시인에도 찾아볼 수 없는 낯선 모습으로 철저하게 자기를 감금한 한 사례이다. 이는 지식인으로서 소임을 포기한 것으로 비판받을 수 있지만 침묵이 자기극복의 노력이라는 점에서 또 다른 의미의 오이디푸스라 할 수 있다.

V. 결론

김창술 시는 식민지 극복의 근대성 담론이 구성한 명제의 시라는 것을 위에서 밝혔다. 문제는 그가 애써 드러내려고 분할하고 배제한 시적 명제가 오히려 식민지 현실을 은폐하는 관념이라는 데 있다. 그러므로 그의 시에는 현실이 비집고 들어갈 틈이 없고 다만 담론구성체가 구성한 관념적 현실만 있을 뿐이다. 여기에 일본을 통하여 수입된 타자의 욕망에 의하여 전망은 과장되고 시적 리얼리즘의 성취는 지난하게 된다. 그렇기 때문에 그의 시의 화자는 청자를 계몽대상으로 삼는, 즉 주체를 재생산하는 담론구성체로서 역할을 하게 된다.

이러한 시적 구조는 수입된 관념을 훼손하지 않고 그대로 복제하여, 또 청자를 구성하고자하는 계몽의 양식이다. 김창술의 이러한 시적 양식은 식민지 지식인으로 당면한 현실에 대한 긴요한 하나의 전략으로서 존재하는 것이다. 김창술의 이러한 시적 전략이 내부로부터 자각된 것이 아니라 담론구성체가 구성한 전략이었기에 시인의 진정성이나 현실의 구체성으로부터 멀어져 있다는 데 문제가 된다. 이 문제는 카프 해산기에 접어들면서 담론구성체의 욕망이 주체를 구성하였다는 자각에서 되돌아보는 문학으로서 극복된다.

그런데 김창술은 카프시 전개 과정의 해산기 이전에, 정확하게 말하여 2차 방향전환의 단계에 이미 동일화의 주체를 해체한다. 이는 식민지의 카프 중심 시인으로서는 낯선 모습으로서, 타자의 욕망이 자신의 주체를 구성한다는 여타의 시인보다 앞선 자각이라는 데 의미가 있게 된다. 그리고 그가 간과한 시적 서정성의 발견이기도 하다. 이 두 지점에서 그는 시적 작업을 중단한다. 시인의 시적 작업 중단이라는 자기 감금은 은폐된 현실을 새롭게 읽어내려는 한 방식일 수 있다. 흔히 말하는 정치적 문제로서 자기 감금이 아니라 자기를 철저하게 몰각시킴으로써 침묵의 논리를 드러내는 것이다. 이러한 주체 형태는 반동일화라고 할 수 있으나, 반동일화는 교육현장에서 말하는 문제 학생의 경우와 동일한 주체라는 데서 김창술의 경우는 다르다.

김창술이 행한 시적 작업의 중단은 그가 해체한 담론구성체의 빈자리를 채울 수 있는 내적 담론구성체를 생산하기 위한 것이며, 동시에 스스로 주체를 구성하는 탐색을 위한 것이다. 그가 새로운 시적 전략을 제시하지 못하였다 하더라도 그의 의미는 의식 고양기에 담론구성체의 욕망의 허구성을 직시했다는 데 있다.

이장희 : 서정시의 현실 대응 두 층위

I. 문제의 제기

이장희 시에 대하여 연구자들은 대체로 「봄은 고양이로다」·「청천의 유방」을 중심으로 감각적 표현 또는 어머니 콤플렉스라는 시적 표현과 심리학적 측면에서 접근하고 있다. 그의 불행한 생애와 감각적 시의 특징으로 본다면 이러한 접근은 타당하다. 이것은 그의 시에서 식민지 시인이면 누구나 한 번쯤 빼앗긴 나라를 위하여 무슨 일을 하며 어떻게 살아야 할까 하고 고뇌를 쉽게 시와 맞바꾸던 저항적 몸짓이나, 당시 백조파의 낭만성을 발견할 수 없다는 것을 전제로 한 것이다. 그러나 그의 시에는 당대 어떤 시인에게도 찾을 수 없는, 바르게 살아가려고 혼자 속으로 울던 눈물이 진하게 배어 있다. 그렇다면 그의 시에 깊게 배어 있는 고독한 눈물을 간과하고 푸라치 선(線) 같은 감각적 이미지만을 문제 삼는 것은 재고되어야 할 것이다.

그의 시를 꼼꼼하게 읽어 나가면 감각적 이미지 못지 않게 빈도 높게 나타나는 것이 눈물 이미지의 감정을 과장한 시들이다. 이것은 그가 1920년대의 예외적 시인이면서도 당시 중심에 있었던 백조파의 낭만적 범주를 벗어나지 못한 시인이라는 의미도 된다. 그의 시에 대하여 푸라치 선 같은 감각성과 백조파적인 낭만성을 함께 고려하여, 이 양면성의 시적 원인을 밝히면 새로운 해석이 가능할 것이다.

그는 한평생 오직 시만을 생각하다가 스물 아홉 푸른 나이에 스스로 목숨을 끊었다. 일본 경도중학을 마치고 귀국한 후 백기만의 추천으로 『금성』 동인이 되면서부터 육신을 세상에 버릴 때까지 어떤 일에도 관여하지 않고 오직 시만 썼다. 이러한 그의 극적 삶에서 시는 삶의 은유이자 환유와 다르지 않다. 왜냐하면 그가 현실적으로 이룰 수 없는 불가능한 일들을 서정적으로 압축하고 전치한 것이 바로 시였기 때문이다. 그런데 그가 스스로 자신의 삶을 단호하게 잘라버린 자살이라는 극단적 선택이 말해 주듯이, 또 이상화와 현진건을 '속물'[1]로 치부하였듯이, 그는 타자의 표상 체계를 부정하고 자신이 가정한 이미지 속에 갇혀 있었다. 이 사실은 그의 시를 탐색하는 데 있어서 하나의 단서가 될 수 있다. 그가 왜 당대 시적 경향과 달리 감각적인 시를 썼고, 이와 아주 이질적인 감정을 과장한 시를 썼는가 하는 점이다. 그가 타자의 표상 체계를 부정한 점은 개성적이고 독창적일 수 있으나, 오히려 자신이 가정한 이미지에 포섭되어 보편성을 획득하지 못하였다는 약점도 될 수 있다.

문제는 자신의 이미지에 포섭되어 타자의 표상체계를 자신의 이미지화하는, 이 자체가 서정적 세계관이라는 것이다. 서정적 세계관의 핵심은 세계를 자아화하는 동화나 자아를 세계화하는 투사이다. 이 두 가지 서정 방식에서 중요한 것은 세계와 자아를 연속선상에 놓는다는 것이다. 그러나 그는 세계와 자아를 어느 한 편에 교활하게 압축하거나 치환하지 않고 오직 자신의 기표에 압축하거나 치환하여 고정시키려 했다는 점에서—이것은 일종의 소

---

1) 백기만 편, 『상화와 고월』, 청구출판사, p. 121.

외로서—서정시의 원초적 모습에서 이탈되어 있다. 그의 시는 세계를 내부로 가져오거나 자아가 세계 속으로 들어가는 것이 아니라 세계를 철저하게 소외시킨다. 여기서 푸라치 선(線) 같은 감각적 이미지와 눈물의 이미지가 그의 시적 전략이 되는 것이다.

이 글은 이러한 점을 앞에 놓고 이장희 시의 서정시의 원리를 밝히는 것을 목적으로 한다. 그의 서정 미학이 오늘날 의미를 갖는 것은 일체의 관념을 배제하고도 진실을 바르게 말할 수 있다는 서정시의 가능성이다. 이러한 서정시의 가능성은 파편화된 후기 산업사회에도 전략적 의미를 가질 수 있다. 이 전략은 타자의 담론을 넘어서는 서정적 주체를 창조하는 데 있다.

II. 상상적 공간의 현실과 현실적 공간의 상상

이장희에 대한 자료는 이제 거의 완벽할 정도로 정리되었다.[2] 그러나 그의 시에서 아직도 우리가 간파할 수 없는 많은 사실들 때문에, 현재의 그에 대한 자료는 기표에 계속하여 미끄러지는 기의를 잠정적으로 중단시킨 고정점에 불과하다. 앞에서도 말한 바처럼, 그에게 있어서 시란 무엇인가 하는 점이다. 그는 시에 대하여 어떠한 논리적인 글도 남기지 않았다. 이 점은 그의 생애와 시의 매개항을 설정함으로써 어느 정도 추측이 가능하다. 먼저 말한다면 그 매개항은 그가 상상적 세계에 고착된[3] 주체 형태라는 것이다.

---

2) 대구문인협회 편, 『봄은 고양이로다』, 대일, 1996.
　　이기철, 『작가 연구의 실천』, 영남대학교 출판부, 1986.
　　김재홍 편, 『이장희 전집 · 평전』, 문학세계사, 1983.
　　제해만 편, 『이장희 전집』, 문장, 1982.
　　백기만 편, 위의 책.
3) 권택영, 『욕망의 이론』, 문예출판사, 1994, p. 16.

이와 같은 그의 주체 형태는 자신의 삶을 비극으로 구성하였지만 1930년대 이미지즘 시의 동인(動因)으로 작용하였고 할 수 있다. 개인사적 비극과 시사적 성취를 가져온 그의 반동일화 주체형태는 가족사에 있다.

그는 식민지 시대의 대구의 부호로 누구와도 비교할 수 없는 행복한 가정 환경을 갖추고 있었지만4), 어린 나이에 생모와 두 계모를 잃는 비극도 함께 하였다. 여기서 그의 서정적 세계관이 태동되었다고 할 수 있다. 그 하나는, 부재하는 어머니를 몽상하며 자신의 이미지로 구성하는 상상적 동일화이다. 다른 하나는, 어머니 부재의 그리움, 즉 지금 여기 없음에 대한 먼 곳의 그리움에 대한 상상적 동일화다.

이 둘은 어머니를 몽상하며 세계와의 갈등을 극복하는 것이기도 하고, 현존하는 낯선 어머니 이미지에 포섭되지 않고 부재하는 어머니 이미지를 지키기 위한 방어기제일 수 있다. 여기서 그의 서정적 세계관의 두 층위가 있게 된다. 이 두 층위는 그의 대표작 가운데 하나인 「청천의 유방」에 잘 나타나 있다. 이 작품은 "어머니 어머니라고/ 어린 마음으로 가만히 부르고 싶은" 부재하는 어머니에 대한 그리움의 몽상과, 또 현실적 새로운 어머니에 '유방'으로 상징되는 그의 생명 원천으로서의 어머니를 지키기 위한 욕망이다.

그가 성장해서도 모든 사람을 인정하지 않은 것은, 낯선 새로운 어머니를 인정하지 않고, 몽상하던 어머니 이미지에 고착된 현상이다. 그의 성격이 자기중심적이며 비타협적이었다는 것도 이와 같은 사실로 설명이 가능하다. 주체가 주체로서 바르게 서는 것은 타자를 발견하는 데서 시작된다. 그러나 그에게는 최초의 타자라 할 수 있는 어머니가 배제되었기 때문에 항상 그는 어머니의 이미지를 만들어야 하듯이 자신이 몽상하는 이미지를 만들어 내어

---

4) 이장희의 아버지 이병학은 소금 도매업으로 재산을 모으고, 대구 전기회사와 동양축산흥업을 창설한 식민지 재력가였다. 그는 또한 대구 농공은행장과 중추원 참의를 지낸 당대의 권세가이기도 하였다.

야 한다. 그러므로 그의 주체는 주체 안에 위치하고 있는 것이다. 다시 말하면 그는 유년기의 만족의 원천이었던 어머니의 부재로 인하여 동일화 자체를 체험하지 못하였기 때문에 타자의 담론과 관계 맺는 상징적 단계로 이행할 수 없게 되었다.5) 자신 이외의 동일화 체험이 없기 때문에 사회적 질서와 관계를 맺는 것은 단절되었다. 이것은 「봄은 고양이로다」와 같은 감각적 이미지의 시편들과 무관하지 않다. 그는 세계와 소통하는 것이 아니라 오직 세계를 자신의 이미지로 구성할 뿐이다. 이것은 "바다를 향해 기울저진 풀두던에서/ 어느듯 나는/ 휘파람 불기에도 피로하였다"(「봄철의 바다」)에서처럼 세계에 대한 자아의 소외를 극복하려는 노력을 포기한 현상이다. 그렇기 때문에 그는 "실바람 물살지우는 바다로/ 나즉하게 VO—우는/ 기적 소리가 들린다"고 할 뿐이다.

여기서 이장희의 서정적 세계관을 논할 수 있는 자리가 마련된다. 서정시의 출발점은 세계와 자아의 헤겔적인 이자적 관계의 동일화에 있다. 동일화는 관념적인 자신의 이미지와 세계를 동일하다고 간주하는 것이다. 그렇기 때문에 서정시에서는 자아와 세계가 일체감을 갖는, 객관적 세계를 자아가 소유하고 싶은 주관적 욕망으로 재편하게 된다. 즉 "서정적 자아는 객관과 맞서 있는 주관도 아니고 이성과 구별되는 감정도 아니다. 서정적 자아는 주관과 객관, 이성과 감정의 구분이 일어나지 않은 상태의 것"6)이다. 이런 서정적 자아는 발생적으로 동일자의 담론에 구성되기 이전의 원초적 주체형태이다. 그러나 그의 서정적 세계는 자아와 세계의 혼융이 아니라 세계를

---

5) 이 문제는 이장희의 생애와 시에 있어서 중요한 점이다. 그는 어머니 부재로 상상적 동일화 체험을 할 수 없게 된다. 이 상상적 동일화는 사회의 법칙이나 규범이라는 타자에 동일화되는 상징적 단계에서 중요하다. 왜냐하면 상징적 동일화 내부에 상상적 동일화가 이루어지기 때문이다.

6) 조동일, 「시조의 이론, 그 가능성과 방향 설정」,『고전문학을 찾아서』, 문학과 지성사, 1985, p. 190.

자아가 철저하게 소외시킨다는 점에서 다르다. 세계를 소외시킨 대표적 작품이 「봄은 고양이로다」이다. 그는 고양이와 자신과의 어떤 관계를 설정하는 것이 아니라 감각적 이미지로 고양이를 묘사하여 주관적 내부로부터 소외시켜 놓는다. 그러므로 대상의 이미지를 만드는 행위 자체에 만족하고 즐거움을 느낄 뿐이다.

그렇다면 역설적으로 이장희는 센티멘털한 시를 쓴 것이 아니고, 그렇다고 이미지즘시를 쓴 것도 아니라 다만 자신이 몽상하는 이미지를 묘사하거나 감상적 정조로 드러낼 뿐이다. 이 몽상의 이미지는 삶의 전략이다. 그의 말처럼 '속물'들이 사는 세상과 타협하지 않기 위하여 명징한 자신만의 이미지를 만들어 그와 같은 투명한 세상이 되기를 꿈꾸었다. 또 한편으로 그러한 세상을 버리지 못함을 한탄하였다. 그렇기 때문에 그의 시는 한편으로는 명징하고 다른 한편으로는 눈물에 젖어 있다. 그의 삶의 전략은 등불과 거울의 두 층위가 나누어진다. 거울은 엄격하게 말한다면 자신이 만든 이미지가 실재하는 것이라고 오인한 영상이고, 등불은 자신을 지키기 위해 자신과 대결하는 주관적 정조이다.

III. 서정시의 현실 대응 방식

1. 이미지의 날세우기

이장희의 시에 대한 연구는 대체로 1920년대 초기의 다른 시인과 뚜렷하게 구분되는 1930년대 순수 이미지즘 시의 선구적 역할을 하였다는[7] 관점과 1920년대 초기의 다른 시인들과 뚜렷하게 구분되지 않을 뿐 아니라 김억이

---

7) 제해만, 앞의 책, p. 150.

보여준 정조와 유사하다는[8] 두 가지의 상이한 관점이 있다. 이러한 상이한 담론은 그의 시가 「봄은 고양이로다」의 감각적 시와 「동경」의 센티멘털 시의 두 계열로 나누어지기 때문이다.

이 두 계열의 시는 서로 다른 것이 아니라 동일한 서정성을 토대하고 있다는 것이 이 글 의 핵심이다. 이것을 결론부터 말한다면 이장희가 자신을 둘러싼 문화적 질서 규범 속에 동일화되기를 거부하는, 기표에 종속되는 것을 거부하는 삶의 방식으로 설명할 수 있다. 사실 앞에서 살핀 바와 같이 그의 생애는 자신의 이미지와 자신이 동일하다고 간주하는 상상계에 고착되어 있다. 그러므로 그는 자신의 이미지와 동일한 이미지를 찾는 데만 몰두하였다.

앞에서 개괄적으로 살폈듯이 이장희 시에서 먼저 문제 삼아야 할 것은 시적 자아와 세계와의 관련 방식이다. 이것은 세계를 자아화하는 방식이나 자아를 세계화하는 방식이 된다. 이 관계는 주관과 객관의 문제이며 동시에 표현과 모방이라는 표현 방식으로 말할 수 있다. 그런데 문제는 이러한 점으로 이장희 서정시를 설명할 수 없다는 것이다. 그의 서정시는 세계의 자아화나 자아의 세계화가 아니라 자아와 세계가 억압하거나 배제하는 이자적(二者的) 구조다. 그러므로 그의 시는 서정시의 본질이라 할 수 있는 세계와 자아가 어느 한 쪽에 포섭되는 것이 아니라 자아가 세계를 배제하는 것에서 시작된다.

이런 계열의 작품이 「봄은 고양이로다」·「봄철의 바다」·「겨울의 모경」·「하일소경」 등과 같은 감각적 시편들이다. 대부분의 논자들은 이러한 시들의 예리한 감각과 직관에 대하여 흔히 1930년대의 감각적 이미지즘 시로 연결시켰다는 데 의미를 부여하고 있다. 그러나 이러한 의미 부여는

---

8) 홍정선, 「이장희 시에 있어서 화자와 정서」, 『한국현대시사연구』, 일지사, 1983, p. 187.

그가 이미지즘에 대한 확고한 기반을 두고 있지 않았다는 점에서 문제가 된다.[9] 이러한 감각적인 시들은 이미지즘 방법을 토대로 한 것이라기보다는 그의 생애와 관련하여 볼 때 타자의 질서 속에 포섭되기를 거부하는 현상으로 보는 것이 더 타당하다. 감각적 시는 상징화된 표상 체계의 패러다임의 반동일화다. 단지 실재하는 것으로 착각하는 상상계의 자신의 이미지와 자신이 동일하다고 간주하는 이미지일 뿐이다. 그러므로 이장희의 서정시는 세계가 일방적으로 정신 속에 드러나는 것이 아니며, 그렇다고 자아를 세계 속에 투사하는 것도 아니다.

운모(雲母) 같이 빛나는 서늘한 테이블
부드러운 얼음, 설탕, 우유
피보다 무르녹은 딸기를 담은 유리잔
얇은 옷을 입은 저으기 고달픈 새악시는
가름한 속눈썹을 까라매치며
간열핀 손에 든 은사시(銀沙匙)로
유리잔의 살진 딸기를 부수노라면
담홍색(淡紅色)의 청량제(淸涼劑)가 꽃물같이 흔들린다.
은사시에 옴기인 꽃물은
새악시의 고요한 입살을 앵도보다 곱게도 물들인다.
새악시는 달콤한 꿈을 마시는 듯
그 얼굴은 푸른 잎사귀같이 빛나고
콧마루의 수은(水銀) 같은 땀은 발서 사라졌다.
그것은 밝은 하늘을 비최인 작은 못 가운데서
거울같이 피어난 연꽃의 이슬을
헤엄치는 백조가 삼키는 듯하다.

— 「하일 소경(夏日小景)」

---

9) 위의 글, p. 194.

이 작품은 「봄은 고양이로다」에 못지 않게 화자의 감정이 절제되고, 돌비늘[雲母] 같은 예리한 감각만이 반짝이는 색채 이미지들로 조직된 제목 그대로 여름날 실내의 모습을 선명하게 스케치한 시다. 그 내용은 명사로 끝나는 장면의 도입에 의하여 여인이 은 숟가락으로 유리잔의 딸기를 부수어 마시는 과정을 시적 화자가 시선을 이동하며 묘사한 이미지일 뿐이다. 전반부가 정적이라면 중반 이후부터는 고요하지만 동적이다. 이 내용은 어떤 메시지를 전달하려는 의도보다는 여인의 아름다운 외양적 모습을 투명하고 섬세하게 묘사하는 것에 그친다. 이것은 서정화의 동화도 투사도 아니다. 그러므로 타자의 패러다임과는 무관하다.

이 작품에 등장하는 여인은 시적 화자의 정신이 되는 것도, 그렇다고 시적 화자의 정신 속에 들어와 그 세계를 반영하는 것도 아니다. 여인은 실내의 운모와 같이 반짝이는 사물들을 연결하여 감각적 이미지를 창조하는 역할을 한다. 이 역할은 시적 화자가 타자의 담론으로부터 빠져나오는 것이며, 역으로 그가 만든 상상의 공간 속으로 들어가는 것이다. 이 「하일 소경」의 공간은 타자의 담론과는 거리가 먼 자족적 공간이다.

이런 사실은 비유법에서도 드러난다. "돌비늘같이 빛나는", "피보다 무르녹은 딸기", "담홍색의 청량제가 꽃물같이 흔들리는", "새악시의 고요한 입살을 앵도보다 곱게도 물들이는" 이라는 명징한 직유의 보조관념은 어떤 관념을 전달하기 위하여 동원된 것이 아니라 이미지 그 자체를 만들어내는 것이 목적이다. 그러므로 이 시에는 감각적인 이미지는 수사적 사용일 뿐 어떤 관념을 말하지 않는다. 어떤 판단도 중지된, 이미지를 위한 이미지다.

문제는 그가 이러한 감각적 이미지에 몰두한 시적 전략이다. 그것은 그가 말하는 '속물'이라는 타자의 담론에 동일화된 인간들에 반동일화하고 자신을 지키기 위한 전략이다. 이 시적 전략은 그가 경도 유학시절부터 시를 습작하면서 프랑스 상징주의 시인 베를렌이 사멩 시의 감각적인 언어로부터

영향을 받은 것이라 할 수 있다.[10)

그러나 「하일 소경」에서 이미지 자체를 목적으로 하는 감각적 비유들은 정지용이나 김기림의 그것과는 다르다. 그것은 정지용이나 김기림의 시가 1920년대 격정과 감상을 배제하기 위한 근대성의 자각에서 비롯된 것인데 비하여 이장희의 시는 그러한 근대성의 인식에서 출발한 것이 아니라 개인적 전략이라는 데서 차이가 있다. 그러므로 그의 시는 타자의 담론으로부터 자신을 지키기 위한 개인적 욕망의 전략일 뿐이다.

이러한 전략은 다시 말해 상상계의 이미지라는 데서 특징 지워진다. 이 이미지에는 타자의 어떤 메시지도 통과할 수 없도록 완벽하게 차단되어 있다. 이것은 자신이 만들어 놓은 이미지와 자신이 동일하다고 간주하는 이미지를 일치시키려는 강한 집념에서다. 여기서 그의 시의 한계가 있게 된다. 그 한계는 일종의 거리 두기로서 반동일화인데, 이것은 타자의 담론을 처음부터 배제함으로써 문제의 본질을 인식하지 못한다는 데 있다.[11) 작품 「봄은 고양이로다」·「하일 소경」·「겨울의 모경」 등의 시에는 투명한 이미지만 있고 어떠한 메시지도 없게 된다.

그러나 이장희의 시에서 나타나는 명정한 감각적 이미지는 1930년대의 감각적 이미지즘 시로 이행하는 자극제가 되었다고 할 수 있다. 근본적으로 본다면 그의 자각적인 인식에서 출발된 것이기보다는 자신의 몽상에 고착된 한 현상이다. 그러나 감각적 시는 그가 세상을 바르게 살려는 서정적 전략이라는 데 의미가 있을 수 있다.

---

10) 김상일, 「이장희」, 『현대문학』 60호, 1959. 12., p. 212.

11) D. Macdonell, 임상훈 역, 『담론이란 무엇인가』, 한울, 1992, p. 53.

2. 감정 따라가기

이장희의 감각적인 시의 반대편에는 그리움·고독·눈물의 정서를 주조로 하는 「청천의 유방」·「동경」·「봄 하늘에 눈물이 돈다」·「석양구」·「빈집」·「봉선화」·「귀뚜라미」·「연」 등의 작품이 있다. 이런 작품들은 1920년대 초의 시에서 나타나는 막연한 주관적 감정을 절제 없이 토로하던 센티멘털리즘 시와 비슷한 것이다. 여기서 말하는 센티멘털리즘이란 어떤 원칙을 주장하는 의미가 아니라 감정을 과장하는 것이란 의미이다. 그런데 앞에서 논의한 감각적인 표현을 중심으로 한 「하일 소경」과 주관적 서정에 압도된 이 시들이 그에게는 근본적으로 다르지 않다. 그것은 표면적으로 정서를 억제하거나 정서를 자유롭게 유로하고 있지만, 두 계열의 시 모두가 근원적으로는 상상적 동일화라는 이자적(二者的) 관계라는 점과 반동일화라는 점에서다.

「하일 소경」·「봄은 고양이로다」·「겨울의 모경」 등과 같은 작품에서 대상과 시적 화자와의 관계는 감각을 매개로 한 대응 구조이다. 그런데 지금부터 살펴보려는 그의 작품은 감상성을 매개로 한 반동일화 시들이다. 감각적인 시들은 세계를 자아화하지도 자아를 세계화하지도 않고, 단지 세계를 배제하고 오직 자아의 감각적 이미지만을 투명하게 보여주는 시다. 그의 센티멘털 시들이 세계와 자아 사이에 정서를 매개하여 세계를 자아화한다는 데서 감각적 시와 차이가 난다고 할 수 있으나 자신의 이미지에 포섭되었다는 점에서는 동일하다.

> 날마다 밤마다
> 내 가삼에 품겨서
> 압흐다 압흐다고 발버둥치는
> 가엾은 새 한 마리.

　　나는 자장가를 부르며
　　잠 재우려하지만
　　그저 압흐다 압흐다고
　　울기만 합니다.

　　어느덧 자장가도
　　눈물에 떨고요.

—「새 한 마리」

　이 작품은 이장희 시의 한 특징인 감각적인 시에 비하여 감정이 노출된 감상성을 잘 보여주는 시다. 이 작품은 '새'와 '나', '눈물'과 '자장가'라는 두 개 이미지가 대응되어 있다. 이러한 두 개의 이미지는 상상적 동일화이다. 상상계를 규정짓는 두 가지 특징이라 할 수 있는 것이 이 시에서도 그대로 나타나 있다. 그것은 '나'를 나의 거울 이미지라 할 수 있는 '새'와 동일화함으로써 자아에 대한 이미지를 형상화하는 것이다. '나'가 '나'를 파악하는 방식이 '새'라는 '나' 아닌 다른 이미지를 통해서 파악한다. 이것은 결국 '나'를 '나'로서 규정하는 것이 아니라 자신의 거울에 비추어진 상에 의하여 '나'를 규정하는 것이다. 이장희 시 가운데 정서가 노출되는 것은 대부분 거울 이미지의 이중성으로 구조로 되어 있다.

　위의 작품에서 가슴속에서 아프다고 울고 있는 '새'는 자신의 이미지와 동일하다고 간주하는 상상적 동일화의 '새'다. 이것은 시적 화자가 가정한 정서적 이미지로써 그가 그 안에 포섭된 것이다. 그러므로 이 이미지는 현실적인 것이 아니라 시적 화자가 감정을 과장한 이미지에 불과한 것이다.

　여기서 하나의 문제를 찾아낼 수 있다. 이장희 시는 세계와 대응 관계가 감각적이거나 감정을 과장하거나 간에 거울에 비추어진 이미지라는 것에서 동일하다. 앞에서 살핀 「하일 소경」이나 「봄은 고양이로다」의 감각적인 시는 거울 이미지에 지나지 않았듯이 감정을 과장한 시도 그와 다르지 않다. 중요한 것은 감각적 이미지 시가 타자의 담론을 배제하였듯이 감정을 과장한 시도 감정의 과장에 의하여 타자의 담론은 배제된 점이다.

밤마다 울던 저 벌레는
오늘도 마루 밑에서 울고 있네.

저녁에 빛나는 냇물같이
벌레 우는소리는 차고도 쓸쓸하여라.

밤마다 마루 밑에서 우는 벌레소리에
내 마음 한없이 이끌리나니.

—「벌레 우는 소리」

이 작품도 「새 한 마리」와 동일하게 상상적인 이자적 구조이다. 그러나 2연의 감각적 이미지는 「봄은 고양이로다」의 계열의 시와 비슷하다. 그렇다고 하더라도 마루 밑에서 울고 있는 '벌레'는 자신의 이미지와 동일하다고 간주하는 상상적 동일화의 이미지에 불과한 것이다.

그런데 중요한 문제는 그의 시에서 감각적인 시와 감정을 과장한 시를 어떻게 구별하느냐 하는 것이다. 이것은 섬세한 감각이 중심이 된 시는 심리적 거리가 극대화되어 정서가 개입될 틈이 없고, 주관적 감정이 과장된 시는 심리적 거리가 극소화되어 정서 자체가 시라는 원론으로 구분을 할 수 있다. 이것은 자신의 이미지와 상상적 동일화에서, 어떻게 대상과의 심리적 거리를 조절하느냐 하는 문제다. 이 점은 거리 문제이기는 하지만 그의 생애와 연결한다면 고착된 삶의 태도에서 찾는 것이 더 타당할 수 있다.

그의 시 가운데 감각적인 시는 "꽃가루와 같이 부드러운 고양이의 털에/

고운 봄의 향기가 어리우도다"처럼 밝고 투명하며 긍정적인 세계이다. 이에 반해 감정을 과장한 시는 어둡고 비극적인 세계이다. 그러나 이 모두는 '속물'이라고 타자를 부정하는 거리 두기의 반동일화이다. 반동일화에서 중요한 것은 세계를 규정하는 자신의 내부성이다. 이 내부성은 타자의 담론을 배제하고 자신의 이미지를 전경화하는 데 있다. 이 점은 그의 가족사와 연결되어 있다.

당대 친일파 권세가 부호 집안의 셋째 아들, 경도 유학생이라는 점에서 그의 시가 감각적으로 섬세한 이미지를 드러낸 것이라 할 수 있다. 앞 항에서 살펴본 계열의, 그가 타자의 담론에 반동일화한 자신이 만들어낸 이미지에 포섭된 대부분의 시는 도전적이거나 열정적이지 않고 조화와 균형미를 갖춘 것이었다. 이것은 명문가에서 사사로운 감정을 극도로 절제하는 고전적 적격과 다르지 않다. 그리고 어머니 현존의 어머니로부터 부재의 어머니를 지키려는 심리적 기제가 함께 한 것이다. 그러나 그가 감각적 이미지를 통한 판단중지, 타자의 담론을 배제하는 것이 오직 바르게 살려는 전략이라고 오인하였음을 알 수 있다. 이장희처럼 엘리트적이고 귀족적인 섬세한 감각으로 타자의 담론을 배제한 반동일화를 실험한 것은 정지용 시에서 찾을 수 있다.

그런데 비하여 본 항에서 살피고 있는 감정을 과장한 시는 애상감에 깃든 정조의 반동일화시다. 이러한 시들에 대한 그의 내부성은 당대성에서 찾아야 한다. 이것은 안서와 황석우에서 시작되어 백조파들로 이어진 『금성』 동인들의 감상성이다. 그는 감정을 과장함으로써 '속물'로부터 벗어날 수 있을 것이라는 반동일화의 전략을 시도한 것이다. 그런데 이 전략은 반동일화 자체의 문제의 본질에 개입할 수 없다는 한계도 있겠으나, 그가 반동일화 전략으로 택한 감정을 과장한 것은 오히려 감상적 허위일 수 있다.

IV. 결 론

본 논문은 이장희의 감각적 이미지의 시와 감정을 과장한 시의 두 층위의 실체를 밝히려는 것을 목적으로 출발하였다. 담론 이론으로 그의 서정시를 설명할 수 있는 가능성은 그가 타자를 '속물'이라고 배제하고, 어머니를 일찍 여의고 젊은 나이에 자살하였다는 전기적 사실에서다.

담론 구성체는 무엇을 말할 수 있게 하고 말할 수 없게 하는 체제이다. 이 체제 내의 타자를 '속물'이라고 부정하는 것은 반동일화의 기제이다. 반동일화에서 중요한 것은 자기가 담론 구성체를 규정하는 자기 내부성이다. 본 논문에서는 이장희의 시적 세계관이 반동일화에서 태동되었다고 규정하였다. 그의 시적 세계관이란 이자적(二者的) 관계이다. 이 이자적 관계는 지금 여기 없는 어머니에 대한 그리움이며 동시에 새로운 낯선 어머니로부터 부재하는 어머니를 지키기 위하여 자기가 만들어 놓은 이미지에 대한 상상적 동일화이다.

이 상상적 동일화는 자아와 세계와의 일체감을 갖는 서정적 세계관이다. 서정성은 상상적 동일화의 주관과 객관, 이성과 감정의 구분이 일어나지 않은 세계다. 그런데 이장희의 시적 세계관은 자신을 지키기 위한 전략이라는 데서 일반적 서정적 세계관과 차이가 있다. 그것은 오직 혼자서만 바르게 살아가려는 마음을 앞세워 더불어 함께 세상을 살아가려는 마음을 놓친 것이다.

이 글은 이러한 시적 특징을 「봄은 고양이로다」의 감각적 시와 「동경」의 감정을 과장한 시의 두 층위를 통해 분석했다. 이 두 층위의 시는 서로 다른 것이 아니라 동일한 서정 미학에 토대하고 있다는 것이 이 글의 핵심이다. 이것은 그가 그를 둘러싼 문화적 질서 규범 속에 동일화되기를 거부하는, 기표에 종속되는 것을 거부하는 반동일화라는 데 있다.

먼저 「봄은 고양이로다」·「벌레 우는 소리」·「겨울의 모경」·「하일 소경」 등과 같은 감각적 계열의 시는, 섬세한 감각과 직관에 대하여 흔히 1930년대 감각적 이미지즘 시로 연결시켰다는데 의미를 부여하고 있다. 그러나 그의 생애와 관련하여 볼 때 이러한 감각은 타자의 질서 속에 포섭되기를 거부하는—그가 말하는 '속물'이라는 타자의 담론에 동일화된 인간들에 반동일화하기 위한—자기를 지키기 위한 시적 고민과 갈등의 결과다. 그리고 자신이 만들어 놓은 부재의 어머니 이미지와 자신을 완벽하게 일치시키기 위하여 그는 오직 감각적이고 섬세한 이미지만을 만든다. 이러한 감각적 이미지의 시는 1920년대의 낭만적 시로부터의 새로운 시적 성취이면서 다른 한편으로 그가 배제한 담론의 본질을 찾아내지 못한 점에서 한계가 있다. 그는 자신이 만들어 놓은 이미지 속에 갇혀 타자를 볼 수 없었기 때문이다.

이러한 시와 다른 계열은 그리움·고독·눈물의 정서를 주조로 하는 감정을 과장한 「청천의 유방」·「동경」 등의 작품이다. 이런 작품들은 1920년대 초의 시에서 나타나는 막연한 주관적 감정을 절제 없이 토로하던 감상적인 시의 계열이다. 그런데 이장희의 이러한 시는 세계와 대응 관계가 거울에 비추어진 자족적 이미지라는 점에서는 차이가 난다. 즉 세계를 자아화하거나 자아를 세계화하는 것이 아니라 세계와 자아를 대등한 관계에 두고 센티멘털한 정조를 이입할 뿐이다.

그의 시에서 감각적인 시와 센티멘털한 시는 심리적 거리의 극대화와 극소화라는 정서 개입의 양을 따져서 구분을 할 수 있다. 이 시적 거리 문제는 그의 가족사와 연결되어 있다.

그의 시 가운데 감각적인 이미지 시는 밝고 전아한 오직 아름다움 그 자체를 형상화한 것이다. 이것은 당시 권세를 누리던 집안에서 조화와 균형미를 중시하던 아비투스에서 비롯된 것이다. 또 엘리트로서의 자기만의 우월감, 그리고 부재의 어머니를 새로운 어머니로부터 지키려는 심리적 이미지 창조의 기제라 할 수 있다. 사실 그가 감각적 이미지의 판단 중지 그 자체가 속물로부터, 현존의 어머니로부터의 반동일화로 오인한 것은 한계다. 이 한계를 모르고 그는 극도로 섬세한 감각적 이미지에 매달린 것이다.

그에 비하여 감정을 과장한 시는 어둡고 부정적인 세계이다. 이러한 시적 경향은 그의 집안의 내력과 당대성과 연결되어 있다. 이것은 안서와 황석우에서 시작되어 백조파들에 이어진 『금성』 동인들의 낭만적 감상성에 이어져 있다. 그는 '속물'로부터 벗어날 수 있는 엘리트로서의 반동일화의 전략을 감상성에서 발견한 것이다. 이 전략은 반동일화 자체의 문제도 있겠으나, 그가 전략으로 택한 감상성이 감상적 허위라는 데서 의미가 없게 된다.

그는 이 반동일화가 바른 시와 삶의 전략이 아니었음을 스스로 인정한 것이 자살이라 할 수 있다. 그는 그가 만든 명징한 이미지에, 또는 자기의 감정을 과장한 허위 속에 자기를 가두어 두었다. 그런데 고착된 자신의 이러한 이미지를 해체한 것이 자살로 표현된 것이다. 자살은 그가 '속물'이라고 타자의 담론을 반동일화한 것의 동일화이다. 사실 동일화 자체의 문제도 있다.

그러나 이장희의 시에서의 명징한 감각적 이미지는 1930년대의 감각적 이미지즘 시로 이행하는 자극제가 되었다고 할 수 있다. 이러한 시적 모색은 그의 자각적인 인식에서 출발된 것이기보다는 자신이 상상적 이미지에 고착된 심리적인 한 현상이다. 그렇다고 하더라도 그의 감각적 시는 세상을 바르게 살려는 투명성의 서정적 전략이라는 데서 오늘날에도 의미를 가지게 된다.

이육사 : 주자학적 사유와 서정시 구성원리

Ⅰ. 문제의 제기

이 글은 1930년대 시의 한 특징을, 이육사 시의 주체형태를 통하여 밝히는 것을 목적으로 한다. 주체형태는 시인이 어떤 범주 속에서 그 범주와 관계를 맺는, 일종의 타자와 주체의 관계구조형태다. 그러므로 시의 주체형태는 시인이 시적 화자를 통하여 세계와 교섭하는 방식이라 할 수 있다. 이러한 주체형태를 밝히려는 의도는 세계와 주체의 조화로운 추구라는 서정시의 기본 문제틀이 불가능한 식민지 상황에서 시가 어떻게 현실을 깊이 인식할 수 있을까 하는 방식을 탐색하려는 것이다.

이와 같은 목적에서 이육사 시를 텍스트로 삼은 것은 다음과 같은 이유에 서다. 그의 시에는 1930년대까지 그 힘이 은밀하게 미치던 『백조』 동인의 문제틀로부터, 또 당시 중심에 자리하던 리얼리즘과 모더니즘 시의 문제틀 과는 거리가 멀다. 그러나 이육사 시에는 의병가사·신채호·한용운·윤동 주 시로 이어지는 치열한 정신이 있고, 무릎을 꿇으면서도 눈을 감고 하늘을 바라보는 유가적 기품도 있다. 이러한 기품과 역사의식은 호출 메카니즘에 주체가 대응한 형태구조다. 흔히 그의 시를 어느 한 쪽에 기울어짐이 없는 균형감이 있다고 하는 것은 이육사 시에서 보이는 주체형태가 이러한 특징을 말한 것이다. 이 균형감각은 당대 리얼리즘 시인의 편향된 현실인식, 모더니즘의 경박성, 시문학파의 언어적 감수성과는 다른 시적 방식으로 고통의 순간에 역사의 방향성을 가늠하는 깨달음의 서정적 방식이라 할 수 있다. 이것은 관념화된 동일화로 구체화할 수 없는 타자성으로서, 이 글은 이러한 문제에서 출발한다.

지금까지 대부분 연구자들은 유가적 집안 분위기, 그리고 독립운동 단체에서 활동한 것이나 북경 감옥에서 옥사한 것으로 이육사 시의 특징을 밝혔다. 이것은 알튀세르가 「이데올로기와 이데올로기의 국가장치」에서 이데올로기가 작용하고 있는 목록을 종교·교육·가족·법률·정치제도·커뮤니케이션·문화 같은 장치들을 나열하면서, 이 장치들이 모든 개인을 일정한 방식으로 호출하게 된다고 설명하는 것과 같은 것이다. 이러한 호출 장치들은 이육사 시를 해명할 수 있는 단서가 될 수 있다. 그러나 이육사 시의 정신은 호출장치로 설명할 수 있는 재생산 범주 안에 있는 것이 아니다. 그리고 또 유가적 기품이 주자학의 호출장치가 이육사의 신념이나 실천이 되었다고 규정하는 것은 주체의 원천이 고려되지 않았다는 점에서 문제가 된다.

이 글은 이러한 문제를 중심에 놓고 1930년대의 이육사 시의 한 특징이 되게 한 원인을 주체 형태의 구성이라는 관점에서 천착한다. 흔히 그의 시를 저항시라고 하는 것은, 저항이 규정한 국면의 조건에 의하여 규정된 것이라 할 수도 있다. 저항시인이라는 것은, 그가 의열단에 입단하여 일제에 항거한 독립투사라는 담론구성체가 그렇게 규정한 것이다. 그러나 그가 스스로 고달프고 지친 잠행을 "심장이 얼마나 떨고 있을까"(「황혼」)라고 객관적 상관물인 '별'을 통하여 노래하였듯이, 그의 삶은 고통스런 인간의 길이었음이 확실하다. 그러나 그는 고통스런 삶의 길목에서 죽는 날까지 갈등과 결단을 앞에 놓고 망설이면서도 기품을 잃지 않았다. 이 대목에서 그의 시 주체형태가 중심에 놓이게 된다.

그가 조선혁명 간부학교를 졸업하고 조선은행 대구지점 폭파사건에 연루되어 옥고를 치르었지만 그의 시에는 이러한 정치적 문제는 직접적으로 노출되지 않는다. 이것은 삶의 깊이를 터득한 나이에 이르러 시를 썼기 때문이라고도 할 수 있다. 그러나 그는 시를 통하여 "어데다 무릎을 구려야 하나"(「절정」)라고 스스로 자신에 물음을 멈추지 않았다. 이 물음은 고향을 상실하고 쫓기는 양심적 지식인이 자신을 검열하는 하나의 방식이다. 카프 시인들이 정치적 상황의 악회의 조직의 해체를 맞이하고서야 타자의 욕망으로부터 벗어난 단계에 발견한 물음 방식이고 윤동주가 하늘을 우러러 체득한 방식이기도 하다. 이 점에서 파편화된 사물인식, 고립된 내면세계로 향하던 1930년대 시와 다른 차원에 있는 이육사 시의 문제 본질이다. 이 문제는 그의 시 주체형태가 결정한 것이라는 데서, 그것은 서정시가 어떻게 현실을 껴안을 수 있을까 하는 방식의 탐색이라는 점에서 이 글의 출발점은 의미를 가지게 된다.

II. 이육사 시의 생산 구조

1. 초담론의 주자학

이육사 시를 주체구성 방식으로 이해하려면 먼저 기표의 물질성과 그 성격을 살펴야 한다. 왜냐하면 시를 쓰는 과정에서 시인은 다소간의 차이가 있더라도 그가 어떤 담론의 물질성의 규정에 지배받지 않을 수 없기 때문이다. 예를 든다면 이육사 시가 주자학의 사유에 미적 기반을 두고 있다는,

주자학의 포괄적인 범주에서 확인한[12] 연구와 구체적인 연관성을 밝힌[13] 연구는 주체에 관한 규정으로서 주자학을 가운데 놓고 시를 탐색하는 방식이다. 이러한 연구는 한 편으로 의미가 있음에도 불구하고 주자학 담론구성체와의 친연성을 알튀세르의 호출 메카니즘의 동일화라는 재생산의 관점이라는 주체 문제가 남게 된다. 만일 이 논리에 따라 간다면 주체의 의식은 가상의 종속 형식 아래서 형성되는 것이 된다. 그렇기 때문에 이러한 연구는 주체가 이데올로기의 재생산에 지나지 않는다는 주체 종속·몰주체적이라는 것이 문제로 남는다. 이 점은 개별 주체가 자유로운 행위자이며 자기 자신에 대한 원인이라는 통념을 간과하였기 때문이다. 그리고 이육사가 식민지 지식인으로 치열한 노력을 계속한 시인이라는 점에서, 마땅히 주체형태를 생산하는 담론과의 역동적인 관계가 고려되어야 한다. 이것은 이육사 시 담론을 지배하는 물질성에 주체가 구성되는 형태가 어떠한 것인가 하는 물음에서 시작되어야 한다. 이 물음은 그의 시를 일반적으로 저항시[14]라고 자리매김한 것에 대한 문제 제기이며, 이 문제의 해결은 비동일화라는 관점에 있다.

먼저 이 점은 그의 가문의 분위기에서 살펴볼 수 있다. 그는 「계절의 오행」에서 "무서운 규모가 우리들을 키워 주었다"[15]고 고백했다. 여기서 그가 말하는 '규모'는 일반적 의미로 규범이 될만한 틀이다. 이것은 알튀세르가 이론이나 이념의 체계가 어떤 문제를 제기하고 해답을 추구할 때, 그 문제와

---

12) 이동하, 「儒者의 정신과 객관적 절제」, 『한국대표시 평설』, 문학세계사, 1983.

13) 박현수, 「육사시에 끼친 주자학적 영향」, 서울대 대학원, 1996.

14) 일제 식민지 우리 저항시는 엄밀한 의미에서 식민지 정체성을 거부하면서도 사실은 지배 이데올로기 내에 있다는 점에서 그 이데올로기에 공모하는 것으로 이해할 수 있다. 또 명백한 사실을 명백한 사실로 받아들이는 한계를 가지고 있다.

15) 이육사, 「계절의 오행」, 김학동 편, 『이육사 전집』, 새문사, 1986, p. 117. (이하 『전집』)

해답의 유효성을 보장해 주는 준거틀로서 상정한 용어인 '문제틀'과 유사한 개념으로 볼 수 있다. 그러나 "무서운 규모가 우리를 키워 주었다"는 문맥의 의미로 본다면 이육사로 하여금 어떤 행위를 할 수 있게 하고, 어떤 행위를 할 수 없게 만드는 담론구성체다. 페쇠는 담론 주체가 아무리 스스로 자유롭게 말한다 해도 그 주체는 자신을 자유롭다고 실제로 믿도록 된 하나의 담론구성체의 효과에 지나지 않는다고 했다. 그러므로 이육사가 말하는 '무서운 규모'는 어떤 담론을 허용하고 어떤 것을 허용하지 않음으로써 그것에 속하는 담론들이 일정한 방향으로 나아가게 하는 담론구성체다. 이 '무서운 규모'가 주자학의 담론구성체가 되는 것은 '규모'가 함축하고 있는 의미 자체가 극기에서 출발된 도덕률이라는 점, 그리고 그의 가문의 문화환경과 교육의 근간이 주자학이었다는 점에서다. 그러므로 그는 '무서운 규모'라는 담론구성체 안에서 무엇이든지 다 행할 수 있는 것이 아니라, '무서운 규모'라는 일정한 제한된 범위 내에서 행할 수 있는 것이다. 그러므로 '무서운 규모'는 '소당연지칙'[16]과 같은 도덕률의 담론구성체에 해당한다.

　이러한 그의 담론구성체는 그가 스스로 다섯 살부터 배워왔다는 수신제가 치국평천하의 도에 있다.[17] 이 평천하의 도란 주자학 담론구성체의 핵심으로 인간이 천부의 본성을 실천하는 것이며, 인간이 자신의 천성을 가장 완벽하게 실현할 때 구현되는 것이다.[18] 인간이 자신의 천성을 가장 완벽하게 실현하는 것은 유가의 부기초(復其初)에 본체성의 원형을 회복하는 것이다. 그러므로 그에게 주자학의 담론구성체는 자신을 호출하는 자기 외적 이데올로기이면서 부단한 자기 극복·자기 통찰·자기 극기의 존재 방식이기도 하다.

---

16) 『退溪集』 卷 6., p. 44.

17) 위의 글, p. 117.

18) 신오현, 『자아의 철학』, 문학과지성사, 1987, p. 232.

다음으로 담론구성체의 다른 층위는 그가 준거한 인물과 문학관에 있다. 이육사의 주체를 주체로 호출하는 담론구성체가 주자학뿐이 아니라는 것은 그의 글 「노신 추도문」에서 잘 드러나 있다. 이 글의 전체 흐름으로 본다면 그가 노신을 준거인물로 삼았음이 확실하다. 그는 스스로 노신에 대하여 "조선의 한 사람의 후배"라고 자처하였으며, 그리고 그의 사상과 문학에 대하여 전적으로 공감하고 동일화한다. 그가 노신의 대표작에 대하여 "모두 신해혁명 전후의 봉건사회의 생활을 그린 것으로, 어떻게 필연적으로 붕괴하지 않으면 안 될 특징을 가졌는가를 묘사하고, 어떻게 새로운 사회를 살아갈까를 암시하고 있다"고 높이 평가한 점은 사회주의적인 문학관에 관심을 집중시킨 준거점으로 볼 수 있다. 그가 사회주의 문학 담론구성체에 동일화되었다는 사실은 "문학가는 반드시 참된 현실과 생명을 같이 하고 혹은 보다 깊이 현실의 맥박을 감지하지 않으면 안 된다"고 강조한 사실에서도 알 수 있다. 이로 보아서 그의 시 담론을 지배하는 담론구성체는 노신의 사상과 연결된 사회주의적 문학관도 한 층위가 된다. 이러한 사회주의적 담론구성체에 의하여 그는 유가에서 이상적 인간상으로 삼는 군자에 대하여 "아무리 거슬리는 꼴을 보아도 얼굴에 드러내지 않는 무책임과 무관심이 반죽되어 있다"[19]고 비판하게 된다.

마지막 담론구성체 층위는 정치적 행적에 있다. 그는 의열단원으로서 조선혁명 간부학교를 졸업하고 국내에 특파되어 비밀활동을 한 독립운동가다. 아직까지 구체적으로 밝혀지지 않은 그의 활동은 간접적으로 조선혁명 간부학교가 항일 청년투사를 양성하려는 목적에서 설립되었다는 사실에서 그의 활동이 어떠한 것인가를 유추할 수 있다. 이 학교의 교육과정은 정신교육·정치교육·군사교육의 세 영역으로 구성되어 있는데, 정신교육 영역에서는

---

19) 이육사, 『전집』, p. 125.

생활관리·혁명정신·혁명적 인생관의 배양을, 정치교육 영역에서는 한국 역사·주의·사상·정치제도 학습을, 군사교육 영역에는 일반적 군사교육·첩보·폭파·돌격 등 독립운동 수행에 필수적인 정신과 기능을 수련[20] 하는 것으로 편성되었다. 이러한 교육과정으로 비추어 볼 때 그의 활동은 투쟁적이었을 가능성이 있다. 그래서 기존 연구자들은 이 점을 강조하여 그의 시를 저항시라 매김하였다.

중요한 문제는 그를 지배하는 주자학·사회주의적·민족주의적 담론구성체의 세 개의 상이한 층위를 어떻게 규정하느냐 하는 것이다. 이육사를 호출한 담론구성체의 성격을 원론적으로 말하면 주자학은 만물의 조화로운 화육을 도모하는 인간을, 사회주의적 사상은 식민지 자본의 모순에 대하여 혁명을, 민족주의적 의열단 사상은 투쟁을 중심으로 하는 것이다. 그러나 이육사 시에는 이러한 담론구성체의 직접적 호출과는 거리가 멀다. 이 점에서 이육사 시는 단순하게 담론구성체에 일방적으로 동일화됨으로써 타자의 욕망을 자신의 욕망으로 오인하는 호출 메커니즘으로 설명할 수 없게 된다. 그가 노신의 사회주의 문학관에, 당시 동부 아시아 전역에서 펼쳐지는 정치적 투쟁에 대하여 정통한 지식을 갖고 있었음에도 불구하고 시적 상상력은 주자학의 관념성에 있다. 또 그는 의열단 활동을 통하여 우리 민족 운동을 조감하고 있었음에도 민족운동의 구체적 현실을 형상화한 시가 없다. 문제는 이 세 가지 이질적인 담론구성체를 지배하는 담론구성체가 있다면 그것은 무엇인가 하는 것이다. 이러한 다층위적인 담론구성체는 제각기 따로 작용하는 것이 아니고 이 담론을 지배하는 초담론[21]이 있다는 것이 페쇠의

---

20) 김영범, 『한국근대민족운동과 의열단』, 창작과비평사, 1997, p. 300.
21) 페터 지마, 허창윤 외 역, 『이데올로기와 이론』, 문학과지성사, 1996, p. 292.
　　초담론이란, 페쇠에 따르면 지배 이데올로기에 대응하는 하나의 담론으로, 모든 것을 지배하는 초담론이 된다. 개별 담론구성체들은 이 초담론의 테두리 내에서 이해

주장이다. 그에 의하면 초담론은 모든 다른 담론을 구성하는 최종적인 심급으로, 다양한 담론구성체들이 형성하는 하나의 지배적인 특징을 갖는 총체다. 즉 초담론은 일종의 담론구성체를 큰 테두리에 통합하는 무의식과 같은 것이다. 이육사 시는 현실을 매개하지 않았기 때문에 사회주의적 담론구성체와 무관하다거나, 민족운동의 구체적인 현장이 매개되지 않았기 때문에 의열단 담론구성체와 무관한 것으로 생각할 수 있다. 그러나 이것은 잘못이다. 그의 시에서 사회주의적 현실의 구체적 통찰이, 의열단의 민족운동의 현장이 최종의 순간에 주자학의 담론구성체 내에서 관념화되기 때문에 매개된 구체성은 추상화되어 버린다.22) 이것은 여섯 살 때 윤리규범의 기초적인 『소학』을, 열 살 전후하여 선비의 소양인 『중용』·『대학』·『논어』를 다 암송한 가정 교육과 무의식처럼 작용하는 집안의 문화적 환경 때문이다. 계급문학 계열의 잡지 『비판』에 발표한 「초가」·「강 건너간 노래」·「아편」·「남한산성」 등의 시가 "그 잡지가 지향하는 계급주의적 사물인식과는 거리가 멀다"23)라는 지적은 이러한 점과 연관지어 생각할 수도 있다. 그가 생애의 한가운데 놓고 고민한 것은 정치적 문제다. 정치적 문제를 한가운데 놓고 고민하면서도 그는 정치적 현실성을 토대한 구체성보다는 이상적인 상태를 지향하는 주자학의 정신으로 그것을 풀려고 노력하였다. 정치적 현실 인식

될 수 있다. 그러므로 초담론은 모든 담론 주체들을 구성하는 최종적인 심급이다. 그러므로 다양한 담론구성체들이 형성하는 복합적이지만 하나의 지배적인 특징을 갖는 총체가 초담론이다.

22) 주자학은 일반적으로 전통주의·가족주의·도덕주의·권위주의의 성격에서 서구의 보수주의와 많은 유사점을 갖고 있다. 그러나 유교의 위민사상 또는 민본주의는 민중주의와 매우 흡사한 요소를 갖고 있다. 이육사가 사회주의적 문학에 관심을 갖고 있었던 것은 주자학의 위민사상에서 비롯된 것으로 볼 수 있다.
함재봉, 『탈근대와 유교』, 나남출판사, 1998, pp. 343~350.

23) 이동순, 『민족시의 정신사』, 창작과비평사, 1996, p. 234.

이 최종 순간에 주자학 담론구성체로 결정되기 때문이다.

한 개의 별을 노래하자. 꼭 한 개의 별을
십이성좌 그 숱한 별을 어찌나 노래하겠니

꼭 한 개의 별! 아침 날 때 보고 저녁 들 때도 보는 별
우리들과 아주 친하고 그 중 빛나는 별을 노래하자
아름다운 미래를 꾸며 볼 동방의 큰 별을 가지자

한 개의 별을 가지는 건 한 개의 지구를 갖는 것
아롱진 설움밖에 잃을 것도 없는 낡은 이 땅에서
한 개의 새로운 지구를 차지할 오는 날의 기쁜 노래를
목안에 핏대를 올려가며 마음껏 불러보자

처녀의 눈동자를 느끼며 돌아가는 군수야업의 젊은 동무들
푸른 샘을 그리는 고달픈 사막의 행상대도 마음을 축여라
화전에 돌을 줍는 백성들도 옥야천리를 차지하자
다 같이 제멋에 알맞는 풍양한 지구의 주재자로
임자 없는 한 개의 지구 단단히 다져진 그 땅 위에

한 개의 별 한 개의 지구 단단히 다져진 그 땅 위에
모든 생산의 씨를 우리 손으로 휘뿌려 보자
영율처럼 찬란한 열매를 거두는 찬연엔
예의에 끄럼없는 반취의 노래라도 불러보자

영리한 사람들을 다스리는 신이란 항상 거룩합시니
새 별을 찾아가는 이민들의 그 틈에 안 끼여 갈 테니
새로운 지구엔 단죄 없는 노래를 지구처럼 흩이자

한 개의 별을 노래하자. 다만 한 개의 별일망정

한 개 또 한 개의 십이성좌 모든 별을 노래하자

—「한 개의 별을 노래하자」

　　이육사가 한 개의 별을 노래하자고 하는 까닭은 루카치가 말한 "별이 빛나
는 창공을 보고, 갈 수가 있고 또 가야만 하는 길의 지도를 읽을 수 있던
시대"[24], 즉 그와 세계의 조화로운 관계를 상실했기 때문이다. 그는 이 조화
로운 세계의 회복은 별을 노래하는 것에서 시작된다고 했다. 그런데 중요한
문제는 이러한 조화로운 세계를 회복하려는 시적 화자의 태도다. 이 시는
이육사의 초기시이지만 이미 그가 의열단원으로 조선혁명 군관학교를 졸업
하고 독립운동에 깊숙이 관여하던 때 쓴 것이다. 이 당시, 그는 대구지방의
사회주의 단체 활동을 구체적으로 조망하고 있었을 뿐만 아니라 중국 사회
주의 운동과정과 동아시아 정치적 정황에 대하여 누구보다도 정확히 파악하
고 있었다. 이러한 그가 이 시에서 "군수야업"을 하는 노동자, "화전에 돌을
줍는 백성"의 궁핍한 실상을 후경으로 소도구처럼 설정한 것은 노동문제의
본질을 파악하지 못했기 때문이라고 할 수 없다. 그는 제국주의의 경제적
침략에 의해서 중국의 전통적인 농촌경제가 궁핍화되어 간다는 것을 누구보
다도 정확히 알고 있었다. 이것을 바꾸어 말하면, 그는 제국주의의 경제적
침략 상황에 있는 한국 농촌 문제를 당대 누구보다도 선명하게 이해하고
있었다는 것이 된다. 그러한 그가 궁핍화되어 가는 식민지 현실 문제 본질에
접근하지 못한 것이 아니라 구체적 현실이 무의식과 같은 주자학적 초담론
에 의하여 관념화되었기 때문이라 할 수 있다.

　　별 이미지는 이육사 시 「황혼」·「노정기」·「강 건너간 노래」·「아편」·
「호수」·「일식」·「파초」·「나의 뮤즈」·「소년에게」·「해후」 등에서 나

---

24) 루카치, 반성완 역, 『소설의 이론』, 심설당, 1985, p. 29.

타나는 천체 이미지이다. 이 시에서 별은 "아름다운 미래를 꾸며볼" 시간이
며, "한 개의 새로운 지구를 차지할" 공간으로 우주적 탐색의 대상이 아니라
유토피아의 상징이다. 그런데 한 개의 별을 노래함으로써 도래할 유토피아
는[25] 궁극적으로 소유되어야 할 세계이자 동시에 부단한 자기 극복 존재
방식의 도달점이기도 하다. 유토피아에 도달하는 자기 극복 존재 방식은
별을 노래하는 방식'에 있다. 처음에 "한 개의 별을 노래하자 꼭 한 개의
별을/ 십이성좌 그 숱한 별을 어찌나 노래하겠니"하고 겸양으로 시작해서
마지막에는 "한 개 또 한 개 십이성좌 모든 별을 노래하자"고 고조된 희원으
로 끝을 맺는, 자기 극복 방식은 욕망의 확대가 아니라 극기의 심화이자
자기 초극이다.

  이러한 주자학의 담론구성체의 호출 방식은 어조에서도 드러난다. 시적
화자가 "한 개의 별을 노래하자"고 청자에게 말을 건넨다. 시적 화자가 청자
에게 말을 건네는 형식은 청자에게 많은 것을 요구·명령·요청하던 카프
시, 그리고 대중화 단계의 임화의 단편서사시와 비슷하지만 청자가 시적
화자 자신이라는 점에서 차이가 있다. 자신에게 말을 건넨다는 것은 전언의
중심을 자기에게 집중시키는 것이다. 이 집중은 자기 탐색으로, "예의에 끄
림없는" 노래를 부르자고 한 것으로 보아 사기(私己)를 극복하고 포괄적인
천리의 공도(公道)에 따르려는 도덕률을 전제한 것이다. 이 때문에 그의 현실
인식은 사회주의적 담론구성체와 의열단의 담론구성체에 연관되어 있지만
초담론 주자학 호출에 의하여 현실의 구체성은 관념으로 압축되거나 치환되
어 시적 상상력은 경직하게 된다.

____

25) 이숭원, 『20세기 한국시인론』, 국학자료원, 1997, p. 244.

2. 노정 모티프

이육사가 "눈물을 흘리지 않는 사람"이 되겠다고 다짐하는, 이 '무서운 규모'는 주자학의 담론구성체라는 것이 이미 밝혀졌다. 이러한 담론구성체는 주자학의 핵심인 '천도'를 인간 내부에서 구현하는 것을 목표로 한다. 그런데 이 '무서운 규모'는 그가 준거하던 노신의 사회주의적 담론구성체와 의열단의 담론구성체가 다층위라는 데 문제가 있다. 이 문제를 해결하기 위하여 앞에서 초담론이라는 문제틀을 이용하였다. 그렇다고 모든 문제가 해결된 것은 아니다. 정치적 담론구성체와 '무서운 규모'라는 주자학의 담론구성체의 복수층위의 상관관계를 어떻게 설정하느냐에 따라 그의 시의 성격이 달라지기 때문이다. 중요한 것은 이 담론구성체가 시의 내적 형식에 관여한다는 것이다. 이 두 문제를 해결하기 위하여 그가 관여한 문단과 정치적 두 측면에서 접근하고, 다음으로 이 담론구성체가 결정하는 시의 내적 형식을 밝히기로 하겠다.

그가 당시 문단 주변에 있던 시인이라는 점에서 주자학의 담론구성체의 성격을 밝힐 수 있다. 문단 주변인이란 말은 시의 질적인 절대적 개념으로서가 아니라 문단 중심과의 상대적 개념으로서 관계적인 의미다. 이 관계는 당대 시인의 입장에서, 문단 중심부를 욕망하게 할 수도 있고, 또 그것으로부터 자유로운 성취를 할 수 있는 두 가지 국면을 상정할 수 있다. 이육사가 전자와 같은 정신적 편향을 보였음은 「바다의 마음」·「아편」 등에서 당시 풍미하던 이미지즘시를 실험한 것에서 찾아볼 수 있다. 그러나 이 이미지즘시의 실험은 한시나 자오선 동인의 영향으로 생각할 수 있으나, 정신의 치열성이 초래하기 쉬운 과격성을 제어하기 위한 방편으로[26]서 이미지즘의 원리를 채용한 그 이상으로 볼 수 없다. 그러므로 이미지즘 실험은 문단 중심을

---

26) 김재홍, 『한국현대시인연구』, 일지사, 1986, p. 269.

향한 지향 욕구가 아니라 서정적 심미성을 획득하기 위한 방법으로서 선택적 수용이라는 점에서 전자와 거리가 있다. 1930년대 후반기에 풍자시를 쓰고 계급주의 시 재건을 위하여 노력하던 동향의 후배 시인, 그와 문학을 한가운데 놓고 함께 고민하던 이병각[27]이 당시 문단 중심에 나아가기 위하여 치열하게 논쟁을 전개하는 데 비하여, 그는 스스로 "시 한편만 부끄럽지 않게 쓰면 될 것을"[28]하고 의연하게 자신을 다스린다. 이것은 그가 문단 내의 어떤 정치적 담론구성체에 호출을 당하지 않은 것이다. 당시 계급주의 시인들은 계급주의 담론구성체의 문맥을 벗어나지 못하고, 민족주의 시인들도 민족주의의 관념성을 벗어나지 못했다. 또 모너니즘 세일시인들이 서구 모더니즘 사조의 담론에 충실한 데 반하여, 그는 이러한 여러 갈래의 문단의 담론구성체로부터 자유롭다. 이 자유로움은 "시 한편만 부끄럽지 않게 쓰면 될 것을"하는 그의 말 속에 함축되어 있는 것으로, 시의 본령을 위기지학(爲己之學)으로 삼은 것에서 비롯된 것이다. 그를 문단으로부터 자유롭게 한 것은 이처럼 시를 시로 접근한 것이 아니라 시를 통해 자신의 주체적 성찰과 실천을, 어짊을 구하려는 주자학의 담론구성체 때문이다.

그가 은밀히 관여한 정치적 활동에서도 주자학 담론구성체의 성격을 밝힐 수 있다. 그는 북경 감옥에서 순절하기까지 의열단 단원으로 중국 대륙과 한반도를 내왕하며 독립운동을 한 민족독립운동가다. 그리고 동아시아 문제에 대하여 정치적 평문을 쓴 전문적인 정치적 평론가였다. 그러나 그의 시에서 정치적 요소가 검출되지 않는 점을 식민지 현실의 열악성으로 돌릴 수만은 없다.

---

27) 이병각은 이육사에게 보낸 편지를 통하여 그의 생활을 다음과 같이 비판한다. "형(이육사, 연구자 주)의 말에 의하면 급한 볼일이 있어 갔다고 하더라도 여름에 해변에 용무가 생긴다는 것부터 우리 따위가 아니란 것을 새삼스레 알았습니다."

28) 『전집』, p. 125.

그는 조선혁명 간부학교에서 엄격한 규율 속에서 혁명정신·혁명적 인생관·첩보·폭파 등 독립운동 수행에 필수적인 정신과 기능 교육을 받은 민족 운동가다. 이러한 교육 내용과 엄격한 규율 속에서 생활한 그가 "인간은 얼마나 외로운 것이냐", "심장이 얼마나 떨고 있을까"라고 「황혼」에서 낭만적으로 노래하는 것은 무엇 때문인가. 이것은 독립운동의 갈등과 전망의 불확실성에서 기인된 것이라 할 수 있다. 그리고 식민지 현실 세계가 창조적 힘을 잃고 소모되어 버렸기 때문에, 거기서 확고한 질서의 원리를 발견하지 못한 정신적 표랑으로[29] 볼 수 있다. 그러나 조선혁명 간부학교 교육이란 이러한 정신적 갈등을 극복하여 투쟁적 인간을 양성하는 곳이라는 점에서, 어느 정도 내적 갈등을 극복할 수 있는 훈련을 거쳤을 것이다. 그런데도 그가 내면의 갈등을 시로 노래하는 것은 자신의 사사로움을 극복하고 천리의 공도(公道)를 지키려는 진실된 노력으로 읽을 수 있다. 흔들리는 마음은 '무서운 규모'의 주자학에 의하여 극복되어야 할 것이다.

> 내가 들개에게 길을 비켜 줄 수 있는 겸양을 보는 사람이 없다고 해도 정면으로 달려드는 표범을 겁내서는 한 발자국이라도 물러서지 않으려는 내 길을 사랑할 뿐이오. 그렇소이다. 내 길을 사랑하는 마음, 그것은 나에게 자신에 희생을 요구하는 노력이오. 이래서 나는 내 기백을 키우고 길러서 金剛心에 나오는 내 시를 쓸지언정 유언은 쓰지 않겠소. 그래서 쓰지 못하면 죽어 화석이 되어 내가 묻힌 척토를 향기롭게 못한다곤들 누가 말하리오. 무릇 유언이라는 것을 쓴다는 것은 80을 살고도 가을을 경험하지 못한 俗輩들이 하는 일이오. 그래서 나는 이 가을에도 아예 유언을 쓰려고는 하지 않소. 다만 나에게는 행동의 연속만이 있을 따름이오. 행동은 말이 아니고, 나에게는 시를 생각한다는 것도 행동이 되는 까닭이오. 그런데, 이 행동이란 것이 있기 위해서는 나에게 무한히 너른 공간이 필요로 되어야 하련마는 숫벼룩이 끓어앉을

---

29) 김홍규, 『문학과 역사적 인간』, 창작과비평사, 1980, p. 90.

> 만한 땅도 가지지 못한 나라, 그런 화려한 팔자를 가지지 못한 덕에
> 나는 방안에서 혼자 곰처럼 뒹굴어 보는 것이오.[30]

이 대목은 이육사가 자신의 시관과 삶의 태도를 명징하게 드러낸 유일한 대목이다. 그에게 시란 "내 길을 사랑하는 마음"에서 출발되어 "내 길을 사랑하는 마음"에 도달하는 것이다. 그는, 이 과정은 "행동의 연속"이라고, 또 "행동은 시"라고 말한다. 이러한 그의 언급을 통하여 본다면 그에게 시는 자기 극복의 과정이고 완성의 과정이라는 것을 알 수 있다. 이것으로 본다면 문단·의열단·사회주의적 관심은 궁극적으로 자기 완성에 도달하는 길임을 알 수 있다. 그가 "내 길을 사랑하는 마음, 그것은 나에게 자신에 희생을 요구하는 노력이오"라고 한 사실에서 이것이 확실하다. 그러므로 그에게 "시는 인격의 표현이며 그런 점에서 삶의 최종적인 언어이고 그와 동시에 시는 그러한 최종적인 목표에 이르기 위한 행동의 과정이기도[31]한 것이다. 무엇보다도 그에게 시는 행동의 과정에 있어서 최종적인 언어라는 데 의미가 있다.

이러한 최종적인 언어는 그의 대표작 「절정」의 한 구절처럼 숨막히는 결단의 순간에, "어데다 무릎을 꾸려야 하나"하고 눈감아 생각하는 내면의 목소리에서 드러난다. 그러므로 그는 정치적 결단의 순간에 "눈감아 생각하는" 주자학의 담론구성체에 호출당한다. 이 호출의 연속을 그의 말로 한다면 행동의 연속이고, 행동의 연속은 바로 삶의 과정이다. 중요한 것은 그의 시 「절정」·「연보」·「노정기」·「독백」·「자야곡」·「해조사」 등의 시편 뿐만 아니라 전 시편을 관통하는 중심 모티프가 '노정'인 것은 이러한 이유에서다. 그러므로 시는 자신의 삶의 과정을 기록하고 또 탐색하는 성찰의 매개

---

30) 『전집』, pp. 125~126.
31) 김종철, 앞의 책, p. 35.

항이 된다.

그가 안동·대구·일본·서울·중국을 오가며 항일 운동에 온몸을 바친 것이나, 여러 차례 투옥된 바가 있는 전기적 사실을 통해서 알 수 있듯이 그의 전 생애는 편안한 안주는 찾아볼 수 없는 고통스런 노정이었다. 이 노정에서 쫓기면서 시를 쓴 흔적은 언어상의 문제점을 지적한 "시작품 전체가 거의 그렇듯이 용어에 어색한 곳이 있어 눈에 거슬린다"[32]는 윤곤강의 비평과 연관지을 수 있다. 이러한 문장상의 오류는 「노정기」·「초가」·「자야곡」 등의 시에서 발견되는 것으로, 그 유형은 문장 성분의 무리한 생략, 문장 성분 간의 호응 불일치, 부정확한 어휘 사용[33] 등이다. 이러한 언어 사용의 문제점은 그가 어디에도 안착하고 편히 안주하여 시를 매만지며 추고할 시간과 정신적 여유가 없었기 때문이라 하겠다. 그런데도 그가 시를 쓴 것은 고통의 순간에 자신을 다스리는 매개물로 시를 삼았기 때문이다. 그가 발견한 것은 시가 삶의 기록에 유용할 수 있는, 자신을 다스리는 성찰의 매개물로 삼은 노정기의 시적 형식이다.

그의 노정은 "다 삭아빠즌 소라껍질에 나는 붙어왔다"고 노래하였듯이 편안한 안주는 찾아볼 수 없는 스산하고 고통스런 "쫓기는 마음 지친 몸"이 "소금에 절고 조수에 부풀어 올랐다". 이러한 노정은 정치적 목적의 긴장을 동반하는 잠행의 과정이었다. 정치적 목적의 잠행은 불안·고달픔·좌절·절망·강박관념이 내면에 함께 하기 마련이다. 이 갈등의 순간에 흔들리는 그를 바로 세우는 것은 그에게 정치적 담론구성체가 아니라 '무서운 규모'라는 주자학의 담론구성체이다. 그러므로 그의 시는 그의 정치적 행로의 기록이지만 정치적 담론이 아니라 자신을 확인하는 언어장치이다. 그러므로 '노

---

32) 윤곤강, 「詩壇時評-詩精神의 低徊」, 『인문평론』, 1941. 2., p. 38.
　　손병희, 「육사시 해석의 몇 문제」-아미를 중심으로, 『안동문화』 9, 1988, p. 240.
33) 박현수, 앞의 논문, p. 72.

정' 모티프의 의미는 갈등의 순간마다 자기를 넘어서는 자기 탐색이라는
점에 있다.

　① 목숨이란 마치 깨어진 뱃조각
　　여기저기 흩어져 마을이 구죽죽한 어촌보담 어설프고
　　삶의 틔끌만 오래묵은 布帆처럼 달어매였다

　　남들은 기뻣다는 젊은 날이었것만
　　밤마다 내 꿈은 서해를 밀항하는 쩡크와 같애
　　소금에 절고 조수에 부풀어 올랐다

　　항상 흐렸한 밤 암초를 벗어나면 태풍과 싸워가고
　　전설에 읽어본 산호도는 구경도 못하고
　　그곳에 남십자성이 비쳐주도 않았다
　　쫓기는 마음 지친 몸이길래
　　그리운 지평선을 한숨에 기오르면
　　시궁치는 열대식물처럼 발목이 오여쌋다

　　새벽 밀물에 밀려온 거미이냐
　　다 삭아빠즌 소라껍질에 나는 붙어왔다
　　머―ㄴ 항구의 노정에 흘러간 생활을 드러보며

―「노정기」

　② 「너는 돌다리목에 쥐왔다」든
　　할머니 핀찬이 참이라고 하자

　　나는 진정 강언덕 그 마을에
　　버려진 문바지였는지 몰라?

그러기에 열여덟 새봄은
버들피리 곡조에 부러 보내고

첫사랑이 흘러간 항구의 밤
눈물 섞어 마신술 피보다 달드라
공명이 마다곤들 언제 말이나 했나?
바람에 부처 돌아온 고장도 비고

서리밟고 걸어간 새벽길 우에
간잎만 새하얗게 단풍이 들어

거미줄만 발목에 걸린다 해도
쇠사슬을 잡어맨 듯 무거워졌다

눈 우에 걸어가면 자욱이 지리라고
때로는 설레이며 파람도 불지

—「연보」

위의 두 작품은 이육사의 자전적 요소를 강하게 드러내는 시로, 시적 화자의 노정이 구체적으로 드러나 있기 때문에 주목할 만하다. ①은 바다의 이미지를 중심으로 시적 화자가 자신의 삶을 깨어진 배조각의 노정으로 노래한 시이다. 이 시의 시적 화자는 남십자성이 비쳐주지도 않는데도 그곳을 향하여 쫓기는 마음과 지친 몸으로 항해를 계속한다. 문제는 시적 화자의 역경과 고난의 어두운 이미지가 드러내는 밀항의 과정이다. 시적 화자가 소금에 절고 조수에 밀리고 암초와 태풍과 싸우며 삭아빠진 소라 껍질에 붙어 온 노정은 극적이다. 그러나 이 극적 역경은 육체적인 시련일 뿐 시적 화자의 내적인 불안이나 절망의 근원이 아니다. 항해의 육체적 고난과 고통은 결국 자신에 의하여 극복될 수 있기 때문이다. 시적 화자의 존재 기반을 뒤흔든 근원은 남십자성이 사라진 어둠으로 표상되는 상실 이미지에 있다. 이것은 외연적으로는 조국 상실이지만 내포적으로는 정신적 좌표의 상실이다. 그렇기 때문에 티끌·밀항·암초 ·태풍 등이 표상하는 끝이 보이지 않는 탐색은 계속된다. 어두운 바다로 표상되는 현실과 정신적 내면의 길 찾기 과정, 즉 "먼 항구의 노정에 홀러간 생활을 드러다보며" 고달픈 길을 찾아가는 운명이 결정한 내적 형식이 그의 시가 된다. 이것이 이육사 시의 노정 모티프의 핵심이다.

그의 시의 중심 축인 정신적 내면의 길 찾기 과정이 주자학 담론구성체 호출이라는 점은 이 시의 결구라 할 수 있는 마지막 연에서 시적 화자가 자신을 "새벽 밀물에 밀려온 거미이냐"고 분노에 가득찬 어조로 자신을 질책하는 목소리에 명확히 드러난다. 그는 소금에 절어 태풍과 싸워온 찌들린 자신의 삶에 분노하는 것이 아니라 거미처럼 웅크리고 또 다 삭아빠진 소라껍질에 붙어 온, 스스로 능동적으로 대처하지 못하는 무기력한 인간임에 분노한다. 자신의 무기력함을 은폐하는 것이 아니라 스스로 그러한 인간임을 자인한다. 이 점에서 이 시는 행동 의지를 상실한 허탈감·덧없음·무상성의 시로 평가를 받을 수 있다. 그러나 시가 순간적인 인식의 소산이라는 점에서 절망의 순간에 행동의 의지를 드러낸다거나 확고한 전망을 제시하는 것은 자기 기만일 수 있다. 그런데 무엇보다도 이 시에서 주목할 점은 "노정에 홀러간 생활을 드러다보며"하는 자기 응시이다. 고통과 절망의 순간에 자기를 응시하는 것은 어떠한 인간이 되어야 하는지 그리고 어떤 길을 가야 하는지를 탐색하는 방식이기보다는 재출발하여야 한다는 의지, 즉 자신의 신념을 굽힐 수 없다는 다짐의 방식이다.

그러므로 끊임없이 출발과 재출발이 반복되는 시행착오 과정의 기록이 이육사 시의 내적 형식이고 진정한 자기 인식에 도달하려는 정신적 내면의 길 찾기가 그 내용이 된다. 절망의 순간에 재출발하는 자기 의지는 「노정기」

에서 「절정」의 눈감아 생각하는 거리에 있다.

이러한 점이 더 확실하게 드러나는 시가 ②이다. 「연보」도 앞의 「노정기」처럼 절망적이고 고달픈 생애를 재구성한 자전적 시이다. 시적 화자가 바다 이미지가 중심이 되는 「노정기」에는 태풍과 어둠의 바다에 비하여 초라하고 무기력한 하나의 거미에 비유되어 극소화되었는 데 비하여, 물 이미지가 중심이 되는 「연보」에는 확대되었다는 점에서 차이가 있다. 이것은 소재의 차이가 아니라 자기 인식의 깊이와 넓이의 차이다. 이 점은 「노정기」의 절망적인 세계가 「연보」를 중심으로 하여 미래지향적인 세계로 전환되었음을 의미하는 것이다

「연보」는 전반부가 시적 화자의 출생 내력과 젊음을 덧없이 보낸 안타까운 과거에 대한 정서를, 후반부가 현실적 고통 속에서 미래지향의 의지를 중심으로 하여 구성되어 있다. 그렇기 때문에 전반부는 "버려진 문바지"에 함축된 주체가 주체를 세우지 못한 "버들피리 곡조에 흘러보낸" 비생산적 피동적 시간에 초점이 맞추어지게 된다. 이런 시간은 모든 것이 자신의 의도 와는 무관하게 덧없이 흘러간 자아의 인식이 결여된 의미 없는 삶의 과정이 라 할 수 있다. 그런데 후반부는 거미줄에 쇠사슬을 병치시킨 엄청난 고통의 현실을 말하면서도 눈 위에 자국이 지리라고 미래의 삶에 대하여 낙관적인 전망을 한다. 전·후반부는 이처럼 시적 화자가 냉철한 인식 없이 흘려보낸 시간과 철저한 인식을 토대로 하여 미래지향적 설레임에 차 있는 희망적인 시간이라는 점에서 차이가 난다.

문제는 전·후반부의 차이가 아니라 이육사가 고통의 노정을 자서전적으로 기록하면서 그 절망의 과정에 어떻게 시적으로 대응하느냐 하는 것이다. 이것을 앞에서 주자학적 담론구성체의 호출에 의한 자기 내부의 바라봄이라고 했다. 「절정」에서 눈감아 생각하고, 「노정기」에서 흘러간 생활을 들여다 보는 자기 응시를 이 시에서 그는 설렌다고 말한다.

  "눈 우에 걸어가면 자국이 지리라"는 이 구절은 이육사 시와 삶의 의미를 다시 확인할 수 있는 것이다. 앞의 인용에서도 확인하였듯이, 그에게 시는 자신의 길을 사랑하는 마음에서 출발되어, 자신에 희생을 요구하는 노력에 의하여 완성되는 것이다. 그러므로 그에게는 행동의 연속만이 있을 따름이고 행동은 말이 아니고, 시를 생각한다는 것도 행동이 되는 것이다.[34] 이 의미는 눈이 표상하는 순결성과 발자국이 표상하는 자기 확인에서 찾아야 한다. 현실의 질곡과 고통을 극복하려는 의지는 눈 위의 발자국과 같은 명확한 자기 발자국을 예견해야 한다. 이렇게 삶을 예견하는 것은 깨어 있는 자에게는 두렵고 설렘이 되는 것이다. 「연보」에서 덧없이 흘러보낸 과거를 냉혹하게 성찰하면서 미래를 예견하는 설렘은 주자학 담론구성체의 호출이다. 이것은 '발자국'의 이미지, "배는 마땅히 물에서 다녀야 하고 수레는 마땅히 땅에서 다녀야 하나니"하는 '소당연지칙(所當然之則)'의 의미로 읽어 낼 수 있기 때문이다. 그의 대부분 시가 전반부에서 현실의 참담함에서 오는 갈등과 불안이 표출되고 후반부에서 이것을 초극하려는 정신 구조로 되어 있는 것은 현실적으로 절망의 공간에서 창조적인 지평으로 자기 완성을 위한 노력으로 볼 수 있다.

  중요한 점은 이육사의 노정 모티프 시는 고난과 시련으로 얼룩진 자신의 모습을 응시하고 초극하는 방식으로, 고통의 내면을 "바라보는 시적 화자"가 동시에 자신의 고통을 "보여주는 시적 화자"로 전환되어 안팎을 동시에 보여주고 있는 것이다.

---

34) 『전집』, pp. 125~126.

III. 머뭇거림과 균형 감각

지금까지 이육사 시는 살아가는 노정에서 그의 존재론적 삶의 지평과 의식의 성숙을 위한 탐색의 기록이라는 것을 밝혔다. 이러한 의식의 성숙은 그의 주자학·사회주의적 문학·의열단 세 층위의 담론구성체가 최종심급에서 초담론인 주자학의 호출을 당하기 때문에 현실의 구체성은 추상적이 된다. 그렇다면 이러한 시적 주체가 주자학의 담론구성체와 어떤 관계 구조를 갖고 있는가 하는 것이 밝혀져야 할 것이다. 이 문제는 신채호가 아나키즘 담론구성체, 한용운이 불교의 담론구성체, 이광수나 최남선이 계몽사상의 담론구성체 문맥에서 자유롭지 못한 것이나 다르지 않다. 이들 각각의 사유 구조를 지배하던 이러한 담론구성체는 사상의 차이에도 불구하고 동일한 주체형태를 결정했기 때문이다. 즉 신채호·최남선·한용운의 시는 이들을 호출한 담론구성체의 목소리가 통과함으로써 비로소 온전한 하나의 목소리가 된다. 그러나 이육사 시는 주자학·사회주의·의열단 등 층위가 다른 담론구성체를 초담론 주자학으로 재조정한다는 점에서 이들과 차이가 있다.

그러나 중요한 것은 이육사가 주자학의 담론구성체와 자신을 동일화하거나 그것이 자신의 모습이라고 간주한다고 판단하는 것은 잘못이다. 이 점은 시 「자야곡」·「실제」·「유폐된 지역에서」와 수필 「연인기」 등을 통하여 본다면 그가 주자학 담론구성체의 메시지에 대답함으로써 개인이 주체가 되는 방식을 취하지 않는다는 것에서 알 수 있다. 그렇기 때문에 이육사 시는 초담론 주자학의 호출 메카니즘으로, 또 타자의 메시지에 동일화함으로써 주체가 된다는 동일성으로는 해명하기 어렵다.

여기서 이육사 시의 주체형태가 문제된다. 그의 주체형태는 주자학 담론구성체와 그가 관계하는 구조다. 그런데 그의 시는 주자학의 담론구성체를 명백한 것으로 드러내지 않기 때문이다. 이것은 그가 유가의 이상적 인간상으로 삼고 있는 군자를 "아무리 거슬리는 꼴을 보아도 얼굴에 드러내지 않는 무책임과 무관심이 반죽되어 있는" 사람이라고 비판하는 것에서 찾을 수 있다. 그러므로 그는 주자학의 담론구성체와 동일화하는, 그가 준거한 담론구성체가 생산해내는 메시지를 자명한 것으로 받아들이는 동일화의 주체형태라고 할 수 없다. 또 그의 시에는 감상적 흥분이 극도로 억제되고 긴박한 상황을 관조하는 여유를 보인다는 점에서 그의 시는 주관적 내부성의 반동일화의 주체형태라고도 할 수도 없다. 그러나 그는 주자학 초담론의 메시지를 타자의 메시지로 의식하고 그것을 은폐하거나 거부하는 것이 아니라 통합의 태도를 취하는 비동일화의 주체형태를 구성한다.[35]

　　　　매운 계절의 채찍에 갈겨
　　　　마츰내 북방으로 휩쓸려오다

　　　　하늘도 그만 지쳐 끝난 고원
　　　　서리빨 칼날진 그 우에 서다

　　　　어데다 무릎을 구려야하나?
　　　　한발 재겨디딜 곳조차 없다

　　　　이러매 눈깜아 생각해볼 밖에
　　　　겨울은 강철로 된 무지갠가 보다

　　　　　　　　　　　　　　　　　—「절정」

　이육사의 대표작으로 꼽히는 「절정」은 다양한 관점에서 지속적으로 논의가 되어왔는데, 대부분 연구자들이 주자학이나 의열단 담론구성체의 동일화

---

35) Diane Macdonell, 『Theories of Discourse』, Oxford Publication, 1987, pp. 39~40.

에 초점을 맞추었다. 그러나 이 글에서는 주자학의 동일화가 아니라 비동일화 시의 관점에서 시적 화자의 자아 성찰과 자기 정위를 찾으려는 노력의 의미로 분석하려 한다.

주자학의 담론구성체가 그를 호출하였다는 것은 이 시가 한시의 전통적인 기·승·전·결의 구성과 전반부에 상황이나 배경을 놓고 후반부에 시적 화자의 정서를 표출하는 기법을 충실하게 따르고 있다는 점에서도 알 수 있다. 그를 호출하는 주자학 담론구성체의 대부분 한시는 현실의 새로운 국면이나 구체성보다는 추상화한 관습적 문맥의 정당화를 강요한다. 이러한 예는 한시뿐만 아니라 충절을 주제로 하는 유학자의 시조에서 쉽게 볼 수 있는 것이다. 「절정」은 이러한 중세적 관습적 문맥을 강요하지 않는다 하더라도 채찍·북방·고원·서리발·칼날·무릎 등의 표상은 고난과 위기를 극복하는 고고한 절조나 자기 극복 정신을 매개하는 관념적 의미로 굳어진 어휘들이라 할 수 있다. 이것은 국화를 오상고절이라는 관념화된 추상적 의미로 받아들이는 것이나 다르지 않다. 그러나 중요한 점은 이 시의 전체 어휘들은 타자의 추상적 관념을 기본으로 하여 메시지를 전달하지만 핵심적인 결구 "겨울은 강철로 된 무지갠가 보다"라는 구절에 와서는 주자학의 관념적 의미의 경계를 해체하고 독창적인 상징을 창조한다는 점이다. 그것은 원관념 '겨울'에 매우 이질적인 보조관념 '강철로 된 무지개'를 당돌하게 결합시켜 '서리'·'칼날'·'무릎' 등이 표상하던 주자학의 관념화된 의미가 개인적인 동심(순수성)의 의미로 반전되는 것에서 알 수 있다. 이 시 전체의 중세적 관념적 이미지에 대응되는 것이 문제의 '무지개'의 창조된 상징적 의미다. 유교 문화권에서는 무지개를 뜻하는 체동(蝃蝀)의 '체(蝃)'가 임금 '제(帝)'와 중국어의 발음이 같기 때문에 무지개를 향하여 손가락질하는 것은 금지되었다. 이처럼 주자학적 입장에서 본다면 무지개는 신성한 하늘, 경외의 제왕의 표상인데, 이 시에서는 이러한 담론구성체의 관습적 문맥

의미를 거부하고 개인적 의미로 전환한다. 이렇게 무지개가 담론구성체의 추상적 제왕이나 하늘 숭배의 메시지를 거부하는 것은 더 물러설 수 없는 외적·내적 한계 상황(겨울)에서 고결한 원초적 이상(무지개)을 '강철'처럼 굽힐 수 없다는 의지를 드러내기 위함이다. 그런데 여기서 치밀한 관찰을 요하는 것은 원관념 '겨울'이 극한의 시간과 공간을 표상하는 외적 상황이지만 내적 심리의 절박한 옥죄임으로 읽어야 이 시의 전후 맥락으로 보아 더 바람직할 것이다. 그것은 앞의 두 연이 상황을 제시한 것이고 뒤의 두 연이 주관의 표출을 나타낸 전체적 시의 흐름에 놓았을 때 그러하다. 이렇게 읽어 간다면 마지막 구절은 내적 심리의 절박한 상황(겨울)에서 휘어지거나 곧 사라질지도 모르는 시적 화자의 의지(무지개)를 강철처럼 굽히지 않겠다는 신념의 극대화가 된다. 이러한 언어 이미지와 은유 구조로 본다면 그의 시는 주자학 담론구성체의 관습적 문맥의 의미에 호출을 당하면서 무지개와 같은 개인적 상징을 창조함으로써 주자학 담론구성체의 관습적 의미에 일방적 호출을 거부한다는 것을 알 수 있다. 다시 말하면 전반부에서 관습적 문맥이 의미하던 주자학적인 '서리'·'칼날'과 같은 위기 상황에서 절조의 이미지들이 후반부의 무지개로 상징되는 순수한 이상을 꺾지 않겠다는 개인적이고 독창적인 '강철'이미지로 표출된다. 이러한 이미지들은 관습적 주자학 이미지들에 대한 비동일화이다. 이것으로 본다면 무지개는 지금까지 연구자들이 지적한 현실의 초월이나 비극적 황홀의 표상이기보다는 자신의 고결한 이상의 표상으로, 강철이 매개됨으로 뜻을 굽히지 않겠다는 현실 대결정신으로 볼 수 있다. 이러한 은유의 장치는 전반부에 나타나는 주자학의 고정된 관념적 의미를 엄폐하거나 거부하려는 것이 아니라 그 의미체계의 작동방식을 새롭게 바꾸어 보려는 전략이라 할 수 있다.

더 구체적으로 각 연의 흐름에 따라 의미를 살펴보면, 첫 연에서 시적 화자는 '매운 계절의 채찍'이 표상하는 고통의 현실에 휩쓸려 북방이라는 한계 공간으로 어쩔 수 없이 쫓기는 태도를 보인다. 둘째 연에서는 '칼날'이 표상하는 행동을 정지시키는 공간적 이미지가 최후의 순간을 드러내는 시간적 이미지와 결합되어 절박함은 극대화된다. 이 두 연을 통하여 본다면 시적 화자는 담론구성체에 동일화된 타자의 메시지를 어쩔 수 없이 그대로 받아들이는 주체망각 현상36)을 보인다. 그러나 셋째 연에 오면 고통에 대응하는 소극적이고 피동적인 자세는 반전된다. 두 행을 도치시킨 단순한 도치법은 수사법으로 의미가 있는 것이 아니라 시적 화자의 내적 깨달음의 의미로 볼 수 있다. 지금까지 그가 주체적이지 못하였다는, 담론구성체에 일방적으로 동일화되었다는 것을 자각한 것이다. 이러한 자각은 "어데다 무릎을 구려야 하나" 하는 물음에 있는 것으로, 이것은 무릎을 꿇을 수밖에 없다는 체념이 아니라 마지막 극소화된 공간마저 상실되어 어떤 행위도 할 수 없는 상황이지만 절대로 무릎을 꿇을 수 없다는 신념으로 이어진다. 그것은 "~해야 하나"하는 물음은, 물음이 아니라 설의법이기 때문이다. 부정을 강조하는 설의법을 통하여 시적 화자는 상실한 공간을 매몰차게 부정함으로써 정신적 내면의 공간을 확보한다. 넷째 연에서 시적 화자가 눈을 감고 생각하는 것은 다시 한번 자신에게 "무릎을 구려야 하나"하고 되물어 보는 망설임의 성찰로, 절대로 무릎을 꿇을 수 없음을, 상실한 공간을 매몰차게 부정하여 다시 확보한 내면의 공간에 자신을 다시 세우려는 의지로 볼 수 있다. 이러한 시적 화자의 태도는 "겨울은 강철로 된 무지갠가 보다"에 잘 나타나는데, 이것은 겨울이 표상하는 죽음과 같은 내면의 극한 상황과 무지개가 표상하는 순수한 이상을 강철에 매개하여 젊은날 품은 뜻을 굳게 세우겠다는, 흔들리는 마음을 다스리는 유가적 정신이다. 절박한 순간에 "눈깜아 생각하는" 자기 정위를 위한 정신적 여유가 있는 관조와 명상은 주자학의 담론구성체

---

36) 이 현상은 말하는 주체가 외부에 의해 규정된 담론구성체에 속한다는 것에 대한 망각, 또 말하는 주체가 담론구성체 내에서 자유를 누리고 있다는 망각이다.

의 동일화된 의미다. 여기서 중요한 것은 시적 화자는 서릿발 칼날 위와 같은 최후의 자리라 할지라도, 이것은 외적·육체적인 시련일 뿐 자신의 존재 기반을 흔드는 근원이 될 수 없다는 확고한 믿음이다. 이 믿음은 무지개를 발견함으로써 가능하게 된 것이다. 그러나 그는 "무지갠가 보다"라고 자신의 믿음을 확고하게 믿지 않고 다시 머뭇거린다. 이 머뭇거림은 생각의 절정의 순간에 자신의 모습을 응시하는 방식으로, 그가 자신을 "바라보는 자"인 동시에 자신을 "바라보는 자를 바라보는 자"로서 역할도 함께 하는 안팎을 되짚는 방식이다. 이러한 방식은 객관적 대상을 철저하게 우월한 주관적 입장에서 조망하는 주자학에 대한 비동일화다.

IV. 결 론

이 논문은 이육사 시의 주체형태 분석을 통하여 1930년대 시의 한 특징을 밝히는 것을 목적으로 출발하였다. 이육사 시 담론구성체의 관계 구조형태를 밝히려는 의도는 세계와 주체의 조화로운 추구라는 서정시의 기본 문제들이 불가능한 식민지 상황에서 시가 어떻게 현실을 깊이 인식할 수 있을까 하는 방식을 탐색하려는 것에서다.

그의 시에는 당대의 카프 해산 이후 계급주의의 내성화, 모더니즘의 경박성, 시문학파의 언어적 감수성과는 다른 시적 방식으로 역사의 방향성을 가늠하는 고통의 순간에 깨달음이라는 서정적 방식이 있다. 이것은 담론구성체에 동일화가 아니라 '타자'를 발견한 비동일화의 주체형태라는 점에서 이 글의 의미는 확실하다. 이것은 다음과 같은 이유에서다. 지금까지 대부분 연구자들은 유가적 집안 분위기, 그리고 독립운동 단체에서 활동한 것이나 북경 감옥에서 옥사한 것으로 이육사 시의 특징을 밝혔다. 이것은 알튀세르가 개인을 일정한 방식으로 호출하게 된다고 설명하는 것과 같은 것이다. 이러한 호출 장치들은 이육사 시를 해명할 수 있는 단서가 될 수 있다. 그러나 이육사 시의 정신은 호출장치로 설명할 수 있는 재생산 범주 안에 있는 것이 아니다.

이러한 문제를 극복하기 위하여 그를 호출하는 주자학·사회주의·의열단 담론구성체의 세 개의 상이한 층위를 지배하는 최종적인 심급으로 일종의 담론구성체를 큰 테두리에 통합하는 무의식과 같은 초담론이 주자학이라는 것을 페쇠의 이론을 토대로 하여 밝혔다. 이육사 시가 현실의 구체성을 매개하지 않았기 때문에 사회주의적 담론구성체와 무관하다거나, 민족운동의 구체적인 현장이 매개되지 않았기 때문에 의열단 담론구성체와 무관한 것으로 생각할 수 있다. 그러나 이것은 잘못이다. 그의 시에서 사회주의적 현실의 구체적 통찰이, 의열단의 민족운동의 현장이 최종의 순간에 주자학의 담론구성체 내에서 관념화되기 때문에 매개된 구체성은 추상화되어 버린다. 그가 생애의 한가운데 놓고 고민한 것은 정치적 문제다. 정치적 문제를 한가운데 놓고 고민하면서도 그는 정치적 현실성을 토대한 구체성보다는 이상적인 상태를 지향하는 주자학의 정신으로 그것을 풀려고 노력하였다. 그러므로 그는 시를 구체적 현실을 발견하려는 매개물로 삼은 것이 아니라 자신을 확인하고 굳건히 세우려는 매개물로 삼았다는 것을 알 수 있다.

이 매개물의 내적 형식이 노정 모티프다. 그의 시는 삶의 순간마다 자기를 넘어서는 자기 탐색의 기록장치이다. 이러한 노력은 식민지 현실과 자아 사이의 근본적인 불화, 즉 현실이 조화로운 총체성을 상실한 데에서 출발된다. 노정 모티프가 중심인 이육사 시는 고난과 시련으로 얼룩진 자신의 모습을 응시하는 방식으로, 그는 자신을 "바라보는 자"인 동시에 자신을 "바라보는 자신을 바라보는 자"로서 비동일화의 역동적 주체형태 구조를 드러낸다. 이것은 초담론 주자학의 호출에 대한 비동일화로 그의 시의 기품이자 균형감이다. 이 비동일화는 그의 시 은유구조에서 관념화된 추상적 의미를 당돌한 이미지와 결합하여 건강한 이미지를 만들어내는 것도 확인했다.

이육사의 노정기 형식의 시는 1930년대의 극도로 열악한 식민지, 끝이 보이지 않는 삶의 과정에 자신을 인간으로서 세우는 그 자체가 행동이라는 자각에서 매개된 것이다. 그의 시 담론은 청자에게 말을 건네는 것이 아니라 화자 자신에게 말을 건네는 전언의 중심을 자기에게 집중시키는 소통구조다. 이 집중은 자기 탐색방식으로 사기(私己)를 극복하고 천리의 공도(公道)를 중시하는 주자적 담론구성체의 호출에 의한 것이다. 그러나 일방적 호출이 아니라 비동일화라는 점에서 이육사 시는 저항과 순수의 의미를 동시에 갖는다. 이 저항은 일반적으로 말하는 반동일화의 저항이 아니라 절망하는 비극적 자기를 초월함으로써 세계에 대응하는 방식이다.

지금까지 분석을 통하여 볼 때 이육사 시의 의미는 파편화된 사물 인식을 중심에 놓았던 당대 모더니즘과 타자의 욕망을 주체로 오인하는 계급주의 시를 극복하는 지점에, 즉 자아와 세계의 균형잡힌 탐색이 서정시로서 가능할 수 있다는 데 있다. 그 핵심은 이육사 시의 주체가 주체라는 사실에서 출발하여 한 단계의 주체형태가 다른 단계의 주체형태로 전환되는 방식이라는 데 있다. 주체형태 전환의 전략은 그의 시에서 노정 모티프가 중심이 되는데, 이 노정 모티프에 주체가 생산되는 방식을 변혁시키려는 과정의 균형감과 진실성이 그의 시의 힘이고 정신이다.

이병철 : 계급주의와 유가적 담론의 상호구성

Ⅰ. 문제 제기

본 연구는 해방공간의 탁월한 전위시인 이병철 시의 사유구조와 미학을 탐색하는 데 목적이 있다. 이를 해결하기 위하여 해방공간에서 남로당 외곽 조직인 조선문학가동맹의 이데올로기, 그리고 그의 문화적 물질성도 함께 고려할 것이다. 이러한 시도는, 해방공간의 시는 좌·우 어떤 이데올로기 지평에서든지 이데올로기적 인지 기능이 수행된[1] 주체의 사유구조라 할 수 있기 때문이다. 더구나 전위시인 이병철은 어느 누구보다도 그가 관여하던 문동의 이데올로기 방향성과 물질성으로부터 자유로울 수 없었기 때문이다. 이것은 결국 해방공간의 역사성에서 비롯되는 것으로, '해방'이라는 어휘

---

1) 본 연구에서 사용하는 이데올로기의 개념은 "이데올로기는 그들의 실재조건에 대한 개인들의 상상적 관계의 표상이다"라는 알튀세르의 의미이다. 이 개념에 의하면 이데 올로기는 가상적인 성격을 지니고 있기는 하지만 표상이라고 하는 물질성을 지닌다. 그가 말하는 표상체계란 개별 인간이 삶에 대해 가지고 있는 관점·신념·입장 등을 일컫는다. 정치성을 배제하기 위하여 본 연구에서는 앞으로 이데올로기를 표상체계 라는 용어로 사용할 것이다.
루이 알튀세르, 『아미엥에서의 주장』, 솔, 1992, pp. 107~121. 참조.

자체가 함축하고 있듯이 기존 이데올로기의 해체와 새로운 이데올로기의 구성이 동시에 이루어지는, 즉 주체를 재구성하는 상황이었기 때문이다. 이러한 해방공간의 특수성을 고려하여 본 연구는 마르크스주의적 물질적 주체관을 벗어나서 담론구성체적 관점에서 접근할 것이다. 이 방법론을 선택한 것은 알튀세르의 주체 호출이라는 단일기제의 종속을 넘어서서 주체구성의 역동적인 관계를 고려하기 위한 것이다.

이병철은 1943년 『조광』에 등단하였지만 미처 두각을 드러낼 여유조차 없이 해방을 맞이하고, 역사적 격동기에 문동의 서울시 지부에서 이용악과 함께 현실적 과제를 실천하다가 월북한 해방공간의 문제적 시인이다.[2] 그의

---

2) 필자는 지금까지 밝혀지지 않은 이병철의 출생지·출생연도 등을 확정하면서 그의 연보를 다음과 같이 최초로 정리한다. 1921년 6월 9일 경북 영양군 입암면(立岩面) 병옥리(屛玉里) 94번지에서 부 재령인(載寧人) 이하구(李河九)와 모 풍산인(豊山人) 류희(柳姬)의 삼남으로 출생하다. 그의 형은 이학공·이병동, 누나는 이학남·이학선, 누이 동생이 이학규. 석천서당에서 사서삼경을 공부하고 석보초등학교를 졸업하다. 그는 이퇴계 학문을 계승하여 영남학파의 거두 이현일, 이재의 후손이다. 1935년 상경하여 진학하고자 하였으나 경제적 사정으로 뜻을 이루지 못하고 만주에서 양복기술자로 일하던 이병락의 소개로 만주 유리공장 노동자로 일하면서 중등부 과정을 이수하다. 만주에서 마르크스주의 사상을 학습하다. 1940년 귀국하여 세탁일을 하던 형 이병극과 고모댁을 전전하며 혜화전문학교에 적을 두고 문학을 공부하다. 한글연구가이며 민족운동을 하던 고모부 서승효의 사상에 크게 영향을 받다. 혜화전문학교 동급생 조연현과 함께 시를 습작하며 족문(族門) 시인 이병각·동향 평론가 이원조로부터 문학지도를 받다. 1943년 이원조의 천거로 12월 조선일보 후신인 『조광』에 「낙향소식」을 발표하여 문단에 등단하다. 동덕여고 출신 신부와 성균관에서 전통적인 혼례방식으로 결혼식을 올리다. 고모부 서승효가 조선어학회 사건에 관련되어 피체되었다 기소유예로 풀려나는 것을 목격하다. 부인과 함께 일제의 강제 징용을 피해 낙향하여 고향에서 농사를 짓다. 1945년 해방 다음달인 9월 중순경부터 안동농립고등학교 교사로 근무하며 프로문학동맹 안동지부를 운영하며 좌익도서 판매주식회사 영남지사를 경영하다. 「소」(『신문예』1)를 발표하다. 장남 이미륵 태어나다. 1946년 부인(婦人)과 어린아이들을 고향에 두고 단신으로 7월에 상경하여 남산동 '국수여관'에서 기거하며 「문동」 서울시지부 서기국부서의 총무부원으로 이용악과 함께 활동하며

시적 성취가 탁월함에도 불구하고 우리 시문학사에서 그에 대한 평가는 단지 유진오·박산운·김상훈·김광현 등과 함께 역사의 진보를 열망하던 전위시인이라는 단편적인 정리에 지나지 않는다. 전위시인의 핵심은 문동의 역사적 과제에 대한 일정한 방향의 물질성에 있다. 이 과제는 일제 유산과 봉건적 잔재를 청산하고 진보적 민주주의를 건설한다는 남로당 정치적 입장의 문학적 실천으로서 진보적 리얼리즘이다. 이병철은 해방공간에 있어 식민지 시인들과 함께 곧바로 이 과제에 호출된 것이 아니라, 그 실천 계기는 문동의 지방조직 확대와 신진작가 육성의 대목에서이다. 이것은 식민지 시대의 기성문인들이 봉황각에서3) 자아를 비판한 다음 단계에, 기성문인들의 망설임과 또 다른 모습의 신세대 시인들의 순수한 열정의 실천이다. 문제는 이러한 이병철의 진보적 물질성에 전근대적인 유가적 담론이 스며있다는 것이다.

이 이질성은, 그의 생애를 가로지르는 욕망의 은유라 할 수 있는 마르크시즘의 근대성과, 욕망의 환유라 할 수 있는 유가적 메카니즘의 전근대성이다. 근대성은 해방공간의 유진오·김광현 시에서 구체적으로 나타나는 민주적 나라 건설의 전위이다. 전근대성은 유가적 질서의 관념성이다. 이병철의 이

김상훈·상민·유진오·김광현·박산운 등과 합동시집 『전위시인집』을 출간하다. 1947년 10월 사건에 관련되어 복역 중이던 종제 이병권을 위하여 시 「뒷골목이 트일 때까지」를 『조선시인선집』에 발표하다. 1948년 이화여자중학교에서 교사로 근무하면서 가족을 서울로 데려오다. 1949년 조선문학가동맹 최후의 조직 책임자였던 평론가 배호와 이용악으로부터 지시를 받고 전위적인 작품을 창작하며 맹원으로 활동기금을 모아 이용악에게 전달하다. 이화여자중학교를 사직하고 서울신문사에서 발행하던 잡지 『신천지』를 편집하면서 나병시인 한하운을 동지에 추천하다. 1950년 남로당 조선문학가동맹 공작대 사건에 연루되어 서울형무소에 수감되었으나 6·25전쟁의 혼란한 와중에 6월 28일 출옥하여 7월 25일 의용군 동원 연설을 하고 전가족과 함께 9·28 수복 때 자진 월북하다. 1953년 임화·이태준·이승엽·이원조 등의 남로당 숙청 고비를 넘기다. 1990년 청진에서 작품활동을 하고 있는 것이 확인되다.

3) 「문학자의 자기 비판」, 『인민예술』2호, 1946. 10.

러한 두 모습은 그의 시적 사유구조를 특징짓는 것이며 또 전위시인들과 구분되는 점이다.

여기서 본 과제가 명확하게 인식된다. 이병철 시는 전위시인 유진오·김광현의 투쟁시와 구별되고, 또 당대 시단의 중심에 있던 박세영·권환의 개념시, 오장환·임화의 낭만적인 시로부터 자리를 달리한다. 전위시인의 실천성을 지도하던 김기림은 가장 우수한 전위시인으로 이병철을 자리매김하였다. 그 이유는 문동의 일정한 근대적 방향성에 대응되는 전근대성을 용인하는 것이 아니라 시적 우수성을 고려한 것이다. 그 우수성이란 전위시인들의 감상주의적 함정과 개념화된 한발(旱魃)의 위험으로부터 벗어난 점에 있다.4) 여기서 이병철 시적 주체화의 문제가 거론된다. 이 두 우려를 극복하고 시적 성취를 가져오게 한, 이병철의 시적 주체는 담론과정으로 설명할 수 없는, 또 다른 어떤 과정이 개입했다는 것이다. 이것은 이병철의 문화적 유산으로서의 유가적 메카니즘이다. 여기서 본 과제의 방향은 더욱 분명하게 자리한다. 진보적 물질성과 보수적인 유가적 담론이 함께 한다는 것은 정치 우위의 시적 실천인데, 이것은 절대이념의 시적 실천과 구별되는 것이다. 이러한 이병철의 시적 실천은 전위시인이라는 집단적 보편성과 다른 그의 개성이다. 이것이 밝혀짐으로써 해방공간에서 주체를 해체하고 주체를 세우는 시적 사유구조가 드러날 것이다.

Ⅱ. 조선문학가동맹의 주체 구성과 유가적 메카니즘의 주체 관리

식민지 지배 이데올로기의 해체와 새로운 이데올로기의 구성이라는 해방

---

4) 김기림, 「전위시인집에 부침」, 『시론』, pp. 209~110.

공간의 특수한 상황에 의하여 당대 시인은 어떤 이데올로기로든지 하나의 지평에 닿아 있었다. 단적으로 말하여 해방공간의 시인은 좌우익 어떤 자리이든지 간에 그 표상체계의 부름에 대하여 응답하는 자라고 할 수 있다. 그리고 이것은 이병철의 작품을 관류하는 "나는 간다"라는 일정한 방향성을 갖고 있는 물질성에서 쉽게 확인할 수 있다.

이병철 시를 일정한 방향으로 추동하는 힘은 「대열」·「울면서 따라가면서」·「거리에서」·「나막신」·「모가지」 등의 작품에서 공통적으로 보이는 망설임이나 주저함이 없이 현실의 가혹함에 비례하여 투쟁 의지가 고조되는 혁명적 로맨티시즘이다. 그 방향성은 "함께 누릴 즐거움으로 살기 위하여"(「대열」), "자유와 평화와 민주주의를 지키는"(「모가지」), 즉 진보적 민주주의 건설의 과제이다. 그렇다면 이러한 민족적 과제를 실천하도록 그를 일정한 방향으로 호출한 표상체계가 무엇이며, 그것이 구성하는 주체 형태가 어떤 것인가가 밝혀질 때 시적 사유구조가 선명히 드러날 것이다.

또 다시 뒷골목으로 숨어 다녀야 하는
우리 서로 조심스런 길머리에서
가끔 손에서 퇴비 냄새가 나는 시골친구들을 만난다

나의 아우와 아우의 어진 동무들과 그리고
끼니때마다 아비를 찾는다는 어린것의 엄마까지를
삼팔식 보병총으로 앗아갔는데
아― 나는 불기둥처럼 서서 엉엉 울어야만 하는 것일까

참나무 빗장을 여닫을 때마다 강아지만한 무쇠 자물쇠 여닫는 소리마다
하나씩 이슬처럼 사라지는 사람들 눈망울마다
눈망울마다 감고 간 원수의 모습을 나는 잊지 않으리
너희들 매운 채찍에 멍들어 쩔름거리는

젊음을 오히려 시퍼러니 앞세우고
나는 간다 뒷골목이 트일 때까지 나는 간다

—「뒷골목이 트일 때까지」

이 작품의 배경은 조선문학건설본부와 프로예술문학동맹이 통일전선을 결성한 다음 단계의 신전술 채택기의 10월 사건이다. 이것은 결국, 조국 해방의 환희가 채 사라지기 전에 "뒷골목으로 숨어 다니며", "또 다시 숨어 다녀야 하는" 출구가 없는 절망적 정치 상황에서 "뒷골목이 트일 때까지 나는 간다"라는 민족 과제를 실천하는 저항적 실천의지로 이어진다. 이 저항적 실천 의지는 10월 사건으로 인하여 가족과 친구들이 희생된 비극적 상황에서 좌절되거나 굴절되지 않고 오히려 고조된다. 이것은 김남천이 새로운 문학 창작 방향으로 제시한 "현실에 만족치 않고 명일과 미래에로의 부단한 전진 다시 말하면 현실적인 몽상, 미래를 위한 의지, 가능을 위한 치열한 꿈"[5)의 혁명적 로맨티시즘이다. 또 그것은 "(해방공간에 있어서 당면한 민족적 과제를) 위하여 싸우는 민족의 거대한 꿈과 영웅적인 정신"[6)으로서의 혁명적 로맨티시즘이다.

이 작품에서 중요한 것은 "나는 간다"라고 일정한 방향으로 추동하는 실체가 무엇인가 하는 것이다. 그것은 "무엇이 말해질 수 있는지 또 무엇이 말해져야 하는지를 결정짓는 담론구성체"[7)의 물질성이다. 그렇다면 "뒷골

---

5) 김남천, 「새로운 창작방법에 관하여」, 『건설기의 조선문학』, p. 169.
6) 위의 책, 같은 면.
7) 피터 지마, 『이데올로기와 이론』, 허창운 · 김태환 역, 문학과지성사, 1996, p. 291.
강내희, 앞의 책, p. 154 참조.
담론구성체는 페쇠(Pecheux)가 "이데올로기는 주체를 호출한다"라는 알튀세르의 호출 명제를 "개인들은 언어내에서 상응하는 이데올로기 구성체들을 표상하는 담론구성체들에 의하여 말하는 주체들로 호출한다"는 명제로 발전시킨 것이다.

목이 막힌" 상황에서 "뒷골목이 트일 때까지 나는 간다"라고 일정한 방향으로 호출하여 사유와 행동을 결정하는 물질성이 무엇인가를 먼저 밝혀야 할 것이다. 이것은 그를 호출하여 시인으로서 자리를 굳히게 한 남로당 외곽 조직인 문동이다. 구체적으로 임화에 의한 민주주의적 민족문학과 창작 지침으로서 진보적 리얼리즘의 인민성8)에 터하고 있는 것이다.

　민족문학이란, 그 당시 좌우익과 좌익 내에서도 논란이 있었음에도 불구하고 임화가 정리한 바에 의한다면 노동계급의 이념을 기초로 한 인민성의 문학이다. 이를 민족문학으로 규정할 수 있는 임화의 논리는 노동자 계급을 중심으로 한 인민문학이 노동자 계급에만 한정되는 것이 아니라 차츰 노동자 · 농민 · 진보적 지식인에게로 확산되어 민족 전체의 문학이 될 수 있다는 것에서다.9) 진보적 리얼리즘은 민족문학을 위한 창작방법론인데, 김남천이 이해하고 있는 '혁명적 낭만주의를 내포한 것'10)으로 박헌영의 8월테제를 배경으로 한 것이다.

　이병철이 이러한 표상체계에 호출되는 단초는 문학을 대중에 기초하려는 조선문학가동맹의 대중화 운동에 있다. 대중화 운동이란 조선문학건설본부와 조선프롤레타리아문학동맹의 좌파 문단의 분열기를 거쳐 상당한 시각의 편차를 드러내면서도 조선문학가동맹으로 통합한 통일전선기의 정치력에 의하여 조정된 지방문학운동의 활성화와도 연결되는 것이다. 이것은, 이병철이 이미 식민지 시대 만주에서 프롤레타리아 표상체계에 호출 당한 주체로서 다시 자신의 주체를 확고하게 세우는 계기가 되는 조선문학가동맹 안동지부에 있다.

---

8) 여기서 말하는 인민성이란 해방공간에서 노동자 · 농민 · 소시민 · 진보적 지식인 등이 갖고 있는 진보적 변혁성을 지칭하는 역사적 개념이다.
9) 임화, 「민족문학의 이념과 문학운동의 사상적 통일을 위하여」, 『문학』, 1947. 6.
10) 김남천, 앞의 책, 같은 면.

안동지부와 이병철의 관계는 「조선문학가동맹 운동사업 개황보고」11)에서 윤곽이 드러난다. 이 보고서의 조직운동에 관한 항목 가운데 "중앙조직을 확대 강화하는 한편 인천·개성·춘천·수원·대구·부산·군산·진주·전주·해주·안동 기타 각 주요지방에 지부 혹은 맹우회 조직을 적극 촉성하고 있는 바이다" 라는 내용이 있다. 이 내용은 1946년 2월에 채택된 조선문학가동맹 규약 제 12조에 "5인 이상의 맹원이 거주하는 도(道) 부(附)에 지부를, 기타 상당함이 인정되는 지방 혹은 직장에 맹우회를 치하고 각기 직상(直上)의 지부 또는 본 조선문학가동맹에 연계"한다는 규정에 있다. 이 규정은 문학운동이 전국적 규모로 전개될 수 없는 한계를 넘어서기 위한, 즉 "운동의 조직적 거점"12)을 확보하기위한 것이다. 이와 같은 지방 조직의 움직임은 통일전선기보다 앞서 이미 아서원에서 한설야를 중심으로 자기비판과 자신들의 실천 방향을 모색하던 자리에서 임화가 "조직으로나 운동으로나 문학운동은 대중과 교류되어야"13) 한다는 문학대중화를 강조하면서 이미 논의된 바 있다. 이러한 목적에 의하여 조직된 안동지부는 조선문학가동맹의 지방조직('지부'와 '맹우회') 가운데 지역 자체의 진보적 문학동호인 모임이라 할 수 있는 '맹우회'와 구별되는 조선문학가동맹의 전위적인 지방조직이다.14) 더 정확히 말한다면 안동지부는 조선문학가동맹의 신진작가, 특히 인민층으로부터의 작가적 성장의 육성 및 원조, 문학의 인민적 기초의 확립을 위한 대중활동이라는 조선문학가동맹의 전략적인 지방조직이다.15)

---

11) 조선문학가동맹 서기국, 「조선문학가동맹 운동사업 개황보고」, 『문학』 창간호.

12) 김남천, 「신단계에 처한 문화운동」, 『자유신문』, 1947. 1. 4~16.

13) 문인 좌담회 속기록, 「조선문학의 지향」, 『예술』 3호, 1946. 1.

14) 조선문학가동맹 서기국, 「지방조직에 대하여」, 『문학』 창간호, 1946. 7.

15) 조선문학가동맹 안동지부의 실체는 이병철이 1945년 안동농림학교 교사로 근무하면서 좌익도서 판매주식회사 영남지사를 경영했다는 대목에 있다. 그가 말하는 '좌익도서 판매'란 조선문학가동맹 강령 및 규약 제 3조 7항의 "기관지 급 필요한 단

　　이병철이 안동지부에서 1946년 8월 10일 조직된 서울지부로 자리를 옮기고 난 이후 그의 실천은 더욱 진보적이게 된다. 서울지부는 위원장 김기림, 부위원장 조벽암·박노갑·허준, 서기장 김영석, 총무부 강형구·임원호, 조직부 이용악·박영준·이병철, 선전부 김용호·김철수, 사업부 김상원·오장환·김광현, 출판부 지봉문·정원섭·홍구 등이 중심이 되고, 또 각 장르별로는 시 김광균, 소설 현덕, 평론 임화, 희곡 함세덕이 각각 책임자로 되어 있다.16) 문제는 이 조직의 구성이 아니라 이병철이 문학운동의 조직적 거점 확보라는, 즉 조선문학가동맹이 사업을 확대해 나가며 조직을 점차 대중화시키는 과정에서17) 그의 시적 출발점이 있다는 점이다. 더 분명히 말한다면 김영석·김남천·임화가 앞장서서 예술대중화 논의와 지방조직을 본격적으로 제기하는 전위성의 재생산 차원이라 할 수 있다.

　　조선문학가동맹 서울시 지부의 조직이 그들의 담론을 재생산하려 했던 치밀한 의도는 각 부서를 당시 문단 중심에 있던 시인과 지방조직에서 호출한 신인을 서로 연결하여 활동하도록 맺어 놓은 것에서도 드러난다. 이러한 목적을 구체적으로 실천한 것이 연말에 발간된 『전위시집』이다. 위원장 김기림이 서문을 쓰고 사업부 책임자 오장환이 발문을 쓴, 그 서발문의 성격은 일반적인 서발문과 성격이 다르게 그들의 담론을 재생산하는 담론 구성체로 기능하는 것이다. 다시 말한다면 『전위시집』은 젊은 신인들에게 근로 대중에게 침투할 수 있는 작품을 개발함으로써 시를 정치투쟁에 연계하여 운동의 파급효과를 노리기 위한 담론 구성체로서의 시집이라 할 수 있다. 이것은

　　행본의 출판 배포"의 '배포'이다. 또 1946년 8월에 조직된 서울지부보다 먼저 1945년 12월에 진주지부가 조직되었다. 이병철이 이와 같은 지방조직을 운영했음은 확실하다. 참고로 대구지부와 경북지부는 각기 1947년 6월에 조직되었다.

16) 『예술신문』, 1946. 8. 24.

17) 신범순, 「해방공간의 진보적 시운동에 대하여」, 『해방공간의 문학운동과 문학의 현실인식』, 한울, 1989, p. 277.

물론 남로당의 정치적 외곽단체인 조선문학가동맹 서울시 지부의 문학적 실천의 하나이다.

오장환이 그들을 "시단의 결사대"[18]라고 불렀음은, 그들의 성격을 분명히 하고 담론구성체의 방향성을 더욱 분명하게 인식시키기 것이다. 전위시인들이 동맹의 담론 구성체에 얼마나 충실하게 그들의 담론을 복제하였나 하는 것은 유진오 시에서 찾을 수 있다. 그 뿐만 아니라 박산운의 「거울같이 아는 일을」, 김광현의 「조국은 울고」 등에서 개성보다는 표상체계의 정당성을 앞세워 담론을 재생산한 것은 거침없이 튀어나오는 관념성에서 쉽게 찾을 수 있다.

이러한 관념성에의 종속은 정치적(이념적) 욕망과 신인으로서 문단의 중심에 진입하기 위한 욕망이 함께 하여 그 힘이 배가되었다. 이병철 시의 혁명적 로맨티시즘도 조선문학가동맹 초기에 김남천의 호출에 응답하는 것으로—이것은 김오성이 신세대 시인에 당부하는 혁명적 낭만성[19]이기도 한데—신세대 시인이 문단 중심으로 나아가는 욕망이기도 하다. 이것의 강렬성은 "젊음을 오히려 시퍼러니 앞세우고/ 나는 간다"라는 뚜렷한 방향성이다. 이 방향성에 의한 실천이 선명하게 나타나는 것이 「모가지」이다.

> 칼날을 싣고 지나가는 바람소리 요란한 바깥 날씨라서
> 자라처럼 비겁하여 부끄러운 어둠 속에 너의 모가지를 숨겨버릴 것
> 이 아니다.
>
> 가슴이 가늘어지도록 울고 싶음에,
> 원통한 하늘은 호곡(呼哭)하면서, 참을 길 없이 추켜드는 모가지가
> 시리구나.

---

18) 오장환, 「발(跋)」, 『전위시인집』, 1946, p. 72.
19) 신범순, 앞의 책, p. 279.

> 자유와 평화와 민주주의를 지키는 젊은 수호신들의 머리 위에
> 천둥 번갯불 어르렁대는 하늘이여 남부조선이여!
>
> 옆도 뒤도 없는 한뼘 땅 위에 정녕코 굽힐 수 없는 젊음을 재겨딛고
> 서서,
> 아 사뭇 위태로이 불러보는 우리들의 조국은 아직도 멀리 있는가.
>
> 칼날을 아니 바람을 차라리 명주고름처럼 가벼이 감고
> 한 사람씩 뒤를 이어 생채기 금간 모가지를 자랑삼아 우줄우줄 나서
> 는 길이 있다.
>
> 멀리 보이는 내 사랑 민주주의의 언덕 바삐 이르러
> 구름 머흘머흘 하늘 걷힌 뒤, 피에 젖은 엽의의 옷자락이며 모가지며,
> 환히 밝은 햇볕아래 생채기 말릴 것을 믿으며 가는 길이 있다.
>
> ─「모가지」 전문

이 작품은 「뒷골목이 트일 때까지」의 방향성과 혁명적 로맨티시즘적인
경향을 그대로 지니고 있다. 현실의 서사적 구체성이 약화되고, 저항적 의지
를 강하게 앞세웠다는 점에서 관념이 앞섰다고 할 수 있다. 그러나 다소
감정이 노출되었다 하더라도 내적 진지성을 매개하는 날카로운 이미지들이
위기의 현실을 환기함으로써 오히려 구체성을 확보하고 있다. 이 작품의
핵심은 부정적 현실에 대하여 자신의 실천적 의지를 다짐하는, '모가지'가
상징하는 의미에 있다. 그것은 격랑의 현실에 자신을 던지는 가열함이다.
이 가열함은 김상훈·유진오처럼 담론 구성체가 전도한 가열함이 아니라,
자신을 바라보는 타자로서 기능하는, 주체의 내적 성찰에 의해서이다.

문제는 해방공간의 혼란한 정치적 상황에서 담론구성체와 주체의 이러한
역동성에 의하여 리얼리즘의 성취가 있게 된다. 그것은 타자의 논리에 동일

화된 주체를 해체하는 것이며, 타자가 은폐하거나 배제하는 현실의 진실성을 복원하는 것이다. 그의 시구로 말한다면 "자라처럼 비겁하여 부끄러운 어둠에 너의 모가지를 숨겨버릴 것이 아니다"라고, 자신을 타자로 바라보며 냉정하게 비판하는 진지한 성찰에 의하여 성취될 것이다. 그 때에 이육사가 식민지 벼랑에서 무지개를 바라보며 자신이 어떻게 할까를 깊이 고뇌하듯이, 그도 "옆도 뒤도 없는 한 뼘 땅 위에 정녕코 굽힐 수 없는 젊음을 재겨딛고 서서" 진지하게 자신이 어떻게 할 바를 스스로에게 묻고 다시 다짐을 한다. 이것은 어떤 전위시인에게도 찾을 수 없는 그만의 기품이다. 이것은 이병철이 "내가 내 등뒤에서 숨으려는 나를 헐벗은 틈에서 새삼보았노라"(「거리에서」)고 자신이 발견한 또 다른 자신의 타자를 바라보았을 때 가능한 것이다. 중요한 것은 전위시인들이 격하게 겉으로 드러낸 파토스적 격정을 안으로 다스리며 치열하게 자신을 일정한 방향으로 밀고 나아가게 한 것은 무엇인가 하는 것이다. 이 점은 지금까지 이병철의 시적 주체를 구성하는 조선문학가동맹의 담론 구성체로 설명할 수 없는 담론 이외의 물질이 있다는 것을 전제로 한 것이다.

> 은하수 푸른 물에 머리 좀 감아 빗고
> 달뜨걸랑 나는 가련다
> 목숨 '壽'자 박힌 정한 그릇으로
> 체할라 버들잎 띄워 물 좀 먹고
> 달뜨걸랑 나는 가련다
> 삽살개 앞세우곤 좀 쓸쓸하다만
> 고운 밤에 딸그락 딸그락
> 달뜨걸랑 나는 가련다

—「나막신」 전문

이 작품은 앞에서 살펴본 것들과 다른 분위기의 작품으로 단순하게 이별시로 읽어도 무방한 서정시다. 한용운 시집『님의 침묵』이 각기 개별적인 의미를 가지면서 서로 상호텍스트성을 가지고 있듯이, 이 작품도 그의 전 작품을 관류하는 동맹의 담론구성체와 결코 무관한 것이 아니다. 그가 전위시인으로 주목을 받은 이후에, 또 10월 사건으로 악화된 상황에서 어느 때보다 전위적 역할이 요구되던「모가지」와 동일한 시기에 쓴 작품이라는 것을 전제한다면 이 작품은 물질성을 함축하고 있다. 이 작품이 지닌「뒷골목이 트일 때까지」·「모가지」·「역두에서」·「곡」등 일련의 작품들과의 상호텍스트성은 "나는 산다"인네, 이것은 "현재에 저항하며 미래로의 부단한 견인"이라는 일정한 방향성인 것이다. 이로 본다면 이 작품은 단순한 이별시가 아니라 조선문학가동맹의 담론 구성체가 구성한 물질성을 지닌 시라는 것을 알 수 있다.

이 작품의 방향성은 "목숨 '壽'자 박힌 정한 그릇으로/ 체할라 버들잎 띄워 물 좀 먹고"라는 구절에서 유추할 수 있다. 이는 결단의 순간에 숨을 고르는 내적 조망이자, 그를 호출한 조선문학가동맹 담론구성체의 동일화를 되짚어 보는 내적 행위일 수 있다. 그리고 "목숨 壽자"가 내포하듯이 앞을 예측할 수 없는 —역사적 격동기에 다시 돌아올 가능성이 불확실한—역사적 격량의 한 고비에서 인간적 고뇌일 수 있다.

그런데 이 작품에서 육신을 가다듬고 호흡(정신)을 고르며 때를 기다렸다가 길을 떠나는 자의 의연한 모습은 修己治人하는 유가적 이미지이다. 이것은 전위시인이 목표로 하는 투쟁적인 실천 층위와 다른 것이다. 유가적 이미지는 이 작품의 핵심이라 할 수 있는 "달뜨걸랑 나는 가련다"하는 구절에서 '달'의 상징성과 "나는 가련다"라는 서술에서 드러난다. '달'은 시간의 질서와 시절의 운행을 상징하는 것으로, 즉 시간과 공간을 초월하여 존재하는 법칙을 상징하는 것이 된다. 유가에서 이것은 윤리적 문제까지 하나로 통합하는 당위의 질서체계이다. 문제는 이러한 "있어야 할 원리"로서의 유가적 메카니즘이 그의 시적 주체에 관여한다는 것이다.

여기서 이병철이 조선문학가동맹의 동일화의 담론 재생산자가 아니라는 것을 알 수 있다. 다시 말해서 담론구성체가 구성한 주체를 관리하는 유가적 메카니즘의 아비투스[20]가 간여하기 때문이다. 유가적 아비투스는 삶 속에 각인되어 주체를 관리하는 문화적 자본이다. 이 질서 체계는 조선문학가동맹의 담론구성체와 대응되는, 인간을 구속하는 전근대적인 사상이라고 비판할 수 있다. 그러나 인간이 있어야 할 존재로 존재해야 한다는 인간존중을 핵심으로 하는 사상이라는 점에서 결코 비판될 것만이 아니다. 그의 생애를 검토할 때 이 문화적 자본의 실체가 드러날 것이다.

그에 대한 전기적 연구는 그가 서울지부 사건에 관련되어 수감되었다가 6·25의 혼란 와중에 솔가하여 월북한 이후로, 그에 대한 논의 자체가 금기시되고, 또 해방공간에 신세대 시인으로 활동하다가 족적을 감춤으로써 미처 연구자들이 관심을 갖고 연구할 여유가 없었기 때문에 연보조차 정리되지 못하였다. 그보다 근본적인 이유는 그를 주체로 구성한 이데올로기 자체가 냉전체제하에서 연구자들의 접근을 허용치 않았기 때문이다. 그러나 최근에 그의 생애가 구체적으로 밝혀졌다.[21]

이 연구에 의한다면, 이병철을 호출한 것은 조선문학가동맹이고, 그 담론구성체에 의하여 그의 시적 주체가 구성되었다는 것은 명확하다. 또 이병철 시에 무의식처럼 나타나는 유가적 이미지는 퇴계 학파를 계승한 가문의 전

---

20) 아비투스는 인간의 행위를 생산하는 체계이다.
   피에르 부르디외, 『혼돈을 일으키는 과학』, 문경자 역, 솔, 1998, p. 137.
21) 이강언·조두섭, 『대구·경북 근대문인연구』, 태학사, 1999, pp. 213~232.
   지금까지 알려지지 않은 이병철의 출생연대·출생지·가족관계·학력·만주체험 등이 구체적으로 밝혀졌다.

통이라는 것도 확인된다. 그의 가문의 유가적 전통은 석천 서당이 상징하는 이시명과 장씨 부인, 그리고 퇴계학문을 계승한 영남학파의 거두 이현일과 이재를 통해서 축적된 문화적 자본이다. 그의 시에 나타나는 육사와 같은 기품은 가문의 유가적 메카니즘에 의한, 즉 푸코가 말하는 자기 감시라 할 수 있는 극기의 물질성에 의한 것이다.

여기서 이병철 시에 나타나는 선명한 이미지가 어디에 기인한 것인가를 확인할 수 있게 되는데, 그것은 주체를 관리하는 유가적 물질성의 극기이다. 조선문학가동맹의 담론 구성체는 그를 전위적인 주체로 뜨겁게 추동하고, 유가적 메카니즘은 그를 냉절하게 관리한 것이나. 이에 그의 시는 뜨거우면서도 감정은 절제되고 시적 이미지는 선명하게 된다. 다시 말한다면 비시적 상황에서 분출되는 감정을 통어하여 탁월한 시적 성취를 가져오게 한 것은 유가적 자본의 극기이다. 이러한 유가적 자본은 그로 하여금 당대 유행하던 전언의 중심을 청자에게 두는 청자지향의 시와 무관하게 하였다. 그의 시에는 전언의 중심이 언제나 자신에게 있고, 여기에는 진지한 성찰이 동반된다.

그런데 조선문학가동맹의 전위성과 가문의 보수성은 이질적이다. 이러한 이질적인, 조선문학가동맹의 근대적 담론구성체와 가문의 전근대적 유가적 메카니즘을 매개하는 것은 진보적 리얼리즘을 혁명적 로맨티시즘으로 그들이 파악하였듯이 세계를 있어야 할 것으로 보는 가치지향적인 세계관이다.[22] 유가들은 가치·당위·도덕이 부정될 때 인간 또한 부정되기 때문에, 인간 자체를 보존하고 존중하기 위해서는 위계질서와 도덕, 그리고 권위는 피할 수 없는 요소로 생각했다.[23] 이병철에게 유가적 질서는 인간을 보호하

---

22) 유물론적 인식론에 따르면 인식의 과정에서 가치와 당위는 전혀 개입될 수 없다. 그러므로 교육·훈련·극기 그리고 이러한 것들을 담당하는 사회·교회·가족 등은 필요치 않다.
위의 책, p.244.

는 장치로서 진보적 조선문학가동맹의 담론과 함께 하는 것이라 할 수 있다.

다른 하나는 그가 동맹원으로서 유가적 메카니즘 내에서 정치적 현실을 비판하는 위민 사상이다. 이병철이 동일화한 인민성은 유가적 메카니즘의 전거인 『논어』에서 민을 위하여 위정자를 비판하고 인치를 주장하는 이치와 크게 다르지 않다. 여기서 이병철은 동일화의 담론구성체를 복제하는 착한 주체가 아니라 역동적인 비동일화의 주체인 것이 확인되었다. 이 역동성은 세상을 바르게 보고 바르게 살려는 마음이다.

III. 간주관성의 상생(相生)의 미학

이병철 시가 조선문학가동맹의 표상체계에 동일화되었음은 그의 시를 관통하는 '나는 간다'라는, 조선문학가동맹의 지도이념에 응답하는 일정한 방향성에서 이미 확인하였다. 또 자신을 진보적 민주주의의 대열 속에 고양된 심리의 상태로 전진시키는[24] ㉠ 해방의 감격, ㉡ 투쟁의 대열, ㉢ 민중적 현실의 정서적 체험에서 나타나는 혁명적 로맨티시즘도 확인하였다. 혁명적 로맨티시즘은 언제나 현실적 좌절이 동반되는데, 그것을 극복하는 것이 유가적 메카니즘이라는 것도 확인하였다. 문제는 이러한 그의 시적 미학이 무엇인가 하는 것이다.

조금씩 서로 닮은
비슷비슷한 얼굴들

---

23) 함재봉, 앞의 책, p. 261.
24) 신범순, 앞의 논문, p. 280.

모두다
해바라기처럼 싱싱한 포기포기

바람에 흔들리면서
이지러질 듯 바람 속에 흔들리면서
붉으래 핏빛 좋은 얼굴들

앞을 따라
목소리를 가지런히 만세를 부르면서,

예사 함께 누릴 즐거움을 살기 위하여
하늘 걷히고 온전한 햇빛 받아 무성하기 위하여

앞을 따라
목소리를 가지런히 만세를 부르면서
우리 모두다 함께 간다.

—「대열」 전문

『전위시인집』에 실린 이 작품은 1946년 6월 사건을 배경으로 한 시이다. 이 사건을 소재로 하였다는 것은 정치적 감각을 앞세웠다는 것인데, 이 정치적 감각은 그가 동일화된 표상체계이다. 김상훈의 「기폭」, 김광현의 「조국은 울고」, 박산운의 「거울같이 아는 일을」 등의 작품은 관념을 여과 없이 노출시키며 선동적인 구호가 앞세운다. 그러나 이병철은 이러한 비시적인 전위시인의 자리에서 선명한 이미지를 만들어 낸다. 이것은 주체에 작용하는 문화적 자본의 극기라는 것을 앞에서 밝혔다.

위의 작품에는 "우리는 모두다 함께 간다"라는 담론구성체가 구성하여 일정한 방향으로 호출한 동일화의 주체가 드러나 있다. 이 일정한 방향성과 물질성은 대열을 지은 무리의 객관적 상관물 '해바라기'가 태양을 따라 움직이는 향일화(向日化)라는 상징성에서도 확인된다. 즉 해바라기는 조선문학가동맹의 담론구성체가 일정한 방향으로 구성한 주체이다. 이 방향성은 혁명적 로맨티즘을 동반한다. 해바라기를 "싱싱한 포기"나 "붉으래 핏빛 좋은 얼굴들"로 비유하고 있는 함축적 의미가 청춘의 정열을 암시하고 있는데도 불구하고 시적 주체의 감정은 극도로 절제되어 있다. 그러나 「대열」은 겉으로 감정이 절제되어 있으나 안으로는 뜨겁고 힘차다. 여기에서 이병철의 시가 전위시인들과 다른 점이 있다.

문제는 시적 주체가 두 번 반복하는 "앞을 따라/ 목소리를 가지런히 만세를 부르면서/ 우리 모두다 함께 간다"라는 대목의 '앞을 따라', 그리고 '가지런히'는 절대개인으로서 시적 주체가 아니라 타자와 조화로움을 추구하는 가운데 존재하는 주체다. 이것을 다르게 말하면 시적 주체는 절대 개인으로 존재하는 것이 아니라 자아와 타인과의 관계 속에 존재하는 간주관적(間主觀的, intersubjective)인 존재다. 그가 저항하는 근본은 "예사 함께 누릴 즐거움을 살기 위하여/ 하늘 걷히고 온전한 햇빛 받아 무성하기 위하여"[25]라는 구성원이 완벽한 조화를 이루며 살아가는 상생(相生)이다. 그가 동일화한 인민성과 유가적 메커니즘의 이질성을 매개하는 것은, 곧 인간이 인간과 더불어 사는 상생의 원리이다. 이를 위하여 시적 주체는 투쟁의 대열에서 영웅적으로 목소리를 높이는 것이 아니라 목소리를 낮추어 타자와 가지런히 조화를 이룬다.

주체와 타자의 관계가 구체적으로 설정된 것이 앞에서 살펴본 「뒷골목이

---

25) 이 구절은 조선문학가동맹이 이상으로 설정하고 있는 모든 권력이 사라진 혁명 이후의 상태로 생각할 수 있다. 이 상태에서 개인은 권위·권력·위계질서를 벗어난 절대적 개인이다. 이것은 이병철의 담론구성체적 의미이다. 그러면서도 이것을 유가적 담론으로 생각한다면 사람들 사이의 질서체계에 의하여 유지되는 당위라 할 수 있다.

트일 때까지」이다. 뒷골목이 트일 때까지 저항하는 시적 주체는 절대적 개인
으로 존재하는 것이 아니라 서사적 배경이 된 아버지와 나, 나와 아내, 나와
아들, 나와 동생이라는 가족적인 질서 속에 있는 간주관적인 존재다. 가족은
간주관성의 가장 기본적인 단위이다. 이 기본적인 단위를 해체할 때 절대개
인으로서 전위시인 유진오와 같은 영웅적 모습이 드러나게 된다.

> 웃을 때마다 보조개 우물지는 아내를 콧구멍이 빠끔빠끔한 어린 것
> 들을
> 낙동강 건너 마을에 버리고 쫓겨왔다.
>
> 하두 바람부는 날이기에 자락을 거슬러 젊음을 버티면서
> 몇몇 동무들은 시장한 회관에서 나를 기다릴텐데.
>
> 아 이 어인 바람이 멎지 않아
> 휘몰리는 발걸음을 바로 고누우려는 발걸음을 비틀거리면서,
> 바람벽마다 전봇대에 누더기진 삐라를 읽는다.
>
> 흰 손이 좀 부끄러웠음인가 내가 내 등뒤에 숨으려는 나를 헐벗은
> 틈에서 새삼보았느니라, 어서 굵다란 첫획을 그을 붓과 잉크를 사가지고
> 건너가자.

―「거리에서」 전문

이 작품은 동일화한 담론의 실천을 위하여 가족과 결별하지만, 실천과정
에서 머뭇거리는 자신을 발견하고 다시 대열 속으로 힘차게 밀어 넣는다는
물질성을 강조한 시다. 이 핵심은 시적 주체가 자신의 등뒤에 숨으려는 자신
을 발견하는 것인데, 그것은 '흰 손'이 함축하고 있는 현실적 실천이 부족한
지식인으로서 굳건하게 주체를 세우기 위함이다. 주체를 세우는 것은 담론

구성체가 추동하는 힘일 수 있고 또 유가적 자기 다스림의 치열한 수기일 수 있다. 이 두 가지 추동력을 매개하는 것이 뜻을 같이하는 조직원이고 그를 기다리는 고향의 가족이다. 지금 현재 가족을 떠나와서 목적을 실천하는 것은 가족과 함께 하기 위한 준비 과정일 것인데, 자신이 자신의 등뒤에 숨는다는 것은 그 목표를 포기하는 것이다. 여기서 "어서 굵다란 첫 획을 그을 붓과 잉크를 사가지고 건너가자"라는 자신을 매몰차게 내려치는 독백이 있게 된다. 이렇듯이 전위시인으로서의 그는 절대적 개인으로서 기능하는 것이 아니라 조선문학가동맹원 동료들과 아내와 어린것의 관계 속에 있는 것이다. 그의 시적 미학은 이러한 간주관성에 있다. 그는 혼자 바르게 살려고 하지 않았고 함께 더불어 살기를 희원했다. 그의 시를 관통하는 상생의 미학은 이데올로기를 해체하고 새로이 구성하는 이데올로기로 기능하는, 인식론의 전환이다.

그런데 문제는 이병철이 가족중심주의의 절대개인으로서 기능하지 못하는 자리에서 어떻게 전위적인 운동을 진지하게 형상화하느냐 하는 것이다. 가족중심주의가 간주관적이라는 점에서 절대 개인으로서 존재하지 못한다는 문제점이 있으나 이것을 역으로 생각한다면 오히려 구체적인 사건을 매개하여 치열한 자기 성찰과 전위의식을 고양시키는 장치도 될 수 있다. 즉 간주관성의 작품은 가족구성원을 매개함으로써 문제의 절실성 뿐만 아니라 내면의 고백까지 들려주기 때문이다. 이러한 장치들은 민중적 현실을 형상화하여 전위적인 실천 의지의 파급효과에 둔 것이다. 그것은 역사의식이 미급한 일반독자들에게 극적효과를 가져올 수 있기 때문이다. 이것은 일정한 방향성의 실천적인 효과를 노리기 위한 시적 효과일 수 있다. 그러나 그는 이러한 시적 효과보다 자신을 진지하게 성찰하고 함께 더불어 살기를 원했다.

그가 월북하여 쓴 작품에서, 즉 마르크스주의적인 표상체계의 강력한 힘

안에서도 유가적 질서는 주체에 작용한다.

> 여섯 해째, 편지도 전치 못한 고향
> 남들처럼 휴가도 갈 수 없는 고향
> 거기서 인제는 백발로 늙었을 어머니를 두고
> 굶주림에 시달린 아내와 어린것들을 두고
> 오늘 들어 그리움은 더욱 그지없는가?
>
> 최동무에겐 고향엔 갈 때 찾으란
> 여백 얼마남지 않은 저금통장이 있다고
> 언제나 한 번은 가고야 말 그날을 위하여
> 어린것의 까치단 조고리 감이며
> 어머니와 아내의 선물로 준비된 마음
>
> 그러나 올 휴가에도 가지 못하는 그
> 그는 생각하는 것이다
>
> 흔히 사람들 그러하듯이 최동무
> 무심결에 고향 주소를
> 낙서로 땅바닥에 쓰고 또 쓰는가
> 원수를 모조리 몰아내고서
> 언제 한 번은 꼭 가고야 말 그 고향
>
> —경상북도 드메산골 영양땅
> 립암면 병옥동……

—「휴가를 두고」 일부분

이 작품은 그가 월북하여 6년 후 북한 문학 기관지 『조선문학』에 발표한 작품이다. 핵심은 "원수를 모조리 몰아내고서" 하는 상투적인 이데올로기를 떼어버리고 나면 해방공간의 가족중심주의 작품 구조에서 변화된 점은 없다. 이데올로기와 정체성을 달리하는 공간에서도 그의 작품 구조가 간주관적이라는 점은, 해방공간에 구성한 주체가 유효하다는 의미일 것이다. 이러한 인식론의 문제는 시적 화자가 가족관계의 타자 속에서 기능함으로 절대개인으로서 기능하지 못한다는 것이다. 가족이라는 단위는 절대개인을 중심으로 하는 마르크스주의에는 근본적인 사회 단위로 받아들여지지 않고 있으며, 특히 정치 사상을 논하는 데에는 전혀 고려되지 않고 있는 단위이다. 이러한 체제하에서 그를 관리하는 유가적 메카니즘(여기서는 가족주의의 질서)은 그가 시적 요체가 되는 간주관적 인식론에 기초한 상생의 미학이다.

IV. 결론

이병철은 해방공간의 역사적 격랑에서 자신의 주체를 바르게 세워 새로운 나라를 만들기 위하여 마르크시즘 담론을 선택했고 그 정치적 실천으로 남로당 외곽단체인 조선문학가동맹 서울시지부에서 활동했다. 그 중심은 진보적 리얼리즘의 인민성이다. 그는 이 담론을 일방적으로 복제하는 것이 아니라 역동적으로 재구성하였다는 점에서 해방공간의 진보적 시인들과 차별성을 갖게 되며, 여기서 그의 시적 문제성이 있게 된다.

그에게 진보적 리얼리즘의 방향성은, 인민성 그 자체에 있으면서 매우 이질적인 유가적 메카니즘이 함께 작동하는 혁명적 낭만성에 있다. 여기서 이념을 우위에 놓은 유진오·김광현과 유가적 집안의 이병철 시가 구별되는 점이 나타난다. 이들, 즉 이념을 우위에 놓은 시인들이 복제한 담론이 추동하는 격정을 통어하지 못할 때, 그는 자신의 감정을 객관적 상관물을 통하여 이미지화 한다. 김기림이 막연하게 그의 시적 우수성을 이야기 한 점은 이러한 진보적 리얼리즘 담론에 작용하는 유가적 메카니즘의 이미지다.

조선문학가동맹이 호출한 전위성과 가문이 관리하는 유가적 전근대성은 이질적이다. 이 이질적인, 조선문학가동맹의 근대적 담론과 가문의 전근대적 유가적 메카니즘을 매개하는 것은, 진보적 리얼리즘을 향한 혁명적 로맨티시즘의 가치지향적인 세계관이다. 유가들이 그러하듯이, 이병철은 인간의 기본 질서가 부정될 때 인간 또한 부정되기 때문에, 인간 자체를 보존하고 존중하기 위해서는 유가적 질서를 필요한 요소로 생각했다. 그러므로 이병철에게 유가적 질서는 인간을 보호하는 장치로서 진보적 조선문학가동맹의 담론과 함께 할 수 있었나.

본 연구는 해방공간의 전위시인들이 알튀세르의 주체 호출이라는 단일기제에 종속된 유진오·김광현 등을 넘어서서 또 다른 이병철의 역동적인 시인의 사유구조를 밝혔다는데 의미가 있다. 지금까지 이병철 시는 전위시인이라는 집단성을 앞세워 그 내부의 개별성, 즉 비동일화의 측면은 간과되었다. 이 점은, 그가 조선문학가동맹의 호출된 담론을 관리하는 가문의 유가적 메카니즘을 확인하지 않은 까닭이다. 그리고 호출 기제만으로 그의 시를 읽었기 때문이다.

그의 시의 의미는 감정이 앞서던 해방공간에 유가적 메카니즘이 시적 형상화에 간여하는, 감정을 객관화할 수 있는 시적 기능이다. 이 점은 이육사 시에서 나타나는 한시의 선명한 이미지와 같은 것이다. 그러므로 그의 시에서 이미지즘적인 차원과는 달리 자생적인 견고한 이미지는 유가적 절제의 미학에서 기인된 것이다. 이를 다른 측면에서 말한다면, 호출 담론이 추동하는 타자성에 대한 자각이다. 즉 그의 시에는 그를 뜨겁게 추동하는 조선문학가동맹의 담론에 유가적 담론이 타자로 작용한다. 그러므로 그의 시적 화자는 일정한 방향성을 가지면서도 머뭇거리는 소시민성이 드러난다. 이는 진보에 대한 치열성이 부족한 것이 아니라, 진보에 대한 마권으로부터 벗어나는 타자성이다.

이병철 시의 또 다른 특징은 시적 화자는 절대 개인으로 존재하는 것이 아니라 자아와 타인과의 관계 속에 존재하는 간주관적(間主觀的, inter-subjective)인 존재라는 데 있다. 이 간주관성은 타자와 조화를 이루며 살아가는 유가적 상생(相生)의 원리이다. 그렇기 때문에 시적 화자는 투쟁의 대열에서 혼자 앞서서 영웅적 목소리로 외치는 자가 아니라 목소리를 낮추어 타자와 가지런히 조화를 이루는 조직의 단위 질서 내의 흐름에 따라가는 자이다. 이는 그의 시의 시적 화자가 대부분 서사적 배경이 되는 인물인 아버지와 나, 나와 아내, 나와 아들, 나와 동생이라는 가족적인 질서 속에 있는 간주관적인 것에서 쉽게 확인된 것이다.

문제는 이병철이 가족중심주의의 절대개인으로서 기능하지 못하는 자리에서 어떻게 전위적인 운동을 전개하였느냐 하는 점이다. 이것은 구체적인 사건을 매개하여 치열한 자기 성찰과 전위의식을 고양시키려는 전력일 수 있다. 시적 배경이 되는 단편 서사시 속에 가족구성원을 설정함으로써 문제의 절실성뿐만 아니라 내면의 고백까지 들을 수 있기 때문이다. 그것은 역사의식이 미급한 일반독자들에게 극적 효과를 가져올 수 있기 때문이다. 이러한 이병철 시의 특징은 해방공간의 전위시인 집단성의 보편성과 개별성을 밝혔다는 데 본 연구는 의미를 가지게 된다.

이호우 : 한 갈래의 서정시학

Ⅰ. 문제의 제기

이 글의 목적은 이호우의 전·후기 시조에서 변치 않고 일관되게 현실에 대응하는 서정의 성격을 탐색하는 데 있다. 이 점은 그가 주지의 사실처럼 이병기의 고전 정신의 시조학을 계승하여 그것을 뛰어 넘고[1] 역사 앞에 언론인으로, 시조시인으로 "일체(一切)를 밀고 앞장을 섰다"(「깃발」)면 그 요체가 무엇인가 하는 것이다. 먼저 하나의 가설을 제시한다면, 그것은 그가 자신을 극복하고 그 자리에 나타날 것이라는 자신에 대한 확고한 믿음이다. 이러한 인간상은 니체의 초인이나 유가적인 군자라고 이름을 붙일 수 있으나, 그같이 엄숙한 인간이라기보다는 타자의 표상체계에 대하여 주체를 역동적으로 구성하는 비동일화 인간상이라 할 수 있다. 그가 "뼈저리게 울었나니"라고 스스로 쓴 묘비명은 이러한 비동일화의 한 주체형태다. 이 "뼈저린 울음"이란 정신의 가열성일 수 있지만 욕망의 기표에 미끄러지는 기의를 일치시키려는 정서적 등가물일 수 있다. 그러나 이 모두 푸코가 말하는

---

1) 김윤식, 『한국근대문학양식논고』, 아세아문화사, 1980, p. 94.

자기관리 메커니즘으로서 서정성[2]의 의미를 갖는다.

서정은 에밀 슈타이거에 의한다면 세계와 자아 사이에 구별이 사라지고 하나가 되는 혼융이다.[3] 그러므로 서정적 세계관은 자아와 세계가 동화된 미적 통일을 전제로 한다. 미적 통일은 세계와 자아가 간극 없이 행복하게 만나는 황홀한 지점에서 가능하다. 우리 삶의 기표와 기의라 할 수 있는 세계와 자아는 언제나 서로 미끄러져 고정점을 허락하지 않는다[4] 그런데도 고정점을 확정하는 서정적 세계관은 꿈꾸는 자의 미분화된 순수함이라 비판할 수 있다. 이것을 역으로 생각한다면 끝없이 미끄러지는 힘에 고정점을 찾으려는 우매한 서정성은 결국 타자의 담론으로부터 자신을 지키려는 순수함이다. 이 순수함은 끊임없이 발빠르게 자리를 옮겨가는 욕망의 전치와 환유의 교활함과 다른 방향이다. 서정은 자꾸 자리를 옮겨가는 욕망의 은유와 환유에 대한 저항이다. 이것이 이호우 시조가 이병기 시조를 뛰어 넘어 단수의 절묘함을 빚어낸 서정성이다.

지금까지 이호우 시조의 연구자들은 전·후기 시조의 소재의 차이점을

---

2) 이 글에서 사용하는 서정성·서정·서정적이라는 의미는 범박하게 동일화라는 큰 범주에서 같은 의미로 사용한다.

3) 에밀 슈타이거, 이유영·오현일 역, 『시학의 근본개념』, 삼중당, 1978, p. 18.

4) 이호우가 1912년 3월 2일 출생하여 1970년 1월 6일 심장마비로 타계하기까지 자기가 자기를 넘어서기를 시도하며 안간힘을 쓴 흔적은 신경쇠약으로 경성제일고보와 동경 예술대학의 학업 중단, 군법회의에서 사형 언도를 받은 것이나, 필화 사건 등이다. 이 모두는 삶의 미끄러진 마디인데, 그가 이러한 뼈저린 고비에서 스스로 절실하게 쓴 자신의 「묘비명」의 한 구절처럼 "뼈에 저리도록/ 인생을 울었다." 그가 한 평생 뼈에 저리도록 울음을 운 것은 세계와 자아가 '한 갈래'로 조화를 이루려고, 즉 미끄러짐에 대하여 안간힘을 쓰며 버티었다는 의미이다. 이것은 세상을 바르게 보고 바르게 살려는 마음이고, 바르지 못한 것에 대한 길항이다. 이들은 궁극적으로 세계와 자아의 조화로운 세계를 구축하는 '한 갈래'의 서정적 질서 찾기이다.

문제로 하여 시조의 변화에 초점을 맞추어 논의하였다. 그런데 문제는, 그의 시조가 전기 자연 시조에서 후기 사회 시조로 변화하였음에도 변하지 않고 일관되게 보이는, 그것이 자신을 넘어서 자신을 만날 수 있다는 믿음의 서정적 세계관이다. 앞으로 논의를 전개하는 가운데 밝혀지겠지만, 우선 등단 작품 「달밤」과 후기 작품 가운데 가장 사회적인 「깃발」을 비교해 보아도 그것을 확인할 수 있다. 전기의 "온 세상 쉬는 숨결 한 갈래로 맑습니다"(「달밤」)라는 정적인 어조와 후기의 "얼마나 눈부신 절대 표백인가"(「깃발」)하는 감격에 찬 어조의 차이에도 불구하고, 이 둘의 공통된 점은 정(情)과 경(境)이 하나로 융합된 경계(境界)[5]의 서정성이다.

경계는 원래 고전적 시학의 하나인 정경교융(情景交融)[6]의 직관적 관조의 정적 개념이다. 그러나 그의 시조의 경계는 외적 세계와 내적 세계를 한데 아울러서 문제의 본질을 적극적으로 탐색하는[7] 능동적인 의미까지 함축하는 것이다. 경계는 이호우의 말로 한다면 세계와 자아가 하나로 되는 '한 갈래'이다. 그 핵심은 세계의 본질을 파고들어 본질의 정수(精髓)를 적극적으로 드러내는 데 있다. 그러므로 '한 갈래'는 완상의 도락이나 저만치 거리를 두고 바라보는 관조가 아니라, 문제의 한가운데 들어가서 그 본질과 주체를 일치시키는 역동성이다.

문제는 그의 시조에서 핵심인 서정은 헤겔적 동일성이라는 원리와는 차별성을 드러낸다는 점이다. 그가 말하는 '한 갈래'의 경계는 세계와 자아의 동일화이지만, 그 융합은 세계를 자아에 일방적으로 동화하거나 내적 세계를 외적 세계에 일방적으로 투사하는 것이 아니다. 헤겔적인 동일성의 원리는 동화나 투사이다. 단적으로 이 모두는 세계와 자아의 어느 한편이 승리하

---

5) 경계란 원래 불가들의 용어로 범어 visaya의 번역어이다.

6) 이병한 편저, 『중국고전시학의 이해』, 문학과 지성사, 1992, p. 99.

7) 유약우, 이장우 역, 『중국시학』, 명문당, 1994, p. 168.

거나 패배하는, 그리고 억압과 배제라는 극단이다. 즉 헤겔적인 동일화의 동화나 투사는 어느 한 편을 억압하거나 은폐하는 힘에 의해서 가능한 것이다. 그러나 이호우가 말하는 '한 갈래'라는 경계는 세계와 자아가 동시에 상호 교융하는 동격화 사고이다.[8] 이 동격화 사고는 비본질적인 것에 야합과 타협이 아니라 경(景)과 정(情)이 함께 하는, 즉 세계와 자아가 생명체처럼 감응하는 역동성이다. 이 감응의 정신적 토대는 이(理)를 따르는 유가적 메커니즘에 있다.[9] 이것이 밝혀짐으로써 그의 시조에 일관된 서정이 현실에 어떻게 대응하는가에 대한 서정적 사유구조가 드러날 것이다.

II. 유가적 알레고리의 근원성

우리의 욕망은, 기표에 기의가 이르지 못하고 미끄러지듯이 은유로 일치되는 순간에 다시 환유로 자리를 옮긴다. 우리 삶의 현실적 국면들도 끊임없이 미끄러지는 기의의 연쇄들 가운데 잠정적으로 미끄러짐을 중단시킨, 어떤 기의들의 연쇄 가운데 하나일 것이다. 그 고정점이 이호우가 말하는 '한 갈래'의 동일화이다. 동일화는 타자의 표상체계의 사유구조 속에 자아를 밀어 넣고 봉합하는 것이다. 타자의 표상체계가 봉합하는 것에는 언제나 은폐되거나 억압되고 훼손된 무엇이 있다. 그런데도 우리는 이것을 망각하고 타자의 표상체계가 우리를 구원할 수 있는 힘이 될 것이라는 오인에 빠진다. 그러나 이호우는 어떠한 표상체계의 사유구조 속에 봉합되지 않고 계속 미

---

8) 조셉 니담, 이석호 · 이철주 · 임정대 역, 『중국의 과학과 문명』 2, 을유문화사, 1998, p. 389.

9) 한형조, 『주희에서 정약용으로』, 세계사, 1996, p. 140.
  이강언 · 조두섭, 『대구경북 근대문인 연구』, 태학사, 1999, pp. 197~211.

끄러진다. 그렇다면 그가 한 평생 치열하게 밀고 나간 '한 갈래'의 동일화는 세계와 자아의 은밀한 야합이나 타협이 아니라 모순과 부조리에 길항한, 즉 그가 자신을 극복한 자리에서 자신과 하나 되는 방식일 수 있다. 이러한 삶의 방식은 주관적 세계와 자아가 일치하는 서정적 세계관에서 기초한다.

이호우 시조[10]의 핵심이 서정적 세계관이라면 그 실체를 밝혀야 할 것이다. 서정적 세계관은 세계와 자아가 하나되는 일체감에 있다. 여기서 세계를 어떻게 규정할 것이냐를 생각해 볼 수 있다. 범박하게 볼 때 세계는 자아 밖의 모든 대상을 총칭하는 의미다. 자아 밖의 모든 것, 즉 세계에는 현상적 자아가 아닌 자신의 또 다른 자아를 설정할 수 있다. 상상적 자아, 심리적 자아, 타자로 기능하는 자아 등이 또 다른 자아가 될 수 있다. 그렇다면 서정적 세계관은 세계와 자아, 그리고 자아와 자아 사이에 일체감을 끌어내는 동일성의 대상이 된다. 이 점을 통해 이호우의 서정적 세계관을 풀어갈 수 있는 것으로, 그 하나가 세계와 자아의 동일성이고 다른 하나는 자아와 자아의 동일성이다. 그의 서정적 세계관이란 이와 같은 세계와 자아가 분리되지 않는, 즉 세계와 자아가 하나되는 질서를 창조하는 데 있다. 그러므로 그의 시조에는 경과 정이 함께 어우러지는 고전적인 유가적 경계의 미학이 중심에 있게 된다.

정경(情景)이 융합하는 경계의 본질은 심오한 지혜만이 밟을 수 있는, 실제의 이치를 인식하는 데서 구성되는 형상이다.[11] 경계는 정(情)과 물(物)에만 관계되는 것이 아니라, 희·노·애·락의 인간의 마음속에도 형성되는 것이다.[12] 이것은 그의 시조의 한 구절 "온 세상 쉬는 숨결 한 갈래로 맑습니다"

---

10) 이호우의 작품은 민병도와 문무학이 펴낸 『이호우 시조전집』을 텍스트로 삼아 분석한다.

　　민병도·문무학 편, 『이호우 시조전집』, 그루, 1992.

11) 이병환 편저, 앞의 책, p. 123.

와 같이 본질을 깊이 파고 들어가서 정신과 일체를 이루며, 또 한 걸음 밖으로 나와 그것을 조망하는 경지이기도 하다. 그러면서 경계는 "찰나 속에서 영원을 보여주고, 작은 티끌 속에서 세계를 드러내며, 유한한 가운데에 무한성을 깃들이고 있다."13)

일반적으로 이호우 시조의 특징을 자연과 사회라는 소재의 차이로 전·후기 시조를 구별하는데, 이는 현상적인 파악에 그친 것으로 그의 전·후기 시조의 본질을 해명하기에는 미흡하다. 그의 초기 자연시조의 특징은 이병기가 그의 시조를 추천하면서 "아무 억지도 없고 꾸밈도 없다"14)라고 말했던 것처럼 경계의 이미지 뿐이다. 그런데 후기 시조는 "깃발! 너는 힘이었다 일체를 밀고 앞장을 섰다"라는 외침처럼 경계를 창조한다. 경계의 이미지는 자아와 분리되지 않는 진실된 세계를 지키려는 서정적 전략이고, 경계의 창조는 자아와 분리된 세계를 다시 아우르려는 서정적 질서의 믿음이다.

> 낙동강 빈 나루에 달빛이 푸릅니다
> 무엔지 그리운 밤 지향없이 가고파서
> 흐르는 금빛 노을에 배를 맡겨봅니다
>
> 낯 익은 풍경이되 달아래 고쳐보니
> 돌아올 기약없는 먼 길이나 떠나온 듯
> 뒤지는 들과 산들이 돌아 돌아 뵙니다
>
> 아득히 그림 속에 정화된 초가집들
> 할머니 조응전에 잠들던 그날밤도
> 할버진 율 지으시고 달이 밝았더이다

---

12) 徐調學 校註, 『校主人間詞話』, 北京中華書局, 1955, p. 3.

13) 주광잠, 『시론』, 정상홍 역, 동문선, 1991, p. 76.

14) 이병기, 「시조선후」, 『문장』, 1940. 6·7월호, p. 197.

미움도 더러움도 아름다운 사랑으로
온 세상 쉬는 숨결 한 갈래로 맑습니다
차라리 외로울망정 이 밤 더디 새소서

—「달밤」 전문

이 작품에서 외적 세계의 경(景)과 시적 화자 정(情)은 달밤과 외로움이다. 그런데 달밤과 외로움은 고뇌와 갈등의 관계가 아니라, 작품의 전체 결구인 마지막 종장에서 시적 화자가 "차라리 외로울망정 이 밤 더디 새소서"라고 간절하게 말하는 것으로 보아, 오히려 외로움은 오래 간직하고 싶은 충만감의 시간과 공간이다. 외로움이 충만감으로 전환되는 것은 정경이 완전히 융합된 감응의 파동 때문이다. 즉 외로운 시적 화자가, 어디론가 지향없이 가고 싶어 흐르는 강물에 배를 맡겨 놓고 바라보는 달밤의 풍경 속에서 할머니가 읽어주던 「조웅전」을 들으며 잠들던 행복감으로 가득한 그날의 숨결을[15) 느꼈기 때문이다. 달빛은 유년의 행복감과 현재의 외로움, 낯선 풍경과 낯익은 풍경을 하나로 느껴지는 숨결이다. 그리고 물기 머금은 듯한 푸른 달빛은 "미움도 더러움도 아름다운 사랑으로" 정화(淨化)하는 매개체이기도 하다. 시적 화자는 달빛의 숨결을 느끼기만 하는 것이 아니라 그 본질까지 심미적으로 느끼면서 "온 세상 쉬는 숨결 한 갈래로 맑습니다"라는 은밀한 경탄의 파동이 마음속에서 일어난다.

---

15) 아버지가 군수로서 지방 여러 곳으로 전근을 다녔기 때문에, 이호우는 유소년 시절을 한학과 한시에 뛰어난 조부 슬하에서 보냈다. 할머니가 읽어주시던 「조웅전」(趙雄傳)을 들으며 무릎에 잠들기도 하고 할아버지가 율(律) 지으시던 달빛에 귀를 씻기도 하였다. 이러한 그의 유년 시절은 세계와 자아 사이에 구별이 없는 충만한 신화적 세계이다. 이것이 그의 시조의 원형이라 할 수 있는 '한 갈래'의 실체이다. 그러나 '한 갈래'는 한시의 '율(律)'이 함축하는 바와 같이 신화적 세계라기보다는 하늘과 땅, 자연과 인간, 인간과 인간이 조화되는 유가적 존재론에 기초한 것이다. 이 유가적 존재론 자체가 서정적 세계관이다.

이 숨결의 분위기,—온 세상 쉬는 숨결 한 갈래로 맑습니다—그것은 그의 초기 시조 미학의 핵심이라 할 수 있는 아우라(Aura)이다. 벤야민은 아우라를 "어느 여름날 오후 휴식의 상태에서 휴식자에게 그림자를 던지고 있는 먼 지평선의 산맥이나 나뭇가지를 보고 있노라면, 바로 이 순간 우리는 이 산과 나뭇가지가 숨을 쉬고 있는 느낌을 받는다. 이러한 현상을 우리는 산이나 나뭇가지의 아우라가 숨을 쉬고 있다고 말할 수 있는 것이다"16)라는 비유로 설명하였다. 벤야민의 모든 글이 논리적이기보다 신비스럽듯이 이 비유에서도 아우라의 개념이 모호하지만, 그 의미는 먼 곳에 있는 대상이 그 대상을 바라보는 사람에게 와 닿는 숨결과 같은 친밀하고 은은한 분위기라고 할 수 있다.

아우라의 숨결은 온 세상이 한 갈래가 되는 감응이다. 이 아우라의 은밀한 감응은 유년 체험의 신화적 달밤이, 즉 "먼 것이 일회적으로 나타나는"17) 만남의 숨결이다. 유년의 자연친화적 행복감이 달빛의 숨결로 느껴지면서 미움이 사랑으로 승화되고 외로움이 충만감으로 느껴지는 것이다. 중요한 점은 외로움에 등가되는 충만감인데, 다시 말해서 외로움에서 충만감을 느끼는 것은 정신적 차원의 자기관리 메커니즘이다.

그의 전기 작품은 유년의 행복한 아우라의 숨결이 함께 한다는 것이다. 이 때문에 외로움이 행복감으로, 미움이 사랑의 숨결로 느껴지며 세계와 자아가 구분되지 않는다. 이처럼 그의 초기 시조는 경계라는 공간적 융합과 아우라의 시간적 만남으로 교직된 숨결의 미학이다. 숨결은 자아가 세계와 감응하는 방식이며 하나가 되는 통로이다. 그리고 그것은 그가 자신을 극복하고 그 자리에 나타나는 자신과 일치시키는 원형이다.

---

16) 반성완 편역, 『발터 벤야민의 문예이론』, 민음사, 1983, p. 204.

17) 위의 책, p. 204.

중요한 것은 이호우 시조에서 아우라가 함축하고 있는 의미이다. 이것은 할아버지가 율 지으시던 달 밝은 밤의 '율(律)'과 '달'의 상징성에 있다. '달'은 시간의 질서와 시절의 운행 이법을 상징한다. '율'은 생래적인 호흡의 단위로 육체적 질서이자 한시의 창작 질서이다. 이 운행의 질서 속에 자신이 함께 하고 그것에 자신을 맡기는 것은("흐르는 금빛 노을에 배를 맡겨봅니다") 유가적 세계관이다. 유가적 세계관은 그가 "온 세상 쉬는 숨결 한 갈래로 맑습니다"고 노래하는 바와 같이 개인이 절대적 개인으로 존재하는 것이 아니라 '한 갈래'[18]라는 관계 속에서만 존재하는 간주간성의 존재론이다.[19] 이 관계의 질서가 온전할 때 "미움도 더러움도 아름다운 사랑으로", 즉 인간이 인간으로 존재하는 유가적 당위론이 있게 된다. 이 존재론과 당위론에서 아우라는 유가적 질서체계의 알레고리임을 확인할 수 있다. 이것이 그가 자기를 넘어서 자기를 만나는 방식이자 시조의 미학이다. 그가 선택한 시조 장르 자체가 3장 6구라는 관계망의 간주관적인 인식론에서만 성립할 수 있는 것이다.

문제는 이호우의 전기 시조 미학의 핵심이라 할 수 있는, "한 갈래"라는 유가적 메커니즘은 개인을 억압하는 전근대적인 타자에 의한 동일자의 권위적인 질서라고 비판할 수 있다. 그렇다 하더라도 이 질서에 의하여 인간이 인간으로 보호받고 존중될 수 있다고[20] 역으로도 생각할 수 있다. 푸코에 의하지 않더라도 서구 근대 사상의 절대개인의 '자유' 사상도 이 자유를 위해서 인간을 배제하고 분리하여 억압하기는 마찬가지이다. 이호우 시조의 유가

---

18) 이호우 시조의 핵심어 '한 갈래'는 유가적 간주관성의 존재론을 단적으로 드러내는 말이다. '한 갈래' 속에 개인은 절대개인으로 존재하는 것이 아니라 관계 속에 존재하는 개인이다. 간주관성의 원초적 형태가 가족이다. 이것을 확대한다면 오늘날 문제가 되고 있는 학연·혈연·지연이다.

19) 함재봉, 『탈근대와 유교』, 나남출판사, 1998, p. 260.

20) 위의 책, p. 261

적 메커니즘의 본질은 훼손되고 단절된 사람과 사람의 관계를 회복하고 그 자체를 보호하자는 데 있다. 이것은 "미움도 더러움도 아름다운 사랑으로/ 온 세상 쉬는 숨결 한 갈래로 맑습니다"라는 그가 발견한 원형적 가치에 있다.

> 오월 아침비에 부풀은 산과 들을
> 넉넉한 세월처럼 부드러운 낙동강
> 사람도 배도 물새도 숨을 함께 했도다
>
> 한철 풍경이긴 너무나 간절한 정
> 부듯이 가슴이 메이며 핏줄이 더워진다
> 내 어이 어디로 가지랴 아아 나의 나의 조국
>
> 눈을 감아본다 아득히 그 새벽을
> 새로운 하늘을 찾아 푸른 목숨들이
> 이 터에 자리를 잡고 복을 빌던 그 모습
>
> 얼마나 어여쁜가 이 날을 사는 몸이
> 무한한 이 은혜 속에 자손을 심으면서
> 우리 턱 기대어 살자꾸나 사랑하는 사람아
>
> —「오월」 전문

이 작품은 앞의 「달밤」과 같이 낙동강 풍경을 소재로 정경교융의 수법을 이용하였다는 점에서는 동일하나 민족적 정서를 읊었다는 점에서 보다 정서가 확대되어 있다. 그렇다고 하더라도 자연과 인간이 하나되어 감응하는 숨결의 분위기는 일치한다. 연작체 4수는 정서·공간·시간이 점진적으로 확대되면서 정경이 서로 교융되면서 어우러진다. 첫째 수는, 자연과 인간이 하나가 된 평화로운 낙동강 마을의 서경이다. 이곳은 모든 것들이 살아서 숨쉬는 생명의 공간이며 정신적으로 풍요로운 공간이다. 종장의 "사람도 배도 물새도 숨을 함께 했도다"하는 대목은 이황이 말하는 소당연지칙(所當然之則)의 유가적 메커니즘의 알레고리이다. 이것은 사람과 배, 그리고 새가 하나가 되는 조화로운 관계를 맺는 이(理)[21]의 질서이다.

둘째 수는, 시적 화자가 만물이 자연과 조화롭게 질서를 가지는 공간이 영속되기를 간절히 염원하는 서정이다. 여기서 시적 화자는 자신의 삶의 방향을 민족적 차원으로 확대하여 탐색한다. 셋째 수에서는, 시적 화자가 자신의 방향을 탐색하는 자리에 민족의 원초적이며 아득한 아우라의 숨결을 느낀다. 이 숨결은 과거와 현재를 연결하는 시간적 매개인데, 그것이 형상화하는 내용은 자아와 세계가 분리되지 않은 원초적 공간의 이미지이다. 넷째 수는, 원초적 아우라의 숨결을 느끼면서 오늘을 살아가는 현재의 삶에 감사하는 마음이 중심이다.

이러한 분석을 통하여 볼 때 이 작품은 시공간이 현재의 낙동강변 마을에서 아득한 우리민족의 태초의 공간으로 옮겨갔다가 다시 현재로 회귀하는 순환적 구조이다. 또 이 작품의 정서도 점차 고조되다가 다시 차분하게 제자리로 돌아오는 순환적 구조이다. 이것은 이 작품의 밑바탕에 깔린 유가적 메커니즘의 알레고리와 무관하지 않다. 작품의 시간과 공간, 그리고 정서의 순환적 구조는 현재가 항상 과거의 전거(典據)에 의하여 발견되고 과거가 현재의 질서에 의하여 살아나는 유가적 메커니즘과 동일한 것이다. 이 순환적 구조는 궁극적으로 유가적 인식론에 중심이 있는데, 그것은 시각적 외적

---

21) 이황은 이를 다음과 같이 비유적으로 설명하였다. "이(理)는 알기가 어려운 것 같지만 사실은 쉽다. 만일 선유의 배를 만들어 물에서 다니고 수레를 만들어 땅에서 다닌다는 말에 입각하여 자세히 음미한다면, 나머지는 모두 미루어 알 수 있다. 무릇 배는 마땅히 물에서 다녀야 하고, 수레는 마땅히 땅에서 다녀야 하니, 이것이 이(理)이다."
『퇴계선생언행통록』 권 5, p. 1.

감각에서 내면의 마음으로 세계를 깨달아 다시 현실적 실천으로 옮기는 유가적 앎의 과정이기도 하다.22)

　이처럼 이호우의 전기 작품은 유가적 메커니즘의 알레고리로서 그러한 세계와 자아가 하나의 질서 속에 감응하는, 또 그 질서를 충실하게 반영하고 있음을 알 수 있다. 인간과 숨결을 함께 하는 아우라가 사라지지 않는 주객일치의 세계는 "한철 풍경이긴 너무나 간절한 정이기에" 안타까워하면서 이 숨결의 분위기를 오래도록 간직하고 싶어한다. 이것은 근원적 질서에 대한 믿음이다.

　　　살구꽃 핀 마을은 어디나 고향 같다
　　　만나는 사람마다 등이라도 치고 지고
　　　뉘집을 들어서면은 반겨 아니 맞으리

　　　바람 없는 밤을 꽃그늘에 달이 오면
　　　술 익는 초당마다 정이 더욱 익으려니
　　　나그네 저무는 날에도 마음 아니 바빠라

　　　　　　　　　　　　　—「살구꽃 핀 마을」 전문

----

22) 이황은 "사람의 소견에는 세 층이 있으니, 성현의 글을 읽어서 그 명목을 아는 것이 한 층이고, 이미 성현의 글을 읽고 명목을 알고도 깊이 생각하고 정밀하게 관찰하여 환하게 깨달아 그 명목의 이치가 명료하게 심목간에 있어서 그 성현의 말이 과연 나를 속이지 않음을 아는 것이 또 한 층위이다. 그러나 이 한 층 중에는 여러 가지 차이가 있다. 그 일단만 깨달은 자가 있고, 그 전체를 깨달은 자가 있고, 전체 중에도 그 깨달은 것이 얕고 깊은 것이 있으니, 그러므로 입으로 말하고 눈으로 보는 그런 유가 아니고 마음으로 깨달은 바가 있기 때문에 함께 한 층이 된 것이다." 라고 앎의 층위를 나누었다. 그가 말하는 아는 것은 인식이 아니라 깨달음이라는 실천 차원에 있다.
이이, 『율곡전서』 권 10, 序 2.

이 작품에는 전기 시조의 원형적 가치를 지닌 아우라의 숨결이, 후기 시조가 지니고 있는 일정한 방향이 제시되어 있다. 그리고 전·후기 시조를 매개하는 시간과 공간이 함께 하고 있다는 점에서 살펴볼 가치가 있다.

이 작품의 공간적 배경인 고향은 여유와 한가로운 낭만적 공간이다. 이 낭만적 공간은 또한 "저무는 날에도 마음 아니 바빠라"라는 낭만적 시간이 된다. 이러한 시공간 속에 살아가는 사람은 굳이 너와 나를 명확하게 경계짓지 않고 더불어 숨결을 나눈다. 저녁에 출근하여 기계와 함께 그리고 기계부속품처럼 숨가쁘게 움직이는 근대 공장노동자들은 상상할 수 없는 세계이다.

이 작품의 낭만적 한가로움이 멋과 미덕일 수만은 없지만 노동자의 손을 멈추지 않게 하는 자본주의 메커니즘 또한 바람직한 것이 아니다. 여기서 이 작품의 자연친화적 상상력은 일정한 방향성이 있을 수 있는데, 그것은 근대가 훼손하고 상처를 낸 원형이다. 이 작품에서는 이러한 세계의 회복을 위하여 구체적으로 치유하고 다시 복원할 대안을 제시하지 않았다. 다만 일상적 사소함을 초월하여 함께 더불어 살아가는 여유와 낭만적 이미지를 그려낼 뿐이다. 이 이미지의 "시간과 공간은 개개인의 행동이나 판단, 경험에 앞서며, 그것을 규정하고 제한하는 선험적 조건이라는"23) 데에 의미가 있다. 즉 이 이미지는 근대가 훼손한 경험틀을 상상적 공간에서 재조정할 수 있는 선험적 조건이 된다. 이것은 근대성의 타자로서, 근대성이 억압하고 배제하며 어떤 표상체계의 사유구조가 환원한, 푸코가 말하는 역사적 선험성을 해체하는 의미가 있다.

다시 낭만적 시간과 공간의 한가로운 이미지는 칸트의 선험적 시각에서 벗어나 라깡의 주체구성의 입장에서 생각한다면 상상계에 속하는 거울 이미지들로, 타자의 상징화된 표상체계에 포섭되기 이전의, 사회적 규정성 이전

---

23) 이진경, 『근대적 시공간의 탄생』, 푸른숲, 1997, p. 59.

의 이미지다. 그것을 단적으로 말하는 것이 "살구꽃 핀 마을은 어디나 고향 같다"라는 첫 수 초장의 거울 이미지이다. 이것은 타자가 요구하는 상징화된 표상체계의 이미지가 아니라는 점에서, 타자의 이미지가 통과하지 않은 순수한 이미지다. 이 순수한 이미지 자체가 근대성의 비판이다.

이 문제는 라깡에게 돌아가야 한다. 그는 주체화 차원을 상상적 동일화와 상징적 동일화로 나누고 주체가 주체로 되는 것을 타자의 상징화된 표상체계에 호출되어 신민화 되는 상징적 동일시에 의미를 두었다. 이것은 기표의 물질성에 기의가 종속될 때만 기의가 기의로서 기능한다는 의미와도 같다. 여기에 함정이 있는데, 그것은 기표에 기의가 종속되지 않고 그 반대로 기의의 이미지에 기표를 고정시킬 수 있다. 라깡은 그렇게 말하지 않았지만 전자가 상징적 동일시이고 후자가 상상적 동일시라 할 수 있다. 「달밤」이나 「살구꽃 핀 마을」의 상상적 이미지는 현실에 대한 정교한 인식이 닿지 못한 저열한 이미지가 아니라, 사회적 규정성이 약화되었다 하더라도, 오히려 타자의 이미지에 포섭되어 신민화된 주체에 대응되는 원초적 이미지이다. 그러므로 이들의 이미지들은 상징적 이미지의 타자로 기능하는 데 의미가 있게 된다. 라깡의 상징화된 표상체계에 동일화한 주체는 자본주의적인 자본의 논리를 그대로 반영한 주체라고 비판할 수 있다. 이 이미지의 의미는 사회성 문제에 연결할 것이 아니라 그 순수성 자체가 근대적 타자라는 점에서 찾아질 것이다. 그것은 민족공동체적 삶의 아우라이다.

III. 유가적 메카니즘의 현실성

그런데 후기 시조는 경계를 창조한다고 하더라도 전기의 이와 같은 시조들과 성격을 달리한다. 그 원인은 민족 해방과 6·25전쟁이라는 역사적 소용돌이를 거치면서 그에게 '먼 것'의 '한 갈래'가 사라졌기 때문이다.[24] '먼 것'은 앞에서 밝힌 바와 같이 유년 체험 속에 있는 세계와 자아가 구분되지 않는 원형적 가치를 지닌 세계다. 또 「오월」에 드러나는 우리 민족의 순수한 근원적인 심성이기도 하다. 신화적이고 원초적 이러한 아우라를 상실한, 후기 시조의 미학이 경계의 창조로 옮겨짐은 당연하다. 아우라의 숨결이 느껴지던, 그의 전기 시조는 경계를 노래하는 자체만으로 행복하였다. 그러나 그는 소용돌이치는 역사적 현실에서 전기의 자연과 서정이 한 갈래로 감응하는 동격 사고는 사라지게 된다. 그의 전기 시조가 연시조 형태인 것은 그를 추천한 이병기의 영향으로 볼 수도 있겠으나, '먼 것'이 나타나는 공동체적 삶의 아우라를 오래도록 지속하려는 심리적 욕망 때문이라고도 할 수 있다. 그러나 후기 시조는 아우라를 다시 시적 공간에 창조하여야 한다는 절박감 때문에 격정적인 어조의 단호한 선언과 같은 단수로 변모되었다고 할 수 있다.

일찍이 천 길 불길을
터뜨려도 보았도다

끓는 가슴을 달래어
자듯이 이 날을 견딤은

언젠가 있을 그날을 믿어
함부로치 못함일래

—「휴화산」 전문

---

24) 이호우는 군법회의에서 사형언도를 받았고, 대구일보 문화부장·논설위원·서울지사장, 매일신문 편집국장 등 언론에 종사하다가 필화를 겪었으며, 그리고 시조 「바람벌」이 반공법에 저촉되어 고초를 당했다.

이 작품은 자아와 분리된 세계에 조화로운 '그날'의 확고한 믿음을 '휴화산'이라는 객관적 상관물을 통하여 형상화한 것이다. 구체적으로 '그날'이 무엇을 말하는지 드러나 있지 않아 그 내용이 무엇인지 확인할 수 없다. 그러나 시인의 작품은 각기 별개이면서 전체적으로 서로 상호텍스트성을 갖고 있는 연속성을 갖고 있다. ㉠ 작품 「실진(失眞)」25)에서 '그날'은 '먼 조상의 그날', 즉 절기에 맞게 생명체들이 유기적인 조화를 이루며 살아가는, 문명에 오염되지 않은 순수의 원초적 세계이다. 이 공간은 제목 그대로 진실을 잃어버리지 않고 함께 더불어 질서를 지키며 사는 순수의 세계이다. ㉡ 작품 「오늘에」·「봄날」은 현재에 대응되는 미래의 어떤 지점을 가리키는 세계이다. 그 지점은 자신을 극복하고 그 자리에 나타나는 완성된 자신과 만나는 세계이다. 그렇다면 「휴화산」에서 '그날'은 문명에 오염되지 않고 주객이 일치되는 유년의 자연친화적 상상력의 세계이고, 또 자기 극기를 통하여 도달하는 미래의 당위적 세계라는 두 가지 의미를 갖고 있다. 이 두 세계는 자연과 인간의 조화(天人無間)와 자기극복(克己復禮) 이라는 유가적 메커니즘의 알레고리이다.

휴화산은 지금 생명의 숨결을 잠시 멈추었지만, 언젠가는 다시 천 길 불길이 치솟을 생명체다. 아우라의 숨결을 느끼던 유년의 신화적 세계와 자기를 극복한 자기가 나타날 그날을 믿고 견디어 낸다. 이러한 강렬한 믿음에도 불구하고 현실에 세계와 자아의 구별 없는 경계가 창조되지 않는다는 데서 무엇인가 갈망하는 파토스가 있게 된다. 그런데 극기와 파토스는 시간적 차이를 두고 시도되는 것이 아니라 동시적이다. '그날'을 창조하기 위하여 '한 갈래'로 맑고 고요하던 서정 시조가 적대 감정이 솟아오르는 격정적인 파토스의 시조로 변모된다. 이러한 대표적 작품이 「바람벌」이다. '바람벌'은

---

25) 거울 없이 얼굴 몰라도 생물들 다 끼리해 사네/ 온도계 역시 없어도 풀과 나무 봄 먼저 아네/ 문명에 실정된 이날이여, 먼 조상의 그날이여

초기 작품 「달밤」의 "미움도 더러움도 아름다운 사랑으로" 정화되는 세계가
아니라 미움이 사랑보다 앞선 속악한 세계이다. 이 속악한 세계에서 창조하
여야 할 이상적인 경계는, "한 갈래로 맑은" 달밤이 변용된 '꽃'의 세계다.
  문제는 "언젠가 있을 그날을 믿어/ 함부로 하지 못함일래"라는 다분히
이상주의적인 시각이다. 그러나 「바람벌」·「깃발」 등에서 현실적 역사에
터하고 있는 것들은 결코 이상주의적이지만은 않다.

> 그 눈물고인 눈으로 순아 보질 말라
> 미움이 사랑을 앞선 이 각박한 거리에서
> 꽃같이 살아 보자고 아아 살아 보자고
>
> 욕이 조상에 이르러도 깨달을 줄 모르는 무리
> 차라리 남이었다면, 피를 이은 겨레여
> 오히려 돌아않지 않는 강산이 눈물겹다
>
> 벗이라 너마자 미치고 외로 선 바람벌에
> 찢어진 꿈의 기폭인양 날리는 옷자락
> 더불어 미쳐보지 못함이 내 도리어 섧구나
>
> 단 하나인 목숨과 목숨 바쳤음도 남았음도
> 오직 조국의 밝음을 기약함에 아니던가
> 일찍이 믿음 아래 가신 이는 복되기도 했어라

—「바람벌」 전문

  이 작품에서는 '꽃'의 아우라가 사라진 원인을 "욕이 조상에 이르러도 깨달
을 줄 모르는 무리"라는 부정적 인간들로 상정된 당시의 자유당 위정자들에서
찾고 있다. 그렇다고 위정자들만 비판하는 것이 아니라 아우라가 상실된 속악

한 세계에 미쳐버린 벗과 "더불어 미쳐 보지 못함이 내 도리어 섧구나"하는 자기 성찰도 함께 하고 있다. 이 작품은 위정자를 비판하면서도 자신을 다스리는 수기치인(修己治人)의 유가적 메카니즘 질서에서 벗어나지 않는다.

유가적 메카니즘은 다분히 도덕주의·권위주의·보수주의적이다. 그렇다고 하더라도 유가적 정치의 이상은 인치(仁治)를 한가운데 놓고 있다.『논어』에 민(民)을 위하여 위정자를 질책하는 사상가들의 언행 기록을 한 축으로 엮어 놓고, 그것을 나라를 다스리는 본보기로 삼았다. 유가적 메카니즘이 권위적인 요소가 있다고 하더라도 그 자체를 위함이 아니라 위민(爲民)에 있다고 할 수 있다.26) 작품 「바람벌」에서 자유당 독재자들을 비판하는 것은 이러한 유가적 위민 사상에 기초한 것이다. 시적 화자는 사악한 위정자에 의하여 벗이 미치고, 가슴 깊숙이 간직한 꿈마저 찢어져 기폭 마냥 날리는 삭막한 벌판에서 파토스적인 격렬한 어조로 외친다. 파토스적인 격렬함은 위민을 저버린 위정자들을 비판하는 것에 있지만, "더불어 미쳐보지 못함이 내 도리어 섧구나"라고 자괴와 성찰의 자신을 다스리는 수기(修己)도 함께 하고 있다. 이것은 수기치인(修己治人)의 유가적 이상에 충실함이다. 그는 '그날'(꽃같이 살아보자)이라는 사라진 신화적 세계의 회복을 위하여 부단히 자기 극복을 시도한다. 이 방향성은 꽃같이 살 수 있는 세상을 구축하는 것이다.

이 작품의 파토스적 격정은 수기(修己)의 극기 차원에서 본다면 매우 이단적인 것이다. 파토스적인 격정은 절제를 떠나 방황하는 마음의 상태이기27) 때문에 유가에서는 부정적인 정서로 자기 다스림을 통하여 넘어서야 할 대상이다. 그런데 이 작품의 파토스는 절제를 넘어선 격정적인 광기서린 감정

---

26) 함재봉,『탈근대와 유교』, 나남출판사, 1998, p. 348.
27) 김준오,『시론』, 이우출판사, 1988, p. 30.

이라기보다는 자유당시대의 왜곡된 정치적 현실의 미메시스가 될 수 있다. 이는 아드르노가 "경험적 현실이 예술적 주체에게 야기시키는 충동, 즉 표현하지 않고는 견딜 수 없는 충동이 바로 미메시스의 본질에 속한다"[28]라고 제시한 특이한 관점에 의해서다. 그에 의한다면 이 작품의 파토스적 격정은 자유당 정치 현실이 주는 고통을 표현하지 않고는 견딜 수 없는 충동이다. 이 충동은 당대 정치 현실이 주는 고통에서 무엇인가 지향하고 갈망하게 되는데, 그것이 파토스적 격정이다. 따라서 이 작품의 파토스적 격정은 자유당의 정치 현실이 주는 고통의 미메시스라는 의미로 받아들일 수 있다. 이 미메시스의 의미는 다분히 표현적 의미이지만 유가에서 금기시하는 부정적 방향으로서 자기표출의 격정이라고는 할 수 없다. 그러므로 고통의 미메시스인 적대 감정은 그 자체에 중심이 있는 것이 아니라 자신을 다스리는 통로로서 역할을 하는 것이다.

꽃이 피네 한 잎 한 잎
한 하늘이 열리고 있네

마침내 남은 한 잎이
마지막 떨고 있는 고비

바람도 햇볕도 숨을 죽이네
나도 아려 눈을 감네

—「개화」 전문

이 작품에는 「바람벌」·「깃발」의 파토스적 격정이 말끔히 사라지고 정신과 감정의 떨림까지 섬세하게 감각화되어 있다. 이것은 "정신의 개화로서

---

28) 윤병호, 『서정시와 문명비판』, 문학과지성사, 1995, p. 44.

'고비'가 눈에 아리는 현상에까지 도달한"[29] 하나의 경지에서 가능한 일이다. 이 경지는 그저 도달되는 것이 아니라 "뼈저리게 우는", 즉 가열차게 자신을 다스리는 극기에 의해서 가능한 일인 것이다. 이렇게 자신을 치열하게 다스린 흔적은 개화의 절정에 "나도 아려 눈을 감네"하는 것인데, 이것은 절정의 순간에 밖으로 터져나오는 뜨거운 감격을 차분하게 내부로 가라앉히고 숨결까지 멈추어 자기를 다스리는 극기에서 찾아진다. 이미 "꽃이 피네 한 잎 한 잎/ 한 하늘이 열리고 있네"[30]하는 순차성과 조화의 유가적 질서를 내면으로 육화시킨 오랜 고통의 순간을 거쳐온 과정에 의해서 가능하다.

이 과정은 그가 살아온 삶의 틈서리에 스며있다. 그는 경성제일고등보통학교에 입학하였지만 신경쇠약으로 학업을 중단하고, 그리고 다시 동경예술대학에 진학하였다가 신병 재발로 학업을 계속할 수 없어 귀국하였다. 신경쇠약은 상징적 표상체계에 포섭되기를 거부하는 병적 징후이다. 타자의 상징적 표상체계에 대한 반동일화는 자기가 자신의 주체를 구성하는 것이다. 이것이 그가 터하고 있던 유가적 메카니즘의 자기를 다스리는 수기(修己)의, 자기 극기의 방식이다.

수기(修己)란 치열하게 자신을 몰아쳐서 자신의 정신을 깎아내는 주체이다. 그 방향성은 개화의 절정에서 터져나오는 감격까지도 숨을 죽이게 사상(捨象)하는 것인데, 즉 「바람벌」의 세속적 격정이나 「삼불야(三弗也)」의 서사적 눈물까지 밖으로 비치거나 흐르지 않게 자신을 매몰차게 다스리는 자기관리 주체의 극기이다. 이의 도달점은 자신도 자기에게 "함부로치 못함일래"(「휴화산」)라고 완벽하게 자신을 완성하는 것이다. 자신을 완성하기란 역설적으로 자신의 내면을 채우기가 아니라 자신을 자신의 욕망으로부터

---

29) 김윤식, 『(속)한국근대작가론고』, 일지사, 1981, p. 377.

30) 이것은 자연현상이라기보다는 조선시대의 지조 있게 살아가던 선비의 정신적 알레고리로 생각할 수 있다.

밀어내는 것이다. 자신은 격정을 안으로 삭이면서 자신의 욕망으로부터 밀어내는, 그만의 수기의 방식은 절정의 순간에 "나도 아려 눈을 감네"하는 것이다. 이것은 절정의 순간에 뜨겁게 터져나오는 감격에 매정스럽게 고개를 돌리는, 자신의 욕망으로부터 자신을 밀어내기이다. 이러한 정신적 차원의 수기는 시조의 형식에도 그대로 나타난다. 그가 가람의 연시조 영향권에서 벗어나 그것을 극복하고 그만의 개성적인 단수로 나아간 것은, 이렇게 절정의 순간에 터져나오는 감격을 제압하는 자기관리이다. 그리고 자신을 자신의 욕망으로부터 밀어내어 바로 세우는 수기의 힘이다. 이 힘이 그의 시조에 번득이는 탁월한 이미지를 만들어내었을 것인데, 그것이 사기를 나듬듯이 시조를 다듬은 기예(技藝)이다.

IV. 결론

지금까지 살펴본 그의 전기 자연 시조에서 후기 사회 시조로 변모된 점은 후기 시조의 성격에서 찾아졌다. 그의 후기 시조가 역사적 현실을 배경으로 삼았음은 필화사건이나 당시의 위정자들이 그의 시조에 대하여 반공법을 문제로 삼은 일련의 사실에서 알 수 있다. 그러나 현실을 소재로 한 시조는 현실에 대한 길항을 한다고 하더라도 그 길항의 근본은 자신을 다스리는—"나를 잃어 내가 밉네"(「소외」)—자기관리의 수기(修己)에 있다. 당대 위정자들이 「바람벌」을 정치적으로 문제삼은 것은 그의 수기치인(修己治人)의 시조에서 치인(治人)만 읽고 수기(修己)를 읽어내지 못하였기 때문이라 할 수 있다. 그렇다면 역사적 현실을 소재로 하는 그의 작품은—「바람벌」·「깃발」·「삼불야」·「추석」·「휴화산」·「하(河)」 등—수기치인의 유가적 메커니즘의 알레고리를 읽어야 마땅할 것이다. 이육사는 절정의 순간에 무지개라는 관념 속으로 초월하지만 그는 아려서 눈을 감았다. 눈을 감는다는 것은 관념으로 도피가 아니라 자신의 욕망으로부터 자신을 내몰아내고, 넘치는 감격을 매몰차게 다스리는 정신의 가열함이다. 이 가열함은 "육신을 벗는 그날의 나를 문득 생각는다"는, 즉 현재에서 미래의 자신을 상정하지 않고서는 불가능하다.

유가적 메카니즘의 수기가 보수적이나 권위주의적이라 하더라도 근대성을 비판할 수 있는 미학이 될 수 있는 것은 정경 교융이라는 서정이다. 이호우 시조의 정경교융의 미학의 근원은 유년기의 아우라의 원형적인 상상적 이미지이다. 라깡이 말하는 상징화된 표상체계에 동일화한 주체는, 그는 이러한 의미를 간과하였지만 상징적 이미지는 자본주의의 자본의 논리를 그대로 따라가는, 타자의 표상체계에 종속된 주체라고 할 수 있다. 이에 비하여 아우라의 상상적 이미지는 주체의 원형적 이미지를 간직한, 그것으로 타자의 표상체계에 저항하는 이미지다. 그렇다고 하더라도 다시 문제가 되는 것은 이호우 시조에 나타나는, 그리고 그가 다시 창조하려고 노력한 유년의 유가적 메카니즘의 아우라의 이미지는 사회성이 미약함은 어쩔 수 없다. 또 정경이 교융하는 아우라의 이미지들은 사람과 사람을 자연과 사람을 경계짓지 않고 함께 숨결을 나누는 미분화된 한가로운 낭만적 시공간이다. 이 시공간은 근대 공장노동자가 밤새 일하면서 육체적 고통에도 불구하고 생산라인 앞에서 기계부속품처럼 움직이는 상상할 수 없는 세계이다.

이러한 비판의 가능성에도 불구하고, 그의 시조는 위에서 밝힌 바와 같이 일정한 방향성을 갖고 있다. 그것은 훼손되지 않고 상처 나지 않은 공동체 삶의 원형적 이미지를 창조하였다는 점이다. 이 이미지의 기능은 근대성의 타자로서, 근대성의 표상체계가 그의 이미지로 환원하여 버린 푸코가 말하는 역사적 선험성을 해체하는 것이다. 이에 그는 유년의 아우라의 이미지를 느끼는 그날이 올 것을 믿고 치열하게 밀고 나갔다. 이 세계로 나아가게 치열하게 추동한 힘은 유가적 메커니즘이다.

여기서 이호우 시조의 현실적인 서정성의 의미가 있게 된다. 그 서정성은 유가적 메커니즘의 보수성인데, 그것이 비판적인데도 불구하고 오히려 의미를 가질 수 있는 것은 역사적 현실에 대응하여 주체를 구성하는 수기의 매몰찬 힘이다. 위암·매천·단재·육사 등의 작품에 나타나는 벼랑끝의 주체가 그러하다. 이 주체들은 유가적 표상체계에 종속된 주체가 아니라 역동적 주체이다. 이호우가 가람의 영향권에 벗어날 수 있는 요체는 이들과 같은 준엄한 정신을 바탕으로 하는 유가적 메커니즘 비동일화의 역동성이다. 이로써 이 글의 핵심 과제였던 서정시가 농일화만이 아니라는, 그 본질은 비동일화에 있다는 것이 밝혀지게 되었다. 비동일화의 서정성의 본질은, 세계와 자아의 동일화의 서정은 역동적 주체 구성에서만 가능한 것이다. 이것이 역동적인 서정성이 갖고 있는 현실성의 몫이다.

김춘수 : 탈이데올로기의 이데올로기

Ⅰ. 문제의 제기

이 글은 김춘수 시의 담론구성체[1]를 분석하여 전·후기의 이질적인 시를 관통하는 시적 원리를 밝히려는 데 목적이 있다. 이 목적은 궁극적으로 김춘수 시를 수사학적 차원에서 벗어나 담론 차원에서 분석하여 한국 현대시의 한 특징을 규정하려는 데 있다. 이 목적을 분명하게 하기 위하여 기존 연구에서 제기된[2] 문제를 되짚어 보기로 한다.

김춘수 시를 하이데거에 준거하여 해명하는 존재론자들은 존재의 현존이라는 근원에 동일화로 이해한다. 전기 시는 근원과 존재가 상호 회통하는

---

1) Laclau/Mouffe, 김성기 외 역, 『Hegemony and Socialist Strategy』, 1990, pp.131~139. 김춘수 담론구성체는, 그가 김수영을 의식하고 언어를 분절하는 이데올로기에 대한 결백성이다. 김춘수, 『전집』2, 문장사, 1982, p. 351. (이하 『전집』)

2) 권기호, 「절대적 이미지」, 『시론』, 학문사, 1993.
금동철, 『한국현대시의 수사학』, 국학자료원, 2001.
김두한, 『김춘수의 시 세계』, 학문사, 1992.
김춘수연구간행위원회 편, 『김춘수 연구』, 학문사, 1982.
이은정, 「김수영과 김춘수 시학의 대비적 연구」, 이화여자대학교 박사학위논문, 1993.

동일화의 서정적 원리를 시적 방법으로 원용하고 있기 때문에 그 분석 방법이 적절하다고 하더라도 후기 시를 살펴보는 데는 한계가 있다. 후기 시는 근원으로부터 탈주하여 마침내 자신의 존재마저 부정하는, 즉 전기시를 역구성하는 반동일화 기제의 시라 할 수 있기 때문이다. 근원과 존재를 역구성하는 반동일화를 존재론적으로 해명할 수 있지만, 반동일화 자체가 그것을 거부하는 담론 기제이기 때문에 효과적인 방법이 될 수 없다. 그렇다면 문제의 본질은 자연스럽게 전·후기 시를 이질적인 현상으로 보지 않고 연속적인 것으로 이해할 수 있는 매개가 무엇이냐 하는 것으로 좁혀지게 된다. 그것은 전기 서정시와 후기 무의미시를 구성하는 담론구성체를 밝힘으로써 가능할 것이다. 담론구성체는 동일화이든지 반동일화이든지 간에 존재를 존재로 구성하는 규정이기 때문이다.

다음으로 무의미시에 대한 문제인데, 무의미시가 기표에 기의가 미끄러져 마침내 존재마저 지워버린다는 점은 다시 생각하여 볼 문제다. 그 점은 무의미시가 "완전을 꿈꾸고 영원을 꿈꾸고 불완전한 역사를 무시해 버(리는)"3) 시적 담론이라는 데 있다. 앞으로 밝혀지겠지만 무의미시는 관념으로부터 탈주하여 대상과의 거리를 없애버리고 마침내 대상까지 소멸하여 버리는 고도의 전략적인 시이다. 그렇다면 무의미시는 단순하게 기표에 기의가 미끄러지는 유희의 시가 아니라, 오히려 또 다른 타자를 배제하고 억압하는 담론이라는 데에 그 본질이 있게 된다. 여기서 이 글의 입점은 분명하게 되는데, 그것은 무의미시의 무의미가 말할 수 있는 것과 말할 수 없는 것으로, 볼 수 있는 것과 볼 수 없는 것으로 대상을 특정한 방식으로 재단하고 분절하는 담론구성체라는 것이다.

이 글의 이러한 관점에서 김춘수 시의 타자를 먼저 분석하여 그 타자와

---

3) 『전집』2, p. 355.

관계를 맺는 주체 형태를 고려할 것이다. 김춘수 시의 타자는 자전적 시론 「의미와 무의미」, 그리고 그가 독창적으로 고안한 서술적 이미지와 비유적 이미지에 주목함으로써 가능하다. 그런데 이 글에서는 비유적 이미지와 서술적 이미지를 야콥슨의 은유와 환유로 설명할 수 없다는 점을 보다 분명하게 하기 위하여 페쇠의 담론적 방법론을 원용한다.4) 흔히 김춘수 시를 이해하는 수사적 은유와 환유는 계열체와 통합체, 선택과 결합, 유사와 인접이라는 이분법으로 그 특징을 말할 수 있겠으나 이 자체가 비유적 이미지와 서술적 이미지와 일치하는 것이 아니다5).

여기서 이 글의 방향이 너 분벙하게 되는데, 그것은 무의미시가 대싱을 지워버린 의미의 공백화가 아니라 오히려 타자에 대항하는 강력한 담론이라는 것이다. 앞으로 김춘수 시를 밝힐 수 있는 이 담론은 은유적 사유의 총체성을 역구성하는 절대적 이미지에서 찾아야 할 것이다. 김춘수 시의 이러한 점이 구체적으로 밝혀진다면, 우리시의 한 특징을 정리할 수 있는 가능성을 확보하였다는 데에서, 이 글은 의미를 가질 수 있게 될 것이다.

II. 은유의 두 양상

1. 재현적 은유와 비유적 이미지

김춘수 시는 자신이 독창적으로 고안한 서술적 이미지와 비유적 이미지의 두 유형으로 명확하게 나누어진다. 이미지 그 자체가 목적인 서술적 이미지

---

4) Diane Macdonell, Theorise of Discourse, Basil Blackwell, 1987, pp. 25~42.

5) 야콥슨이 러시아 서정시는 은유가 우세하고 영웅적 서사시는 환유적 방법이 압도적이고, 낭만주의와 상징주의는 은유적 과정이 우세하고 리얼리즘 환유가 우세하다는 지적에 그 이유가 있다.

와 이미지가 어떤 관념을 전달하려는 목적인 비유적 이미지가 그것이다. 그가 현대시의 계보를 작성한 이 두 유형은 관념과 감각을 어떻게 결합하거나 또는 분리할 것인가 하는 시의 근원적 문제로서, 시 연구가 이전에 시인으로 고민한 결과의 산물이라 할 수 있다. 그래서 비유적 이미지와 서술적 이미지는 그의 시적 이력과 일치한다. 그런데 이 과제는 개인적 고민이 아니라 동굴 시대부터 후기 모더니즘시대인 오늘날까지 계속 되풀이되는 물음이고 앞으로도 그치지 않을 물음이기도 하다. 시가 관념에 봉사할 것이냐 아니면 감각적 자율성을 고수할 것이냐 하는 문제는, 감각을 지양해야 한다고 강변하는 헤겔의 관념적 사유의 반대편에 이미 감각적 사유도 함께 하고 있기 때문이다.

문제는 김춘수의 이러한 관심과 시적 실험이 수사적 차원이기도 하지만 그 바탕은 담론의 문제에 있다는 것이다. 비유적 이미지는 근원적 의미를 실천하는 동일화이다. 이에 비하여 서술적 이미지는 동일화를 역구성하여 근원 자체를 전도하는 반동일화이다. 비유적 이미지가 극단적으로 나가게 되면 시 자체가 관념과 다를 바 없게 될 것이고, 그에 반하여 서술적 이미지가 극단으로 나간다면 언어 자체도 저항의 대상이 된다. 여기서 비유적 이미지와 서술적 이미지가 단순히 수사가 아니라 관념을 분절하는 담론구성체가 될 수 있게 된다.

담론구성체는 말할 수 있는 것과 말할 수 없는 것을 분절하여 일정한 방향으로 의미를 생산하는 체계이다. 비유적 이미지와 서술적 이미지는 관념을 어떻게 배제하고 구성하느냐 하는 담론 구성의 문제이다. 이러한 점을 단적으로 드러내어 보여주는 점이 비유적 이미지와 서술적 이미지를 경계로 하여 현대시 계보를 작성한 것이다.6) 어떠한 계보이든 푸코가 그러했듯이 담론

____

6) 김춘수는 서술적 이미지와 비유적 이미지를 중심으로 하여 현대시의 계보를 작성하였다. 이것이 타당한 것인가의 문제를 떠나서 이미지가 관념을 분절하는 담론구성체

개입을 떠나서 작성할 수 없는 것이다. 그 계보는 관념을 한가운데 두고, 그것에 동일화하거나 반동일화하는 구성적 이미지로 경계 지우는 것이다. 여기서 보다 근본적인 이유가 드러나는데, 그것은 비유적 이미지와 서술적 이미지가 일정한 방향을 지니고 있다는 점이다. 그 방향은 존재를 구성하고 타자에 대응하는 방식에 의하여 결정된다. 즉 비유적 이미지와 서술적 이미지가 타자에 존재를 구성하는 기제라는 것이다.

이러한 점을 구체적으로 밝히기 위하여 먼저 동일화의 비유적 이미지부터 살펴보기로 한다. 동일화는 외적 실재에 내적 정신이 완전하게 일치할 수 있다는 근원에 대한 믿음에서 탄생한다. 이러한 믿음은 첫 시집 『구름과 장미』에서, "나의 발상은 서구 관념 철학을 닮으려고 하고 있었다"[7]라고 고백하는 대목에서 쉽게 찾아진다. 이 믿음은 "세상의 모든 것을 환원과 제일인으로 파악해야 하는"[8], 그러므로 존재의 최종목표는 근원의 동일자가 되는 것이다. 기원에 동일화는 "이데아라고 하는 보이지 않는 존재"[9]와 상호 교응함으로써 가능하다. 그 회통은 타자를 부름으로써, 타자에 호출됨으로써 가능하다. 이러한 동일화의 상호 구성적 원리가 시적 방법으로 전이된 작품이 「꽃」이다.

> 내가 그의 이름을 불러 주기 전에는
> 그는 다만
> 하나의 몸짓에 지나지 않았다.

라는 점을 본 논문에서는 중시한다.

7) 그는 이러한 관념론에의 몰두를 "도깨비와 귀신을 나는 찾아 다녔다"는 비유적 문장으로 나타내었다. 『전집』2, p. 383.

8) 『전집』2, p. 383.

9) 『전집』2, p. 383.

내가 그의 이름을 불러 주었을 때
그는 나에게로 와서
꽃이 되었다.

내가 그의 이름을 불러 준 것처럼
나의 이 빛깔과 향기에 알맞는
누가 나의 이름을 불러다오.

그에게로 가서 나도
그의 꽃이 되고 싶다.

우리들은 모두
무엇이 되고 싶다.
너는 나에게로 가서 나는 너에게
잊혀지지 않는 하나의 의미가 되고 싶다.

―「꽃」 전문

작품 「꽃」을 구성하는 원리는 존재에 이름 붙이기다. 이름 붙이기는 주체
가 타자를 동일자로 호출하는 것이다. 어떤 대상에 이름 붙이기는 단순한
명명이 아니라 어떤 것을 말할 수 있고 말할 수 없게 하는 담론구성체로
타자를 규정하는 것이다. 즉 대상에 이름을 붙이기는 기표에 기의가 갖고
있는 의미를 일정한 방향으로 나아가게 다른 의미를 배제하고 분절하는 담
론의 개입이다. 「꽃」은 이러한 이름 붙이기의 담론 과정을 구체적으로 보여
준다.

1연에서 '그'는 특정한 방식으로 의미를 재단하고 구성하는 이름 붙이기
이전의 어떠한 담론도 개입하지 않은 순수한 존재이다. 때문에 '그'는 '나'와
마주하고 있지만 존재의 구체적인 모습을 보여주지 못하고 단지 하나의 '몸

짓'에 불과하다.

그런데 2연에서 '내'가 '그'의 이름을 붙여주자 '그'는 '나'에게 와서 의미 있는 '꽃'으로 나에게 다가온다. 여기서 '그'를 '꽃'이 되게 하는 것은, '그'를 '꽃'이라고 말할 수 있도록 '꽃'의 의미를 생산하는 담론 개입이다. 이 담론이 '그'를 '꽃'이라고 규정하고 다른 이미지를 배제함으로써 '그'는 나에게로 와서 '꽃'이 되는 것이다. 즉 '그'를 '꽃'이 되게 하는 것은 '그'의 존재가 아니라 '나'의 담론이다. 이처럼 '그'의 의미가 '나'에 의하여 '꽃'이 되듯이 모든 존재의 의미도 자체가 생산한 의미가 아니라 타자가 구성한 의미를 재생산한 것에 불과하다.

수사학적으로 '그'가 '꽃'으로 명명되는 것은 은유인데, 이것은 탈관념적 이미지라기보다는 관념에 봉사하는 도구적 은유다. 그것은 내가 '그'를 '꽃'이라 명명하는 자체가 타자를 분할하는 담론 개입이기 때문이다. 그리고 '그'에게 이름 붙여진 '꽃'이 감각적 이미지라기보다는 담론이 규정한 하나의 관념이라 할 수 있기 때문이다. 이렇게 본다면 '꽃'은 수사학적 은유가 담론 차원에 있음이 더 분명하게 드러난다. 그러므로 내가 '그'를 '꽃'으로 명명하였지만 '꽃' 또한 다른 이름으로 붙여질 수 있다. 그렇다면 도구적 은유는 담론구성체의 기능을 수사적으로 실현하는 형태라고 할 수 있다. 여기서 내가 '너'를 '꽃'으로 명명하는 담론구성체가 무엇인가 하는 문제가 제기된다.

이 담론구성체는 김춘수 자신이 「유추로서 장미」[10]에서 구체적으로 밝힌 형이상학적 관념이다. 김춘수의 대부분 초기시가 은유에 의존하는 것도 은유가 동일화의 재현적 미학이라는 데에 직접적인 관련이 있는 것이다. 이로 본다면 '꽃'은 존재 자체의 감각적 이미지가 아니라 형이상학적 타자의 관념

---

10) 『전집』 2, p. 383.

을 재현하는 이미지가 된다.

이러한 은유의 담론 층위는 3, 4연에서 더 분명하게 드러나는데, 그것은 2연과 3연이 대응되는 구조처럼 완전히 포개지는 은유에서 찾아진다. '나'는 '나'로서 의미 있는 존재가 아니라 누가 나의 이름을 불러줌으로써 '나'는 '그'에게 의미 있는 존재가 되는 것이다. 즉 내가 '그'를 '꽃'이라 이름을 불러줌으로써 '그'는 '꽃'이 되듯이 '나'도 '그'의 담론을 재생산함으로써 의미 있는 존재가 되는 것이다. 내가 "그에게로 가서 나도/ 그의 꽃이 되고 싶다"는 고백은 타자에 동일화의 기원이다.

이렇게 대응되는 네 연을 하나로 통합하는 것이 5연이다. 그런데 5연이 은유적 수사법을 사용하면서도 앞에서의 연들과 구분된다. 앞에서의 연에서는 내가 '너'를 환원하고 '너'가 '나'를 환원함으로써 각기 '꽃'으로 피어나게 된다. 그런데 5연은 '나'와 '너'는 각기 일방적으로 타자를 구성하는 것이 아니라, "우리 모두 무엇이 되고 싶다"고 희원하는 바처럼 상호 구성적이다. 그렇다고 하더라도 '우리'가 "하나의 의미가 되고 싶다"라고 하는 데서, '나'는 결코 '나'의 존재가 아니라 '우리'라는 내부의 타자가 구성한 '나'일 뿐이다. 그래서 5연의 '나'도 앞의 연들과 다를 바 없이 '하나의 의미'라는 타자의 관념이 이름을 붙여준 '나'라는 점에서 동일하다.

결국 지금까지의 분석을 통하여 작품 「꽃」이 타자에의 일치를 갈망하는 동일화라는 것을 확인하였다. 이 믿음에 "하나의 의미가 되고 싶다"라는 강한 희원이 있으며, 이 갈구에 '나'는 세계와 조화로운 일치를 이루는 존재이게 된다. 이러한 근원과 존재의 일치를 꿈꾸고, 마침내 정서적 회감하는[11] 동일화는 서정시의 세계관이다. 그런데 동일화는 모든 존재를 "하나의 의미"로 환원한다는 데 문제가 있다. 동일화는 존재의 순수를 지키려는 비본질

---

11) 에밀 슈타이거, 오현일 외 역, 『시학의 근본 개념』, 삼중당, 1978, p. 96.

적인 것의 도전에 저항이기도 하지만, 그 반대로 개별 존재의 고유한 '의미'까지 지워버리거나 근원에 환원하고 억압하는 기제이다. 여기서 새로운 시적 방법은 예견된다.

2. 절대적 은유와 서술적 이미지의 단초

　김춘수는 "꽃을 소재로 하여 형이상학적인 관념적인 몸짓을 하게"[12] 된 시적 작업에 회의함으로써 변화를 가져온다. 그것은 동일화에 대한 회의인데, 다시 말한다면 형이상학적 관념이 개별 존재의 '의미'까지 환원하거나 주변화하는 것에 대한 회의이다. 동일화는 근원과 존재를 대립적으로 구분하고 그 차별을 이념적으로 정당화하여 근원에 존재를 환원하는 것이다. 여기서 김춘수는 자신이 '몸짓'하던 관념도 존재를 타자로 규정하고 타자를 자신의 동일화 내부로 전유하는 은유의 허구성을 발견한다. 도구적 은유의 허구성을 발견하는 것은 깨달음 이전에 "관념공포증"[13]에서 시작된다.
　우리가 공포증으로부터 벗어날 수 있는 심리적 기제 하나가 대상으로부터 거리를 두거나 그로부터 탈주하여 자신을 절대화하는 것이다. 이것은 존재를 관념으로 재현하는 자리에서 그 자체의 고유한 자리로 옮겨놓는 것이다. 여기서 김춘수의 새로운 시적 방법이 있게 되는데, 그것은 "내가 무엇이 되고 싶다" 그리하여 "우리는 함께 무엇이 되고 싶다"가 아니라 너에게 "너는 무엇이다"라는 존재 자체에 독자적 이름을 부여하는 절대적 은유이다.
　절대적 은유는 근원의 이미지를 재현하는 것이 아니라 존재 자체의 리얼리티를 현시하는 것이다. 그렇다고 이것이 개별 존재들을 근원에 주변화하

---

12)『전집』2, p. 351.
13)『전집』2, p. 384.

는 것이 아니다. 오히려 주변화 되어 있는 소수 개별 존재의 고유한 이름을 부여하는 것이다. 그렇기 때문에 절대적 은유는 동일화가 갖고 있는 문제성, 즉 타자를 은폐하여 단일화하는 것을 극복할 수 있는 대안이 될 수 있다. 이것은 타자의 욕망이 주체를 규정하는 것이 아니라 주체의 욕망이 주체를 규정한다.

> 사랑하는 나의 하나님, 당신은
> 늙은 비애다.
> 푸줏간에 걸린 커다란 살점이다.
> 시인 릴케가 만난
> 슬라브 여자의 마음 속에 갈앉은
> 놋쇠 항아리다.
> 손바닥에 못을 박아 죽일 수도 없고 죽지도 않는
> 사랑하는 나의 하나님, 당신은 또
> 대낮에도 옷을 벗는 어리디어린
> 순결이다.
> 삼월에
> 젊은 느릅나무 잎새에서 이는
> 연두빛
> 바람이다.

　이 작품을 구성하는 수사적 원리는 「꽃」과 동일하게 근원과 존재의 동일화의 은유이다. 은유가 단순하게 수사적인 방법으로 쓰이지 않은 것은 이 작품의 중심 이미지 '하나님'에서 확인된다. '하나님'은 형이상학적 관념론의 은유적 세계인식을 단적으로 드러내는 기호이다. 기독교적 의미로 '하나님'은 창조자로서 변화하는 자연 현상의 배후에 그 존재로서 영원 불멸의 초월적 존재이다. 근원에 일치를 꿈꾸는 이러한 형이상학적 관념론과 이 작품이 무관하다고 할 수 없다.

그러나, 이 은유가 근원에 대한 존재의 재현적이거나 도구적이라고만 할수 없고 오히려 지극히 감각적 이미지라는 데에서 두 층위로 나누어 생각할수 있다. '하나님'(A)에 대하여 '비애'(a), '살점'(b)은 재현적 이미지라 할수 있지만 '순결'(d), '연두빛 바람'(e)은 비재현적 이미지이다. 재현적 이미지와 비재현적 이미지를 함께 하는 것이 '놋쇠항아리'(c)이다. a, b는 하나님의 재현적 이미지이지만 결코 하나님을 재현하는 이미지가 아니라 자기 동일화의 이미지다. 그런데 반하여 d, e는 하나님의 비재현적 이미지이지만 그렇다고 하나님과 무관한 이미지가 아니다. 오히려 하나님 존재를 부정함으로써 하나님에 대한 독자적 이미지를 만들어낸다. 이 두 지점의 한가운데 있는 '놋쇠항아리'(c)에 이러한 두 이미지가 겹쳐져 있다.

그러나 엄격하게 말한다면 근원적 이미지 '하나님'에 치환되는 다섯 개의 이미지는 '하나님'의 재현적 이미지라고만 할 수 없다. 일반적 은유의 수사법으로 읽을 때 원관념 '하나님'(A)에 보조관념 '늙은 비애'(a), '푸줏간에 걸린 커다란 살점'(b), '놋쇠항아리'(c), '순결'(d), '연두빛 바람'(e)은 근원 회귀를 거부하는 이미지이기 때문이다. 그렇다고 A와 a~e가 상호 소통하는 도구적 이미지도 아니라 오히려 A의 이미지를 지워버림으로써 a~e는 자신의 이미지로 존재하는 콜라쥬 방식의 독자적 이미지이다.

여기서 재현적 동일화의 이미지도 결국은 근원 A로부터 탈주하는 절대적 이미지라는 것이 확인된다. 즉 a~e가 근원 A의 존재를 부정하고 다시 a~e가 자신의 존재 의미로 복귀하는 것이 아니라는 것이다.[14] a~e는 A의 이미

____

14) 김춘수 시의 은유의 절대성은 유치환의 「깃발」과 비교함으로써 가능하다. 「깃발」의 다섯 개의 이미지들은 깃발의 재현적 이미지이면서 동시에 다섯 개의 재현적 이미지는 상호 연결되어 인간의 이상이라는 이미지에 귀속된다. 그러나 「나의 하나님」의 다섯 개의 이미지는 하나님의 재현적 이미지가 아니고, 또 다섯 개의 이

지를 재현하는 것을 거부할 뿐만 아니라 a~e 자신의 존재 이미지를 재현하는 것도 거부한다. 즉 A에 대하여 a~e는 어떤 정보를 제공하거나 이해를 요청하지 않을 뿐만 아니라 자신의 정보도 제공하지 않고 그 자체를 절대화한다. 이것은 a~e의 이미지가 일정한 흐름을 구축하는 상호간의 유사성을 찾을 수 없다는 데서 알 수 있다. 다시 말한다면 A와 a~e가 상호 소통하는 것도 아니고, 그렇다고 개별 이미지 a~e가 서로 간에 소통하는 것도 아니다. 이 점은, a~e가 재현적 동일화가 아니라 비재현적 동일화로 볼 수 있는 근거가 된다. 결국 이 작품은 동일화의 은유로 구성되어 있지만 은유로서 은유를 전도하는 비재현적 동일화를 실험하는 시라 할 수 있다.

그러므로 이 작품에서 시인이 의도적으로 분리한 A의 하나님에 대한 a~e의 이미지를 다시 연결한다는 것은 의미가 없다. 오히려 동일화로서 동일화를 전도하는, 즉 관념 A에서 탈주하는 이미지 a~e에 주목하면 된다. 그렇다고 하더라도 수사적으로 은유에 기대고 있다는 점에서 타자로부터 결코 자유로운 것이 아니다. 그것은 감각적 개별 이미지들이 타자의 부름에 고개를 돌리면서 탈주하는 형국이다. 그 긴장이 절대적 은유의 신선한 낯설음이다.

III. 탈은유의 두 양상

1. 이미지의 절대화

앞에서 살펴본 동일화 시는 외적 실재에 내적 정신의 일치를 꿈꾸는 근원에 대한 존재의 믿음에서 탄생한다. 근원에 대한 믿음은 비본질적인 도전에 대한 저항이다. 그런데 김춘수는 "관념이란 시를 받쳐줄 수 있는 기둥일

미지는 상호 연결을 거부하는 이미지이다.

수 있을까"15) 하고 관념에 대하여 회의하면서 새로운 시적 탈주를 시도한다.

근원에 대한 동일화는 존재의 입장에서 본다면 근원 또한 존재의 순수성을 훼손하는 타자라 할 수 있다. 관념도 하나의 이데올로기로서 존재를 환원하는 타자이기 때문이다. 김춘수가 '회의'하는 관념은 다름 아니라 이렇게 자신을 동일자로 환원하는 강제적인 이데올로기다. 이러한 관념공포증으로부터 벗어날 수 있는 길은 언어의 자율성을 부여하는 것이다. 그것은 언어가 진리를 재현한다는 언어의 도구성에 대하여 자유를 부여하는 무의미시의 실험이다. 무의미시는 관념에 대한 형상의 독자성과, 개념에 환원된 내부의 타자를 역구성하는 것이다. 이것은 동일화의 은유와 반동일화의 무의미가 변별되는 지점이기도 하다.

김춘수의 무의미시의 타자는 언어 내부에 있는 관념이라 할 수 있지만, 그것은 그의 삶의 안쪽에서 그를 억압하는 역사에 그 단초가 있다. 그는 20대 초반이었던 일본 유학시절 요코하마 헌병대에 끌려가 영어 생활을 하고, 20대 후반이었던 6·25때는 식솔을 거느리고 생사를 건 비극적 피난생활을 했다. 그는 이러한 역사적 체험을 통하여 "역사의 상대성과 역사가 쓰고 있는 이데올로기의"16) 타자를 발견하게 된다. 이에 그는 "역사=이데올로기=폭력"17)이라는 등식으로 자신을 환원하는 타자를 등식화한다. 이것은 역사적 체험에서 형이상학적 구원의 믿음에 대한 회의이다. 비극적 역사의 체험을 통하여 그는 "관념(이데올로기)의 감상에 사로잡힐 수 없다"18)고 시적 태도를 분명히 한다. 여기서 무의미시가 수사학적 차원에 있는 것이 아니라 삶의 방식으로서 하나의 이데올로기라는 것이 확실하게 된다.

---

15) 『전집』2, p. 351.
16) 『전집』2, p. 573.
17) 『전집』2, p. 354.
18) 『전집』2, p .354.

그의 말로 한다면 무의미시의 이데올로기는 "완전주의자의 결백성"[19]이다.

김춘수가 역사와 이데올로기에 대응하는 방식을 스스로 도피라고 한 점은 당대 사회의 역사적 문맥에서 본다면 문제가 있다. 그러나 도피가 단순한 도피가 아니다. 그것은 "불완전과 역사를 무시해 버리는", "아주 무시하는"[20] 것이다. 그것은 주체를 환원하는 타자에 저항하는 삶의 방식이자 시적 방식이다. 그렇다면 무의미시는 "완전을 꿈꾸고 영원을 꿈꾸고, 불완전한 역사를 무시해 버리는"[21] 삶의 방식에 등가하는 시적 방식이라는 것을 알 수 있다.

김춘수는 형이상학적 관념에 대한 반동일화의 전단계로서, 앞 항에서 「나의 하나님」의 분석을 통하여 살펴보았듯이 절대적 은유를 실험한다. 이 실험도 마찬가지로 수사학이나 언어 차원에 있는 것이 아니라 담론 차원에 있는 것이다. 그에게 절대적 은유는 형이상학적 관념을 전도하여 실재를 발견하는 시적 방식이다. 그가 은유를 실험하는 것은 은유가 형이상학적 관념적 사유를 명징하게 간직하고 있다는 점 때문이다. 그는 역설적으로 은유로부터 관념을 전도할 수 있는 근거를 제공받은 셈이다.

고전적 은유의 핵심은 전이다. 전이는 사유와 존재, 정신과 물질, 이상과 현실의 진정한 동일화를 추구하는 형이상학적인 관념적 사유이다. 문제는, 김춘수가 형이상학적 관념으로부터 탈주하기 위하여 왜 절대적 은유를 시도하는가 하는 점인데, 그것은 앞에서 말하였듯이 "관념공포증"[22]에서 벗어나기 위한 탈주라 할 수 있다. 왜냐하면 은유는 근원을 재현하면서도 근원으로부터 벗어날 수 있는 통로가 되기 때문이다. 그가 발견한 탈주의 문은 은유가

---

19) 『전집』2, p. 354.

20) 『전집』2, p. 355.

21) 『전집』2, p. 355.

22) 『전집』2, p. 351.

존재 자체를 절대화할 수 있다는 것이다.

우리가 실재라고 하는 것은 실재가 아니라 관념이 규정한 실재이다. 이 점은 헤겔의 감각과 정신의 자기 동일화로 설명된다. 그런데 헤겔은, 은유가 자기 동일화를 파괴하는 힘을 갖고 있기 때문에 부정적으로 보았다. 그 이유 는 은유의 직관성과 감각성이 형이상학적 관념으로부터 이탈된다는 데 있 다.23) 헤겔의 이러한 은유에 대한 염려는 개념이 직관을 환원하는, 타자를 인정하지 않는 동일자의 이데올로기다. 김춘수가 은유에서 주목한 점은 관 념이 타자를 환원하는 강제성과, 그 동일화에 저항하는 힘이다. 그가 실험한 절대적 은유가 관념이 감각을 일방적으로 환원하는 강제성에 대한 회의에서 시작된 것은 당연하다.

김춘수가 절대적 은유 실험을 통해 관념으로부터 탈주하여 다다른 지점은 이미지 그 자체가 목적인 서술적 이미지의 무의미시이다. 절대적 은유가 대상으로부터 탈주하였다고 하더라도 대상의 관념에 연결되어 있다. 그 고 리를 끊고 대상마저 외면할 때 서술적 이미지가 있게 된다. 재현적 은유나 절대적 은유는 내부의 차이가 다소 있다 하더라도 타자의 이미지인 데 비하 여, 반동일화는 존재 자체가 절대적 이미지이다.

그러므로 도구적 이미지는 동일자가 타자를 환원하여 그 차이를 지워버리 는 동일화의 이미지이다. 김춘수가 동일화의 이미지를 예리하게 관찰한 것 은 대상과 이미지의 차별성과 개별성을 일반성과 보편성으로 지워버리는 동일자의 강제성이다. 즉 존재 자체의 고유한 이미지를 왜곡하는 타자의 불순한 이미지를 발견한 것이다. 여기에서 타자의 이미지에 저항하는 무의 미시의 서술적 이미지가 탄생하게 된다. 그러므로 서술적 이미지는 도피의 이미지가 아니라 타자의 이미지에 저항하는 존재 자체의 절대적 이미지이

---

23) 최문규, 『문학이론과 현실인식』, 문학동네, pp. 44~52.

다. 그러므로 서술적 이미지는 대상으로부터 탈주하여 마침내 대상을 붕괴
시키고 이미지마저 지워버리는 이미지가 된다.[24] 이러한 무의미시 가운데
먼저 타자를 소멸하고 존재 자체의 이미지만을 실험한 절대적 이미지시를
검토하기로 한다.

> 눈보다 먼저
> 겨울에 비가 오고 있었다
> 바다는 가라앉고
> 바다가 있던 자리에
> 군함이 한 척 닻을 내리고 있었다
> 여름에 본 물새는
> 죽어 있었다
> 물새는 죽은 다음에도 울고 있었다
> 한결 어른이 된 소리로 울고 있었다
> 눈보다도 먼저
> 겨울에 비가 오고 있었다
> 바다는 가라앉고
> 바다가 없는 해안선을
> 한 사나이가 이리로 오고 있었다
> 한쪽 손에 죽은 바다를 들고 있었다

—「처용단장」 4

이 작품의 중심적 이미지 '바다'는 현실을 재현하는 이미지도 아니고 그렇
다고 인간 내부의 감정을 현시하는 이미지도 아니고 어떤 추상적 관념을

---

24) 김춘수는 이 점에 대하여 "같은 서술적 이미지라 하더라도 사생적 소박성이 유지
되고 있을 때는 대상과의 거리를 또한 유지하고 있는 것이지만, 그것을 잃었을
때는 이미지와 대상과 거리가 없어진다. 이미지가 곧 대상 그것이다."라고 무의미
시의 특징을 지적하였다. 『전집』2, p. 169.

유추하는 이미지도 아니다. 그렇기 때문에 우리가 '바다'의 이미지를 쉽게 공유할 수 없다. 우리가 '바다'의 이미지를 공유할 수 없는 것은, 이 작품이 우리가 쉽게 닿아 가는 것을 거부하기 때문이 아니라 우리의 관념이 먼저 앞서서 이 작품의 '바다' 이미지를 배제하기 때문이다. 즉 우리가 갖고 있는 '바다' 이미지가 "바다는 가라앉고/ 바다가 없는 해안선을/ 한 사나이가 이리로 오고 있었다"라는 낯선 이미지를 거부하기 때문이다. 우리가 낯설다고 하는 이러한 이미지도 사실은 타자의 관념이다. 그러므로 낯선 바다의 이미지를 이해하기 위하여 타자의 이미지로부터 탈주하여야 한다. 즉 '바다'는 바다라는 타자의 관념을 해체하였을 때 바다의 생생한 이미지가 나타나는 것이다. 타자의 관념이란 기표가 기의를 배제하고 억압하는 동일자의 표상 체계이다.

이 작품의 '바다'는 의미를 지워버린 무의미의 '바다'가 아니다. 그것은 타자로부터 탈주하여 자체의 살아있는 의미를 간직하고 있기 때문이다. 그렇다면 바다의 이미지가 무엇인가 하는 것이다. 그 대답은 '바다'의 이미지가 무엇이다 하는 것 자체가 타자의 관념이라는 것인데, 그것은 결국 타자의 관념이 만들어낸 추상성으로부터 탈주하여 "결백성"[25]을 주장하는 것이다. 굳이 바다의 이미지를 말한다면 타자를 전복하여 "아주 아프게 무시하는"것이다. 타자를 배제함으로써 "바다가 없는 해안선을/ 한 사나이가 이리로 오고 있었다"라는 낯선 이미지에 존재 자체의 이미지가 탄생하게 된다. 그 바다의 이미지는 타자의 의미 영역 밖에서, 작품 속에서 독자적으로 탄생하는 이미지다.[26] 그러므로 이 작품은 타자의 영역 밖으로 나가서 타자를 괄호

---

25) 『전집』 2, p. 352.

26) 이 '바다'의 이미지는 타자의 관념을 괄호에 묶었을 때 탄생하는 이미지다. 비유적으로 이것은 우화 「벌거숭이 임금님」을 이용하여 설명할 수 있다. 임금님은 옷을 걸치지 않고 말을 타고 거리를 거닐고 있지만 어른들은 아름다운 비단옷을 입

로 묶어버릴 때 이미지가 드러나게 된다. 그것은 타자의 공백화 세계이다.

타자의 공백화는 주체의 고립이라는, 또 하나의 모더니티의 이데올로기다. 그것은 타자의 이미지를 차단하여 존재 자체의 순수성을 훼손하지 않고 간직하려는 자기 동일성이다.

2. 리듬의 절대화

김춘수의 서술적 이미지의 무의미시는 타자를 괄호로 묶어둠으로써 존재의 순수한 리얼리티를 드러낸다고 할 수 있다. 그러나 타자를 배제하는 것 자체가 타자를 억압하는 이데올로기라는 데 문제가 발생한다. 다시 말한다면 존재의 절대적 이미지 자체가 하나의 관념이라는 것이다. 동일화가 개별 존재를 동일자 논리로 은폐하듯이 마찬가지로 타자를 배제하는 것도 타자의 은폐이다. 개별 소수의 진정성을 배제할 수도, 그 반대로 개별 소수를 절대화할 위험성을 내포하고 있기 때문이다. 완전을 꿈꾸는 시인에게 이러한 위험성은 용납될 수 없다.

이것을 극복할 수 있는 길은 앞서 살핀 동일화의 은유에 대한 비판을 다시 비판하는 데서 가능하게 된다. 동일화의 은유에 대한 비판은 근원에 대한 존재의 절대성을 부여하자는 것인데, 이도 따지고 보면 개별 존재의 절대화이고 그 담론으로 타자를 배제하는 것이다. 이것이 가능할 수 있는 시적 방법은 이미지마저 없애 버리고 소리만 남게 하는 것이다.

김춘수 무의미시는 여기서 그 내부가 변별되는데, 절대적 이미지의 반동

있다고 말한다. 어른들이 아름답다고 말하는 임금님의 옷은 타자의 관념에 동일화이다. 이와 반대로 아이들은 벌거숭이라고 한다. 아이들은 타자의 관념 밖에서 임금님을 바라보았기 때문에 벌거숭이라는 것을 알게 된다.

일화는 절대적 이미지 자체를 회의하는 것이 아니라 그것에 대한 확고한 믿음이 있다. 그러나 반동일화를 비판하는 반동일화는 반동일화 자체마저 회의한다. 이것은 존재의 근원에 대한 반동일화이며, 존재를 존재 되게 하는 근대적 이성에 대한 반동일화이다. 또 언어적 측면에서 이것은 기표를 기의보다 우위에 두고 기표의 물질성으로 의미를 차단하는 놀이다. 기표가 더 이상 기의를 지시하지 못할 때 기표는 주문에 불과하다.

그러므로 주문은 고도의 시적 전략으로서 완전을 꿈꾸는 자의 결백성이 만들어낸 담론의 한 형태라 할 수 있다. 그 결백성은 타자의 관념이 환원하는 허구성을 비판하는 것이며 동시에 반동일화 주체의 절대성을 비판하는 것이다. 그런데 반동일화의 결백성은 존재를 존재 되게 하지만, 당대가 요구하는 "해방적 역량보다는 인식의 허무주의와 정치포기주의에 빠질 수 있는 허점을 내포하고 있다"[27]는 우려를 불러일으킬 수 있다. 이러한 우려가 있기 전에 먼저 김춘수는 "결백성의 밀도"[28]를 제기한다. 이 "결백성의 밀도"는 이데올로기가 인간을 제압하는 절박한 상황을 해체하는 것이다. 김춘수는 시적 주문은 이러한 절박한 상황을 해체하는 주체의 결백성이다. 즉 주문은 타자와 언어적 소통을 거부함으로써 주체의 결백성의 밀도를 높이는 시적 전략이라 할 수 있다.

> 나이지리아 나이지리아,
> 바람이 불면 승냥이가 울고
> 바다가 거멓게 살아서
> 어머님 곁으로 가고 있었다
> 승냥이가 울면 바람이 불고
> 바람이 불 때마다 빛나던 이빨,

---

27) 윤효녕 외, 『주체 개념의 비판』, 서울대학교 출판부, 1999.
28) 김춘수 전집』 2, p. 353.

이빨은 부러지고 승냥이도 죽고
지금 또 듣는 바람 소리
나이지리아 나이지리아

—「나이지리아」 전문

이 작품의 공간 '나이지리아'는 역사적이거나 현실적 공간을 재현하는 것이 아니라 인간의 시점이 배제된 비인간화 세계이다. 그래서 각 이미지들 사이의 내적 연속성이나 일치감은 찾기 어렵다. 우리가 목격하는 것은 어떤 통일적 이미지가 아니라 서열이 역전된 기괴한 이미지가 충돌하는 장면뿐이다. 상호 연관성이 없는 이러한 이미지는, 앞에서 살펴본 「처용단장」처럼 주체가 타자를 배제하는 이미지와 동일하다고 할 수 있다. 그러나 「처용단장」의 전경화된 감각적 이미지와 「나이지리아」의 청각적 이미지는 확연하게 구별된다.

이 차이는 "이미지를 버리고 주문을 얻으려"[29]는 고도의 시적 전략에서 발생한다. 그것은 존재 자체의 이미지마저 리듬의 음영으로 시를 주문(呪文)이 되게 하여 익명의 정조를 환기하는 것이다. 주체를 타자로부터 분리시키고 마침내 시적 주체마저 분리하는 이러한 실험은 시적 결백성에 가깝다. 다 같은 서술적 이미지라도 타자로부터 탈주하는 이미지에는 주체의 믿음이 있는 반면 주체로부터 탈주하는 이미지는 그러한 순수한 주체마저 의심한다. 그러므로 「나이지리아」는 고립적 이데올로기와 그것의 해제라는 이중적 속성을 가진다. 이 탈주를 가능하게 하는 것이 "나이지리아 나이지리아"로 반복되는 리듬이다.

첫 행과 마지막 행에 "나이지리아 나이지리아"를 반복되는 리듬은 상자처럼 시 전체를 둘러싸고 있어 내부의 '바람소리'와 '승냥이 울음'을 공명하게

---

29) 『전집』 2, p. 398.

한다. 그래서 '바다'의 시각적 이미지마저 '바람소리'와 '승냥이 울음'에 충돌하면서 청각적 이미지로 변한다. 이 변화는 전반부 "바람이 불면 승냥이가 울고/ 바다가 거멓게 살아서/ 어머님 곁으로 가고 있었다"는 슬픔의 정조가 서서히 고조되는 것으로 쉽게 확인된다. 슬픔의 정조는 후반부 "승냥이가 울면 바람이 불고/ 바람이 불 때마다 빛나던 이빨/ 이빨은 부러지고 승냥이도 죽고"에서 전반부의 '바람'과 '승냥이'의 자리가 바뀌면서 공명이 더 높아진다. 고조된 정조를 다시 가라앉히는 장치가 "바람 소리"에 거친 "승냥이 울음소리"를 생략한 것이다. 이 시에서 슬픔의 정조가 있다고 하더라고 그것은 어떤 이미지로 드러나는 것이 아니라 "나이지리아 나이지리아"하고 부르는 리듬에 공명할 뿐이다. 이러한 공명에 의하여 이 시는 주문으로 변한다. 주문은 차츰 고조되었다가 다시 가라앉지만 공명틀이라 할 수 있는 "나이지리아 나이지리아"라는 울림에 의하여 우리의 영혼은 계속하여 전율하게 된다. 이 주문에서 기표의 울림 이상의 기의적인 의미를 찾는다는 것은 무의미하다.

김춘수 무의미시의 절대적 이미지시와 주술적 리듬의 시는 모두 기표의 관념으로부터 탈주하며 서정적 믿음을 회의함으로써, 총체성에 대한 믿음은 허구가 되는 것이다. 반동일화는 이처럼 주체의 순수성을 지키려고 자신을 환원하는 관념으로부터 거리 두기 전략이다. 그럼에도 반동일화는 타자를 배제하는 고립주의라는 점, 문제의 본질을 간과할 수 있다는 점, 그리고 반동일화 자체가 이데올로기로서 타자를 억압할 수 있다는 점에서 비판이 따를 수 있다. 따라서 김춘수는 그 문제점을 극복하기 위하여 주술적인 시를 실험하게 된다. 그러므로 주술적인 시는 주체와 타자를 모두 지워버리는 감춤의 미학에서 출발한다. 이 미학은 완전주의자의 결백성이다. 이 결백성의 밀도는 철저하게 타자를 지워버리고 주체마저 감추어 그 익명성의 정조마저 지워버리는 데 있다. 이러한 시적 사유는 서정적 동일화에 대한 믿음의 허구성을 비판하는 반동일화의 고립주의라 할 수 있다.

IV. 결론

이 글은 김춘수 시의 담론구성체 분석을 통하여 그의 시를 관통하는 원리를 밝히려는 목적에서 출발하였다. 이 목적은 궁극적으로 김춘수 시를 수사학적 차원을 넘어서 담론 차원으로 한국 시의 한 특징을 규정하려는 데 그 의도가 있다.

김춘수 시의 담론구성체는 완전을 지향하는 존재의 결백성이다. 그 결백성은 전기 시의 서정적 동일화의 세계관과 후기 시의 모더니즘적 반동일화의 세계관을 구성한다. 동일화는 근원을 호출함으로써, 그 역으로 근원에 환원됨으로써 존재의 순수성을 지키려는 형이상학적 믿음이다. 이것은 존재가 근원을 재현하는 은유의 방식으로 실현된다. 그런데 김춘수가 은유에서 발견한 것은 은유가 타자를 배제하고 억압하는 폭력성이다. 여기에서 근원으로부터 거리두기의 반동일화 전략이 있게 된다. 그러므로 반동일화는 타자가 환원하는 그 동일화의 관념으로부터 탈주하여 존재의 순수성을 지키려는 또 다른 모더니즘시적 전략이라 할 수 있다.

동일화와 그것을 역구성하는 반동일화가 비유적 이미지와 서술적 이미지의 시적 방식으로 실현되지만 모두 존재를 위협하는 비본질적인 것에 대항하기 위한 전략이라는 점에서 상호 회통한다. 즉 비유적 이미지와 서술적 이미지가 표면적으로는 타자와 상호 회감과 타자로부터 탈주라는 차이에도 불구하고 그것을 구성하는 담론구성체가 관념을 분절하고 배제하는 기제라는 점에서 동일하다. 그러므로, 중요한 사실은 무의시시가 무의미를 의미하는 것이 아니라 타자를 배제하는 강력한 이데올로기라는 것이다. 여기서 반동일 자체가 동일화와 다르지 않고 타자를 배제하는 또 다른 이데올로기라는 것이 된다.

김춘수 시의 모더니즘적인 성격은 바로 반동일화에서 드러나는데 그것은 동일화의 세계관을 역구성하는 기표의 물질성을 극대화하는 서술적 이미지이다. 그런데 기표의 물질성을 극대화하는 것 자체가 기표의 관념에 구속된다는 점에서 새로운 실험이 있게 된다. 이 실험으로부터 김춘수 시는 이미지의 절대화와 리듬의 절대화로 갈래가 나누어진다. 이미지의 절대화는 타자에 반동일화이고 리듬의 절대화는 주체에 반동일화다. 그 시적 실험은 타자를 지워 버리는 절대적 이미지와 주체를 감추어 버리는 절대적 리듬이다. 그런데 문제는 존재의 고유한 이미지를 위하여 타자를 지워 버리고 마침내 주체를 감추어 버리고자 해도 그렇게 할 수 없기 때문에 시적 허무가 발생한다는 데 있다.

이 허무는, 타자의 이데올로기로부터 탈주하려 하지만 오히려 그것이 하나의 이데올로기가 되었다는 자각이다. 김춘수의 허무는, 그러므로 무의미시가 관념으로부터 탈주하였지만 결코 자유로운 것이 아니라는 것을 시인하는 것이다. 여기서 무의미시가 탈이데올로기의 이데올로기시라 할 수 있는 이유가 있게 된다.

김윤식 : 역사적 현실과 서정시의 존재 방식

Ⅰ. 문제의 제기

이 글의 목적은 김윤식 시를 지탱하고 있는 시적 사유구조를 밝히는 데 있다. 이 목적은, 정치적 표상체계가 압도하던 시대에 정치적 담론에 대응하는 서정적 사유구조를 살펴보기 위해서다.

김윤식은 최근까지 활동한 시인으로서, 어느 시인보다 그에 대한 전기적 사실이나 자료들이 훼손되지 않고 온전하게, 그리고 체계적으로 보존되어 있다. 전기적 연구는 시적 특징을 밝히기 위하여 선행되어야 하겠지만, 이미 정리된 자료들이 그러한 몫을 충분히 담당하고 있다. 중요한 것은 2·28 대구 학생운동을 모티프로 한 작품 「아직도 체념할 수 없는 까닭」 등의 낭만적 저항시와 농촌 생활을 배경으로 하는 순수 서정시의, 이질적인 두 층위를 일관되게 통어하는 시적 사유구조를 밝혀내는 것이다. 그 본질은, 앞으로 밝혀지겠지만 먼저 말한다면 자신의 순수를 지키기 위하여 순수하지 못한 자아에 대한 비판이다. 즉 그에게 시는 정치적 담론에 의하여 훼손되고 억압된 주체의 담론을 바로 세우기 위한 전략으로서 기능하는 것이다.

이러한 논점의 제기를 분명하게 하기 위하여 먼저 김윤식의 생애를 간략하게 살펴보기로 한다. 그는 1927년 경산시 용성면 덕천리에서 태어나 1958년부터 향리에서 농사를 지으면서 시를 쓴 농민시인이다. 그는 일본동경전수대에서 법학을 공부하다가 전공을 바꾸어 홍익대학교 국문학과를 졸업했다. 1958년 이전에 그는 한 때 용성초등학교 교사, 대구신보 기자, 홍해중학교와 경주여자고등학교 교사로 교직과 언론에 종사한 바 있다. 1958년부터 향리에서 농사를 지으면서 그는 경북대학교 강사, 경산군 교육위원, 경산군청 자문위원, 경산 고적 보존위원회 위원장, 영남일보 기자, 경북예총 사무국장, 경산문학회장, 경산군정 자문위원, 대구일보 논설위원, 경산 향토신문 주필 등으로 활동하기도 하였다.

　김윤식이 시를 쓰던 사회적 환경은 6·25 전쟁, 전후 문단의 재편, 민족분단의 고착, 자유당 정권의 독재, 유신 시대라는 타자가 주체를 동일자로 환원하는 정치적 현실이 개인을 몰각하게 하던 이데올로기의 시대였다. 김윤식은 정치가 지배하던 시대에 향토사가, 농촌 계몽운동가, 교사, 향토 언론인, 문학운동가, 농부 시인으로서 다면적 활동을 하였다는 점에서, 그가 삶을 한 곳에 집중하지 못하였거나 치열함이 부족하다고 비판받을 수 있다. 그러나 그의 다면적 활동은 이데올로기 시대에 정치를 넘어서 진정한 주체를 구성하려는 전략으로 보인다. 이 전략은 서지(西芝)·야인(野人)이라는 그의 호와 첫 시집『그날』의 자서(自序) 첫 행에서 밝힌 "넓고 넓은 길을 골라서 걸어가겠다"라는 상징성, 즉 그것은 그를 억압하던 시대적 이데올로기를 넘어서려는 전략이다. '서지'나 '넓은 길'의 상징이 일상의 '안일함', 유유자적하는 유가적 은둔의 의미를 함축한다고 할 수 있으나 한평생 농사를 지으며 제도권 밖에서 작품만을 치열하게 쓴 그의 생애 자체가 말해주듯이, 그것은 타자에 대한 저항이다. 앞으로 시를 분석하는 과정에서 밝혀지겠지만 그렇다고 해서 그의 시적 주체는 엄밀하게 정치적 현실에 깊숙이 들어가서 그것을 변혁하려는 일정한 방향성을 지니고 있는 것은 아니다.

　여기서 그의 시를 분석할 입점이 마련되는데, 그것은 정치적 담론의 호출이라는 주체 재생산 관점을 역동적으로 구성한 시적 사유구조이다. 이 근거는 그의 시를 관통하는 것이 자기 인식과 자기 성찰을 문제로 하고 있는 주체구성의 역동성에 있다. 즉 그에게 타자는 대립적 관계가 아니라, 시적 주체에 내재하는, 구성적 요인으로 작용하는 역동적인 주체이다.

　문제는 이러한 김윤식 시적 사유구조가 무엇인가 하는 점이다. 그것은 조선문학가동맹 계열의 시인들이 월북하고 청년문학가협회를 중심으로 하여 형성된 시단이 한국문인협회로 이어지는 맥락에 있다. 그러나 그의 시는 엄격하게 말한다면 1950년대의 순수 서정시와 모더니즘시, 1960년대의 순수시와 참여시, 그리고 1970년대의 리얼리즘시와 모더니즘시의 그 어느 경향이나 예술적 상상력에 편향되지 않는다. 그에게 시는 문단과 초연한 "일기장 구석구석에 써(둔)"[1] 자기 성찰과 심경 고백의 서정적 기록이다. 이러한 김윤식의 시적 사유구조가 밝혀짐으로써 정치적 이데올로기가 개인을 압도하던 시대에 순수시로 저항하는 시적 진정성이 무엇인가 하는 것이 구체적으로 드러날 것이다.

II. 실존적 자아의 타자화와 시적 자아의 비판

　김윤식 시의 출발점은 『청맥』 동인이다. 『청맥』 동인은 1955년 경주에서 교직에 몸을 담고 있던 유치환·전상열 등을 중심으로 경주지방 시인들이 시적 탁마를 위하여 결성한 동인이다. 이 동인활동을 통하여 그가 유치환에게 영향을 받았음은, 그의 초기시가 도도한 남성적 어조, 생명에의 의지

---

1) 김윤식, 「자서」, 『오늘』, 장문사, 1957, p. 7.

가 깃들여 있음에서 알 수 있다. 그는 『청맥』 동인으로 활동하며 "일기장 구석구석에 써 버려둔"2) 시들을 묶어『오늘』(시집 1)이라는 시집을 출간하면서 시단에 본격적으로 등단한다. 이후 그는『아직은 체념할 수 없는 까닭』(시집 2)·『산촌 근일초』(시집 3)·『하늘이여 너에게』(시집 4) 등의 시집을 상재하였다. 시집 1은 경주여자고등학교에 재직하면서 그곳의 생활을 소재로 하여 내면의 고뇌를 자유로이 표현한 낭만적 시들이다. 시집 2는 경주 생활을 청산하고 경산 용성에 정착한 후, 사회 현실을 격렬하게 비판한 시편들이다. 시집 3~4는 경산 용성의 생활을 소재로 흙과 더불어 살아가는 농촌 현실 체험의 시이다. 이러한 시집에 나타나는 시적 변화는 시집 1의 주관적 관념적 내면 공간에서 현실의 구체적 공간으로 점차 이동하였다고 할 수 있다. 그러나 이러한 변화는 시적 대상이나 공간의 변화일 뿐 자신의 심경을 고백하는, 그가 말하는 "일기장 구석에 쓴" 자전적 형식의 고백적 시라는 점에서는 동일하다.

이것은 시집 1에서 시집 4까지 내용이 사적이고 그 전언의 중심이 시적 주체에 있다는 점에서 쉽게 확인된다. 정직한 인간으로서 자기의 모든 것을 숨김없이 고백하는 시는, 대부분 「일기를 적으면서」·「생활기」 등과 같은 계열의 자전적 형식이다.3) 그의 시가 자전적 형식이라고 하여 생애를 연대기

---

2) 김윤식,『오늘』, 1957, 장문사, p. 7.

3) 이 점은 스스로 자신의 시를 일관되게 고백적이라고 규정하는 것에서 드러난다. 시집 1에서 그는 자신의 시를 "떳떳하게 남들에게 보였다거나 발표한 적이 없고 일기장 구석에 써 버려둔"것이라고 일기와 시를 동일한 차원에 두고 있다. 시집 2에서는 "생활기는 …(중략)…이름 그대로 생활의 기록"이고, "태양을 위한 잡기는 내 농촌 생활의 소묘"라며 그의 시가 비망록 형식임을 고백했다. 시집 3에서는 시를 "그동안 가끔 일기를 쓰고, 일기장 뒷구석에 또한 생각나듯 몇 줄 시구를 적(은)"것이라 했다. 시집 4에서는 "이 졸집의 시편들이 한결 감상에 젖고 체념의 늪에서 빠져 시를 쓴답네 하는 자, 제 혼자 도도한 타령이라고 할지 모른다"고 했다. 자신의 시에 대한 이러한 관점을 종합한다면 그는 시를 하나의 정직한 인간으로서 자신의 모든 것을 숨김없이

적으로 직접 서술한 시는 아니다. 다만 자전적 요소를 전경화한 시이다. 동양에서 왕조의 역사를 기술한 열전이나 서양 영웅전의 윤리적·종교적·교육적인 차원과는 성격을 달리한다. 그렇다고 개인사적인 흥미를 한가운데 놓은 것도 아니다. 오직 자신의 주체를 구성해 가는 과정을 진실하게 이야기하는 시이다.[4] 자전적 시의 형식은 그의 시에만 나타나는 특징은 아니다. 그런데도 여기서 이를 살피는 이유는, 그의 시를 저항시라고 일반적으로 말하는 저항의 실체가 사실은 자신의 타자를 발견하고 그것에 대한 비판이라는 점 때문이다.

이러한 시적 성격은, 그가 스스로 자신을 규정한 '서지(西芝)'[5]라는 주변인(marginal man)에서 비롯된 것이다. 주변인이란 시적 저열함이나 중앙문단과의 공간적 거리나 심리적 소외감이 아니라 중앙문단, 제도권, 당대 시적 경향에 대응되는 상대적 개념이다. 이 상대적 개념은 그가 중앙 문단과 또 당대 중심에 있던 모더니즘시나 리얼리즘시의 풍조와 거리를 좁히려 하지도 않고 오히려 주변인으로 당당하게 자신의 시를 지켰다는, 즉 그의 시가 또 하나의 중심이 될 수 있다는 것에 의미가 있다. 주변인으로서의 그의 의미는 여기서 확실하게 되는데, 그것은 주변인을 극복의 대상으로 삼는 것이 아니

기록하는 일기와 같은 고백록의 차원으로 여긴 것이다. 이것은 담론구성체로부터 자유롭게 주체를 구성하려는 전략이며 동시에 자신을 자신에게 고백함으로써 심리적 안정을 얻기 위함일 수도 있다.

4) 그의 시는 대부분 자전적 이야기시의 유형에 속한다. 그 대표적인 작품이 「당마을 장터의 풍경」·「당마을 장터 1」·「당마을 장터 2」 등이다. 김영철은 이야기시를 발화 형식에 초점을 맞추어 서간체·대화체·회상체·설화체·실화체 등으로 유형화하였다.

김영철, 『한국현대시의 좌표』, 건국대출판부, 2000, p. 271.

5) 김윤식의 호는 野人이나 필명 西芝는 별개의 의미라기보다는 동일한 의미를 내포한다. 서쪽이란 동쪽을 중심으로 하는 동양적 사유구조에서는 변두리의 개념이기 때문이다.

라 오히려 그것을 지키려 한 주체의 타자성이다, 그것의 시적 변용이 자전적 시 쓰기 형식이 아닌가 생각된다. 이러한 경우는 우리 시사에서 1930년대의 모더니즘과 리얼리즘의 틈 사이에서, 문단과 초연하게 오직 자신의 성찰을 위하여 시를 쓴 이육사 시에서도 발견되는 것이다.

주변인으로서 그의 모습은 등단에서부터 시작된다. 시인은 일반적으로 신춘문예나 잡지의 추천에 의해서 등단한다. 신춘문예나 추천은 엄정한 심사과정을 거친다고 하더라도 특정 잡지나 신문이 갖고 있는—1960년대의 보수적인 『조선일보』와 진보적인 『동아일보』, 1970년대의 리얼리즘의 『창작과비평』과 모더니즘의 『문학과지성』이 대표적인 예인데—고유한 성격으로부터 자유로울 수 없다. 그렇다면 언론매체나 저널리즘을 통한 등단이란 이데올로기의 호출에 대한 응답이다. 여기서 응답이란 특정 언론매체나 저널리즘 담론구성체에 의하여 시인의 시적 담론을 구성하는 것이다. 그는 이와 같은 기존의 담론구성체에 종속되는—타자의 호출에 대한—등단 방식을 거부하고 독자적인 시집을 통하여 등단하였다. 시집을 통한 그의 등단은, 그가 추천이나 신춘문예 제도가 갖고 있는 이데올로기의 호출, 문학적 에피고넨, 학연·지연·혈연에 의한 기존의 문학적 제도와 관습에 대한 저항이다.

그는 흥해중학교와 경주여고 교사 생활 6년을 끝으로 평생을 제도권 밖에서 농사를 지으며 문단과 초연한 채 시적 작업만 신들린 듯이 하였다. 그러면서도 그는 농촌 계몽운동, 향토사 편찬, 지역 문학운동, 지역 언론인으로 지역을 위한 순수한 계몽적 차원의 봉사활동을 어느 누구보다도 치열하게 하였다. 그의 학력이나 능력으로 제도권내 어떤 직장에서도 능히 업무를 수행할 수 있었음에도 그는 그 모두를 포기하였다. 이 고집스런 주변인 의식을 상징적으로 드러내는 것이 야인(野人)·서지(西芝)라는 아호이다.

문제는 주변인 의식이 자신의 주체를 온전히 지키려는, 자신의 주체를 객관화하려는 것이라는 데 있다. 이것은 "학자와 시인, 누구보다도 굳건해얄/ 인간의 입들이, 붓끝들이/ 안이한 타협에 그 심장이 멈춰지고/ 또는/ 압사하니 관외에 둔주한 채 헤헤닥거리는, 그래서/ 꼭두각시춤으로 놀고 있는", 시인으로서 자신에 대한 분열이다. 이 분열은 자신이 대상이 되는 주체에 대하여 그것을 말하는 주체의 탐색이다. 여기서 그의 시는 자신의 주체를 탐색하는 또 다른 주체의 기록이라는 특징이 드러나게 된다. 그러므로 그의 시는 일정한 방향성을 가지게 되는데, 그것은 텍스트 밖의 주체가 텍스트 내의 주체를 구성하는 것이다.

> ① 어제—.
> 큰 놈의 주먹만한 눈덩이가
> 어쩔려고
> 휘휘 바람이 눈(目)에 보였다.
>
> 어둠은 희어 어둡고
> 보얀 길은 어두워 보이얗고
> 막걸리 빛처럼
> 흐이무레한 내가
> 걸었다.
>
> 가다가 엎어져도
> 눈사람은 되지 않으리!
>
> 거친 호흡의 벌판에서
> 벗들은 엎어져 흙처럼 눈이 덮혔고
> 부르다 부르다가 난
> 눈사람이 되어버렸다.

오늘

찾아 올 사람은 없어도
찾아 가얄 사람과
생각할 이들이 너무나 많다

낯을 씻질 않아도
머리는 빗었고
굳어버린 손가락에 연필을 꽂고
미리 오늘의
일장을 쓰고 있는 것이다

내일

눈 녹은 화원에
절사한 아내의 동상이 세워지는 날
고층건물의 석냥가비 진애 속에서
시장에 중독된 엉덩이를 놀리며
교성을 울리고 있을 첫사랑을 찾는다

슬퍼 목 놓아 울 일이 있었담은
이미 잊어버린 오늘
낯설은 사람처럼 인사를 하자

늘 우리들은
고독할 겨를이 없었기에
잊어버린 것이다.

—「시제」 전문

② 생업에 따라 오늘도 보리밭 김을 맨다.

나릿한 피로와 권태,
내 머리통처럼 둔해진 호미끝으로
봄이 데려다 준 사념을 낙서한다.
(중략)
설령 우리 살아온 어제와 오늘에
떳떳하니 내어걸 자랑은 없다쳐도
부정과 악됨이 없도록, 뉘우치는
얼마나 마음 넉넉한 생활이었던가.

—「생활기」 부분

위의 작품 ①은 그의 출발점의 시이고 ②는 후기 시에 해당한다. 앞의 시는 젊은 날 내면에 자리하는 고독한 '나'에 대한 진술이고, 뒤의 시는 고향에서 농사를 지으며 생활하는 '나'에 대한 진술이다. 그런데 이 진술을 하는 시적 화자인 '나'는 텍스트 내와 밖의 이중적인 주체이다. 위의 작품에서 내면에 고독을 품고 있는 주체와 그를 대상으로 하여 서술하는 주체, 그리고 보리밭을 매고 있는 주체와 보리밭을 매고 있는 그를 서술하는 두 주체가 바로 그것이다. 이처럼 대상으로서의 나와 그것을 서술하는 나의 분열에 의하여 자신의 탐색이라는 자전적 시 쓰기 형식이 가능하게 된다. 이렇듯이 그의 자전적 시는 주체의 타자성에서 출발된다. 주체의 타자성이란 주체를 객관화하여 전기적으로 구성하는 또 다른 주체를 말하는 것이다.

위의 두 작품은 신비평가들의 관점에서 긴장미가 없다고 하더라도 독자에게 진실한 감동을 주는 것은 사실이다. 그 감동은 다름 아닌, 주체를 타자화하여 서술하는 주체의 진실한 고백에 있다. 이 고백은, 사실상 이상적 주체를 구성하는 주체에서 분열된 타자의 음성이다. 이 타자는 주체를 왜곡된 집착에서 벗어나게 할 뿐 만 아니라 스스로 오인의 구조를 지니고 있다는 것을 깨닫게 한다.6)

앞에서도 말했지만 그가 살아간 시대는 주체가 주체를 온전하고 바르게 구성할 수 없는, 타자의 담론이 주체를 억압하거나 그들의 논리에 주체를 종속시키던—정치가 압도하던—몰주체적 시대였다. 「시제」에서 '어둠'· '굳어버린 손가락'이 함축하는 타자의 담론이 압도하는 시대에, 시적 주체는 타자의 담론이 은폐하거나 배제한 문제의 근원을 알고 있다. 여기에 시적 주체는 타자의 담론에 동일화하는 것이 아니라 "가다가 엎어져도/ 눈사람은 되지 않으리!"하는 다짐으로, 타자의 담론으로부터 주체를 역동적으로 구성한다. 역동성은 과거와 현재의 자신을 탐색하여 미래의 주체를 구성하는 변증법이다. 이와 같은 그의 자전적 시는 타자의 담론에 동일화한 과거의 주체에 대한 비판적 성찰을 통하여 이상적 주체를 구성하는 「시제」에 그대로 나타난다. 「생활기」는 현재의 농촌 생활을 통하여 과거의 삶을 되돌아보며 이상적인 주체를 구성하는 변증법적 과정의 자전적 시라는 점에서 동일하다.

이처럼 그의 시는 주체가 타자가 되어 주체를 구성하는 자전적 기록이다. 그의 자전적 시에서 중요한 점은 자신을 자신으로 환원시킬 수 없는 타자에 대한 저항이다. 이 타자는 그의 시를 구성하는 기본 구조로서, 그 하나는 지금까지 살펴본 자신을 자신으로 환원시킬 수 없는 타자이고, 다른 하나는 흔히 그의 대표작이라고 말하는 「아직도 체념할 수 없는 까닭」은 주체를 억압하는 담론의 타자이다. 전자가 내적지향의 성찰인데 반하여, 후자는 외적지향의 현실 응전이라는 점으로 구별된다.

---

6) 자크 라캉, 권택영 외 역, 『욕망의 이론』, 문예출판사, 1994, p. 20.

III. 현실의 환멸과 환멸의 이상

김윤식이 시인으로 자리를 확고하게 굳힌 것은 4·19 혁명의 도화선이 된 2·28 대구 학생의거 현장시『아직은 체념할 수 없는 까닭』에 의해서다. 그는 어느 누구도 자유당의 정치적 담론에 대한 저항을 상상할 수 없었던 시대에 독재 담론을 학생 시위 현장시를 통하여 정면으로 비판하였다.7) 이 점에 대하여 유치환은 "모든 사정이 달라진 오늘에야 문학의 사회참여니 무어니 장담들을 하지만, 지난날 독재의 하늘 아래서는 민주주의를 표방하면서도 자유를 액살(縊殺)하던 그 놀라운 허위와 공포적인 포학(暴虐)에 대하여 진정으로 자유와 진실을 생명으로 하는 시인, 이 땅에 백을 넘게 산(算)하는 시인들 가운데 그 권력에 꼬리를 쳤을망정 누구 한 사람 감히 질타하고 증언인들 하였던가"8)라는 설의법으로 강조하는 문맥 속에서 그 의미가 드러난다. 김윤식의 이러한 점은 2·28이 4·19의 단초가 되었듯이 4·19 참여시의 단초가 되었다는 점에서 의미를 갖게 된다. 그리고 자유당 독재가 일방적 동일화를 요구하는 동일자의 논리에 저항하는 4·19 혁명을 촉발하는 여러 요인 가운데 하나의 문화적 동인이 되었다는 점에서도 의미가 있다.

우리가 잘 알고 있는 2·28은 본질적으로 자유당 담론을 정치적 논리로 동일화하는 것에 대한 저항이다. 그 사건은 1960년 2월 28일이 일요일인데도 불구하고 당시 야당이었던 민주당의 수성천변 유세장에 학생들이 참가하

---

7) 김윤식은 1960년 2월 28일 학생 시위를 목격하고 향촌동 '호수' 다방에서『아직은 체념할 수 없는 까닭』이라는 시를 쓰고 이튿날『대구일보』문화면에 실었다. 이 작품을『대구일보』에 발표할 수 있게 한 것은 당시 문화부장 이근우였다. 이에 당시 경찰국장이었던 이정용은 김윤식과 이근우를 국가보안법적 차원에서 다루었다.
전상열,「서지를 추도하면서」,『경산문학』12집, p. 116.

8) 유치환,「자유와 진실을 위해 감히 질타하고 증언한 시인의 모습」,『경향신문』, 1960. 10. 19.

는 것을 막기 위하여 토끼 사냥·영화 감상의 구실로 고교생을 등교시킨 것에서 발단된다. 이것은 독재의 담론에 학생들의 동일화를 강요하는 정치적 주체 동일화이다. 동일화 담론은 언제나 타자의 긴장이 함께 한다. 결국 경북고등학교·대구고등학교를 필두로 많은 대구시내 고교생이 거리로 뛰쳐나와 자유당 정권의 반민주적 횡포에 저항하는 학생운동으로 이어진다. 문제는 이러한 역사적 배경에서 쓰여진 김윤식 저항시의 시사적 위상이다.

먼저 1960년대 시의 한가운데 있고 또 그의 개인적 시의 중심에 있는 2·28 연속선상의 4·19를 어떤 관점에서 바라볼 것이냐 하는 것이다. 대체로 4·19에 대한 전반적인 평가는 의거가 아니라 혁명이라 규정하면서 사회 전반을 개혁하는 데는 실패하였지만 그 이념과 정신은 새로운 전기를 가져왔다는 것에 있다. 그리고 4·19의 역사적 이념은 아직도 진행중인 것으로 파악하고 있다.[9] 김윤식의 시에서 4·19가 문제되는 것은 이러한 혁명적 열정을 어느 시인보다 독자적으로 먼저 표출하였다는 점에 있다. 그러므로 4·19에서 촉발된 1960년대의 참여시인 김수영·신동엽과 김윤식의 의미는 시간적 선후에 있는 것이 아니다. 정확하게 말하여 김윤식의 현실 응전시는 4·19에 의하여 촉발된 것이 아니라 4·19를 촉발할 수 있는 계기가 되었다는 점에서 그의 자리가 새롭게 조명되어야 할 것이다. 즉 그는 정치적 분위기에 의한 참여시를 쓴 시인이 아니라 정치적 분위기 이전에 내발된 정의감에 의하여 혁명적 열정을 뿜어내었던 것이다.

우리 문학사에서 4·19 열기에 의하여 태동된 4·19문학에만 의미를 두었지, 그것의 단초가 되는 2·28문학의 의미는 간과하여 왔다. 그러나 4·19 문학은 대구의 2·28, 그리고 마산의 3·15의 연속선상에서 파악되어야 할 것이 마땅하다. 그것은 사회 전반을 개혁하려는 4·19혁명으로 나아가는

---

9) 최동호, 「1960년대 시」, 『한국근현대문학연구입문』, 한길사, 1990, p. 227.

동기가 되었다는 점에 있다.

그렇다면 김윤식의 현실 응전시의 본질이 무엇인가 하는 점이다. 결론부터 말한다면 그의 현실 응전시는 앞 항에서 다룬 자전적 시 쓰기 사유구조와 다르지 않다는 점이다. 그의 저항의 요체는 타자의 동일화 논리에 대한 응전이다. 여기서 문제되는 것은 타자인데, 이 타자는 자신을 바로 세우지 못하는 것에 대한 비판적인 내부의 타자가 그 하나이며, 다른 하나는 주체를 억압하는 정치적 담론의 타자이다. 이 둘은 서로 다른 모습을 보이고 있으나, 실은 동일자의 논리에 응전이라는 점에서 다르지 않다. 자유당 정치적 동일자의 논리는 독재라는 억압인데, 이 억압에 대한 저항의 매개가 바로 학생이다.

> 설령 우리들의 머리 위에서
> 먹장같은 구름이 해를 가리고 있다 쳐도
> 아직은 체념할 수 없는 까닭은
> 앓고 있는 하늘
> 구름장 위에서
> 우리들의 태양이 작열하고 있기 때문
>
> 학자와 시인, 누구보다 굳건해얄
> 인간의 입들이 붓끝들이
> 안이한 타협으로 그 심장이 멈춰지고
> 또는
> 얍사하니 관외에 둔주한 채 헤헤닥거리는,
> 꼭두각시춤으로 놀고 있는—이리도
> 악이 고웁게 화장된 거리에
> 창백한 고적으로 하여
> 〈참〉이 오히려 곰팡이 피는데,
>
> 그 흥겨울 〈토끼사냥〉을

그 자미있을 〈영화구경〉을 팽개치고,

보라, 스크렘의 행진!
의를 위하여 두려움이 없는 10대의 모습,
쌓이고 쌓인 해묵은 치정 같은 구토의 고함소리.

허옇게 뿌려진 책들이 짓밟히고
그 깨끗한 지성을 간직한 머리에선 피가 흘러내리고
불행한 일요일, 구루미 선데이에 오른
불꽃
불꽃!

빛 좋은 개살구로 익어가는
이 땅의 민주주의에
아아 우리들의 태양이 이글거리는 모습.

하필 손뼉을 쳐야만 소리가 나는 것인가
소리 뒤의 소리,
표정 뒤의 표정으로
우레 같은 박수소리,
터져나는 환호성,
뿌려지는 꽃다발!

1960년 2월 28일
우리들 오래 잊지 못할 날로,
너희들
고운 지성이사
썩어가는 겨레의 가슴속에서
한 송이 꽃으로 향기로울 것이니.

이를 미워하는 자 누구냐,

이를 두려워하는 자 누구냐,
치회로 비웃는 자 누구냐,
그들을 괴롭히지 말라,
그들의 앞날을 축복하라.

지금은 봄
옥매화 하얀 송이 대한의 강산에서
3월의 초하루를 추모하는
너희들 학생의 날!

아아 아직은 체념할 수 없는 까닭은
저리 우리들의 태양이 이글거리기 때문.

—「아직은 체념할 수 없는 까닭」 전문

인용이 길어진 이 작품의 핵심은 표제 그대로 '아직은 체념할 수 없는 까닭'인데, 그것은 '태양'이 환기하는 진실의 강렬한 힘에 대한 믿음에 의해서다. 이 힘은 각 연마다 대응되는, 먹장구름/ 태양, 꼭두각시춤/ 참 〔眞〕, 치정(癡情)/ 의(義) 등의 쌍들의 팽팽한 긴장에 의하여 갈등이 고조되다가 결국은 정서적 내면의 승리를 확신하는 데 있다. 전자가 환기하는 의미는 우리가 너무나도 잘 알고 있는 부정적 이미지로서 당대의 정치적 담론구성체를 표상하는 이미지다. 이것은 지식인들의 '심장을 멈추고', 그들로 하여금 꼭두각시춤을 추게 하는 자유당의 정치적 담론구성체다. 즉 주체의 담론을 구성하고 주체가 그것을 진실이라고 오인하게 하는 정치적 담론이다.

이러한 강력한 정치적 동일자의 논리에 시적 화자는 태양이 표상하는 젊음의 열정에 의하여 주체가 주체의 담론으로 구성될 것이라는 확고한 신념을 갖고 있다. 이것은 저항적 낭만시에서 흔히 볼 수 있는 전망의 과장이다. 전망을 과장하는 원인은 '구름'과 '태양' 등의 대응되는 쌍들의 관계에 있다.

이 관계에 의하여 담론구성체가 훼손하고 억압하는 것에 대한 주체 복원의 일정한 방향이 설정된다. 이 방향성이 설정됨으로써 주체를 추동하는 주관적 낭만성은 고조되고 전망은 과장된다. 여기서 시적 리얼리티는 잃게 된다. 그렇다고 하더라도 이 작품은 자유당 정치적 담론구성체가 막강한 힘을 발휘하고 있는 상황에서 의도적으로 사소한 리얼리티를 생략함으로써 오히려 시적 효과를 높인다고 할 수 있다. 그것은 '구름'으로 표상되는 담론구성체에 대한 '태양'의 저항이다. 즉 동일자의 자유당 정치적 담론에 대한 타자 담론의 힘을 가능케 한 것이다. 그러므로 이 작품은 4·19 문학작품을 촉발하는 여러 계기들 가운데 하나가 되었다는 데 시사적 의미가 있다.

그러나 이 작품은 담론구성체에 대한 주체의 역동적인 주체 구성에도 불구하고 주체를 구성하는 것은 주체만이 아니라는 데 한계가 있다. '아직은 체념할 수 없는 까닭'은 주체에 있는 것이 아니라 '태양'으로 표상되는 '의'를 위하여 두려움이 없는 10대'의 격렬한 시위에 시적 상상력이 있다. 주체가 역동적으로 현실의 부조리와 모순을 제기하고 해결하려는 대안을 모색하려는 것이 아니라, 타자의 담론에 정서적으로 동의한다. 이 동의는 저항적 낭만시의 한 속성이기도 하지만 또 다른 동일자의 논리에 동일화되는 것이다. 그것은 담론구성체의 문제에 저항하고 있으나 그 본질을 개선할 수 없다는 비판이 있을 수 있다.

그렇다고 하더라도 이 낭만적 저항의 진실성이 시적 화자의 어조에서 확인된다. 이 작품은 표면적으로 전언의 중심이 청자에게 있다고 할 수 있으나 사실은 1인칭의 내부의 화자에 있다. 시적 화자가 화자를 지향하는 것은 시인 자신이 함께 하는 자유당 정치적 담론구성체를 복제하는 지식인들의 종속적인 담론을 비판하기 위한 것이다. 지식인들이 정치적 담론의 꼭두각시 노릇을 하는 것에 대한 비판은 결국 자신을 향한 비판이다. 아직도 체념할 수 없는 까닭은 태양이 이글거리고 작열(灼熱)하는, 학생들의 불타오르는 정의감이다. 이 담론구성체가 시적 화자의 담론으로 기능하는 한 체념은 있을 수 없다. 왜냐하면 그것이 추동하는 힘이 너무 강력하기 때문이다.

여기서 김윤식의 2·28 계열의 파토스적인 저항시가 초기나 후기의 자전적 서정시 사유구조와 다르지 않다는 것이 확실하게 된다. 생활을 바탕으로 하는 서정시는 주체 내부의 타자에 대한 비판으로서의 주체 세우기 기록이다. 연구자는 「아직도 체념할 수 없는 까닭」도 이 범주에서 벗어나지 않는다고 생각한다. 그것은 태양이 환기하는 우주적 질서의 이미지로 자신의 일상을 비추어보는 자전적 기록이라 할 수 있기 때문이다. 그러므로 이러한 낭만적 저항시는 그의 시를 관통하는 주체 세우기의 하나인 내적 주체가 외적으로 강렬하게 분출된 한 형태다. 즉 김윤식의 2·28 계열의 저항시는 세상을 바르게 보고 바르게 살려는 그의 일관된 삶의 정신의 가열함이다. 이 가열함은 역사 현장의 중심을 향하는 정치적 가열함이 아니라 오히려 주변인으로서의 자신의 주체를 굳건히 세우기 위한 것이다. 이러한 모습은 「강이여 산이여 봄이여」·「4월의 종이여」에 드러나 있다. 이 주변인 의식은 농민시에서 더 분명하다.

IV. 서정적 농민시와 유가적 현실주의

이미 앞에서 말했듯이 그는 한평생 농사를 지으며 자전적 농민시를 쓴 대표적인 현대의 농부시인이다. 우리 나라 농민시[10]는 실학파들의 한시에서 단초로 하여 식민지 시대 토지 수탈과 궁핍의 현실을 비판하는 것에서 본격

______

10) 농민시라는 용어는 정인섭의 「농민문예의 조선적 필요」(『신생』, 1930. 5.)라는 평론에서 찾아진다.

화되었다. 당대의 전문적인 시인이 농촌 현실을 매개로 한 경우의 농민시도 있을 수 있고,[11] 직접 농사를 지으며 고통스런 현실을 형상화한 농민시도[12] 있을 수 있다. 전자의 경우는 식민 시대의 비판적 리얼리즘시나 낭만적 저항시가 그 주류가 된다. 후자는 자신의 삶을 형상화하는 시적 완결성이 부족한 잡지나 신문의 독자 투고의 시가 대부분이다. 여기서 김윤식은 시사적 의미를 갖게 되는데, 그것은 식민 시대의 허문일·이혜숙 등과 같은 몇 안 되는 전문적인 농민 시인 계열에 이어져 있다는 점이다.

김윤식은 농민의 역사적 지위와 역할을 인식하고 실천하는 농민운동으로서 농민시를 쓴 것은 아니다. 그러므로 그의 농민시는 비판적 리얼리즘의 농민시나 계몽적 농민시가 아니다. 그는 앞에서 살펴본 바와 같이 농사를 지으며 바르게 세상을 보고 바르게 살려는 자신의 농촌 생활을 서정적으로 기록하였을 뿐이다. 그는 보리타작을 하며 보리막걸리를 마시고, 새벽부터 내리는 비를 맞으면서 모내기를 하면서, 폭우에 삽질을 하는 자신의 살결에 소름이 돋는 자전적 시를 썼다. 그렇다면 시적 주체를 호출하는 담론이 무엇인가 하는 것이다. 이미 앞에서, 그의 시적 주체는 타자의 담론을 넘어서는 자리에 있는 주변인이라는 것을 밝혔다.

> 요즘 적는 일기는
> 모두가 사과밭에 머물고 있다.
> 인도와 복사꽃이 질 무렵이면
> 국광이 연이어 피어난다.
> 이 동안 한 스무날은
> 화분을 접분하는 일을 하거나

---

11) 대구·경북 시인들 가운데 이병각의 「봄의 레포」, 조세림의 「고향」, 이병철의 「낙향 소식」 등이 이러한 예에 속한다.
12) 그 대표적인 시인이 허문일·이혜숙이다.

힘겹도록 많이 핀 꽃송이를 따낸다.
꽃바람에 저려버린 내 몸에선
향긋한 꿀내음이 풍기기도 하고
꽃과 나비가 주고받는
대화도 조금은 알게 된다.
내 나이 스무 살에 저려 있을 때
이생에서 최고로
아름답게 보였던 동갑 가시내.
우리들이 주고받은
그 대화가.

—「사과꽃」 전문

이 작품이 자전적 시라는 것은 첫 행에서 확인된다. 이처럼 그는 농사를 지으면서 농촌현장에서 느껴지는 서정을 일기 쓰듯이 썼다. 이 작품은 봄날 과수원에서 화분을 접분하거나 꽃송이를 따내는 작업을 하면서 젊은 날의 연인을 생각하는 단순한 서정적 낭만시이다. 그러나 단순하게만 볼 수 없는 것은, 시적 화자가 동갑내기와의 사랑이라는 자전적 사실을 환기함으로써, 꽃이 피고 지며 "꽃과 나비가 주고받는 대화"로 상징되는 자연의 오묘한 질서를 느끼게 하기 때문이다. 이것은 과거와 현재를, 아득한 그곳과 여기를, 자연과 인간을 하나로 이어주는, 아우라의 숨결과 같은 것이 느껴지기 때문이다.

김윤식이 격정적인 「아직은 체념할 수 없는 까닭」과 같은 파토스적인 저항시에서 이와 같은 단순한 서정시에 집착하는 이유는 무엇인가. 군사정부 후 현실의 암담함 때문인데, 그는 이러한 현실을 "4월에도 말이 없는/ 녹슬었구나/ 종이여"라고 노래한다. 그가 말하는 '종'은 루카치의 '별'에 해당하는 것이다. 그는 정치적 담론이 압도하던 시대에 아름다운 소리와 빛을 자연 속에서 찾는다. 그러므로 과수원의 힘겨운 노동은 사라진 유토피아를 찾는

즐거움이 된다. 중요한 것은 이처럼 시적 화자가 아우라를 통하여 자연의
질서를 깨닫는다는 것이다. 이 깨달음에 의하여 이상적 주체가 구성된다.

> 눈과 밭에서
> 산과 내에서
> 우리들 서로 정답게 이웃해서
> 향그런 풀냄새, 꽃내음과
> 초록 단풍과……계절에 안겨
> 노상 가난한 그림자보다 한 발자국 앞선
> 시간을 저만치 두고
> 햇님을 우러러
> 땅을 뒤져 씨앗을 뿌리고
> 김을 매곤 거두어들이면
> 우리들, 아아
> 흙을 닮아가는
> 흐뭇한 목숨.

—「만추」 전문

다시 깨달음이란 "한 발자국 앞선/ 시간을" 감지하는 예지인데, 그는 살아
가는데 그 예지를 먼저 앞세우지 않는다. 단지 그것은 "저만치 두고" 대상과
거리를 조절하는 균형감이다. 결국 김윤식의 이상적 주체는 "흙을 닮아가
는" 자연적 질서 내의 조화로운 주체이다. 그런데 "흙을 닮아가는" 구체적
삶의 방식은 '저만치 두고'라는 데 있다. 이 방식은 2·28을 한가운데 두고
쓴 파토스적 저항시의 치열함이 아니다. 그것은 자연의 아우라를 느끼며,
자연과 은밀한 교감을 통하여 그 질서를 내면화하는 서정적 깨달음이다.
이 깨달음은 우주 만물의 근본인 소이연(所以然)과 소당연(所當然)의 이(理)
의 질서를 따르는 유가적 인식론이기도 하다. 그가 소망하는 세계는 "산과

내에서/ 우리들 서로 정답게 이웃해서/ 향그런 풀냄새, 꽃내음과/ 초록 단풍과……계절에 안겨" 살아가는 공동체다. 이것은 개인이 타자와 관계 속에서 비로소 그 존재가 가능한 간주관적인 유가적 존재론에 기초한 것이다. 그렇다면 그가 절대 개인을 인정하지 않는다는 것일까. 그것이 아니다. 개개인을 보호하기 위해서 간주관적 질서를 주장하는 것이다.

그렇다면 김윤식의 자전적 농민시에는 하나의 전략이 숨어 있는 것을 알 수 있다. 그 전략은 현실의 치열함을 사상(捨象)한 것이 아니라 정치적 현실의 경직성에 대응하는 하나의 알레고리를 드러내는 데 있다. 그 알레고리가 말하는 것은 개인을 억압하거나 훼손하지 않는 공동체의 질서를 회복하는 것이다. 그러므로 농민시는 정치적 담론이 주체를 구성하던 1970년대에 세상을 바르게 보고 세상과 조화롭게 살아가려는 전략으로서 의미가 있는 것이다.

IV. 결론

지금까지 김윤식에 대한 전기적 연구나 자료 정리 차원의 현상적 연구를 벗어나 그의 작품에 나타난 시적 사유구조를 밝혔다. 이러한 작업은 자유당과 군사 독재의 정치적 담론에 의하여 주체가 망각되며 정치적 이데올로기가 개인을 압도하던 시대를 살아가면서, 오직 세상을 바르게 보고 바르게 살려고 한 김윤식의 시적 주체 구성 형태를 살펴보기 위한 것이었다.

그 결과 김윤식 시는 파토스적인 저항시와 순수 농민시의 두 갈래로 시적 특징을 정리할 수 있다. 먼저 파토스적인 저항시는 4·19에 촉발된 1960년대의 김수영·신동엽의 참여시보다 앞선다는 점에서 시사적 의미가 있다. 정확하게 말하여 김윤식의 현실 응전시는 4·19에 의하여 촉발된 것이 아니라 4·19를 촉발할 수 있는 계기가 되었다는 점에서 그의 자리가 분명하게 된다. 즉 그의 저항시는 당대 학생운동 결과에 고조된 분위기에 의한 것이 아니라 그 이전에 내발된 정의감에 의한 것이다. 그러므로 우리 문학사에서 4·19 열기에 의하여 태동된 4·19문학의 단초는 김윤식의 「아직은 체념할 수 없는 까닭」과 같은 2·28문학에 있다. 김윤식의 저항시의 사유구조의 핵심은 타자의 동일화 담론에 대한 응전으로서의 파토스이다.

또 다른 농민시는 농부 시인으로서 자연과 은밀한 교감을 통하여 아우라를 느끼며 자연의 질서를 깨달아가는 기쁨을 노래한 시이다. 이 깨달음은 우주 만물의 근본인 이(理)의 질서에 의한 유가적 인식론이기도 하다. 김윤식의 자전적 농민시가 전략적인 것은 정치적 현실의 경직성에 대응하는 하나의 알레고리를 드러내는 데 있다. 그 알레고리는 공동체의 질서를 회복하는 것이다.

그런데 김윤식 시의 이 두 가지 시적 사유구조는 서로 다른 것이 아니다. 그가 살아간 시대는 주체가 주체를 온전하고 바르게 구성할 수 없는, 정치적 담론이 주체를 억압하거나 그들의 논리에 주체를 종속시키던 몰주체적 시대였다. 이러한 시대에 파토스적인 저항시나 서정적 농민시는 이상적인 주체를 구성하는 과정의 자전적 시라는 점에서 동일하다. 즉 그의 시는 주체가 타자가 되어 주체를 구성하는 자전적 기록이다. 그의 자전적 시에서 중요한 점은 자신을 자신으로 환원시킬 수 없는 타자의 담론에 대한 저항이라는 데 있다.

이러한 사유구조는, 그가 스스로 자신을 규정한 '서지'라는 주변인(marginal man)에서 분명하게 드러나 있다. 주변인이란 시적 저열함이라는 의미가 아니라, 정치적 담론구성체를 극복하려는 전략이다. 이 전략의 시적 사유구조가 자전적 시 쓰기 형식이다. 자전적 시 쓰기는 자신의 주체를 탐색하는 또 다른 주체의 기록이다. 그러므로 그의 시는 일정한 구조를 갖게 되는데, 그것은 텍스트 밖의 주체가 텍스트 내의 주체를 구성하는 것이다.

여기서 그의 시의 의미는 분명하게 된다. 정치적 담론을 텍스트 내의 주체와 텍스트 밖의 주체가 역동적으로 구성하려는 균형감이다. 그는 이 균형감의 준거를 이(理)의 질서에 두고 있다.

참고문헌

강내희, 「언어와 변혁」, 『문화론의 문제 설정』, 문화과학사, 1996.

고현철, 『현대시의 패러디와 장르이론』, 태학사, 1997.

구모룡, 『제유의 시학』, 좋은날, 2000.

권구현, 『흑방의 선물』, 1926.

권기호, 「문학과 이데올로기」, 『선시의 세계』, 경북대 출판부, 1991.

권성우, 「1920~30년대 문학비평에 나타난 '타자성'연구」, 서울대 박사
　　　학위 논문, 1994.

권영민, 『한국민족문학연구』, 민음사, 1988.

금장태, 『한국유학의 탐구』, 서울대학교 출판부, 1999.

김경복, 『한국아나키즘시와 생태학적 유토피아』, 다운샘, 1999.

김명인, 『한국근대시의 구조 연구』, 한샘, 1988.

김영철, 『한국근대시론고』, 형설출판사, 1988.

김영철, 『한국현대시의 좌표』, 건국대출판부, 2000.

김용직, 『한국근대시사』 상, 학연사, 1986.

김윤식, 『한국근대시론비판』, 일지사, 1976.

김윤식, 『한국근대문학양식논고』, 아세아문화사, 1980.

김윤식, 『한국근대문학사상사』, 한길사, 1984.

김은전 외, 『한국현대시사의쟁점』, 시와시학, 1991.

김재홍, 『한국현대시인연구』, 일지사, 1986.

김준오, 『시론』, 이우출판사, 1988.

김학동, 『한국현대시인연구』, 새문사, 1990.

김화영, 「담론의 질서」, 『세계의 문학』, 23~24호, 1982.

김현자, 『한국시의 감각과 미적 거리』, 문학과 지성사, 1997.

김홍규, 『문학과 역사적 인간』, 창작과비평사, 1980.

김홍규, 『조선후기의 시경론과 시의식』, 고려대 민족문화연구소, 1982.

남송우, 『생명과 정신의 시학』, 전망, 1996.

박경수, 『한국현대시의 정체성 탐구』, 국학자료원, 2000.

박인기, 『한국현대시의 모더니즘 연구』, 단국대출판부, 1988.

박태일, 『경남의 계급주의 문학과 밀양문학』, 지역문학연구 7, 2001.

박철희, 『한국현대시사연구』, 일조각, 1980.

박호영, 「조지훈 문학연구」, 서울대학교 박사학위논문, 1988.

백 철, 『조선신문학사조사』, 백양당, 1948.

신동욱, 「한국근대문학과 민족주체성의 문제」, 『우리 시의 역사적 연구』,
        새문사, 1981.

신범순, 『현대시사의 매듭과 혼』, 민지사, 1992.

신용협, 『현대 대표시 연구』, 새미, 2001.

양왕용, 『한국근대시사』, 삼영사, 1982.

오세영, 『한국낭만주의시연구』, 일지사, 1980.

오세영, 『20세기한국시연구』, 새문사, 1989.

오장환, 『한국아나키즘운동사연구』, 국학자료원, 1998.

오탁번, 「한국현대시의 대위적 구조」, 고려대학교 박사학위논문, 1982.

윤여탁, 「1920~30년대 리얼리즘시의 현실인식과 형상화 방법에 대한 연
        구」, 서울대 박사학위 논문, 1990.

윤용천, 『한국의 유민시』, 실천문학사, 1987.

윤효녕 외, 『주체 개념의 비판』, 서울대출판부, 1999.

이기철, 『작가연구의실천』, 영남대출판사, 1986.

이남호, 『문학의 위족』, 민음사, 1990.

이동순, 『한국시의정신사』, 창작과 비평사, 1996.

이미순, 『한국현대문학비평과 수사학』, 월인, 2000.

이병철 외, 『전위시인집』, 1946.

이성교, 「이상화 연구」, 『인문과학연구』, 성심여대, 1969.

이숭원, 『근대시의 내면구조』, 새문사, 1988.

이숭원, 『20세기 한국현대시인론』, 국학자료원, 1997.

이호룡, 「한국인의 아나키즘 수용과 전개」, 서울대 박사학위 논문, 2000.

정효구, 「김소월시의 기호체계 연구」, 서울대 박사학위 논문, 1989.

조남현, 『한국현대문학사상연구』, 서울대출판부, 1994.

조동일, 『한국문학통사』 4, 지식산업사, 1988.

조두섭, 「1920년대 한국 아나키즘시의 두 양상」, 『인문과학연구』, 15집,
        대구대, 1996.

조두섭, 『한국근대시의이념과형식』, 다운샘, 1999.

조세현, 「동아시아 아나키즘, 그 반역의 역사』, 책세상, 2001.

조연현, 『한국현대문학사』, 성문각, 1969.

조영복, 「동인지 시대 시 해석에 대한 몇 가지 문제」, 『한국학보』, 1999.
        겨울

조영복, 「<장미촌>의 비전문 문인들의 성격과 시 사상」, 『한국문화』,
        2000.1.

조용훈, 『한국현대시인연구』, 새문사, 1995.

조진기, 『한국프로문학론의 비교연구』, 푸른사상사, 2000.

조창환, 『한국시의 넓이와 깊이』, 국학자료원, 1998.

차용주, 『한국한문학사』, 경인문화사, 1995.

차주환, 『중국시론』, 서울대출판부, 1989.

최동호, 『하나의 도에 이르는 시학』, 고려대 출판부, 1996.

최동호, 「정신주의와 우리시의 창조적 지평」, 『서정시의 본질과 근대성
        비판』, 다운샘, 1999.

최동호, 『헤겔 시학』, 열음사, 1987.

최승호, 『한국현대시와 동양적 생명사상』, 다운샘, 1995.

최승호, 『말의 혀』, 새미, 2000.

최원식, 『민족문학의 논리』, 창작과비평사, 1982.

최원식, 『문학의 귀환』, 창작과 비평사, 2001.

한계전, 『한국현대시론연구』, 일지사, 1983.

한계전 외, 『한국현대시론사연구』, 문학과지성사, 1998.

함재봉, 『탈근대와 유교』, 나남출판사, 1998.

홍신선, 『한국근대문학이론의 연구』, 문학아카데미, 1991.

홍정선, 「카프와 사회주의 운동단체와의 관계」, 『세계의 문학』, 1986 봄.

홍정선, 「근대시 형성과정에 있어서의 독자층의 역할 연구」, 서울대학교
        박사학위 논문, 1992.

Avner Zis, 연희원·김영자 역, 『마르크스 미학 강좌』, 녹진, 1988.

Bloch E., 박설호 역, 『희망의 원리』, 솔, 1993.

Bowra. C. M., 김남일 역, 『시와 정치』, 전예원, 1983.

Chadwick. C, Symbolism, 박희진 역, 서울대출판부, 1977.

Eagleton T., 여홍상 역, 『이데올로기 개론』, 한신문화사, 1994.

Habermas J., 이진우 역, 『현대성의 철학적 담론』, 문예출판사, 1994.

Kayser W., 김윤섭 역, 『언어예술 작품론』, 시인사, 1988.

Lacant J., 『자크 라깡 : 욕망의 이론』, 권택영 외 역, 문예출판사, 1994.

Laclau/Mouffe, 『Hegemony and Socialist Strategy』, 김성기 외 역, 터, 1990.

Lukács G., 홍승용 역, 『미학서설』, 실천문학사, 1987.

Macdonell D., 『Theories of Discourse』, Oxford Publication, 1987.

Staiger E., 이유영·오현일 공역, 『Grundbegriffe der Poetik』, 삼중당,
        1978.

Todorov T., 김근식 역, 『도스토예프스키 시학』, 정음사, 1988.

Zima P. V., 허창운·김태환 역, 『이데올로기와 이론』, 문학과지성사,
        1996.

비동일화의 시학

인쇄일 초판 1쇄 2002년 12월 20일
        2쇄 2015년 04월 12일
발행일 초판 1쇄 2002년 12월 30일
        2쇄 2015년 04월 27일

지은이 조 두 섭
발행인 정 찬 용
발행처 **국학자료원**
등록일 1994.03.10. 제17-271호

서울시 강동구 성내동 447-11 현영빌딩 2층
Tel : 442-4623~4 Fax : 442-4625
www. kookhak.co.kr
E- mail : kookhak2001@hanmail.net
ISBN 978-89-541-0003-8 *93810
가 격 18,000원

*저자와의 협의 하에 인지는 생략합니다.